当代文学理论
公共性问题研究

肖明华 / 著

Research on the Publicness of
Contemporary Literary Theory

社会科学文献出版社
SOCIAL SCIENCES ACADEMIC PRESS (CHINA)

本书为国家社科基金一般项目"当代文学理论公共性问题研究"（15BZW009）的结项成果

序

赵 勇[*]

　　肖明华学棣让我为他这本书写篇序文，我答应得非常痛快。何以如此？一是此论题我很感兴趣，若干年前我也有过类似思考，谈论它还不至于荒腔走板。二是我对肖明华有一定了解，也读过他的文学理论公共性问题研究的一些成果，印象不歪。正好，借写序的机会，我可以更正式地和肖明华再交流一下。

　　就从我当年的思考说起吧。

　　2008 年 8 月，陶东风教授把"文学与文学研究的公共性"学术研讨会开到了乌鲁木齐，我应邀参加。为了对得起这次新疆之行，我先是读哈贝马斯等人的著作文章，接着是会前会后长时间琢磨，最终写出了一篇大块文章：《文学活动的转型与文学公共性的消失——中国当代文学三十年的回顾与反思》（《文艺研究》2009 年第 1 期）。此文谈文学公共性，就像布鲁姆在《西方正典》中谈文学经典一样，前面在"悲歌"，后面是"哀伤的结语"，全文则弥漫着一种悲凉甚至悲愤的语调。因为我认为，20 世纪 80 年代，我们是有过一个文学公共领域的。那时候，主流意识形态的政治理念与知识界的政治诉求同步同构，作家（学者）与知识分子的角色扮演合二为一，加上文学批判的公众大量出现，种种文学活动又携带着浓郁的社会与政治关怀，这样一来，文学话题就变成了公共舆论，一个介入现实干预现实的文学公共领域也开始成形。然而，

---

　　* 赵勇，文学博士，北京师范大学文学院、文理学院中文系教授，文艺学研究中心研究员，主要从事法兰克福学派与西方文论、文学理论与批评、大众文化理论与批评等方面的教学和研究工作。

90 年代以来，出于众所周知的原因，作家与学者收心内视，大众文化的兴起与大众媒介的影响又改写了文学活动的方向，于是，文学公共性消失了，文化消费的伪公共领域开始出现。正是基于如上原因，我觉得在当下中国，文学公共性的恢复已难乎其难，重建公共领域的可能途径或许指向了文学之外那个更广阔的人文社会科学空间。

但是，读肖明华的这本书，却多少改变了我的一些看法。他所谈及的是文学理论的公共性，与文学公共性相比，这种公共性应该更弱一些，也更不好谈论，但他却以公共性为由头，把它们——审美范式的文学理论、大众文化研究的批评范式、文化批评、文化研究、文化诗学、公共阐释论、没有文学的文学理论等——捏到了一块。这很不容易，也说明了肖明华的胆识。而顺着他的思路往下瞧，那些我原来认为没什么公共性或公共性不强的理论话语，果然就有了一些公共性的模样。

那么，往下想想，为什么我与肖明华的判断会存在一些分歧呢？应该是我们对文艺公共性的理解并不完全相同。从哈贝马斯等人的论述出发，私人性、批判性、介入性、公开性是文艺公共性得以存在的前提。在这些方面，我与肖明华的认识并无差异。但是，我原来大概是不愿意承认主流文艺与大众文艺也有所谓的公共性的，而肖明华却认为主流文艺既要应答意识形态的询唤，但它又有乌托邦的冲动。它无疑会对时代进行颂扬，但它也会对社会适度地介入和揭示。凡此种种，就保证了主流文艺的公共性之可能。大众文艺的公共性则在于，大众文化往往和媒介有关，而媒介尤其是电子媒介的开放性、自由性等特点就足以保证大众文化的公共性。这就意味着在对文艺公共性的定性定位上，我收得很紧，肖明华的尺度却相对宽松。这样，在我有可能判定为"伪"公共性的地方，他却看到了"真"。

如此看来，在对待文艺公共性的问题上，肖明华要显得更为平和，更为乐观，也更为亦此亦彼，而我却反而显得更苛刻更悲观也更剑走偏锋，仿佛他已届耳顺之年，我老汉却还是一枚"愤青"。为什么我们俩会如此不同？其深层原因估计与生命体验有关，甚至涉及陈平原所谓的"压在纸背的心情"。我们这代人是真正经历过 80 年代的文学公共生活的，与此同时，我们又带着一种创伤性体验走进了 90 年代。于是，以 80 年代为标尺去打量后来的一切，就成为我们的惯常视角和通用思路，虽然我们明知道那个年代并不完美。

但是，借用肖明华的口头禅，80 年代的他是名副其实的"小萝卜头"，不可能对那时候的文学公共性有什么记忆。没有这种记忆，自然就少了一种刻骨铭心的生命体验，却也多了一种局外人的疏离、冷静、客观和公允。因此，我读其书，与其说是在读他的评析和论断，不如说是在琢磨他如何站位，怎样取景，如何审视——我想知道，作为年轻一代的学者，为什么他会对文艺公共性产生兴趣，他又是怎样切入这一问题之中的；他在面对 80 年代、90 年代以来的公共性进行分析时能给我们这些老家伙带来怎样的启迪。这么一琢磨不要紧，我还真是有了一些发现，试举一例。

我曾思考过童庆炳老师倡导的文化诗学，也曾掂量过陶东风老师倡导的文化研究。而且，由于童、陶二人曾经你来我往，相互批判，我还撰文分析过童陶之争。但我在琢磨他们的观点时，只是在文艺理论的发展维度上顺藤摸瓜，想看看究竟是"走出去"（走向文化研究）好还是"请进来"（引入文化研究以便打造文化诗学）妙，却并没有在公共性层面驻足停留。肖明华既是陶东风的高足，又是北师大文艺学专业毕业的博士，他对童老师与陶老师的立场和观点便不可谓不熟悉。而童庆炳、陶东风的名字在他这本书中分别出现过 120 多次和 140 多次，也足以说明他对两位导师思想的重视程度。他分析文化诗学，认为这种理论因坚持审美而对大众文化展开批判，既脱离语境，也无法有效地认知和研究大众文化，这种思路非常正确；他思考文化研究，又指出这种理论体制化学科化之后，很可能会让文化研究变成文化研究学，这种担忧也并非杞人忧天。但这些还不是我想说的重点，重点在于，无论是童老师搞文化诗学还是陶老师弄文化研究，他们其实都是项庄舞剑，意在沛公——想让理论话语具有某种公共性，想为公共领域的营造或重建添砖加瓦。可以说，正是因为肖明华，我才想到了这一层，是他给我带来了重要启发。

但是——我也必须启用"但是"给肖明华一个小小的打击——从实际情况看，无论是文化诗学还是文化研究，它们是不是真的具有了一种公共性，或许还要打上一个问号。记得央视的"百家讲坛"开办之初，童老师曾应邀讲过两个话题：一是"审美是人生的节日"，二是"走向文化诗学"。我则拉起一哨人马去现场给童老师助威。按照肖明华的思路，高大上的理论通过大众传媒，才算是走出了学院围墙，进入了公共话语空间，这当然是好事一桩。但问题在于，因这种话题收视率太低，"百家讲坛"后来不得不改弦更张。结果，像好莱坞大片那样三五分钟必须有一个悬念的说书模式开始闪亮登场。这也意味着文化诗学的公共性只是昙花一现，根本不可能修成正果。与文化诗学相比，文化研究的情况应该要好一些。因为陶老师说过，文化研究的目的不是要搞什么审美工程，而是要揭示文本的意识形态，文本所隐藏的文化-权力关系，基本上是伊格尔顿所说的"政治批评"。很显然，这种路数延续了 80 年代知识分子的责任与担当，其公共性自然也不言而喻。但问题是，一方面，文化研究确实在很大程度上变成了"文化研究学"，肖明华所谓的"说"文化研究渐成显学，"做"文化研究则不大景气；另一方面，当文化研究变成"文化研究院"时，它的公共性也就逐渐消失了。

您瞧，我又走进了悲观主义的死胡同。

不过，话说回来，除了肖明华乐观我悲观之外，他这本书中许多具体的观点还是深得我心的。比如，他把文学理论的自主性和公共性看作一体两面的关系；他说文学理论涉足大众文化，其实就是文艺学学科发生转型的开始；他认为没有文化维度、不进行批评实践的文学理论就很难有公共性；他反复强调要告别"说"文化研究，重视"做"文化研究，而只有用民族志方法才能"做"得像模像样；他提醒专家学者注意，文学理论研究者在给民众提供服务时，必须是阐释者身份，而非立法者角色，否则就可能丧失了公共性……这些论述或与我的思考不谋而合，或拓展了我的思考空间。同时我还意识到，肖明华的思想既有一种柔韧性，又有一种爆发力，他常常是温柔一刀就击中了要害。

肖明华是 2008 年来到北京师范大学跟随陶东风（陶老师在北京师范大学兼职带了几届博士生）攻读博士学位的，但他生性腼腆，见老师就紧张，所以他念书时，我们并无多少交往。转眼他毕业，我参加其答辩，见他写的是 20 世纪 90 年代的文学理论转型，就觉得他果然近朱者赤，很有现实关怀，论文也写得很是地道。后来，让我印象深刻的是童老师 2015 年突然去世之后他写的那篇《我的童老师》，此文情动于中而形于言。由此我便意识到，肖明华对老师，对北京师范大学，是常怀着一颗感恩之心的。而懂得感恩的人，他的学术研究也不可能冷冰冰、硬邦邦，而是有了一种情感的温度。同时，这种温度并没有影响到他在学术问题判断上的明晰度和精准度。2020 年 10 月，我与肖明华曾有过一次长谈，话题便是围绕着童老师展开。我当时引用文艺评论家萧云儒的话说："像我们这一代就不能批评胡采他们，为什么？他们是老师辈呀。中国人还是讲究师生情谊的。要到你们这一代，才可以批评胡采这一辈。有人说，历史问题留到孙子一辈去评说。孙子辈因为隔代，可以按自己的看法去讲。因此，历史的评价往往要留给后人。"为什么我会想到萧氏说法？原因便是我在肖明华的著作文章中看到他对童老师的观点直来直去，有什么说什么。结果，有些时候，童老师就成了他的批评对象。我想知道他的无所顾忌是不是因为隔代之故，他说关系不大，只是觉得应该说真话。

　　是的，说真话，掏心窝子说话，为学不作媚时语，这便是肖明华的气质，也是我从他这本书中进一步读出的东西。我想，有这碗酒垫底，还用得着担心做不好学问吗？

2025 年 4 月 10 日改定

目 录

引　言

　　文学理论在我国当代社会结构中具有非常重要的地位。只要我们稍微回顾一下当代文学理论史，恐怕就会认同这一点。在新中国"十七年"时期，因为社会主义革命需要文艺理论的支持，文学理论甚至占据了社会文化的中心位置。[①]　新时期以来，文学理论也是显学。文学与政治关系的反思、人道主义之争、形象思维问题的讨论甚至文艺"方法论年"、主体性文论的争鸣、"审美特征论"文论的建构等，都可以说达到了与时代共振的程度。[②]

　　20世纪90年代，也发生了不少的文学文化讨论事件，如人文精神大讨论、后现代与后殖民文化的论争、新左派与自由主义之争、关于鲁迅的论争、失语症与古代文论的现代转换之争等。非常有意思的是，参与者大都是文学理论界、文学批评界和文化研究界的学人。[③]　虽然那个时代的文

[①]　王一川：《迈向间性特质的建构之旅——改革开放40年中文学科位移及其启示》，《东南学术》2018年第4期。

[②]　对这些文学理论问题与事件的具体了解，可以参考当时的具体文献，当然也可以参考当代文学理论史一类的书籍。这里仅列举部分当代文学理论历史类的著述：谭好哲等主编《文学之维——文艺学的历史、现状与未来》，山东大学出版社，2003；葛红兵主编《20世纪中国文艺思想史论》，上海大学出版社，2006；杜书瀛、钱竞主编《中国20世纪文艺学学术史》，中国社会科学出版社，2007；杨春忠《二十世纪中国文学理论史论》，齐鲁书社，2007；曾繁仁主编《中国新时期文艺学论》，北京大学出版社，2008；董学文、金永兵等《中国当代文学理论（1978—2008）》，北京大学出版社，2008；陶东风、和磊《当代中国文艺学研究（1949—2009）》，中国社会科学出版社，2011；鲁枢元、刘锋杰等《新时期40年文学理论与批评发展史》，浙江文艺出版社，2018；高建平主编《当代中国文艺理论研究（1949—2019）》，中国社会科学出版社，2019；谭好哲主编《新时期基本文学理论观念的演进与论争》，人民出版社，2019；陶东风、和磊《当代中国文艺学研究（1949—2019）》，中国社会科学出版社，2019。

[③]　许纪霖、罗岗等：《启蒙的自我瓦解：1990年代以来中国思想文化界重大论争研究》，吉林出版集团有限责任公司，2007。

学/文化讨论不如同世纪的 80 年代那样有反响，但它依然从观念层面积极参与了世俗化社会的建构，可谓延续了上一时段的历史文脉，这是不可否认的。

21 世纪，文学理论也受到重视。2004 年，中共中央发布《关于进一步繁荣发展哲学社会科学的意见》，其内容之一是决定实施马克思主义理论研究和建设工程。同年，文学理论课程便被选为了中国文学学科中的第一门"马工程"教材建设课程。这在某种意义上也说明了文学理论学科在我国受重视的程度。同时，文学理论界的诸多讨论，如全球化时代文论走向、日常生活审美化之争、文艺学学科反思问题的讨论等，都有一定的学术影响力，多少是和时代相吻合的。

然而，即便如此，文学理论是否因此在社会生活中发挥了知识的公共效用呢？文学理论学科又是否因此具有相当的知识合法性呢？答案恐怕并不简单。晚近二三十年里，文学理论学科的存在状况甚至不容乐观。

不妨回到 20 世纪八九十年代来看。彼时，我国社会文化发生了具有历史意义的转型，但是文学理论的知识生产却没有很好地契合这种转型。在某种程度上出现了文学理论远离文学，文学理论回到文学理论自身的状况。虽然这也有一定的合理性，比如会提升文学理论的专业化、学科化水平，但是，作为知识形态的文学理论，其公共参与的能力却可能会因此越来越弱化。毕竟，文学理论应该一切从实际出发，根据变化了的文学实际，得出有关文学的新认知。这种新认知当然不应该完全迁就现实，但也不意味着就要自觉或不自觉地忽略现实。合理的选择应是根据变化了的现实，批判性地展开研究，继而提炼出相应的理论。只有这样，才能保持理论的公共性、合法性。否则，文学理论知识增殖的同时，文学理论的实践感却呈弱化之势，其公共言说的能力则日渐式微，借文学解决社会文化问题的"审美功利主义"传统难以为继。①

与此相关的是，那时的文学理论对文学基本问题的认知也存在观念层面的滞后现象，而没有及时地做出调整。比如，它始终坚守纯粹的文学审

---

① 杜卫：《审美功利主义——中国现代美育理论研究》，人民出版社，2004。

美，而无视变化了的现实境况，这样就可能导致抽象化地看待文学，以致得出的一些文学观念往往与文学现实不契合，也提供不了有效的解释。而且，它也很难与文学现实形成真正的批判性张力关系，遑论力所能及地提供引领世道人心的人文学的"想象力"。正如有学者所指出的那样："过于追求从现实中超拔，过于强调文学自身的价值，极力寻求建构纯粹的'审美论''自律论'的批评理论，而将文学反映现实、介入现实、影响现实变革的观念，完全当作过时的'他律论'观念予以否定解构，其结果只能是促使文学和理论批评本身远离现实。文学和文学理论批评一旦离开了现实的土壤而'超凡入圣'，也就难免丧失生命活力而从'绿色'变为'灰色'。"① 可以想见，当20世纪90年代的文学文化乃至社会历史状况都发生了转变时，我们的文学理论对文学的理解还没有改变，这样的文学理论肯定就会导致知识的公共性危机。对此，早有学者指出："90年代以来，文学研究的自主性和公共性以新的方式显示出新的危机，我们以前不曾面临的危机。"② 的确，只要略加分析，就会发现文学理论的公共性危机表现在诸多方面，这里不妨再陈述几点。

其一，文学理论没有借文学批评参与到时代的进程之中。20世纪90年代实行市场经济以来，文学的商业属性越来越浓重，私人化写作、欲望写作、身体写作等文艺思潮虽然有其合理的地方，但文论界没有积极开展批评实践以引导其发展，以致这些文艺创作的抵抗意义在世俗社会中被慢慢耗尽了。或者说，它并没有捕捉到意识形态的需要，也没有起到建构乌托邦的作用。简而言之，就是文学的公共性不足。

其二，文学理论对大众文化虽然有关注，但直到今天都没有真正地借大众文化研究关联起社会问题。或者即使关联了社会问题，却也由于种种原因，而没有对这些社会问题实施有力量的介入。过多的精力耗费在了立场之争上，有明显的文化公共性不足之憾。比如，我们明显缺乏对那些影

---

① 赖大仁：《20世纪中国文学理论批评的现代转型》，中国社会科学出版社，2018，第240页。
② 陶东风：《当代中国文学的自主性与公共性的关系》，载钱中文、丁国旗等编《新中国文论60年》，知识产权出版社，2010，第183页。

响公众日常文化生活的大众文化产品的细读和分析，遑论借助研究来引领大众文化的消费乃至生产。

其三，文学理论知识生产的条件越来越体制化，甚至封闭在知识生产机器里自我循环。文学理论的知识因此与社会有隔阂，有些知识恐怕都无关乎社会人生了！有学者曾写道："当学术渐趋独立自足，并在新的学院体制下成为学人的文化资本之后，知识在相当程度上便开始远离社会实践，转而成为装点门面和炫耀才学的摆设，成为获得社会资源的象征资本。今天，高度体制化的大学教育系统，行政化的科研管理机制，不可通约的学科体系，趋向功利的研究取向，正在使学术趋于经院化和商品化。为学术（知识）而学术的取向，也就从一种具有积极意义的理念转变为带有消极性的托辞。那种曾经很是强烈的社会现实关怀在知识探求中逐渐淡化了，参与并干预现实的知识功能被淡忘了。当学者满足于在书斋里和课堂上的玄学分析时，一种曾经很重要的学人之社会角色也随之消失了。于是，寻找一种能够直接参与并干预现实的知识路径便成为当下中国人文学者的急迫要求。"① 虽然这并非针对文学理论的知识生产而言，但恐怕谁也不能否认这不是包括文学理论在内的当今知识生产之情状。毋庸讳言，文学理论的确出现了体制化的弊端，其结果就是文学理论的公共性出现危机。

正是在这样的语境下，文学理论的公共性问题研究浮出了历史地表。从学术事件与文献资料看，2008 年，当是文学理论公共性问题研究的标志性年份。那一年 8 月，中国文艺理论学会联合首都师范大学等单位召开了"文学与文学研究的公共性"学术研讨会。同年 9 月，陶东风的《文学理论的公共性——重建政治批评》（福建教育出版社 2008 年版）一书出版发行。该著导论部分明确提出了"重建政治批评与文学理论的公共性"的学术主张。

此后，《文艺研究》《文艺争鸣》《文艺理论研究》等学术刊物陆续发表了陶东风、南帆、王一川、赵勇、张闳、徐贲、朱大可等学者的相关研

---

① 周宪：《文化研究：为何并如何？》，《文艺研究》2007 年第 6 期。

究论文。《人民日报》在 2011 年 4 月 8 日还刊发了《重建"公共性"，文学方能走出窘境》的评论文章。《中国艺术报》在 2012 年 12 月 7 日则发表了蔡清辉先生的《当代中国文学公共性的缺失与重构》一文。尤其值得一提的是，2014 年第 6 期《文学评论》刊发了一组"文学与公共性"的专题文章，其中有赵勇的《文学公共性的跨国旅行?》、李建军的《"公共性"与中国文学经验》等重要论文。此后迄今，一直有与本研究相关的重要论文在持续刊发。①

综观之，学界已做相关研究工作，大体可述之为三个方面。

其一，对 20 世纪 90 年代以来文学理论的公共性进行整体反思与学理建构。大多数学者都认为 20 世纪 90 年代以来文学理论的公共性弱化了。陶东风在《当代中国文学的自主性与公共性的关系》一文中认为 20 世纪 90 年代以来文学理论的公共性成为一个问题，出现了不能参与公共领域事务的危机。基于此，陶东风对文学理论的公共性进行了学理建构，既倡导政治批评，也为文化批评的公共性进行辩护。另外，苏州大学刘锋杰课题

---

① 这里列举部分相关文献：陶东风《文学理论的公共性——重建政治批评》，福建教育出版社，2008；陶东风《文学理论与公共言说》，中国社会科学出版社，2012；陶东风《文化研究与政治批评的重建》，中国社会科学出版社，2014；王一川《艺术公赏力——艺术公共性研究》，北京大学出版社，2016；南帆《文学与公共空间》，《南方文坛》2008 年第 4 期；南帆《文学公共性：抒情、小说、后现代》，《文艺研究》2012 年第 7 期；赵勇《文学活动的转型与文学公共性的消失——中国当代文学公共领域的反思》，《文艺研究》2009 年第 1 期；王伟《共时空间、意义互动与文学公共性》，《当代作家评论》2012 年第 5 期；向天渊《当代文学"公共性"传统的建构与阐释》，《岭南师范学院学报》2015 年第 2 期；王熙恩《文学公共性：话语场域与意义增殖》，《黑龙江社会科学》2015 年第 6 期；杨黎《论文艺在社会公共领域中的当代意义》，《美与时代》2016 年第 10 期；张江《公共阐释论纲》，《学术研究》2017 年第 6 期；胡振明《作品、市场、社会：文学公共领域形成初探》，《浙江大学学报》2017 年第 6 期；丁国旗《寻找公共性——文学批评的意图》，《山东社会科学》2018 年第 10 期；周敏等《文学的公共性：从文学生产到文本接受——兼论公共阐释的有效性》，《河南大学学报》2019 年第 2 期；周银银《另类乡土中国形象的域外旅行与文学公共性》，《南京师范大学文学院学报》2019 年第 4 期；张同胜《文学经典的质性与阐释的公共性》，《鲁东大学学报》2020 年第 2 期；王唯州《文学考古学：别样的文学公共性》，《天府新论》2021 年第 2 期；顾文艳《德语文学公共领域中的中国文学接受机制》，《当代文坛》2021 年第 3 期；周立民《公共生活与冒犯的文学》，《文学》2022 年第 2 辑；黄发有《文学刊授活动与八十年代文学的公共性——以史料挖掘为基础》，《扬子江文学评论》2023 年第 3 期；罗先海《走向公共性：文学批评有效性如何抵达》，《创作评谭》2023 年第 1 期；曾诚《现代中国文学公共领域的存在方式及其表现》，《文化学刊》2024 年第 10 期。

组最近几年围绕"文学政治学创构"的课题也撰写了相关系列论文，并出版了同名专著，力倡进行与文学理论公共性建构密切关联的文学政治学研究。① 王一川近年来开展的艺术素养论范式的文艺研究也有公共性维度。② 他的艺术公赏力的研究，更是和文学理论公共性问题密切相关。艺术公赏力的内涵之一即公共性。③ 同时，他将当代文学理论的三次转型置于素养论视域中予以描述，也持有明显的公共性旨趣。④ 诸如此类的重要成果对于我们进一步反思和建构文学理论的公共性大有裨益。

其二，在公共性视域中对文学理论的基本问题进行再阐释。学界主要对文学本体问题进行了公共性审视，认为 20 世纪 90 年代以来的文学理论因为过度强调文学的自主性、审美性而忽视了文学的公共性、政治性，并最终导致了文学公共性的消失。陶东风的《论文学公共领域与文学的公共性》即持此论。⑤ 此后，陶东风又发表了《阿伦特式的公共领域概念及其对文学研究的启示》一文，对文学本体问题进行了更深入的思考，有理有据地建构了文学本体的公共性。⑥ 学界目前也对文学功能的公共性问题进行了研究。赵勇的《文学活动的转型与文学公共性的消失》一文详尽地考察了此问题，他认为 20 世纪 90 年代以来文学公共领域一蹶不振，并出现了伪公共领域。⑦ 在 2014 年《文学评论》上刊发的《文学公共性的跨国旅行?》一文中，他依旧对当前文学的公共性持审慎态度。⑧ 南帆的《文学与公共空间》一文也认为文学的公共性虽然在弱化，但因为文学参与公共空间具有独特性，所以文学的公共性功能不可能消失殆尽。⑨ 而丁国旗的论

① 刘锋杰等：《文学政治学的创构——百年来文学与政治关系论争研究》，复旦大学出版社，2013。
② 王一川：《中国艺术公共领域的当代建构》，《中国高校社会科学》2014 年第 6 期。
③ 王一川：《艺术公赏力——艺术公共性研究》，北京大学出版社，2016。
④ 王一川：《从启蒙思想者到素养教育者——改革开放 30 年文艺理论的三次转向》，《当代文坛》2008 年第 3 期。
⑤ 陶东风：《论文学公共领域与文学的公共性》，《文艺争鸣》2009 年第 5 期。
⑥ 陶东风：《阿伦特式的公共领域概念及其对文学研究的启示》，《四川大学学报》（哲学社会科学版）2010 年第 1 期。
⑦ 赵勇：《文学活动的转型与文学公共性的消失》，《文艺研究》2009 年第 1 期。
⑧ 赵勇：《文学公共性的跨国旅行?》，《文学评论》2014 年第 6 期。
⑨ 南帆：《文学与公共空间》，《南方文坛》2008 年第 4 期。

文《寻找公共性——文学批评的意图》将文学批评的意图和公共性关联起来，提供了文学批评的新理解。① 诸如此类的研究，对我们开展当代文学理论公共性问题的进一步研究有所启发。此外，近年来学界不少专家学者有关文学与政治问题的研究，与本研究也有较大关联。我们将在具体研究中呈现出来。值得一提的是，晚近公共阐释论的讨论，② 引发了诸多与文学理论基本问题相关的研究。比如，文学意义的确定性问题和公共性的关联，文学经典问题、文学发展走向问题等与公共性的关系等都是一些颇给人启发的研究。③

其三，对 20 世纪 90 年代以来的具体文学现象和问题展开批评，自觉践行文学理论的公共性。学界对"80 后"写作、"断裂"问卷事件、私人化写作问题、纯文学的问题、"大话"文艺现象等所做的公共性方面的探究较多。仅以纯文学问题为例，有学人认为之所以纯文学在 20 世纪 90 年代以后出现问题，是因为它沦落为享乐主义文化，而将其反叛精神消耗殆尽。④ 对包括纯文学问题在内的一些文学现象和问题展开批评，对于文学理论公共性的落实不无益处，这样的研究成果对于本书研究——文艺公共性问题的思考也不无借鉴意义。

由于本书研究的是我国当代文学理论问题，⑤ 因此国外相关研究并不多见，只有少数海外学者的研究与本研究有关联。王斑的《历史的崇高形象：二十世纪中国的美学与政治》一书，对于我们认识中国文学理论公共性问题有一些启发。值得提及的是，相关译著的出版对于本研究有非常重要的作用，如阿伦特《人的境况》、哈贝马斯《公共领域的结构转型》、桑

① 丁国旗：《寻找公共性——文学批评的意图》，《山东社会科学》2018 年第 10 期。
② 张江，《公共阐释论纲》，《学术研究》2017 年第 6 期。
③ 参段吉方《走向当代的文本阐释诗学——公共阐释论与中国当代文本阐释诗学的理论建构》，《中国社会科学院研究生院学报》2019 年第 4 期；曾军、辛明尚《文学阐释的公共性及其问题域》，《复旦学报》2018 年第 6 期；孙士聪《公共阐释与公共性的诗性建构》，《山东社会科学》2018 年第 10 期；张同胜《文学经典的质性与阐释的公共性》，《鲁东大学学报》2020 年第 2 期；高岩《基于公共阐释论的文学走向思考》，《渤海大学学报》2020 年第 3 期。
④ 张闳：《文学的力量与"介入性"》，《上海文学》2001 年第 4 期。
⑤ 本研究所探讨的"当代"文学理论公共性问题，主要指 20 世纪 90 年代以来的文学理论公共性问题，但必要时会将研究时段前移。

内特《公共人的衰弱》、奥威尔《政治与文学》、谭安奎编《公共性二十讲》、邓正来等主编《国家与市民社会——一种社会理论的研究路径》、汪晖等主编《文化与公共性》、许纪霖主编"知识分子论丛"（如《公共性与公共知识分子》《公共性与公民观》）等都对本研究有所助益，我们将在具体研究中对其进行充分吸收与批判继承。

基于对研究现状的了解，我们认为，还有必要继续发起对文学理论公共性问题的讨论。这是因为文学理论公共性问题，还有进一步研究的学术空间。兹举一例为证。比如，学界尚没有从公共性角度去反思一下当代文学理论的"发生"以及基于此的"当代发生期"的文学理论生成了怎样的公共性传统，又留下了怎样的公共性问题。这无疑是值得认真研究的问题。道理很简单，因为文学理论的公共性状况之所以会是这样的，其实和当代文学理论的历史有内在关联。这种历史必定是会再生产的，它对当下甚至未来都有挥之不去的影响。因此我们就有必要予以讨论。

在具体讨论文学理论公共性问题之前，我们应该对文学理论公共性自身有一个基本的认知。在已有研究的基础上，我们认为文学理论的公共性可以从以下几个方面来理解。

其一，文学理论学科要有相对的自主性。作为一门学科，要自主，就意味着这门学科要以生产知识为追求，而不能借助于学科之外的力量来谋求自身的合法性。这就意味着文学理论要有阐释文学的能力，要生产可有效分析文学问题的专业知识。只有这样，文学理论才能说有其自身的自主性。文学理论的自主性和文学理论的公共性是一体两面的关系。没有这种自主性，即使文学理论经常公开露面，也不可能有真正的公共参与，而只是充当了一种外在的、非文学理论的角色而已。

其二，文学理论学科要开放、多元，不同理论观念之间要积极展开对话。为什么文学理论公共性需要强调开放、多元和对话呢？道理其实很简单，因为没有开放、多元和对话，就意味着文学理论不是复数性、差异性的，而非复数性、非差异性就很可能导致其失去公共性。这一点，已有不少研究公共性的理论家予以指认。阿伦特就曾经指出："公共领域的实在性依赖于无数视角和方面的同时在场，在其中，一个公共世界自行呈现，对此是无法用任何共同尺度或标尺预先设计的。因为公共世界是一个所有人共同的聚会场所，每个出场的人在里面有不同的位置，一个人的位置也不同于另一个人的，就像两个物体占据不同的位置一样。被他人看到或听到的意义来自这个事实：每个人都是从不同角度来看和听的。这就是公共生活的意义。"① 阿伦特虽然不是直接针对文学理论的公共性问题来强调复数性、差异性的，但毋庸置疑，没有复数性、差异性等公共性特征，就必定很难保证文学理论的开放、多元和对话。这是被历史一再证明过的。陶东风为此专门以阿伦特的公共领域概念来论证其与文学研究的积极关联，并且借此指出，"任何文学理论研究者当然都要选择自己需要的理论、术语和词汇，这是理论工作的宿命，是研究开始的前提。但他同时应该对自己的选择持有清醒的反思精神，明白自己的选择不是'绝对真理'和'绝对谬误'之间的选择，而是各种关于文学的'意见'之间的选择。自己和别人的文学理论的较量，不是真理和谬误的较量，而是'意见'和'意见'的对话"。② 这无疑是非常敏锐和值得肯定的意见，是有自觉文学理论公共性的表现。著名文艺理论家钱中文曾倡导文学理论要"走向交往对话"。他说："单一的、统一的文学理论往往会用自己的一套观念排斥不同见解，以为自己说的都是真理。它不能容忍第二个声音，更不能容许别的声音的分辨。它只能让人听它一个声音，一种往往是嘲弄与压制的声音。它表现的是理论的独白，而不是探讨真理的对话。"③ 虽然钱中文先生所论并非在直接倡导文学理论的公共性，但显然他所指认的这种独白而不对话的文学理论恰好就是没有公共性的，这无疑是钱中文要极力反对的。就此而言，我们也可以认为钱中文其实是在间接地倡导文学理论的公共性。④

---

① 〔美〕汉娜·阿伦特：《人的境况》，王寅丽译，上海人民出版社，2009，第38页。

② 陶东风：《阿伦特式的公共领域概念及其对文学研究的启示》，《四川大学学报》（哲学社会科学版）2010年第1期。

③ 钱中文：《文学理论：走向交往对话的时代》，北京大学出版社，1999，第221页。

④ 有不少学者都倡导文学理论的对话，比如童庆炳先生曾依据自己多年的文学理论研究经验写道："在古今对话、中西对话基础上的'整合'，是建设中国当代形态的文学理论的必由之路。"（童庆炳：《中国当代文学理论的经验、困局与出路》，北京师范大学出版社，2015，第250页）对话的文论观和文学理论的公共性有积极关联，他们的相关著述都可以作为本研究的文献资源。

　　需要强调的是，不仅文学理论学科本身的知识形态要有开放、多元和对话的特性，而且对待具体的文学活动，也要持开放、多元和对话的立场。历史经验告诉我们，一旦否定了文学活动的开放、多元和对话，文学的公共性就要异化乃至消失。其结果就是让文学蒙受创伤甚至灾难。

　　其三，文学理论要跨学科交往。文学理论的公共性意味着文学理论不应该局限于学科之内开展研究，而应该以问题为导向来开放地研究。在选择研究角度和调用知识储备时，不以学科为界，而以能有效解释文学问题、介入文学活动为标准，大胆开放自己的学科领域。当然，文学理论跨学科并不意味着文学理论的研究对象可以无边无际。它可以研究有文学性的现象，可以研究与审美有关的符号及相关的表意实践。也就是说，可以有文化研究范式的文学理论，但无论如何，文学理论跨学科的目的不是让文学理论学科消失，毋宁说，是为了让文学理论学科避免学科化之弊，继而生产有效的文学理论知识，并最终伸张文学理论学科的公共性。

　　文学理论的跨学科问题其实也是一个涉及学科自主化和公共性的问题。对此，学者冯黎明的理念是值得肯定的，他说："我们应当承认文学研究的学科化尚未完成，而文学研究对象的综合性又使得我们无法借取某种既有的单一学科的理论原则作为知识依据，在多种学科知识的交互作用下生成新的学科知识视野，也许是文学研究完成自身学科自主化的最好策略。"[1] 虽然这里说的是文学研究，但显然是包含了文学理论学科的。依其之见，文学理论学科如果没有开放的学科视野，不能学科互涉，不能和其他学科进行公共交往，便很难真正地实现学科的自主性。同理，如果文学理论学科没有自主性，文学理论学科也就没有可能在学术场域中争得公共性。但无论如何，文学理论学科互涉的实践是为了生成文学理论学科的自主性，一如文学理论公共性问题的研究是为了文学理论学科的自主，而非为了彻底地否弃文学理论学科的存在。在文学理论学科的现代性构建依然是一项未完成的工程之时，在文学理论知识生产还欠发达之际，我们尤其要有这样自觉的学科建设观念。

---

　　① 冯黎明：《学科互涉与文学研究方法论革命》，武汉大学出版社，2014，第112页。

其四，文学理论要有批判性。所谓批判性，主要是指文学理论是文学知识分子面向公众和为了公众说出"文学真相"的一门学科。借助于这门学科，可以产生有关文学的真理，可以培养文学人追求真理的独立人格。同时，有批判性的文学理论，还是为公共交往提供条件的一个空间。在这个空间里，人们交流文学，同时也是在交流、讨论和反思与文学相关的社会文化问题。通过这种公开、平等和相对自由的文学/文化讨论，可以培养有现代批判意识的个体，建构有人文关怀和社会责任感的文学知识分子。同时，作为一个公共空间，它无疑可以弥合社会与国家在现代性进程中可能出现的裂隙。

当然，文学理论作为生产文学知识的公共空间，它不是要制造国家与社会的二元对立，相反，它是要维护国家与社会在现代性语境中的"和而不同"，从而推进国家和社会在保持根本利益一致的前提下，共同走向美好。

总之，所谓当代文学理论公共性问题研究，即指当代文学理论以公共性为视域理解整个文学活动，以公共性为价值立场从事有关文学知识的生产及文学批评的实践。比如，把具有公共领域参与能力的文学视为好文学。同时，它又指文学理论学科自身要有关于公共性问题研究的反思维度，比如 20 世纪 90 年代以来的当代文学理论是否因过度专业化与体制化而产生了关于它的公共性问题，研究这一问题又该以何种公共性理论为学术资源等。基于这一理解，本书研究的主要内容如下。

其一，对文学理论基本问题的公共性研究。主要涉及文艺公共性问题。文艺公共性是一个关乎怎样理解文学的性质和功能的基本问题。文学理论公共性和文艺公共性是内在一致的。有什么样的文学理论公共性认知，就会有什么样的文艺公共性理解。

其二，对当代文学理论学科历史的公共性审视。主要讨论"当代发生期"的文学理论公共性问题、新时期审美范式的文学理论的公共性问题和20 世纪 90 年代以来文学理论的公共性问题。其中重点涉及文学理论新范式的文化研究。可以说，本书从公共性的角度对当代文学理论的历史进行了一番简要的描述、评论、反思和建构。

其三，对文学理论学科形态的公共性考察。通过回顾历史，我们又可以发现当代文学理论的学科范式，比如审美范式的文学理论、文化研究范式的文学理论等。本书对诸范式的文学理论之公共性进行了辨析。

其四，对文学理论前沿问题的公共性解读。文学意义问题是一个文学理论的基本问题，同时也是晚近文学理论界的前沿热点问题。这一问题主要以强制阐释论、公共阐释论等理论话语呈现。我们固然可以从其他角度进行理解，但不可否认，它是一个关乎怎样确定文学意义的重要问题。由于它恰好和公共性有关联，本书将它纳为研究对象。同时，本书还特别对"没有文学的文学理论"这一和当下文学理论之理论、后理论的转向有关的学科前沿问题，进行了公共性的解读。

其五，文学理论与批评的公共性介入。文学理论公共性问题也是一个需要具体落实到文学/文化现场的问题。本书因此在公共性视野下讨论作为"文学批评"的文化批评、作为"文化讨论"的文化研究以及"没有文学的文学理论"等，并对其介入、引领文艺社会实践发展寄予厚望。

不妨说，文学理论公共性问题是一个真实存在的问题。它是文学理论学科的基本问题，关乎文学的性质、功能，与作家创作和读者接受也有一定关联。同时，我们也可以从公共性角度理解文学理论的历史。这种理解，恐怕还会和文学理论学科的未来发展建立联系。从公共性的角度出发，甚至还可以建构或者优化文学理论的知识型。优化之后的文学理论知识型有可能强化文学理论知识生产的有效性，生产出能够契合中国社会文化语境，并与中国社会文化/文学现象互证互释的地方性知识，从而缓解当代文学理论学科的公共性危机。借此，还有可能推动当代中国文学理论知识生产的转型与新变。同时，文学理论公共性问题对于文学过度产业化、娱乐化、私人化及过度纯化等流弊都有救赎之效。如果我们还能将文学理论的公共性特别是它所认同的文学公共性理念付诸实践，那必将对公共文化生活产生影响，并最终落实到文学和文学理论的国民教育上。我们相信，假以时日，文学理论会因其公共性知识属性的增强，而和其他学科知识一道，更自觉、更有效地为人性的完善、社会的进步和生活的美好发挥应有的作用！

第一章

文艺公共性的概念、历史与走向

文艺公共性是讨论文学理论公共性问题必定要涉及的论题。[①] 这是因为文艺公共性不仅仅牵涉文艺性质的界定、文艺功能的发挥等一些文艺自身问题的理解和解决，它还牵涉诸多相关文艺理论问题的理解和处理。比如，怎样看待文艺的超越性，如何有效地管理文艺，怎样处理好文艺批评的争端等，都和文艺公共性问题相关。

由于文艺公共性问题与特定的社会结构、政治形态和文化传统等都有着较为紧密的关联，在思考文艺公共性问题之时，要有自觉的语境意识。因此，在现有研究的基础上，有必要对什么是文艺公共性。中国文艺公共性有没有其自身的特点，文艺公共性在当代中国是怎样发生发展的及它的走向如何等问题再进行阐发。借此可以获得更为具体的文艺公共性问题之思，并且有助于推进中国特色文艺公共性的相关研究。

一　文艺公共性的规范化理解

关于文艺公共性的理解，言人人殊。这里，我们主要依据哈贝马斯、阿伦特等人的相关文献来进行阐发。

---

① 需要强调一下的是，除特别说明外，我们这里使用的文艺公共性的说法，与文学公共性、艺术公共性基本可以互换。比如，哈贝马斯《公共领域的结构转型》一书，在使用文学公共性这一说法时，其实包括了音乐、戏剧等艺术门类。我们这里选择更具包容性的文艺公共性的说法，主要指的是文学，有时候也指文学以外的艺术。

　　毋庸讳言，要理解文艺公共性就要理解文艺公共领域。哈贝马斯认为公共性本身表现为一个独立的领域，即公共领域。这从一个侧面说明了文艺公共性和文艺公共领域是有关联的。不妨说，文艺公共性的存在需要文艺公共领域，文艺公共性是文艺公共领域体现出来的一种文艺特性。有什么样的文艺公共领域，就有什么样的文艺公共性。那怎么理解文艺公共领域呢？这显然需要先对公共领域有基本的把握。

　　公共领域，它主要出现在资产阶级社会。或者说，只有在资产阶级社会才有本来意义的公共领域。但是，在古希腊时期是有公共领域的。只不过那时的公共领域只有一小部分人可以参与，而大部分人不可以参与。可以参与的人就过着一种幸福的城邦生活。他们在开放的公共空间里，用自己的公共理性，并主要通过言行，自由、平等地参与城邦的公共事务，继而展示自己的存在，并获得生命的意义。黑格尔曾经说："雅典那时有一种活泼的自由，以及礼节、风俗和精神、文化上活泼的平等……在不违背这种平等和在这种自由的范围以内，一切性格和才能上的不同以及一切特质上的参差，都取得最无拘束的发展，都在它的环境里取得最丰富的刺激，来发扬光大。"① 黑格尔所言的显然是指可以参与公共领域的那部分人的状况。就此而言，古希腊的公共领域是古典型的公共领域。这种公共领域的精神被此后的资产阶级公共领域所汲取，但二者不完全一样。比如，古希腊公共领域不是市民社会的产物，不是所有人都可以参与；又比如古希腊公共领域是和公共权力领域合二为一的，其国家与社会没有分离。

　　需要提及的是，中世纪是没有公共领域的。如果要说有的话，它也是代表型公共领域。代表型公共领域相当于"公共权力领域"。这个公共权力领域不是公众的，甚至参与或占有这一领域的人们都没有公共意识。即使有一些公共意识，那也不是公众的公共意识，而是特权阶层潜意识里的公共意识，这种公共意识其实也就是占据这一地位的人把它公开化，使之成为某种"特权"的体现。换言之，他们不加反思地就代表了公众。为

---

　　① 〔德〕黑格尔：《历史哲学》，王造时译，上海书店出版社，2001，第258页。

此，我们的确可以这样认为：中世纪的代表型公共领域，由于它实际依附的是封建贵族阶层，贵族集团在民众面前所"代表"的并非民众而是其所有权，它也没有提供能够展开理性商谈的公共空间，其内容只是封建贵族阶层个人地位、权力的展现或一种地位的标志，平民充其量也只是作为他们的背景而已。所以，如果说它有"公共性"的话，那也只是封建贵族阶层的"公共性"，而不是普遍意义上的公共性。从这个意义上来说，它还不是真正意义上的公共领域。真正意义的公共领域出现在资产阶级社会。

为什么真正意义的公共领域会出现在资产阶级社会？这是因为公共领域的存在至少需要具备两个条件。其一，自由市场的出现。哈贝马斯认为，对于这种"成熟的"资产阶级公共领域来说，其社会前提条件在于市场不断获得自由，尽力使社会再生产领域的交换成为私人相互之间的事务，最终实现市民社会的私人化。自由市场的出现意味着有了"社会"领域，有了不受公共权力约束的私人领域。只有有了这个私人领域，才会有公共领域的诉求。公共领域的一个重要功能就是与公共权力抗衡，以维护私人领域的存在。哈贝马斯甚至认为资产阶级公共领域是在国家和社会间的张力场中发展起来的，但它本身一直都是私人领域的一部分。当然，与其说这个不受公权力约束的私人领域不是彻底私人化的私人领域，毋宁说它是有公共性的私人领域。换言之，也就是私人领域的"私人"都是"公众"。或许因此，我们可以认为私人领域是公共领域的一部分。其二，私法的出现。没有私法，没有规范的权力运行机制，就很难有真正独立的私人领域，也不可能有公共领域的切实发生和真正发展。对此，哈贝马斯指出，一套保障严格意义的私人领域的规范体系发展起来，从而确保私人相互交往，彼此都越来越不受等级和国家的干涉。

在哈贝马斯看来，一旦具备了上述两个条件，就意味着国家与社会已然出现分离。而这种分离是决定公共领域之存在或转型的根本依据。一旦国家与社会的界限模糊起来，作为调节国家与社会的公共领域就会成为模糊地带，最后就会从本来意义上的公共领域转变成人为的、被操纵的公共领域。哈贝马斯曾指出，社会的国家化与国家的社会化是同步进行的，正是这一辩证关系逐渐破坏了资产阶级公共领域的基础，亦即国家和社会分离。正是因为国家与社会的分离，才有了公共领域。如果没有国家与社会的分离，也就没有私人领域，没有私人领域就不可能有公共领域，因为公共领域虽然和私人领域不同，但是它却是基于私人、自我的出现这一前提而存在的。哈贝马斯认为，资产阶级公共领域首先可以理解为一个由私人集合而成的公众的领域；但私人随即就要求这一受上层控制的公共领域反对公共权力机关自身，以便就基本上已经属于私人，但仍然具有公共性质的商品交换和社会劳动领域中的一般交换规则等问题同公共权力机关展开讨论。这种政治讨论手段即公开批评的确是史无前例，前所未有。公共领域的调节其实主要是通过公开批评的方式，来使得国家获取足够的公共性。所谓公共性就是公共领域会形成批判的公共舆论来让公共权力领域得到监督，并且最大限度地反映公众的意志。这样的话，公共权力领域就会变得更为公开和公正。哈贝马斯因此认为国家是"公共权力机关"，它之所以具有公共性，是因为它担负着为全体公民谋幸福这样一种使命。当公共权力能够"倾听和尊重公众舆论"，它自然就会更有公共性乃至合法性。

依据哈贝马斯的研究，文艺公共领域与政治公共领域有区分，也有关联。在其看来，政治公共领域是从文学公共领域中产生出来的，它以公众舆论为媒介对国家和社会的需求加以调节。这就是说，文艺公共领域是通往政治公共领域的一个环节，是介于代表型公共领域与资产阶级公共领域之间的环节。文艺公共领域能够充当这一环节，恐怕还与其功能有关。对此，哈贝马斯认为，文艺公共领域是公共批判的练习场所，这种公开批判基本上还集中在自己内部，即这是一个私人对新的私人性的天生经验的自我启蒙过程。从这里，我们可以看出，文艺公共领域的主要功能至少有两点。其一，培养私人意识，让作为人的公众获得"自我理解"。其二，养成批判意识。有了批判意识，他就不至于成为受操纵的公众。因此文艺公共领域对现代公众的培养功不可没，这是政治公共领域的出现所需要的"人的条件"。

基于哈贝马斯对公共领域及文学公共领域的理解，我们认为文艺公共性主要具有这样几个"规范性的"特点。

其一，私人性。私人性是文艺公共性的根本特性，也是文艺公共性的前提条件。没有私人性，没有独立于公共权力的私人社会，文艺就不可能起到抗衡公共权力的作用，它因此反而没有公共性。作为私人性的文艺，它是独立的，是归属于社会的，是不依附于公共权力的。它要培养人的自我意识，塑造人的主体性。需要注意的是，作为私人性的文艺，它是有公共性诉求的。如果我们把文艺的私人性过度伸张，将其变得完全的"自私化"，变成了文化市场中的赚钱工具，则文艺的私人性就变成了毫无公共性维度的私人性。这样的私人性就不是文艺公共性所要求的私人性。作为文艺公共性特点的私人性，其实是要书写公共世界的，要"爱这个世界"，要去维护包括私人在内的公共利益。简言之，私人性是有公共性的私人性。套用哈贝马斯的说法，它作为整个私人领域，又具有公共意义。因此，文艺公共性所具有的私人性和公共性的关系要么是张力关联，要么是一体两面的关系，它们之间不可能脱钩而变得毫无关系，也不能够公而无私，或私而无公。①

还需要强调的是，私人性还与多元性、复数性和差异性有关，没有作为个体的私人，就不可能有多元、复数和差异的公共世界。阿伦特对此非常重视，她写道："公共领域的实在性依赖于无数视角和方面的同时在场，在其中，一个公共世界自行呈现，对此是无法用任何共同尺度或标尺预先设计的。因为公共世界是一个所有人共同的聚会场所，每个出场的人在里面有不同的位置，一个人的位置也不同于另一个人的，就像两个物体占据不同的位置一样。被他人看到或听到的意义来自于这个事实：每个人都是从不同角度来看和听的。这就是公共生活的意义。"② 如果公共领域中的每个人都同一、重复，那么这样的公共领域就是虚假的，参与进来的人也没有过公共生活。相反，"人都被彻底私人化了"，全部去过一种"完全私人的生活"了。因此，要保证有公共性，就需要有必要的私人性，而要保证正常的私人性，同样需要有公共性。回到文艺公共领域看，可以说正是多

① 关于公私关系的处理也是一个学术问题。金泰昌提出"活私开公"的说法，有启发意义。具体可参见〔韩〕金泰昌《以"活公开私"的公共哲学构筑"世界-国家-地域"之共动性社会结构》，载黄俊杰、江宜桦编《公私领域新探：东亚与西方观点之比较》，华东师范大学出版社，2008，第3~16页。

② 〔美〕汉娜·阿伦特：《人的境况》，王寅丽译，上海人民出版社，2009，第38页。

元、复数和差异的私人性文学的存在才保证了文学的公共性。道理很简单，只有具备了无数个私人、个体的文学观念，这个世界才会有多元、复数和差异的可能和必要。这一点对于文艺公共性而言是非常重要的。如果我们所有的作家都只能持有一种观念，写出来的作品千篇一律，那么可想而知，其结果就是文学公共领域的消失及文学自身的消亡。有学者因此强调说："复数性和差异性的消失标志着文学进入极权主义状态，标志着文学的公共性的死亡。"① 恐怕正是因此，文学创作需要有"无可争论"的"广阔天地"，② 文学家需要有属于自己的个性风格。

其二，批判性。作为有公共性的文艺，它应该对公共权力进行监督，通过这种监督，使公共权力具有公开性和合法性。这意味着文艺公共性不是简单地认同公共权力。相反，我们可以说，文艺公共性在原则上是反对一切统治的。所谓反对一切统治当然不意味着反对一切领导，而是说它反对一切不合理的压制和管控。就此而言，文艺公共性表现出了一定的批判性。同时，文艺公共性的批判性还表现在它面向公众，为公众说出"真相"。它对一切假丑恶现象予以揭示和批判。它没有依附性，它敢于公开运用自己的理性，它会对一切常识、成规进行反思，也就是做批判性理解。

文艺公共性显然与政治公共领域有关。它虽然不完全是政治公共领域，但它的性质特点和功能都与政治公共领域相一致，也就是说它也是调节社会与国家的。有学者曾经对文艺公共性发表见解："我们不能望文生义地把文学的公共性笼统理解为文学的政治性，好像任何公开化的、群众性的文学运动或任何所谓'重大政治事件'为题材的文学创作、文学研究都是文学公共性的体现。"③ 应该说，对文艺公共性和政治性的区分是有必要的。其中的关键在于，文艺政治性的政治是不是政治公共领域的政治，如果这种政治是公共权力的政治，它操纵文艺的批判性，挤压文艺的公共领域，并最终导致文艺自主性的弱化乃至消失，那么显然，这样的文艺政

---

① 陶东风：《文学理论与公共言说》，中国社会科学出版社，2012，第76页。
② 《列宁选集》第一卷，人民出版社，1995，第664页。
③ 陶东风：《文学理论与公共言说》，中国社会科学出版社，2012，第75页。

治性就是与文艺公共性背道而驰的。

其三，公开性。和公共性具有公开性这一特点一样，文艺公共性也具有公开性的特点。所谓公开性，就是要求文艺自身是可以面向公众公开的，它不是文人雅士自娱自乐的私人活动，而是要在公共领域中表达自己的意见，展示自己的存在。对此，有学者说："文学公共领域的参与者必须具备起码的理性自律，本着平等、自主、独立之精神，就文学以及其他相关的政治文化问题进行积极的商谈、对话和沟通。"① 同时，文艺在表意实践中所形成的公众舆论，也是可见的。这就要求文艺尽量去发现世界的真知灼见，虽然它要以文艺审美的方式去实现，但也一定要以真挚的情感和善良的意愿，去努力向公众说出真相，去努力为民众谋取幸福。

当然，文艺公共性所具有的公开性特点能够实际存在，也需要具备一定的条件。其中最为直接的条件就是，要有文艺公共领域的存在。没有文艺公共领域，文艺可能就没有进入公共领域的合法权利和正当机会，但这并不意味着文艺进入公共领域就不需要有门槛。对此，阿伦特说："只有那些被认为与公共领域相关的，值得被看和值得被听的东西，才是公共领域能够容许的东西，从而与它无关的东西就自动变成了一个私人的事情。"②

这里特别强调一下，文艺公共性所具有的私人性和公开性特点并不矛盾。哈贝马斯认为，公共领域在比较广泛的市民阶层中最初出现时是对家庭中私人领域的扩展和补充。卧室和沙龙同在一个屋檐底下；如果说，一边的私人性与另一边的公共性相互依赖，私人个体的主体性和公共性一开始就密切相关，那么同样，它们在"虚构"文学中也是联系在一起的。一方面，满腔热情的读者重温文学作品中所表现出来的私人关系，他们根据实际经验来充实虚构的私人空间，并且用虚构的私人空间来检验实际经验。另一方面，最初靠文学传达的私人空间，亦即具有文学表现能力的主

----

① 陶东风：《文学理论与公共言说》，中国社会科学出版社，2012，第73页。
② 〔美〕汉娜·阿伦特：《人的境况》，王寅丽译，上海人民出版社，2009，第33页。

体性事实上已经变成了拥有广泛读者的文学；同时，组成公众的私人就所读内容一同展开讨论，把它带进共同推动向前的启蒙过程当中。这即是说，公共性和私人性是有内在关联的。私人性，主要为文艺公共性提供基本的条件，比如有不受制于公共权力的私人领域，有已然作为公众的私人主体。同时，私人性也让文艺存在差异、多元的可能。公开性，则保证了与公共领域相关的、为公共领域所容许的文艺能够被看到和听到，能够发挥文学公共领域的功能。

至此，我们可以对文艺公共性进行一番简单的界定，即文艺公共性是国家与社会出现相对分离才可能有的文艺公共领域，它具有文艺的特性与功能。换言之，它是现代社会中的文艺所具有的特性和功能。其具体的特性就是私人性、批判性和开放性等。它重要的功能则是培养公共领域或现代社会所需要的主体意识和批判精神。同时，它也能在一定程度上调节个人、社会和国家之间的关系，以达到几者之间的良性互动和相对平衡。

二　文艺公共性的"当代再发生"

中国的文艺公共性，不能完全套用哈贝马斯的观点。我们知道，哈贝马斯意义上的公共领域的知识学依据主要是国家与社会的分离，这一依据虽然也随着现代性的推进在我国已逐渐呈现，但是，基于我们的文化传统和实际情况，可以发现，这种国家与社会的分离在我国还是有其独特之处的。这种独特之处的表现就是，我们国家与社会的关系与西方存在差异，比如二者之间的力量悬殊，① 比如二者可能不是对立的关系，

---

① 比如魏斐德就说："我发现了将哈贝马斯的概念应用于中国之尝试的不恰当性，因为尽管自 1900 年以来公共空间一直在不断扩大，但这仍不足以使人们毫不踌躇地肯定对抗国家的公民权利。相反，国家的强制力也在持续地扩大，而绝大多数中国公民看来主要是按照义务和依附而非权利和责任来理解社会存在的。"（魏斐德：《市民社会和公共领域问题的论争——西方人对当代中国政治文化的思考》，黄宗智主编《中国研究的范式问题讨论》，社会科学文献出版社，2003，第 165 页）

甚至有时候还是"利益共同体"。① 当然，我们这样说，并不是要完全否认公共领域理论的普遍适用性。在这一点上，我们还是认同哈贝马斯的观点，即"我对今日中国的形势不熟悉。……不过我确实认为，经济的进一步自由化和政治体制的进一步民主化，将最终能促进而且也需要民主形式的舆论必须植根于其中的、我们称之为政治公共领域和联系网络的某种等价物。任何一种以更广泛、更知情和更主动的参与（我们在西方仍在为之努力的目标）为目标的改革，均依赖于某种健全的公共交往，它可以发挥某种敏感过滤器的功能，用于体察和解释'人们的需要'"②。这也就是说，只要社会朝着现代化不断地转型发展，公共领域就会逐渐成熟，公共领域的理论就会越来越有阐释力。这一点我们还是要有信心的。③ 为此，我们有必要对公共领域展开具体讨论，并且对文艺公共性进行一番"转换性阐释"。

毋庸讳言，如果国家与社会完全是一体化的，那么，公共领域几乎没有存在的需要，也没有发生的可能。在那种境况下，文艺只是一项事业，是国家机器所掌控的社会结构中的一个存在要素。这一境况之下，恐怕连自主的文艺都没有，遑论文艺的公共性了。这一点，已有学者指出："当代中国改革开放之前 30 年，特别是'文革'时期，之所以不存在哈贝马斯意义上的文学公共领域与文学公共性，从根本上说是由国家和社会的关系结构决定的。"④ 然而，一般认为我国的文艺公共性在晚清民初就已然产生，它伴随着中国文艺的现代性的出现而产生。王一川认为，梁启超、陈

---

① 有学人试图用"第三领域"来代替"公共领域"概念。参见黄宗智《中国的"公共领域"与"市民社会"？——国家与社会间的第三领域》，黄宗智主编《中国研究的范式问题讨论》，社会科学文献出版社，2003，第 269 页。

② 〔德〕哈贝马斯：《关于公共领域问题的答问》，《社会学研究》1999 年第 3 期。

③ 事实上，也有一些学者认为公共领域自近代以来在逐渐发展，公共领域理论有较大的理论阐释力。参见朱英《关于晚清市民社会研究的思考》，《历史研究》1996 年第 4 期；朱英《试论近代市民社会产生的模式——兼论中国近代市民社会雏形的生成特点》，《开放时代》1998 年第 3 期；许纪霖《近代中国的公共领域：形态、功能与自我理解——以上海为例》，《史林》2003 年第 2 期。

④ 陶东风：《文学理论与公共言说》，中国社会科学出版社，2012，第 80 页。当然，改革开放以前的三十年也有一些文艺活动，它们的存在本身就有公共性所具有的私人性、批判性。然而，这些活动毕竟无法公开，因此没法有真正的公共性。

独秀等人先后于 1902 年和 1915 年创办《新小说》和《青年杂志》等,并且在这样具有现代意义的媒介上发表和传播有现代性的文艺作品与理论文章,乃是杂志现代中国文艺公共领域诞生的标志。① 当然,持不同意见者认为那时候根本没有出现哈贝马斯所阐述的意义上的公共领域,在那种情况下文艺公共性是很难想象的。② 对于这一问题,我们暂不辨析。这里,主要以改革开放以来的文艺公共性问题为讨论对象。③

改革开放后,中国国家与社会出现了一定的分离,公共领域在逐渐成长。但需要注意的是,这种分离不意味着两者是相对的。相反,二者可能是一种利益共同体,这就使得公共领域与公共权力领域之间不是抗衡的关系。整个社会自觉不自觉地共享一种"新时期共识"。④ 大家携手共进,一起推动整个社会文化的现代化进程。比如,国家特别强调对知识分子"一定要在党内造成一种空气:尊重知识,尊重人才"⑤。

具体到文艺,应该说国家与社会的分离明显影响了文艺公共领域的出现。这主要表现在公共权力领域在文艺政策上主动为文艺松绑,给文艺自由。1979 年,全国第四次文代会宣布:"党对文艺工作的领导,不是发号施令,不是要求文学艺术从属于临时的、具体的、直接的政治任务,而是根据文学艺术的特征和发展规律,帮助文艺工作者获得条件来不断繁荣文学艺术事业,提高文学艺术水平,创作出无愧于我们伟大人民、伟大时代

---

① 王一川:《艺术公赏力——艺术公共性研究》,北京大学出版社,2016,第 240 页。

② 余新忠:《中国的民间力量与公共领域——近年中美关于近世市民社会研究的回顾与思考》,《学习与探索》1999 年第 4 期。

③ 关于改革开放之前的文艺公共领域"断裂",学者王一川有指认:"在改革开放时代之初的 1978 年及之前,艺术领域起主导作用的力量是国家意志,那时还不可能存在真正意义上的艺术公共领域。从毛泽东于 1951 年亲笔修改《人民日报》社论《应当重视电影〈武训传〉的讨论》时起直到 1978 年改革开放启动前夕,中国艺术公共领域出现了一次长达二十余年的断裂。那时期的艺术界人士,例如艺术家或文艺青年等,即便有公共言论,也只能是在有限的个人领域、家庭领域或基于此区域发布及传播。因此,那时的艺术在准确的意义上属于一种国家化艺术或国家性艺术,也就是完全服从于国家意志的艺术理论、艺术创作、艺术鉴赏和艺术批评。"(王一川:《艺术公赏力——艺术公共性研究》,北京大学出版社,2016,第 240~241 页)

④ 张颐武:《"新文学"的终结与新世纪文学》,王宁主编《文学理论前沿》(第 3 辑),北京大学出版社,2006,第 248~250 页。

⑤ 《邓小平文选》(第二卷),人民出版社,1994,第 41 页。

的优秀的文学艺术作品和表演艺术成果。"① 1980 年，再次强调，不再提
"文艺从属于政治这样的口号"②。这些关乎文艺命运的言论，的确让文艺
再也不需要失去自我而过于他律地去为政治服务了。这在某种意义上表明
公共权力领域退出了"社会"，也就是让渡了一定的空间，不可否认的是
它已然给了文艺尽量多的独立性和自主性。具体到文艺的管理上，公共权
力也变得越来越尊重文艺，越来越按文艺的规律来管理文艺。其结果就是
让公共权力领域与艺术领域的关系朝着越来越平等、自由与和谐的方向发
展，比如，1981 年前后对《苦恋》的批判，1983 年对"清除精神污染"
事件的处理等。有学者因此认为这是"给被批判者留下了法律上的人身自
由空间。这样的直接的艺术后果之一……就是艺术公共领域开始逐步恢复
和加强了，相当于奏响了改革开放时代艺术公共领域复苏的动人旋律"③。

　　事实上，20 世纪 80 年代的文艺之所以有公共性，恰恰与文艺成为相
对而言的私人活动有关。比如，巴金的《随想录》，就是"讲真话"，"把
心交给读者"，"讲自己心里的话，讲自己相信的话，讲自己思考过的
话"④。他曾说："《随想录》其实是我自愿写的真实的'思想汇报'。至于
'四害'横行时期被迫写下的那些自己咒骂自己的'思想汇报'，让它们见
鬼去吧！"⑤ 写作，此时已经是私人的事情。因此，有学者说这是"在争取
艺术公共领域的权利"⑥。这是非常有道理的。

　　需要强调的是，20 世纪 80 年代的文艺越来越成为私人活动，但这种
私人化又不是彻底的私人化。彻底的私人化就没有公共性了。20 世纪 80
年代文艺的私人化是有公共性的，其具体表现就是有批判性，有公开性。
比如，巴金的《随想录》，它明显有对新时期之前那段历史的反思、批判
甚至控诉的意图！通读整个文本，诸如"今天我们还必须大反封建"⑦ 的

---

① 《邓小平文选》（第二卷），人民出版社，1994，第 213 页。
② 《邓小平文选》（第二卷），人民出版社，1994，第 255 页。
③ 王一川：《艺术公赏力——艺术公共性研究》，北京大学出版社，2016，第 244 页。
④ 巴金：《真话集》，人民文学出版社，2013，第 181 页。
⑤ 巴金：《随想录》，人民文学出版社，2013，第 165 页。
⑥ 王一川：《艺术公赏力——艺术公共性研究》，北京大学出版社，2016，第 245 页。
⑦ 巴金：《随想录》，人民文学出版社，2013，第 61 页。

意思很明显。我们可以看到，巴金不是把文学写作视为完全的私人活动，而是将之视为介入了公共视角的世界。在这个世界，他被公众看到、听到，其可见性毋庸置疑。

再简单地回到文学史。我们也可以发现，无论是以伤痕文学、反思文学为代表的"启蒙文学"，还是以先锋实验小说为代表的"纯文学"，它们都有将文学私人化及基于这种私人化的独立性和自主性的诉求。然而，这种诉求却实现了其文艺的公共性。启蒙文学的公共性主要表现为对社会的反思和批判，像著名的《伤痕》《班主任》等这些作品的公共性特征是很明显的。而纯文学的公共性则主要表现在它切实地实现了对"文学为政治服务"这一"成规"的反抗和逃离。当时非常著名的刊物《今天》，虽意在追求"纯文学"，但其公共性却是非常明显的。多年后，徐晓曾说："《今天》所追求的是自由的人文精神……她的作者们自我标榜从事纯文学创作，但这种所谓'纯文学'也只是相对于意识形态化文学而言。虽然《今天》的发起人在创意时曾经达成保持纯文学立场的共识，但事实上这是完全不可能的。"① 正是由于《今天》杂志发挥了实际的公共性作用，赵勇曾认为它的创办可以作为新时期文艺公共领域发生的标志性事件。②

当然，20世纪80年代的文艺公共性，总体而言，并没有与公共权力领域抗衡。或者说，此时的公共权力领域与文学公共领域的利益和方向都是一致的。对此，赵勇写道："在思想解放的进程中，主流的政治理念与民间的政治诉求存在一种同步性与同构性，即从总体上看，二者都是要清算'文革'罪恶，清除极左思潮加在人们身上的禁锢。在这种状态下，文学公共领域有了存活与生长的空间。"③ 这样说，也并不是要否认那时候建构文学公共领域的难度，只是说，它虽然也有斗争，但其结果是大势所趋，甚至不会留下太多的斗争伤痕。顺便说一下，20世纪80年代的文艺实践从一个侧面说明了文艺公共性和自主性并不矛盾！倒是没有文艺的公共性可能就

---

① 徐晓：《半生为人》，同心出版社，2005，第139页。
② 赵勇：《文学活动的转型与文学公共性的消失——中国当代文学公共领域的反思》，《文艺研究》2009年第1期。
③ 赵勇：《文学活动的转型与文学公共性的消失——中国当代文学公共领域的反思》，《文艺研究》2009年第1期。

没有文艺的自主性，而没有文艺的自主性也就没有真正的文艺公共性。

总之，20 世纪 80 年代的中国文艺公共性是发生了的，是真实存在的。它不仅仅表现在上述提及的国家与社会的分离方面，也具体表现在文艺政策、文艺观念和具体的文艺活动中。再以文艺活动为例。那时候的文艺活动能够吸纳公众的积极参与。不少期刊的发行量超乎想象。彼时的大学，读诗写诗、创办文学社团也颇为寻常。同时，还能在一些公共问题上形成文学舆论。毫不夸张地说，20 世纪 80 年代的启蒙文学对于推动社会的现代化进程有直接的作用。很多学者在回顾那段历史时都深有体会。赵勇认为，那是一个文学活动能够进入公共领域并形成公共舆论，继而引发公众的广泛共鸣和参与意识的时期。[①] 王一川也认为这是一种文艺公共领域的"复苏式构建"。[②] 如果说，五四时期曾经有过文艺公共性的现代发生，那么这一次的"复苏式构建"不妨称为文艺公共性的"当代再发生"。

三　当代文艺公共性的形态

随着现代化进程的深入，尤其是伴随着 20 世纪 90 年代市场经济体制的切实运行，包括文艺在内的整个社会的现代性越来越鲜明。其主要表现在三个方面。其一，社会系统发生了较大的分化。文艺获得了更大的独立空间。其二，文艺的现代性观念在逐渐生成。文艺变得越来越遵循自身的文化逻辑。其三，文艺自身也发生了分化，有主流文艺、大众文艺和精英文艺之分。显然，这种文艺现代性的当代发生为文艺公共性的出现提供了前提条件，但这并不意味着文艺的批判性和开放性等一些归属于文艺公共性的特点因此获得了历史性的彰显。

实际上，20 世纪 90 年代之后，尤其是 1993 年以后，文艺的公共性变得越来越复杂。一方面，文艺越来越独立，各种形式的文艺都有尊重艺

---

① 赵勇：《文学活动的转型与文学公共性的消失——中国当代文学公共领域的反思》，《文艺研究》2009 年第 1 期。

② 王一川：《艺术公赏力——艺术公共性研究》，北京大学出版社，2016，第 245 页。

规律的内在诉求，都希望承担起为公众谋幸福的责任。就此而言，文艺是有公共性的。但另一方面，文艺自身又有分化，出现了上述主流文艺、精英文艺、大众文艺等不同形态的文艺，其公共性又有差异。比如，主流文艺可能存在批判性弱的问题，精英文艺则有对文学公众考虑不足的嫌疑，而大众文艺又很可能对公众太开放，并且越来越呈现娱乐化趋势。

有鉴于此，有必要以划分文艺类型的方式来区分其公共性，并具体考虑各类型文艺公共性的发展问题。

其一，主流文艺的公共性。主流文艺虽然和公共权力有紧密的关联，但不得不承认，这种关联不是完全依附性的。主流文艺固然要听从于公共权力，但它也要走向市场。同时，主流文艺既要应答意识形态的召唤，又要保有乌托邦的冲动。它无疑会对时代进行颂扬，但它也会对社会进行适度的介入和揭示。凡此种种，就保证了主流文艺的公共性。我们甚至可以说，只要有文化现代性的存在，就会有主流文艺公共性的彰显，就会有作为实体的主流文艺公共领域的出场。

主流文艺的公共性之所以存在，无疑与公共权力对文艺发出的召唤有重要关联。这一方面意味着公共权力对文艺已然不再强制命令，不再进行行政干涉。另一方面，公共权力又非常重视文艺在社会结构中的存在。这就为文艺发挥公共性提供了条件。公共权力让文艺有了一定的自主空间，文艺甚至可以有必要的私人性，但同时又强调文艺并非私人之事，而将文艺定位成引领社会发展的一项公共事业，文艺因此有其公开性。只要有益于人民，有助于社会发展，即使是主流文艺也是可以有其适度批判性的。

其二，大众文艺的公共性。回到当今文艺所处的现实条件，我们发现20世纪90年代之后，尤其是1993年以后，文艺已然市场化了，具有商品属性，甚至完全成为一种"文化商品"。作为文化商品的文艺，它的生产、消费似乎都是私人的事情。文艺生产者、消费者遵循的是市场的逻辑。生产者要考虑利润，消费者要实际付费。如此境况，谈何公共性呢？然而，细想之下，公共性还是有的。市场语境下的文艺，其实是大众文化。问题因此也就转换成了我们如何理解大众文化的公共性。首先，大众文化往往和媒介有关，而媒介尤其是电子媒介的开放性、自由性等特点足以保证大众文化的公共性。在谈及文艺公共领域构成要素时，王一川指出："由于国际互联网的全球传播特性，当今时代任何一个开放的国家要想取消艺术公共领域而恢复艺术强权管制，就传媒技术本身而言都是难以奏效的。"① 媒介对文艺公共性的影响的确巨大。顺便说一下，哈贝马斯曾承认其对公共领域结构转型的论述，可能是媒介的变化才导致他认为自己过去的有些观点太悲观。其次，大众文化对于人们摆脱极端或虚假的公共性是有所助益的。这或许也是后来现代化理论范式的大众文化研究认为要回到现实语境，去发现大众文化的积极功能的一个原因。② 最后，大众文化要遵守基本的私人、陌生人交往中的公共伦理。同时，大众文化也倡导基于这种公共伦理的公共价值观。

其三，精英文艺的公共性。在国家不再倡导文艺为政治服务的历史语境下，文艺活动获得了相对独立的空间。这种空间无疑有助于文艺家承担社会责任。事实亦然，借助文艺来针砭时弊者是有的，甚至在严肃的时候，对国家公共权力的使用及其治理效果展开文艺化的书写，在一定意义上起到了监督国家的作用。这有点像哈贝马斯所言及的"它和公共权力机关直接相抗衡"。当然，对于这种抗衡，我们不能完全用二元对立来理解。在历史的上升阶段，公共权力领域和文艺公共领域完全可以方向一致。在这种境况下，精英文艺的公共性其实是在为主流意识形态建构文化领导权。

上述三种文艺公共性各具有怎样的特点，有没有强弱之分，它们的公共性又会遭遇怎样的问题？对此，我们不妨做如下分析。

其一，受国家召唤的主流文艺公共性，相对而言较弱。其突出的表现就是批判性较弱。对此，不应该简单地以道义论之，比如认为这种文艺没有风骨、不能永恒、缺乏趣味等。实际上，这种文艺公共性，在回应国家召唤的同时，提升了文艺的社会地位，并且，它对于社会的稳定也有积极意义。在国家和社会相对分离，或者说在国家利益和人民利益根本一致的前提下，主流文艺公共性具有鲜明的人民性特点，它对于改善基层民众的

---

① 王一川：《艺术公赏力——艺术公共性研究》，北京大学出版社，2016，第257页。
② 肖明华：《1990年代大众文化研究的现代化理论范式再考察》，《文化研究》2017年第2期。

精神世界和社会条件尤其有益。这是特别值得肯定的。

但也不可否认，主流文艺公共性对于公共权力有较强的依赖性。因此，相对于大众文艺公共性和精英文艺公共性而言，它有更强的文艺他律性特点。对此，国家应该以守住底线的思维和管理方式让渡一些必要的自由空间来为主流文艺公共性的成长提供更好的条件。而主流文艺自身也应该始终有较为自觉的文艺本位意识，要努力保有最低限度的文艺公共性认同。必要时，要多加吸收大众文艺公共性所倡导的私人性和精英文艺公共性所具有的强批判性。目前看，主流文艺公共性是有较强自律性特点的。

其二，受市场召唤的大众文艺的公共性，一定意义上是本来意义上的公共性。这是因为大众文艺的存在依赖社会空间，而社会空间的存在则需要社会和国家的相对分离才有可能实现。基于这种分离，大众文艺的公共性才逐渐生成，并表现出文艺公共性所具有的私人性、公开性和批判性等突出特点。这种文艺公共性有切实的社会空间和私人主体，因此一定意义上可以说，它的公共性程度较强，也可靠。但如果出现了畸形的社会，或者整个社会被消费逻辑所控制，这种公共性容易沦为彻底的私人性，从而使大众文艺表现出对公共事务的冷漠，并最终失去其具有的公开性和批判性特点。此时，虽然也有大众参与这种文艺活动，但他们的参与不是公众参与，而是彻底的私人参与，以致这样的大众文艺往往没有格局，甚至会出现大众被操纵、被误导及"娱乐至死"等不良现象。当是时，大众文艺要学习主流文艺，积极关注国家社会事务，同时，也要吸收精英文艺的社会责任意识，从而加强自身的批判性和公共性。如果从社会结构层面论，则需要争取和落实自主的社会空间，并且要借文艺而介入社会，从而生成文艺公共性。

其三，因公共权力自觉地执行"尊重知识，尊重人才"的政策，并且改变对文艺的领导方式等所产生的文艺公共性，是精英文艺的公共性。它也可以被命名为知识分子的文艺公共性。一般而言，这种文艺公共性是很独立、很自主的，它会遵循知识的逻辑，甚至会为知识人自身的道德律令所感召。就此而言，也可以说，知识分子的文艺公共性具有先天性的一面。这一点，还可能使得其文艺公共性的批判性特点较为明显。但知识分子的文艺公共性又具有后天的软弱性、依附性等特点。这是因为，知识分子作为一个阶层，它如果没有办法获得社会的支持，往往就很难与公共权力远离，因而文艺公共领域就可能转变成文艺公共权力领域。此时，知识分子的文艺公共性就可能表现出弱批判性，甚至有可能出现公共性消失的情况。因此，精英文艺公共性的存在也是需要社会条件的。

事实上，任何形态的文艺公共性，只要它需要保有其公共性的属性，就都需要具备社会条件。这一社会条件，其实就是国家与社会的分离，只有国家与社会出现了分离，才会有切实的公共领域，而后，才可能有文艺公共性。因此，我们有必要再考察一下我国文艺公共性的社会条件，以及这一条件所产生的文艺公共性特点，借此，我国文艺公共性才能得到更好的理解和更健康的发展。

四　中国文艺公共性的独特性和未来

上述对中国文艺公共性的发生发展和形态结构的阐发，无疑隐含了对我国公共领域独特性的理解和把握。对于这一独特性，早有学者予以指认。比如，王一川就曾明确道："中国当代在国家与个人之间尚不存在西方意义上那种相对独立而又能发挥中介的社会组织范畴（如宗教界、社会团体及其他民间力量），因而对公共领域在中国的问题就需做具体的审慎考察。"① 这一指认是客观的，也是可以从日常生活经验中得到的。

毋庸讳言，在我国，国家与社会的现代分离是比较特别的。通俗点讲，即说它没有分离，它又分离了，说它分离了，但又没有真正地分离。对此，我们非常认同这样的说法："中国的'公共空间'在这个意义上不是介于国家与社会之间的调节力量，而是由国家的内部空间和社会相互渗透的结果。这些文化产品对于中国社会文化空间的拓展具有广泛的意义，但是，它们既是国家与社会之间的空间，也是国家内部的空间，也必然没有真正的力量抵拒国家的政治干预。"② 这一境况之下，作为私人自律领域

---

① 王一川：《艺术公赏力——艺术公共性研究》，北京大学出版社，2016，第247页。
② 汪晖：《死火重温》，人民文学出版社，2000，第77页。

的市民社会就不是很发达。有学者敏锐地指出，我们的公共领域“是在没有成熟的市民社会的前提下形成的，在许多情况下，它甚至存在于国家体制内部”①。这种境况导致的结果就是，我们的文艺公共性是有限的。这种限度不是守护人性和伦理底线的限度，而是它往往要受到公共权力的制约。一旦公共权力不能自律，文艺可能就只能他律了。此时的文艺公共性尤其是主流文艺的公共性很可能因此变得非常微弱甚至丧失。这是被历史经验一再证明了的文艺公共性危机。那么，如何解决这个意义上的文艺公共性可能遭遇的危机呢？解决这一问题的理念和路径恐怕一时还难以给出，但是在正常年代里，尽量去彰显市场生成的与知识分子特质相通的文艺公共性，或可作为一种选择。有学者指出，“多年实践已经证明，在和平建设的时期，承认人的个体利益，承认人的个性，充分调动人的一切积极性，建立相应的生产关系形式，社会生产力便能够较快地发展，社会产品便能够不断增长”②。应该说，这里的社会产品是包括文艺产品的。只要多给文艺生产者以空间，承认其私人性，那么文艺公共性就会更发达，这样的文艺产品就更能得到社会的承认，就会有更多的消费者。

我们其实不需要恐惧文艺公共性在我国发达。因为中国文艺公共性不是基于国家和社会的抗衡而形成的，文艺不是用来抗衡公共权力的，更不是一种完全与公共权力对抗的力量。即使文艺对公共权力有批评、质疑，但它仍坚持公共权力的合法存在，其本意也是和公共权力一样的。文艺作为公共领域的一种存在方式，可能受到国家更多的重视，由此所形成的公共舆论，对于推动社会乃至文艺的现代化都不无益处。事实上，文艺即使是“人为的”公共舆论，也可能是具有批判性的，它可能发挥政治公共领域的功能。这就充分体现了中国文艺公共性的“非敌对性”特点。

对于这个特点，我们可以联系文艺人民性来进行思考。文艺人民性是主流话语，它表明了文艺不从属于政治，也就是文艺有一定的自主性，这种自主性在某种意义上就意味着文艺可以有私人性、公开性甚至批判性等

① 汪晖：《死火重温》，人民文学出版社，2000，第78页。
② 黄力之：《后革命语境的中国文化矛盾》，上海三联书店，2016，第291页。

一些归属于文艺公共性的特征。但是，文艺又需要为人民服务，在根本利益上要与公共权力一致，这就使文艺人民性所具有的公共性是有限度的。实际上，由于国家与社会的分离是相对的，二者的根本利益一致，而且公共权力也自觉地以人民的利益为重，我国的文艺公共性也是有限度的，它在某种意义上，甚至就是文艺人民性。这恐怕就是中国文艺公共性的最为特别之处。可以再强调一下的是，由于儒家文化的深刻影响，即使国家和社会出现了相对分离，我国文艺公共性所匹配的心性人格，也不可能是个体文化人格，而是家国文化人格，就此而言，文艺公共性也可能相似于文艺人民性。有学者在研究艺术人民性问题时曾倾向于用公共性这个范畴去讨论艺术和政治的关系问题，这一做法就显得很有见地。①

有鉴于文艺公共性的独特性，我个人以为，当前及往后较长的一段时期，应该定位好文艺在现代社会结构中所扮演的公共角色，并有意识地引领文艺公共性的进一步发展，从而发挥文艺的社会功能，发挥文艺的文化治理能力。如果处理得好，文艺公共性所起到的作用就相当于一个国家和一个社会的医生和教师，对此，我们又何必将其拒之门外呢？遗憾的是，中国文艺的独特公共性并没有得到足够的关注和理解。以文艺评论界为例，批评家往往缺乏对我国文艺公共性的基本认知，他们还没有完全意识到中国文艺公共性在某种意义上即文艺人民性这一重要特点。这从对《芳华》等作品的评论可见一斑。有不少批评家一看到有私人性、批判性等特点的文艺作品，就认为作品"政治不正确"，是对特定年代的公权力及其政策实践进行的"攻击"。这里不拟对此现象做具体评论，而只从文艺批评的角度提出一些与文艺公共性相关的看法和愿景。

首先，需要承认的是，我们一直倡导文艺的问题应由文艺批评来解决。粗暴地使用行政手段对文艺横加干涉，并不是正当而持久有效的做法，终究会遭到否定。无论出于怎样的利益考量，不管是哪一种立场，都应该要有历史理性和美好信念。这就要求文艺政策的制定者要有文艺公共

---

① 刘永明：《马克思主义与艺术人民性——一种艺术共同体的想象与建构》，中国文联出版社，2018，第19页。

性意识。而作为文艺批评家，特别是主流文艺批评家，更应该有公共领域意识。文艺批评家应通过自己的专业批评工作，尽量与社会和国家沟通，避免因文艺形成的公共舆论对公共权力造成危害。基于此，再以文艺批评引导文化领导领域的权力建构，这才符合主流文艺批评家的身份。

其次，在国家和社会有适度分离的今天，让渡一定的空间给公共领域成长，对于公共权力而言是有益的。个中缘由，最为根本的乃国家和社会是分离而不是分裂。公共领域的成长，其实也就是人民性的彰显，它和公共权力领域在根子上是良性互动的关系。因此，文艺公共性即使凸显的是批判性思维，只要这种文艺的批判符合基本的"事实真理"，又遵循基本的人性常识，表达时能够顾及情感逻辑和交往伦理，那么这种文艺公共性就是值得倡导的。事实上，文艺公共性是有助于调节国家和社会分离的，还能推动国家和社会的现代化进程。对于文艺自身的成长、文化软实力的提升乃至国家形象的建构，都是有积极意义的。我们的文艺批评应该对文艺公共性有同情的理解和深刻的认同。

最后，批评家对某一文艺作品进行评论其实也是在参与文艺公共领域的活动。此时应该理性地表达，有学理地言说，尽量去做说服的工作。有学者因此强调文学公共领域要"戒绝"暴力，主要是语言暴力；并认为："在文学公共领域，特别是文学批评领域，使用物理暴力的可能性不大，但是语言暴力的使用却屡屡发生。语言暴力的核心是非说理的性质，它既可能直接表现为侮辱谩骂，也可能表现为借助于某种不可一世的权势话语把对方打入事实上无法辩驳的境地。"① 语言暴力的确应该在文艺公共领域中被"戒绝"，因为它与文艺公共领域的言行规则相冲突，会破坏公共交往的原则和公共说理的底线，是没有文艺公共性的表现。

总之，我们对中国特色的文艺公共性要有充分的自信！在可见的未来，我们应该继续保持和更加彰显中国文艺公共性的特征，只有这样，才能更好地用文艺和文艺批评去调节国家和社会所出现的人为分离。这正是中国特色的文艺公共性所追求的。

---

① 陶东风：《文学理论与公共言说》，中国社会科学出版社，2012，第78页。

第二章
文学理论的"当代发生"与公共性

文学理论学科在晚清至五四时期就已然发生。这种发生，一般被称为现代意义的发生。所谓现代意义的发生，主要是指文学理论独立成为一种"知识"，作为现代教育体系中的一门学科，获得了建制。同时，它一改中国古代文论话语体系结构，从"诗文评"走向了"文艺学"。① 自从文学理论学科诞生以来，关于其现代性问题的思考和理解一直没有完成。直到今天，关于其现代性问题的思考和理解仍然是作为一项未完成的"现代性工程"不断地被回望。② 在这一回望的过程中，我们发现了一个关于文学理论的"当代发生"的问题。

在考察当代文学理论公共性问题时，我们不打算返回文学理论学科的现代发生期，而拟思考一个文学理论的"当代发生"问题。所谓文学理论

---

① 杜书瀛：《从"诗文评"到"文艺学"——中国三千年诗学文论发展历程的别样解读》，中国社会科学出版社，2013，第269页。

② 最近十余年，有不少相关文献涉及此。这里，仅列出部分专著。童庆炳等：《中国现代文学理论价值观的演变》，北京大学出版社，2005；程正民、程凯：《中国现代文学理论知识体系的建构：文学理论教材与教学的历史沿革》，北京大学出版社，2005；马睿：《未完成的审美乌托邦：现代中国文学自治思潮研究（1904—1949）》，四川出版集团巴蜀书社，2006；傅莹：《中国现代文学理论发生史》，上海文艺出版社，2008；旷新年：《中国现代文学理论批评概念》，清华大学出版社，2014；时胜勋：《现代中国文论话语》，光明日报出版社，2018；王一川：《中国现代文论传统》，北京师范大学出版社，2019；陈雪虎：《由过渡而树立：中国现代文论的发生》，北京师范大学出版社，2019；胡疆锋：《制度的后果：中国现代文论的体制构型》，北京师范大学出版社，2019；胡继华：《思想的制序：中国现代文论的多元取向》，北京师范大学出版社，2019；彭修银：《中国现代文艺学概念的"日本因素"》，中国社会科学出版社，2016；贺根民等：《中国现代文论的体系话语》，人民出版社，2019；盖生：《中国现代文论效用性研究》，山东大学出版社，2022；刘恋：《中国现代文论讲"义"十三家》，广陵书社，2023；李昕揆：《中国现代文学理论学科的兴起》，中国人民大学出版社，2023。

的"当代发生"，其实是对已然"现代"的文学理论学科进行"改造"，试图以社会结构、文化观念为依托来重新建构"当代"文学理论学科。这就意味着，文学理论的"当代发生"并不是一个简单的时间概念。即使在文学理论的范式发生了几次转型的情况下，文学理论的"当代发生"问题还是和今天的文学理论有紧密的知识关联。换言之，当下乃至未来的文学理论状况恐怕还会和"当代发生期"的文学理论有关。因此我们有必要把文学理论的"当代发生"作为一个问题来思考。

这里，我们选择从公共性的角度来深入讨论。之所以选择公共性的角度，原因至少有二。其一，文学理论的"当代发生"，带有强烈的政治意味，甚至我们可以说"当代发生期"的文学理论偏于"政治文论"。① 而政治在规范意义上讲，本就和公共性有关。从公共性的角度去理解当代文论，就此而言是可行的。其二，文学理论的"当代发生"对此后文学理论的公共性产生了直接的影响。比如，当代文学理论的公共性并不取决于基于文学知识的有效性，而是取决于它是否从学科意义上回应了当代政治文化的关切。换言之，主流话语对文学理论主体的询唤总是有效的，这种有效就成为文学理论知识合法性的依据。这一点，即使到今天，也还在对文学理论起作用。为此，要理解当代文学理论的公共性，就有必要对文学理论的"当代发生"进行一番公共性解读。

一　文学理论的"当代发生"

文学理论的"当代发生"，是一个非常复杂的问题。其复杂性在于它不是一个纯粹的知识学意义上的文学理论学科的诞生的问题，而是一个和文学知识有关的当代历史事件。在阐释距离尚不够远的当下，要去理解和阐释这一发生问题，我们可能很难"把那些使理解得以可能的生产性前见

---

① 时胜勋：《试论中国当代政治文论的概念、机制与归宿》，《澳门理工学报》（人文社会科学版）2019 年第 1 期。

与那些阻碍理解并导致误解的前见区分开来"①。然而，即便如此，这也不是我们能够逃避理解的理由。我个人以为，我们只有尽量从学理的角度，保持必要的历史语境意识，努力把关于这一问题的理解当成一个学术公共话题，才有可能获得较好的研究成果。②

（一）文学理论当代发生的时间点与"当代发生期"文论说

文学理论的当代发生作为一个时段概念，主要和两个重要的时间点有关：一个是 1942 年，一个是 1949 年。

1942 年，毛泽东组织召开了延安文艺座谈会。一年后，《在延安文艺座谈会上的讲话》（以下简称《讲话》）在《解放日报》正式发表。③ 虽然在当时，《讲话》的影响范围因"区域政治"的原因而有限，但从此后对文学的影响看，《讲话》无疑是文学理论"当代发生"的最重要话语。有学者因此认为，当代文论的发生应该从 1942 年算起。④

1949 年不仅是"中华全国文学艺术工作者代表大会"（第一次文代会）召开的年份，而且是中华人民共和国诞生的年份。对于文学理论的"当代发生"而言，其意义无论怎样强调恐怕都不过分。简而言之，一方面，这一年，当代的文学体制得以建立，这使得《讲话》所蕴含的"政策性"文论话语持续有效，并且还逐渐获得了在文论话语中的权威地位。另一方面，新中国成立后，一系列"文学事件"陆续发生，比如文代会、文艺运动、苏联文论模式的引进等。通过这诸多的文学事件，文学理论终于政治化了。这种政治化意味着文学理论不再是一门独立的学科，而成为党的事业的一个重要组成部分。对此，有学者写道："政治文化对文艺学的

---

① 〔德〕汉斯-格奥尔格·加达默尔：《真理与方法：哲学诠释学的基本特征》，洪汉鼎译，上海译文出版社，2004，第 382 页。正文统译作"伽达默尔"。
② 虽然我们如此这般地做了一些交代，但这并非我们可以完全自主阐发的理由。对于这一复杂问题的理解，我们还是保持了较高的反思意识，目的是避免误解。如若有异议，还望得到指教。
③ 哈战荣、李伟：《〈在延安文艺座谈会上的讲话〉发表始末》，《党史博览》2004 年第 7 期。
④ 陶东风、和磊：《当代中国文艺学研究（1949—2009）》，中国社会科学出版社，2011，第 20 页。

规约，是这一时代最突出的特征之一，但并不是全部，它还与学术的传承方式、科研体制、学者的社会地位以及检查制度密切相关。"①

那么，1942 年和 1949 年究竟哪一年才是文学理论"当代发生"的时间点？对此，我们认为，这并不是一个太有必要去"抉择"的问题。包括1942 年、1949 年这两个时间点在内的一些文学理论"当代发生"的时间点，它们之间并没有根本的差异。它们所代表的文学乃至政治事件，都参与了当代文学理论的生成。我们很难根据某一事件来认定文学理论的"当代发生"。何况，我们用"发生"，而不用"起源"来思考"当代文学理论"的"存在"，目的也是避免对这一问题的本质主义的看法。本质主义的看法往往认为，不找出一个具体的时间点及相关事件，就不足以说清楚当代文学理论的发生。对此，我们的看法是，文论的"当代发生"不是一蹴而就的，而是逐渐生成的。比如，撇开 1942 年、1949 年这两个年份不论，我们也可以说，1951 年开始围绕《武训传》所进行的批判运动，主要从批评个案的角度表明了文学理论的"当代发生"；1954 年苏联文论专家来华授课，则从文论教材的角度表明了文学理论的"当代发生"；1955 年的批判"胡风集团"运动，可以被理解为统一了文学理论的权威话语的事件，这无疑也是一文学理论"当代发生"的重要事件。这就说明了，于各年份中所发生的诸事件，从其自身的角度，一起促成了文学理论的"当代发生"。出于上述想法，我们不拟确定文学理论"当代发生"的准确时间点，而把这一发生的时间视为一个时期，从而有了"当代发生期文论"之说。

对于这种"当代发生期"文论，有学者将它命名为"政治文论"。②也有学者将它命名为"社会政治范式"的文论、③"政党文艺理论"④ 等。无论哪一种命名，其实都要面对一个问题，即文学理论的"当代发生"是区别于文学理论的现代发生的，或者说，正是因为有文学理论的"当代发

---

① 孟繁华：《中国 20 世纪文艺学学术史》（第三部），中国社会科学出版社，2007，第 12 页。
② 哈战荣、李伟：《〈在延安文艺座谈会上的讲话〉发表始末》，《党史博览》2004 年第 7 期。
③ 李勇：《中国当代文艺学的范式转型》，北京大学出版社，2012，第 66 页。
④ 余虹：《革命·审美·解构：20 世纪中国文学理论的现代性与后现代性》，广西师范大学出版社，2001，第 183 页。

生",所以才有"当代文学理论"的存在。当代文学理论不仅是一个时间的概念,它还有其历史的规定性。比如,当代文学理论和政党政治实践关联密切。① 虽然这种关联可能会随着社会文化语境的变迁而显出差别,但是,这种关联本身是不可能完全消失的。这是为何?道理其实也不复杂。理由之一就是当代文学理论是文学理论当代发生的产物。因此我们有必要对"当代发生期"的文学理论进行一番理解,从而更好地体会当代文学理论的历史规定性。

(二)"当代发生期"文论的特点

"当代发生期"文论具有怎样的特点呢?作为"政治文论"、"社会政治范式"的文论,其最大的特点就是它具有鲜明的政治性。对于它的政治性特点,我们可以从公共性的角度进行具体理解。

其一,"当代发生期"文论蕴含了独特的文学公共性理解,并且有基于这种理解的文学实践。

公共性的出现,是一现代性事件。它需要的条件就是资产阶级公共领域的出现。没有公共领域,就很难有真正的公共性。国家与社会的相对分离是资产阶级公共领域出现的前提。对此,哈贝马斯认为资产阶级公共领域是在国家和社会间的张力场中发展起来的,但它本身一直都是私人领域的一部分。对于资产阶级公共领域而言,这种分离还有可能是对立的。哈贝马斯指出,一套保障严格意义的私人领域的规范体系发展了起来,从而确保私人相互交往,彼此都越来越受等级和国家的干涉。资产阶级公共领域是基于个人本位的。而作为社会主义国家的中国,是绝不允许这种分离的。甚至连分离本身都是不承认的。这样导致的极端结果就是只有公共人,而没有私人。有学者非常敏锐地意识到这一点,他指出,在试图"将中国从资本主义霸权中解放出来的时候,却又使具体的人陷入了另一种霸权的统治之中。对人的作用和意志的强调,是对统一意志和作用的强调,

① 余虹:《革命·审美·解构:20 世纪中国文学理论的现代性与后现代性》,广西师范大学出版社,2001,第 14 页。

而不是指具体人的意志和作用。……经常使用的'人民'的概念，同具体的人是没有关系的，或者说是完全对立的。当强调具体的人的时候，就会被指认为'个人主义'，而'个人主义'是不道德的"。① 这也就是说，我们要建构的是基于国家与社会完全同一的公共性。这样的公共性无疑是独特的。其独特性之一就是它在公私关系问题上，往往主张大公无私。其独特性之二就是它敌我分明，它对政治的核心理解就是要分清敌我。这种敌我的区分也涉及经济地位、价值立场和文化趣味。政治因此就被看成了支配这种敌我斗争的权力，这就使得国家与社会分离基础上的公共性很难出现。

"当代发生期"文论就是基于这种独特公共性的建构。它所表现出来的文学公共性，因为不是基于国家和社会的相对分离，所以是没有私人性的。或者说，公共和私人不是敌对的，但私人需要无条件地服从公共。从某种意义上说，文学公共性，就是文学的党性，同时也是文学的人民性。这样，我们就可以理解以《讲话》为代表的文论观念了。同时，我们也可以理解，为什么《讲话》能够成为当时的权威理论文本。《讲话》归结到一点，其实就是要将文艺纳入党的领导事业，目的是使文艺成为听党指挥的"文化战士"。

基于国家和社会不相分离而形成的文学公共性，还使得"当代发生期"文论没有批判性。所谓没有批判性，就是说文艺不能对党的事业进行个人的反思，而应该无条件地服从。对此，《讲话》就这样说道："党的文艺工作，在党的整个革命工作中的位置，是确定了的，摆好了的；是服从党在一定革命时期内所规定的革命任务的。反对这种摆法，一定要走到二元论或多元论，而其实质就像托洛茨基那样：'政治——马克思主义的；艺术——资产阶级的。'……革命文艺是整个革命事业的一部分，是齿轮和螺丝钉。"② 如果我们理解了当时的社会结构，对于彼时政党政治实践的需要有切实的理解，《讲话》所表达的这一文艺观念就是可以被理解的。

---

① 孟繁华：《中国20世纪文艺学学术史》（第三部），中国社会科学出版社，2007，第46~47页。
② 《毛泽东著作选读》（下册），人民出版社，1986，第543页。

"当代发生期"文论总以文艺运动的方式来实现对文艺的批评。对于文艺的批评，它坚持"总是以政治标准放在第一位，以艺术标准放在第二位的"。① 为什么对待文艺问题会如此这般？原因当然很多，但无疑也是和"当代发生期"文论的文艺公共性的独特性有关，即政党政治和社会之间不是抗衡的，而是一体化的，以致文艺公共性即文艺党性，文艺公共性和文艺人民性也是高度一致的。这种独特性表明政党政治实践的需求和文艺所追求的利益是一致的。而这种一致性使得其强调政治标准第一的观点可以被理解。

其二，"当代发生期"文化重视文学的功用。同时，文学理论自身的作用也得到了极大的彰显。

在国家和社会一体化的结构里，文艺不是私人的事情，也不是沟通个人和国家的一个中间地带，而是党的事业的一个组成部分。文艺被看作文化战线的一支，是要发挥斗争功能的。毛泽东在《讲话》中就说："我们今天开会，就是要使文艺很好地成为整个革命机器的一个组成部分，作为团结人民、教育人民、打击敌人、消灭敌人的有力的武器，帮助人民同心同德地和敌人作斗争。"② 在社会历史进入当代这样一个重要的时段，重视文艺的功用，这是可以理解的。但是在国家和社会具备了相对分离的条件时，文艺的功能应逐渐被赋予公共性的内涵。所谓公共性的内涵，就是说文艺的功能不能直接化约为政治的功能，而应该是社会的功能，甚至是私人的功能，这是因为没有私人性，就没有公共性。而即便是政治的功能，它也不能只有公共权力政治意义上的功能，它还需有其他方面的功能，比如公共领域政治意义上的功能，甚至是文化政治的功能。

文学理论自身的功能，在"当代发生期"也得到了极大的彰显。它在当代社会文化结构中也居于重要的位置。它甚至和国家公共权力有直接的关联。有学者曾以文学理论在中文教育体制中的地位为例，指出，"文学理论（后受翻译苏联理论的影响普遍称为'文艺学'）的教学在中华人民

---

① 《毛泽东著作选读》（下册），人民出版社，1986，第547页。
② 《毛泽东著作选读》（下册），人民出版社，1986，第524页。

共和国成立之初即获得了前所未有的权威地位，开始与久已有之的'文学史'成为中文系最重要的两类必修课。而且，文艺学因其浓烈的意识形态色彩和指导吁求，在随后屡次开展的文学教育思想大讨论当中都受到高度重视，并且对'文学史'和'外国文学'的教学产生了强有力的影响"①。文学理论的功能之所以能够得到凸显，乃是因为文学理论有政党政治的依托。政党政治需要借助文学理论来领导文艺战线。

当代发生期文论对文艺功能的重视，一直贯穿此后文学理论研究，以致当文艺越来越娱乐化之时，我们或对偏于娱乐化的大众文艺不予承认，从而不进行切实地研究，或以"娱乐至死"这一说法来否认文艺的娱乐属性，特别是对网络大众文艺基本置之不理，比如我们的一些主流文艺理论教材很少去关注偏于娱乐的大众文艺。凡此种种，恐怕都是当代文论受了当代发生期文论传统的影响所致。

（三）"当代发生期"文论的公共性阐释

对于"当代发生期"文论所蕴含的文艺公共性，我们应该如何看待呢？诚然，如果我们完全按照资产阶级公共领域的规范性来理解的话，我们可能不会承认"当代发生期"文论的文艺公共性。但是，如果我们认为，文艺公共性其实是一个与现代性有关的问题，那么，"当代发生期"文论至少已然是现代性的文论，只要它与现代性有关，它就应该有公共性的诉求。即使这种公共性可能会因为现代性的特质而发生改变，也不能因此就完全认为其与公共性无关。基于这种考虑，我们还是有必要从文艺公共性的角度来切入思考。

其一，"当代发生期"文论所蕴含的文艺公共性即文艺人民性，对此，我们应该进行历史的理解。

"当代发生期"文论的文艺公共性说到底其实是一种文艺人民性，或者直接说成是文艺党性原则也未尝不可。这是因为当时的国家和社会之间没有形成分离，二者的利益高度一致。

---

① 高建平主编《当代中国文艺理论研究》，中国社会科学出版社，2019，第 796~797 页。

"当代发生期"文论所处的历史时期恰好是新民主主义革命时期。国家和社会相对分离难以实现。在这种情况下，文论话语的公共性的理解和建构无疑具有独特性。这种独特性，往往表现为任何关于文艺的言说，都必须纳入主流话语体系，不允许有私人、个体的声音。对此，有学者指出，那个时期主导的"文艺主张提出的历史背景，是中华民族摆脱战争危机、实现民族解放的特殊时期。战争作为时代最大的政治，就不能不考虑它的特殊性，统一的意志、高度的组织、最大的效率，是获得战争胜利的必要条件。民主、自由、个体的要求，必须限定于历史的特殊性之内，一切为了战争，一切组织和斗争都是为了配合和服务战争的"①。在文艺需要成为"文化战线"，文论话语也是"斗争武器"的年代，"当代发生期"文论的独特公共性也是可以理解的。但也需要承认，在1949年以后，特别是进入社会主义建设阶段后，"当代发生期"的文学理论之公共性并没有得到根本的调整。

应该强调的是，资产阶级公共领域的出现表明历史发展进入一个新的阶段。当时，我国明显没有进入这一历史阶段。因此，要通过历史理性来获得这种公共性认同，恐怕很难。但是，文艺公共性的获得也不一定就非要具备现实的社会条件。我们也可以通过对"文艺超越性"的肯定来获得。比如，我们可以借助文艺来表达乌托邦，通过这种对乌托邦的表达来实现社会文化的理想。我们要允许文艺有这样的理想。这种理想，能够和现实构成张力，让文艺起到审美现代性的作用。这种审美现代性的作用在某种意义上也就是文艺公共性。总之，只要我们不过于强调文艺的意识形态特性，文艺可能就会有公共性。即便是将文艺作为意识形态，只要不使其沦为一种机械的唯物主义或庸俗的文艺社会学，那也是可以让文艺公共性获得一定彰显的。

其二，对"当代发生期"文论的理解需要再政治化。

"当代发生期"的文论，由于政治化色彩浓厚，其文艺公共性变成了

---

① 孟繁华：《中国20世纪文艺学学术史》（第三部），中国社会科学出版社，2007，第12页。

文艺政治性。在这种情况下，有关文艺的知识和理论，就可能转换为临时的文艺政策论。对此，有学者写道："对中国当代文艺学学术史来说，由于它的特殊性，即在政治文化的规约中，它并没有在学科的知识层面充分地发展，文艺学并没有被当作一个专门性的知识范畴。在 20 世纪 50~70 年代近三十年的漫长岁月里，它直接延续的仍是 40 年代以来延安的传统，战时的文艺思想和建设一个现代民族国家的总体需求，也成为当代文艺学研究的主导思想。……在近三十年的时间里，文艺学学术专著的匮乏是一个令人吃惊的事实，我们不仅没有对诸如文学语言学、叙事学、修辞学、符号学、接受理论、阐释学、现象学、知识社会学等进行过专门研究，甚至文艺学教科书的编写都成了一个问题。我们不缺乏的则是不间断的争论和批判，而每次争论的背后都潜隐着明晰可辨的意识形态话语。这样，也就形成了我们作为现代化后发国家文艺学发展的特色。"[1] 我们缺乏文艺学"知识"，我们几乎没有生产出属于我们自己的理论。这一点，即使到今天都还是一个问题。或者说，作为学科的文学理论比较发达，但是作为文学知识学意义的文学理论却比较弱。与此相关的是，我国的文学理论流派、学派也不够发达。这无疑和文学理论过度地依赖或者受制于元叙事有关。道理也很简单，因为如果文学理论话语的生产，只需要依着于主流意识形态，其合法性依据就不可能是知识学意义上的。在这种情况下，我们就可能不会真正地去研究我们自己的文艺存在。而不对自己的文学文化乃至社会存在去展开研究，不去认识、理解、言说这种存在，我们就不会生产出"知识"来。因此，我们可以认为，如果我们不能解决文学知识生产的公共机制问题，我们的文学理论要有大的改观，恐怕是很难的。实现国家和社会的相对分离，留下一片空间，让文学可以遵循自己的规律运行，无疑是文艺知识出现的重要条件。

"当代发生期"文论因此需要再政治化。我们当然不可能去改变"当代发生期"文论的政治状况，但是，我们有必要借助再政治化的方

---

[1] 孟繁华：《中国 20 世纪文艺学学术史》（第三部），中国社会科学出版社，2007，第 11 页。

式，来对它既进行历史语境化的理解，又进行超越历史经验的阐释。对于文学理论的再政治化，前些年有学者已然做了一些相关工作。陶东风就曾指出，"依照阿伦特的政治观，极'左'时期文艺学知识生产的灾难不能泛泛地归结为'政治'化，而恰恰是它在'政治'化外表下的非政治化，在于它缺乏真正的政治实践所需要的公共性——再强调一遍，这种公共性是以差异性、多元性以及自由平等的争鸣为前提的"①。这就是说，我们要为"政治文论"正名，不能简单地认为政治文论是远离文学的文论，或者政治文论是远离学术的文论。应该分清楚是哪一种政治的文论才是远离文学的文论，怎样的政治才会导致文论的去学术化。如果我们不改变对政治的理解，我们就不可能有对"当代发生期"文论的批判性反思。

"当代发生期"文论的再政治化，最重要的恐怕就是赋予文艺公共性。这种文艺公共性，不一定基于国家和社会的分离或分裂，但是，我们一定要制度性地让渡一些空间给文艺，使其获得一定自由。这是为什么呢？原因主要是"在有任何支配或宰制他人的势力存在的地方，公共领域也随之消失，因为支配或宰制违背公共领域成立的一个基本条件是政治实践的多元性"②。当文艺不再完全受政党政治需要的直接影响，也就是文艺可以有相对的私人性，甚至可以作为调节社会和国家的中间环节时，对文艺的理解就会更加有公共性。这种公共性的存在无疑会增强文学理论的学术性、专业性和知识性。

特别需要强调的是，"当代发生期"文论的再政治化，其实也曾经是"当代发生期"文论自身的一种实践。在 1956 年至 1962 年，"双百方针"即是对文论政治化的一种改变和调整。就此而言，"当代发生期"文论的再政治化，本身就是"当代发生期"文论的组成部分。

---

① 陶东风、和磊：《当代中国文艺学研究（1949—2009）》，中国社会科学出版社，2011，第 18 页。

② 蔡英文：《政治实践与公共空间：阿伦特的政治思想》，新星出版社，2006，第 106 页。

二 "当代发生期"文论的传统和公共性

"当代发生期"的文论，已然塑造了当代文论的传统。对于这种传统，我们显然不可简单地否认，也不可简单地继承。合理的做法，是一切从实际出发，具体问题具体分析。这里，我们从公共性的角度，来对这种文论传统进行一番必要的讨论。

其一，关于"没有文学的文学理论"。

当代发生期文论非常重视文艺创作活动，它试图对文艺创作予以切实的指导，从而形成了作为政策论的文论。① 这无疑是当代文论的优良传统。但同时也不可忽视的是，"当代发生期"文论也形塑了"没有文学的文学理论"。所谓"没有文学的文学理论"，意思是说，"当代发生期"的文论虽然是在讨论文学问题，但它讨论文学问题的目的并不是完全为了文学。作为一种"政治文论"，它可能不是我们所理解的自律的文论，而且，其讨论的效果还可能远离文学乃至学术本身。这就使得这样的文学讨论演变为"没有文学的文学理论"。②

撇开"当代发生期"文学理论的研究目的和效果论，它当然也有值得我们肯定的地方。它对文学问题的关注，能够把文学作为理论研讨的对象是值得肯定的。虽然由于种种原因，它对文学问题的思考有可能无助于文学自身的发展，但是，它的目的还是希望通过文学批评的方式，来促进有益于人民的文艺诞生，这是我们应该予以充分理解的。

如今，文学理论越来越和文学活动脱节。这种脱节的直接后果就是文论的公共性被大打折扣。当然，这也不意味着文学理论就只能对文学文本进行批评。文学理论也可以以自身为研究对象，讨论文学理论学科的相关问题，这种讨论有助于促进文学理论研究的自觉。同时，如果在讨论时关

---

① 王杰、石然：《当代中国文艺政策发展史》，中国社会科学出版社，2019。
② 肖明华：《"没有文学的文学理论"：历史、形态与公共性》，《贵州社会科学》2020年第11期。

联文学理论所处的社会历史语境,那么,也是有助于文学理论公共性生成的。然而,"当代发生期"文学理论出现的"有文学的非文学理论"之学术现象及基于此所产生的文学理论公共性弱化问题无疑是需要得到重视的。"当代发生期"文学理论缺乏对文学文本的真正批评,比如在细读文本、品鉴语言和对文本形式结构的分析方面都没有建立良好的传统,甚至在某种程度上,它强烈的政治文论特质导致文学理论不很尊重文学文本。这样的文学理论在介入文学实践方面,在有效阐释文学活动方面就有较大不足。换言之,文学理论没有作为文学知识在具体的文学实践中进行有效的公共使用。它往往以运动的方式,对文学进行政治批判,甚至造成文学创伤。这也是文学理论公共性不足的一种表现。结果就是它既对作家的创作产生不了积极的引领作用,也对读者的文本接受起不到正面的引导作用。①

其二,关于"文艺争鸣"。

"当代发生期"的文学理论界出现过诸多文艺运动。据统计,一共有七十余次。有些文艺运动声势浩大,参与者众多,但是,这些文艺运动并不全是文艺争鸣活动,也就是说,它很可能并不是在一个文艺公共领域中展开辩论而最终让"较佳论证"者胜出。

对于"当代发生期"文论的文艺争鸣应该怎样看待呢?如果我们对"当代发生期"文论的公共性有一定的理解,那么我们恐怕有必要承认那时的文艺争鸣这种文艺公共性的"形式传统"。当代文学理论的发展,要切实地展开文艺争鸣,这是文学理论公共性的一种表现。值得肯定的是,"当代发生期"文学理论的争鸣,在此后的文学理论学科发展中得到了很好的继承。相关学者因此才有可能将当代文学理论的争鸣问题作为课题来进行研究。比如,谭好哲教授就主持了"新时期基本文学理论观念的演进与论争研究"。② 可以说,这种争鸣既让当代文学理论有其公共性,又推动

---

① 本书第十章将专门讨论当代文学理论历史进程中所出现的"没有文学的文学理论"问题。这种"有文学的非文学理论"和"没有文学的文学理论"虽不完全相同,但有较大关联。兹不赘述。

② 谭好哲主编《新时期基本文学理论观念的演进与论争》,人民出版社,2019。

了当代文学理论的发展和进步。但是，需要强调的是，"当代发生期"文学理论的文艺争鸣也存在一些暴力现象，这种暴力是令人恐惧的语言暴力。有学者曾对文学公共领域的暴力现象进行区分，并说道："在文学公共领域，特别是文学批评领域，使用物理暴力的可能性不大，但是语言暴力的使用却屡屡发生。语言暴力的核心是非说理的性质，它既可能直接表现为侮辱谩骂，也可能表现为借助于某种不可一世的权势话语把对方打入事实上无法辩驳的境地。"① "当代发生期"文学理论争鸣中就常常有语言暴力甚至"物理暴力"的发生，这就使得"当代发生期"文学理论的争鸣在某种意义上就沦为了"有争鸣的非文艺争鸣"。

对于"当代发生期"文学理论形成的传统，我们要辩证地看待和吸收。有学者曾经指出，包括"当代发生期"文论在内的文化的"选择是产生于危急之中的。这一点决定了这一文化道路内部存在着的本质观念层面与临时策略层面的矛盾和张力。危急过后，必然存在着如何自我评价、如何处理调整转型与继承坚持之间的矛盾问题"②。这种判断应该是公允的。对于"当代发生期"文论所存在的矛盾问题，无论怎么理解和解决，我们都要有这种基本认同，即国家和社会的适当分离，是现代性的诉求。在文艺分化的今天，我们对文艺公共性的理解应该也要做出相应的调整。文艺固然不是抗衡的力量，它有一定的私人性、公开性和批判性，我们应该适度鼓励文艺帮助国家形成积极的舆论引导，发挥引领价值观的作用，从而达到文艺为人民服务，文艺为社会主义服务的效果。③ 只有这样，有中国特色的现代文学理论才能越来越成熟。

---

① 陶东风：《文学理论与公共言说》，中国社会科学出版社，2012，第78页。
② 罗岗、孙晓忠主编《重返"人民文艺"》，上海人民出版社，2019，第2页。
③ 肖明华：《论中国特色的文艺公共性——文艺公共性的概念、历史和走向》，《文学评论》2020年第6期。

第三章

新时期审美范式文学理论与公共性

20 世纪 80 年代前后，文学理论迈进了"新时期"。这一"新时期"无疑具有特定历史文化意义。仅就文学理论而言，新时期文学理论之所以新，简而言之就是因为新时期文学理论大不同于此前的文学理论形态，它逐步完成了新的范式转型。而且，对于这一范式的命名，学界有一定的共识，一般称之为"审美范式"的文学理论。① 有学者在对当代文学理论历史进行了梳理后，指出："审美范式在 20 世纪 80 年代以一种轰动的方式建立起来，得到了文学理论与批评共同体的普遍认同。"②

那么，这一范式是怎样建构的？它和我们关注的当代文学理论公共性又有怎样的关联？又如何从公共性的角度去看待审美范式的文学理论？这是我们有必要关注的。

一 新时期审美范式文学理论的逐渐形成

审美范式文学理论的形成，是一个逐步实现的过程。其间，发生了不

---

① 当然，新时期文学理论的范式问题并没有定于一尊的理解。我们这里是从文学基础理论的角度予以讨论，其实也可以从其他角度进行认知。比如，从马克思主义文论的角度予以阐释，那么新时期文学理论就不能简单地说成是审美范式的文了。朱立元、董学文等学者就如此看待。具体可参阅相关文献。朱立元：《新时期文论大发展与马克思主义文论中国化》，《文艺争鸣》2008 年第 7 期；董学文：《新时期文学理论回顾与反思的几个问题》，《社会科学战线》2008 年第 9 期。

② 鲁枢元、刘锋杰等：《新时期 40 年文学理论与批评发展史》，浙江文艺出版社，2018，第161 页。

少和文学理论有关的事件。这些事件共同促进了审美范式文学理论的生成。这里，我们择其部分简要概述。

（一）作为文学政策的文论事件

1976 年后，我国社会历史发生了巨大的变化，全国上下逐渐"解放思想，实事求是，团结一致向前看"，其中最为关键的就是重新确立了实现四个现代化的目标。[①] 在这一具有现代性自觉的历史进程中，整个社会结构发生了激荡和调整，作为社会构成之一的文学及其理论越来越具有自主性。这种自主性还落实到了具体的文艺问题的论述之中。特别值得注意的是，国家对文学的管理做出了新的调整，也就是从政策层面对文艺进行了再阐释。

其一，1979 年，邓小平《在中国文学艺术工作者第四次代表大会上的祝词》对"文艺政策"重新进行了表述。邓小平说："党对文艺工作的领导，不是发号施令，不是要求文学艺术从属于临时的、具体的、直接的政治任务，而是根据文学艺术的特征和发展规律，帮助文艺工作者获得条件来不断繁荣文学艺术事业，提高文学艺术水平，创作出无愧于我们伟大人民、伟大时代的优秀的文学艺术作品和表演艺术成果。"[②] 看得出来，文艺不是不接受领导了，也就是说，文艺的党性原则还在。但是，这个原则更灵活了，它不是直接将文艺驯服，让文艺听话，而是在尊重文艺、帮助文艺，主要是为了文艺更好地发展。邓小平还说："写什么和怎样写，只能由文艺家在艺术实践中去探索和逐步求得解决。在这方面，不要横加干涉。"[③] 在这一开明的"文艺政策"之下，人们便可以去寻找文学的"特征""规律"了。这无疑有助于此后学界对"文艺审美特征论"的研究，我们因此可以认为当时的文艺政策论直接或间接地参与了审美论文学理论的建构，至少，它不反对更不粗暴地禁止文艺回到审美论。[④]

---

① 《邓小平文选》（第二卷），人民出版社，1994，第 140~153 页。
② 《邓小平文选》（第二卷），人民出版社，1994，第 213 页。
③ 《邓小平文选》（第二卷），人民出版社，1994，第 213 页。
④ 1981 年也有对《苦恋》的批判，1983 年还有"清除精神污染"，1986 年更是有"反对资产阶级自由化"，但整个"新时期"的"文艺政策"无疑没有根本的变化。即使有一些批判，也和过去的文艺运动不同，因此，它不至于完全阻碍审美论文学理论范式的建构。

其二，1980 年 7 月 26 日，《人民日报》发表社论文章，公开申明"文艺为人民服务，为社会主义服务"，这就改变了过去的"文艺为政治服务"的"政策"。这一新的政策使得文艺不再从属于政治，不再依附于政治，文艺越来越具有自主性，甚至和政治构成平行而非所谓的张力关系。有学者说得好，"社会主义国家改革的现代化追求，开始将文艺及文艺理论从政治的战车上解脱出来，给予它主体自由和独立言说的权利。新启蒙的文学和文论话语同国家现代化的意识形态所拥有着的共同的价值目标，使之成为中国当代社会实施现代化改革的文化先声之一"①。换言之，新时期的文艺和政治还具有共同的现代性特质。这种现代性特质使得文艺渐渐成为自由的艺术，从而具有审美现代性。不妨说，这也是契合于审美范式文学理论的。

其三，1979 年，《上海文学》发表了评论员文章《为文艺正名——驳"文艺是阶级斗争的工具"说》，此文否定了文艺的阶级斗争说，认为"纠正'文艺是阶级斗争的工具'这类不科学的口号，为文艺正名，正确处理文艺与政治、文艺与生活、内容与形式的关系，更成为当务之急。只有这样做了，社会主义文艺才能真正繁荣，才能在实现四个现代化的斗争中作出更大的贡献"②。可以说，该文呼应主流意识形态，从文艺观念的层面对此前的"社会政治范式"的文论起到了颠覆作用，它对艺术规律的伸张，对"文学艺术的特征"的强调，③ 无疑有助于审美范式文学理论观念的塑造。事实也是如此，该文作为评论员文章一经发表，就引发了诸多讨论。④虽然此后的讨论中，也有人继续维护此前的文学观念，但毕竟是在和此前

---

① 孟繁华：《中国 20 世纪文艺学学术史》（第四部），中国社会科学出版社，2007，第 2 页。
② 《上海文学》评论员：《为文艺正名——驳"文艺是阶级斗争的工具"说》，《上海文学》1979 年第 4 期。另见徐俊西主编、王纪人分卷主编《上海五十年文学批评丛书：思潮卷》，华东师范大学出版社，1999，第 38 页。
③ 该文还有一段涉及文学艺术特征的言论，这对于此后文艺理论界强调文艺特征论无疑有一定影响。兹录于此："造成文艺作品公式化概念化的原因是多方面的，其中有一个主要的原因，就是创作者忽略了文学艺术自身的特征，而仅仅把文艺作为阶级斗争的一个简单的工具。"《上海文学》评论员：《为文艺正名——驳"文艺是阶级斗争的工具"说》，《上海文学》1979 年第 4 期。另见徐俊西主编、王纪人分卷主编《上海五十年文学批评丛书：思潮卷》，华东师范大学出版社，1999，第 29 页。
④ 可参韦实编著《新十年文艺理论讨论概观》，漓江出版社，1988。

具有"文艺政策"意义的观念进行讨论。这就为审美范式文学理论的建构提供了空间。

顺便再说一下，对文艺政策有影响的事件，其实还有不少。① 其中，有些可能是间接意义的，也就是它不是直接针对文艺发出的声音。无疑，1978年《光明日报》特约评论员文章《实践是检验真理的唯一标准》，是对文艺政策松动起到重要作用的文本。对此，有学者认为，它"为文艺界肃清'左'的文艺政策，真正为文艺正名提供了思想上和舆论上的强大支持"②。这就表明审美范式文学理论的建构应是当时社会文化的"知识型"，任何相关话语的陈述可能都难以逃离这种框架和氛围。

（二）审美论文学本体观念的建构

文学本体观念层面，主要指对"文学是什么"这个问题的理解。纵观文学本体观念的建构历程，我们可以发现文学理论共同体对审美论文学观的自觉认同。具体而言，审美论文学本体观念的建构大体由以下几种"话语转型"来共同完成。

其一，从反映论到审美反映论。③

我们对文学的理解，一直偏于认识论。经典的表述往往就是，文学是

---

① 比如，1979年，上海的《戏剧艺术》刊发了陈恭敏先生的《工具论还是反映论——关于文艺与政治的关系》一文，该文较早地对文艺的工具论，特别是文艺为阶级斗争的工具等观念进行了反思批判，并且提及了文艺的规律问题。此文影响虽然不及《上海文学》的《为文艺正名——驳"文艺是阶级斗争的工具"说》的评论员文章，但是也是当时理论突围的有生力量。（陈恭敏：《工具论还是反映论——关于文艺与政治的关系》，《戏剧艺术》1979年第1期）

② 陶东风、和磊：《当代中国文艺学研究（1949—2009）》，中国社会科学出版社，2011，第281页。

③ 张永清对文学反映论问题进行了"系谱学"研究，对于理解审美论文学本体观念的建构历史有重要参考价值。可参张永清《"审美特性"的凸显——"恢复与反思阶段"的马克思主义文学反映论》，《中国人民大学学报》2021年第5期；张永清《马克思主义文学反映论在新中国的确立与巩固》，《文艺研究》2021年第9期；张永清《马克思主义文学反映论在20世纪80年代中后期的发展与深化》，《文学评论》2021年第3期；张永清《马克思主义文学反映论在20世纪90年代的拓展与突破》，《学术月刊》2022年第3期；张永清《马克思主义文学反映论的综合与超越：2000—2024（上）》，《学术月刊》2025年第1期；张永清《马克思主义文学反映论的综合与超越：2000—2024（下）》《学术月刊》2025年第2期。

对现实生活的反映。在特定时期，我们甚至对这种反映做机械的理解。这种机械的理解使得我们以为文学的反映好似照镜子一样，文学自身没有任何的主动性，也不会反作用于现实生活。这种反映论的文学观在新时期之前可谓占有绝对的优势。有学者因此认为，它是"1949—1978 年中国文艺理论界的'第一原理'"①，甚至是唯一的原理。②

　　文学反映论当然不全是问题。比如，以群主编的《文学的基本原理》持此观点："人类社会的一切精神活动的产物，包括文学艺术和哲学、社会科学的其他部门，都不是某种超自然、超现实的神或'绝对理念'的产物，而是客观存在的自然界和社会现实的反映。"③ 单就这一表述而言，它其实也没有大问题。这不过是一种唯物主义的科学观念。然而，我们又不能否认反映论的"问题"。比如，它太科学了，将主客二分的对象性思维"纯化"，以为文学主体能够非常客观、公正地反映世界。在这种观念支配下，反映论文学观就把文学作为了科学认知的方式，而实际上，文学反映迥异于科学认知。换言之，反映论没有考虑到文学反映的独特性。正如有学者所言："说艺术是现实生活的反映，当然是对的，如同说'地球是太阳系的一个行星'、'中国的地理位置是在亚洲'、'人不吃饭就会饿死'一样，具有千真万确的客观真理性。但是，这个命题只是说明了艺术的最终源泉是现实生活，并没有说明艺术这种社会意识形态的特殊性。文艺是现实生活的反映，哲学、宗教不也可以说是现实生活的反映吗？"④

　　对文学独特性的忽视，导致的结果就是很容易把文学作为工具。在极端年代，文学甚至被赋予了军事斗争的功能，也就是被看成了战争的武器。这在特定年代里，当然有历史的合理性。但是，它毕竟对文学构成了

---

① 谭好哲主编《新时期基本文学理论观念的演进与论争》，人民出版社，2019，第 55 页。
② 反映论的重要性的确曾经被推崇到了无以复加的地步。有学者曾这样写道："反映论文艺观在中国现代形态的文艺理论建设、发展过程中起着某种核心作用。……整个中国现当代文艺理论的建设与发展，在某种意义上，也是由反映论文艺观的发展和应用所决定的，反映论文艺观的发展、变化、盛衰、得失，直接决定着中国现当代文艺理论的基本面貌与命运。"朱立元：《对反映论文艺观的历史回顾与反思》，《理解与对话》，华中师范大学出版社，2000，第 297 页。
③ 以群主编《文学的基本原理》（修订本），上海文艺出版社，1980，第 21 页。
④ 杜书瀛：《论艺术对象问题》，《华南师范大学学报》（社会科学版）1983 年第 3 期。

压抑。实际上，当它被过度强调时还造成了对文学的伤害。进入新时期以后，改变文学作为工具的命运几乎成了社会的主导观念。在这样的语境下，一批文学理论家才自觉地推崇文学自身的独特性。他们寄希望于挖掘文学自身的规律，继而建立文学的自主性，以免文学再次被看作工具。反映论的文学观念正是在这样的社会语境和问题意识下，逐渐被审美反映论所取代。

回顾文学理论历史，我们就可以发现，有不少学者持审美反映论的文学观。其中最有代表性的学者，而且后来被视为中国审美学派的学者主要有①童庆炳、钱中文和王元骧三位先生。童庆炳曾说："对于'文学的根本特征就是用形象来反映生活'这一类说法，我一直怀疑它的正确性。……在我看来，我们要研究文学的特征，首先要看它的独特的对象、内容，看它反映什么；然后再看它的独特形式，看它怎样反映。"② 钱中文也写道："我们平常说的文学是生活的反映，就显得过于笼统，缺乏对象特征。照这种说法推论，可以说道德是生活的反映，哲学是生活的反映，它们之间就没有区别。因此，我以为在文学理论中，要以审美反映代替反映论，反映论原理在这里不是被贬低了，不是消失了，而是具体化了，审美化了，从而就对象化了。"③ 王元骧在《审美反映与艺术创造》中明确主张："文学艺术对现实的反映不是以认识的形式，而是以情感的形式，即通过作家、艺术家对现实生活的审美感知和审美体验而作出的。"④ 这几位学者不约而同地将审美作为文学的特殊规律，用审美来改造文学反映论。这其实也在某种意义上表明了审美论文学观逐渐成为当时文艺学学术共同体的理论"范式"。

朱立元曾指出了一个事实，即新时期以来，"全国先后出了好几十种

---

① 吴子林：《实践论视界下的"中国审美学派"》，《西南大学学报》（社会科学版）2009年第6期。

② 童庆炳：《关于文学特征问题的思考》，《北京师范大学学报》（人文社会科学版）1981年第6期。

③ 钱中文：《最具体的和最主观的是最丰富的——审美反映的创造性本质》，《文艺理论研究》1986年第4期。

④ 王元骧：《审美反映与艺术创造》，《文艺理论与批评》1989年第4期。

文学或艺术概论教材，其中绝大多数都采用了审美反映论的文艺本质观。可见，审美反映论在新时期以来被较普遍地认同"①。这也就是说，审美反映论在当时不仅是学者的研究范式，也是全国教材的主导观念。换言之，审美反映论在作为知识形态的文论观念的同时还得到了广泛的传播。这对于文学研究、文学文化的建设乃至世道人心的建设都大有裨益。作为审美范式的文学理论构成部分的审美反映论因此是参与了公共世界的，因此它是有公共性的。

其二，从反映论到主体论。

在文学反映论转型为文学审美反映论的同时，也发生了文学反映论转型为文学主体论的理论变革。主体性理论最初是由李泽厚得出的研究成果。在其专著《批判哲学的批判——康德述评》和论文《康德哲学与建立主体性论纲》《关于主体性的补充说明》等文本中，李泽厚认为康德第一次全面地提出了主体性问题，高扬了人类的主体意识。同时，这也是人区分于其他生物族类的特性。② 基于这般对康德的理解，李泽厚将主体性和人性关联起来，同时也将它和美学的自由感受关联起来。这就为文艺研究和主体性哲学相"接合"提供了可能。

1985 年前后，受李泽厚影响的刘再复，把主体性观念引入文学研究。他在《文汇报》发表了《文学研究应以人为思维中心》一文，认为"我们的文学研究应当把人作为文学的主人翁来思考，或者说，把主体作为中心来思考"③。此论一出，便引发了讨论。④ 同年，刘再复还在《文学评论》杂志发表了广有影响的长文《论文学的主体性》，在这篇五万多字的论文里，刘再复主要论证了主体的能动性、主体的类型和文学中的主体性等。综观之，它改变了过去的反映论，强调了作家的审美创造性。⑤ 这对

---

① 朱立元：《走向现代性的新时期文论》，复旦大学出版社，2016，第 180 页。
② 李泽厚：《批判哲学的批判——康德述评》，人民出版社，1984，第 424 页。
③ 刘再复：《文学研究应以人为思维中心》，《文汇报》1985 年 7 月 8 日。
④ 相关文献可以参看何火任编《当前文学主体性问题论争》，海峡文艺出版社，1986；《红旗》杂志编辑部文艺组编《文学主体性论争集》，红旗出版社，1986；江西省文联文艺理论研究室《关于文学主体性的论争》，内部刊印，1986。此外，还有詹艾斌《主体伸张的文论建构》，社会科学文献出版社，2013。
⑤ 刘再复：《论文学的主体性》，《文学评论》1985 年第 6 期。

于文学理论审美范式的建构不无意义。其中最大的意义就是改变了文学本体观念的哲学基础，即将反映论转变为主体论。对此，刘再复自己在多年后也说："以往我们从苏联那里搬来的一套文学理论，其哲学基点是'反映论'，我的'主体论'的确是针对它而发的，可以说，我的理论动机是想用'主体论'的哲学基点取代'反映论'的哲学基点。"① 文学主体论其实也是审美范式的推动者和构成要素。为什么这样说呢？道理其实也很简单，因为文学主体论将文学与主体的审美感受、心理判断关联起来了。按照康德的理解，审美本来就和判断力有关。这是主体的一种能力。强调主体就能较好地关联起和判断力有关的审美心理问题。对此，早有学者指出："刘再复主体论的提出，标志着在文艺理论上被动的、自卑的、消极反映论统治的结束，一个审美主体觉醒的历史阶段已经开始。"② 文学主体论的文学观念因此也参与了文学理论的审美范式建构。

其三，从反映论到"本体论"。

1985 年，鲁枢元、孙绍振、刘心武、陈晓明、李劼、宋耀良等学者倡导文学本体研究。所谓文学本体研究，大体有两个方面的意思。一方面是回到文学本身来理解文学，从而改变文学工具论。另一方面是试图改变仅仅从认识论角度研究文学的做法。孙绍振曾经就这样说："任何一个对象都可以从不同的角度去研究，反映论并不是唯一的角度。不能把坚持反映论和思路的固定、角度的凝固化联系起来。其实，即使坚持反映论也不能离开本体论的研究。不研究事物本身的结构，内在特殊矛盾，就不能获得更深刻的认识。"③

在从反映论回到本体论的学者里，王岳川的艺术本体论研究较为显眼。他有改变文学认识论的自觉，同时，他特别强调审美。而且，他对审美的理解已然不完全是认识论的了，而是有本体论的意味。他写道："不再将艺术单纯看成对现实的反映、再现，也不把艺术完全看成与外部世界

---

① 刘再复、黄平：《回望八十年代——刘再复教授访谈录》，《现代中文学刊》2010 年第 5 期。
② 孙绍振：《论实践主体性、精神主体性和审美主体性》，《文学评论》1987 年第 1 期。
③ 孙绍振：《形象的三维结构和作家的内在自由》，《文学评论》1985 年第 4 期。

无涉的人的内在心灵表现，同时，也不以艺术作品本体（形式论）为唯一本体存在，而是将表现再现统一在艺术审美体验之中，物化为作品存在（新形式本体），同时，使艺术唤醒人的灵魂。"① 可以看出，本体论的文学观念对于审美范式文学理论的建构有非常重要的作用。原因之一就是它改变了长期以来的文艺反映论。它使得文学理论研究回到文学自身的语言、形式及审美中。虽然这样的本体论研究往往是一种"工作性"的本体论研究，也就是说，它其实并没有真正地实现本体论研究，比如，语言本体论研究，只是重视研究文学的语言，有些学者甚至在当时并没有意识到，大家对文学的讨论，其实都是在探讨文学是什么这个问题，而这其实就是文学本体论研究；但无论如何，能够有意识地回到文学本体，就有助于改变此前文学从属于政治的文艺观，而一旦将文学和艺术审美关联起来，便为审美范式文学理论的建构做出了贡献。

其四，从意识形态论到审美意识形态论。

早在 20 世纪 80 年代，大概为了调和反映论和审美论，从而为文学理论的核心问题，即文学本体观提出切合时代语境的理解，钱中文提出了"审美的意识形态"的观点。他说："从社会文化系统来观察文学，从审美的哲学的观点出发，把文学视为一种审美文化，一种审美意识形态，把文学的第一层次的本质特性界定为审美的意识形态性，是比较适宜的。"② 审美意识形态论的提出就从本体论的角度改变了我们对文艺的看法，这对审美范式文学理论的建构至关重要。

童庆炳也对文学本体从意识形态转型为审美意识形态有较为自觉的认同。他虽然不是最早使用这一语词的学者，但他对审美意识形态的文学观念建构起到了重要作用。1992 年，童庆炳主编的《文学理论教程》把文学的本质界定为"审美意识形态"。由于该教材的影响力大，我们甚至可以在一定意义上认为，它对于扩大审美范式文学理论的影响力厥功至伟。1999 年，他又撰文倡导审美意识形态论，将审美意识形态作为文艺学"第

---

① 王岳川：《当代美学核心：艺术本体论》，《文学评论》1989 年第 5 期。此后，王岳川还出版了艺术本体论专著。参见王岳川《艺术本体论》，中国社会科学出版社，2005。
② 钱中文：《论文学观念的系统性特征》，《文艺研究》1987 年第 6 期。

一原理"，并且写道："当我们要把文学与非文学从根本上区别开来的时候，从社会结构这个层面，从上层建筑和社会意识形态这个层面去把握文学的特性，把文学界定为一种社会的审美意识形态，我认为还是最为恰当的，这样我至今认为文学的'审美意识形态'论，是文艺学的第一原理。"① 当审美意识形态论置于文学理论第一原理的位置时，审美范式文论恐怕早已成型了。

我们当然可以对审美意识形态的说法进行反思、质疑甚至否认，② 但若回到新时期历史语境，我们恐怕就会对它多一些认同。这是因为，文学理论的主导范式是审美，因此审美就可能加诸包括意识形态在内的很多话语之前，即使这个语词可能不是我国学者的原创，甚至也可能存在生造之嫌，但都是可以理解的。当我们回到当代文学理论历史中，可能就会发现，在审美范式文学理论建构的历程中，由于钱中文、童庆炳、王元骧等著名学者对审美意识形态的倡导，由于审美意识形态作为文论教材的核心观念而被广泛传播，审美意识形态论可能对这一范式的建构起到了至关重要的作用。

（三）审美论文学理论的学术资源

新时期之前，文学理论研究的理论资源，大多是马克思主义的著作，最为极端时候，文学理论的学术资源只有毛泽东《在延安文艺座谈会上的讲话》这一权威文本。

进入新时期以来，文学理论研究资源发生了较大的改变。翻译西方理论著作，对改变文学理论知识生产的状况起到了不可替代的作用。对审美范式文学理论的建构，无疑也产生重要影响。比如，康德的《判断力批

---

① 童庆炳：《"审美意识形态论"作为文艺学的第一原理》，《文学前沿》1999 年第 1 期。
② 2005 年前后，学界曾经有不少学者对审美意识形态论进行了批评。坚持审美意识形态论的学者，也做出了反批评。相关文献可参见李志宏主编《文艺意识形态学说论争集》，吉林大学出版社，2006；董学文、李志宏主编《文艺意识形态学说论争集（2）》，吉林大学出版社，2009；李志宏《新时期文学本性研究：以审美性和意识形态性为中心》，吉林大学出版社，2010；北京师范大学文艺学研究中心编《审美意识形态论》，中国社会科学出版社，2008。

判》、黑格尔的《美学》、马克思的《1844 年经济学－哲学手稿》、别林斯基的《别林斯基论文学》、苏珊·朗格的《情感与形式》、阿恩海姆的《艺术与视知觉》等，都可谓文学理论审美话语的资源。① 在 20 世纪 80 年代，人文类的著作占据了中心，对于研究文学理论的学者来说，他们接触较多的也是文学、哲学、美学等方面的著作。这一点，王晓明、蔡翔就指出过，20 世纪 80 年代相关研究者"借助"哲学、美学、心理学著作展开文论研究，进入 90 年代以后，以社会学、经济学、政治学为代表的社会科学对文学研究的重要性越来越凸显。② 文艺学学人在接触了这些和审美关联密切的著作后，在思考文学的时候，多半会从审美的角度切入。比如，童庆炳先生的审美论文学理论研究恐怕就和他接触苏珊·朗格的《情感与形式》、阿·布罗夫的《美学应该是美学》、别林斯基的《别林斯基论文学》、黑格尔的《美学》等有重要关联。他所指导的研究生阅读书目里常常有苏珊·朗格、阿恩海姆等人的作品，这无疑有助于审美论文学理论知识的生产。③

　　20 世纪 80 年代的"美学热"，也对审美范式的文学理论产生了不可忽视的影响。作为"美学双峰"的朱光潜、宗白华，得到众多后学的推崇，他们的一些美学著述，比如朱光潜的《谈美》《西方美学史》《文艺心理学》等，宗白华的《美学散步》等无疑是 20 世纪 80 年代从事文学理论研究者的必读书目。另外一位"美学明星"李泽厚，包括他的实践美学在内的学术研究在当时起到了学术引领作用，其《中国古代思想史论》《中国近代思想史论》《中国现代思想史论》《批判哲学的批判》《美的历程》《华夏美学》《美学四讲》等，几乎都是人文学者的必读书。在这种"美学热"的氛围里，文学理论研究者难免不受其影响。可以肯定的是，诸多美学文献必定成为审美范式文学理论的学术资源。比如，童庆炳 1981 年写

---

① 李泽厚主编的"美学译文丛书"，从 1982 年开始出书，前后出版 50 种，这是当时文学理论审美范式建构的重要理论资源。此外，金观涛主编的"走向未来丛书"，甘阳主编的"文化：中国与世界丛书"等，也是当时审美范式文学理论的重要理论资源。

② 王晓明、蔡翔：《美和诗意如何产生——有关一个栏目的设想和对话》，《当代作家评论》2003 年第 4 期。

③ 吴子林：《童庆炳评传》，黄山书社，2016。

作的《关于文学特征问题的思考》一文，① 就对朱光潜在《西方美学史》中有关别林斯基的评述有所引用。这一点是不可忽视的。

1985 年前后，科学方法在文学理论研究中大行其道，并且打开了文学理论研究者的视野，这对于改变文学理论研究范式不无意义。20 世纪 90 年代以后，文艺学界对西方理论的接受更为深入全面，其中尼采、海德格尔、福柯等人的影响更是不可小觑，文艺学界由此对审美范式深为认同。

我们绝不可小看文学理论研究资源、方法对于审美范式文学理论建构的功效。有学者指出：“从党的十一届三中全会以后，经过 20 多年的努力，中国当代文艺学建设取得了长足的进步，逐渐摆脱了前苏联‘马克思主义文艺学’范式，由革命的文艺学转变为建设的文艺学，并且出版了一批不同于传统文艺学范式的学术专著和文艺学教材。在中国文艺学范式转换的过程中，学界更多地借鉴了欧美的文学理论教材和研究成果，西方现代主义和后现代主义文艺思潮在不同学者身上产生了程度不同的影响。”② 如果没有诸多丰富的理论资源，文学理论研究范式要顺利转型，恐怕是很难落实在学理之上的。

二　审美范式文学理论的公共性分析

20 世纪 80 年代，审美范式的文学理论是有公共性的。审美反映论、文艺主体论、审美意识形态论这些主张审美的文学理论，都参与了新时期文论的建构。然而，它们建构了“新时期”的什么呢？这种建构又是否表现出了值得肯定的文学理论公共性呢？

其一，文学观念趋于多元。历经文学与政治关系的论争、文学主体性的讨论后，对文学是什么这个问题的理解越来越松动了。反映论能够包容审美反映，意识形态论可以和审美意识形态论和而不同，此外艺术生产论

①　童庆炳：《关于文学特征问题的思考》，《北京师范大学学报》（人文社会科学版）1981 年第 6 期。
②　李衍柱：《文学理论：思辨与对话》，复旦大学出版社，2016，第 36 页。

等一些关于文学的理解也在新时期文学场域中存在。文学研究思维空间得到了拓展，大多数人都渐渐接受了这样的观点，即"单纯地从认识论和政治的角度来看，把文学看成是社会生活的反映，这当然没错，但是，过去仅仅允许用这个角度来规定文学的本质，这就不够全面"①。能够允许相对多元的文学观念存在，这是文学理论公共性的一种表现。相反，如果只能图解一种且仅此一种文学观念时，文学理论就没有公共性可言。新时期审美范式文学理论虽然标举审美，但审美文学观念并不排斥，更不禁止其他观念的存在。事实上，审美文学观念的存在，就已然表明了对个体、私人的审美感受的尊重。这就是公共性的重要基础。

其二，"有学术"的文学理论争论。新时期文论界有诸多的论争，比如文学与政治关系的论争，文学与人性、人情、人道主义的论争，文学主体性的论争等，都是颇有影响的一些文学理论事件。有学者因此说："回顾新时期文学理论和文学观念的演进历程即不难发现，几乎所有较为重要的理论问题的研讨都伴随着学术争鸣。"② 值得肯定的是，当时的争论氛围还是比较好的，大家基本上能够在平等自由的条件下发言。这恐怕是文学理论在新时期之所以能够发生的最根本保障。或也因此，时过境迁，才有学者由衷地写道："新时期文学理论研究不仅呈现出百花齐放的可喜局面，也逐渐进入到百家争鸣的学术境界。在舆论一律的时代，当理论和观念被定于一尊的时候，是不可能有真正的学术争鸣的，因为学术争鸣要以理论基点和观念认识上的差异、不同甚至另类性、异质性为前提，这往往是不被允许的。然而中国新时期的历史进程是以思想解放为先导的，思想解放意味着国家发展指导思想层面上的某些既有思想观念和条条框框都可以纠偏与突破，更不用说在具体思想和实践领域了，这就大大释放了整个社会的活力，也释放了文学理论研究中思想创新、观念突破的活力。"③

新时期以来的文学理论论争也很直接。比如，陈涌发表《文艺学方法论问题》一文，对刘再复《论文学的主体性》一文进行了全面的"评

---

① 刘再复：《文学研究思维空间的拓展》，《读书》1985 年第 2 期。
② 谭好哲主编《新时期基本文学理论观念的演进与论争》，人民出版社，2019，第 27 页。
③ 谭好哲主编《新时期基本文学理论观念的演进与论争》，人民出版社，2019，第 27 页。

论"，杨春时便撰文与陈涌商榷，① 黎辉则直接发表《〈文艺学方法论问题〉的方法论质疑》一文，对陈涌文章提出"异议"②。这也就意味着，新时期的文论之争是公开的，大体也能够遵循争论的基本规则，大家都在努力地做说服的工作，而不是借助学术之外的权力来逼迫对方认同自己的观点。这样的学术争鸣，表明文艺理论知识生产进入了"新时期"。简而言之，这又是得益于文学理论的知识生产有公共性。它能够使研究者在一个相对自主的场域中就某一学术问题展开公开、平等和自由的讨论。因此我们可以说，新时期的文学理论争论是学术的争论，是有公共性的争论。

其三，回应现实需要，把握时代精神，具有文化抵抗的意味。建构审美论文学理论，应和了当时的思想启蒙运动，发挥了公共性价值。表面上看，新时期文学理论是主张审美观的，而审美似乎是要远离功利，超越现实，归于心理，但实际上，它发挥了"审美功利主义"的效果，也就是借审美观念的建构，实现了介入社会现实的目的，落实了知识的公共使用。对此，童庆炳先生说得最为诚恳："上个世纪的 80 年代新时期开始，才不再提'文学为政治'的口号，'文学是审美反映'、'文学是审美意识形态'的命题才被鲜明地提出来。审美自治的文学观终于又获得了一定的地位。但不能不指出的是，80 年代的文学审美特征论，在强调审美的同时，也是不忘功利的，只是这功利属于新时期的新的启蒙而已。"③

审美范式文学理论的功利性，和俄国形式主义有异曲同工之妙。俄国形式主义主张的是，"艺术永远是独立于生活的，它的颜色从不反映飘扬在城堡上空的旗帜的颜色"④，它是"有意味的形式"。正如有的学人所评论的："这个表面上要使文学独立于激进政治和意识形态潮流、独立于道德、宗教和社会生活的形式主义文学理论派别，在特殊历史语境中要研究文学的'内部规律'、追求文学和文学理论的'纯粹性'的独特姿态，这

---

① 杨春时：《论文艺的充分主体性和超越性——兼评〈文艺学方法论问题〉》，《文学评论》1986 年第 4 期。

② 黎辉：《〈文艺学方法论问题〉的方法论质疑》，《中州学刊》1986 年第 6 期。

③ 童庆炳等：《中国现代文学理论价值观的演变》，北京大学出版社，2005，第 5 页。

④ 〔俄〕维克托·什克洛夫斯基等：《俄国形式主义文论选》，方珊等译，生活·读书·新知三联书店，1989，第 11 页。

本身是否别有意味?"① 俄国形式主义试图借形式研究把文学研究科学化,这本身就有批判意味。如果我们将它置于现实文化语境来理解,就可以更明显地感受到其抵抗的姿态。就此而言,它是没有远离公共世界的。毋宁说,这恰恰是有公共性的一种表现。审美范式文学理论亦然!

总之,审美范式的文学理论对过去的政治文论有批判意义,同时又引领了文学的发展。审美范式的文学理论自身就在这一过程中实现了自己的理论发展。

三　审美范式文学理论的公共性反思

当我们回顾新时期审美范式的文学理论状况时,我们发现它也逐渐积累了难以避免的"历史性问题"。所谓"历史性问题",一方面是指,它是历史的建构物,不可能不留下历史的印痕;另一方面的意思是,它也难以始终保持历史理性,以至于时过境迁,它也可能或者必然要遭遇历史语境的不适切感。为此,早有学者对审美范式的文学理论进行了反思。这里,我们在阅读相关文献的基础上,合理吸收学界诸位同人的理论智慧,拟从公共性的角度对审美范式文学理论再做一点偏反思性的论述。

其一,审美范式的文学理论,建立在审美之上,但它关于审美的理解,并没有脱离意识哲学的范畴。它没有考虑"审美论文学理论如何可能"的社会条件问题。以文学主体性为例。我们绝对不可否认文学主体性在彼时的历史文化意义。在这一点上文学主体性论者刘再复的确是偏于思辨,试图在观念层面挣脱历史的桎梏,极大地发挥了人文学的想象力。然而,我们也不可否认,当我们考虑如何实现文学主体性时,可能就会陷入彷徨。这是因为,文学主体性的实现是需要条件的。或者说,当我们已然具有了文学主体性意识时,就会发现,"人的本质不是单个人所固有的抽

---

① 阎嘉:《马赛克主义:后现代文学与文化理论研究》,巴蜀书社,2013,第37页。

象物，在其现实性上，它是一切社会关系的总和"①。改变观念固然重要，但是改变观念所生成和存在的条件更为重要，而且艰难。这是文学主体论者所没有考虑的。为此，我们很认同相关学者对刘再复的评论，他说："刘再复虽然也谈到人的'受客观历史条件制约'的'受动性'，但他在具体论述中，却在实际上撇开'客观历史条件的制约'的一面，只注意'主观能动性'的一面。于是主体性被同于人的主观能动性，文学的主体性便超越历史及文化背景的制约成为一种自由的精神主体。"② 从文学主体性的例子中就可以看出，审美范式的文学理论是有局限的，它对审美的社会文化维度的考量大概还没有来得及顾及。这样导致的结果就是，它没有办法有效地介入社会文化公共空间，不能更好地发挥文学理论知识的公共用途。

其二，审美范式的文学理论对审美的强调，无疑是有合法性的。但是，它对审美的理解，更多的是主体内在心理的自由，它所具有的超越性，也更多的是一种观念的超越。当这种观念深入人心，落到实处时，人们可能会觉得难以和世俗社会相切合，表现出精神状态的格格不入。朴素点说，当我们接受了审美范式的文学理论，对审美颇予以认同，而这种审美却教之以超越，以致我们对政治都没有好感，对公共世界都漠不关心，一味地沉浸在个体、主体的内心世界。我们甚至还会认为越是离开社会，越是不参与公共世界，越是避免和政治打交道，就越是能够获得个体的自主、心灵的纯洁和精神的自由。这样的观念在新时期可能还具有抵抗意义，但随着新时期语境的逐渐消失，这样的观念和基于这种观念的教育其实已经异化了。这里我们非常认同阿伦特的说法。在她看来，如果一个人只有劳动、工作，而没有在公共世界的言行，这样的人其实很难活出他的主体性。这是因为，劳动、工作没有完全摆脱目的—手段逻辑，也就是还没有公共生活。③ 只有在公共世界有言行的人，才能够从"沉思生活"中

---

① 《马克思恩格斯选集》（第一卷），人民出版社，2012，第 135 页。
② 高建平主编《当代中国文艺理论研究（1949—2019）》，中国社会科学出版社，2019，第 265 页。
③ 〔美〕汉娜·阿伦特：《人的境况》，王寅丽译，上海人民出版社，2009，第 144 页。

走出，转向"积极生活"，才能摆脱人的生物循环，才能摆脱目的—手段逻辑，而后才有审美意义，才会有故事，他也才会更爱这个公共世界。①就此而言，审美艺术是和公共性有关的。阿伦特的这种政治审美观念无疑需要引起我们的重视，它对我们反思审美范式文学理论之审美的内涵不无意义。

其三，审美范式的文学理论将审美作为文学理论的"真理"，这就表现出了本质主义的倾向。审美反映论还是认为自己是在认知文学的规律，而且，也认为自己找到了文学的规律，甚至认为找到了最正确的文学本质的规律。无疑，这就使得审美范式文学理论演变成了本质主义的文学理论。特别是当审美意识形态论作为"第一原理"的时候，这种关于"文学是什么"问题的本体论思考，就有"传统本体论"之嫌。当社会文化语境发生改变，这种对文学的认知可能就很难得到"承认"。缺乏这种"承认"，就会使得文学理论的知识发生公共性危机。

实际上，审美范式的文学理论是社会历史语境下的一种建构。它本身就充满了意识形态特点，它是建立在"新时期共识"这一宏大叙事之上的一种理论形态。②当"新时期共识"断裂后，审美范式文学理论就会遭遇质疑。姚文放指出："在审美理想诉求的支配下，文学理论逐渐暴露出机械本质主义的苗头，往往将审美特征和艺术规律预设为文学艺术超历史、超现实的绝对本质，赋予它并不因时而异、因地而异、因事而异、因人而异的普遍价值，而忽视了其中可能存在的种种差异性和偶然性。"③的确，当没有这种审美理想的支持时，审美范式文学理论对审美的认知就可能会"现实"起来，并意识到这只不过是一种特定时期的理论建构。

我们也得承认，审美范式文学理论没有办法应对变化了的社会文化文学现实。20世纪90年代以后，随着市场经济的发展，整个社会变得越来越现代化，这无疑是一个事实。虽然这一现代化进程到今天还在继续，但

---

① 〔美〕汉娜·阿伦特：《人的境况》，王寅丽译，上海人民出版社，2009，第5页。
② 张颐武：《"新文学"的终结与新世纪文学》，王宁主编《文学理论前沿》第3辑，北京大学出版社，2006，第248~250页。
③ 姚文放：《从形式主义到历史主义：晚近文学理论"向外转"的深层机理探究》，北京大学出版社，2017，第383页。

有一点是可以肯定的，即随着社会的现代化越来越深入，文化的现代分化也逐渐明显。对于分化的描述，我们可以有不同的观念和角度，但当代文化已然是由大众文化、精英文化、主流文化、民间文化多元构成的了。文学理论要有效，要能够继续保有其公共性，则无论如何得认清这个变化了的文学文化场域。这一点，早有学者予以指认："当今中国本土的文学批评和理论，既面临众多的问题与困惑，也存在着突破和转化的巨大机遇。所有这一切的根源，都在当代中国本土文化这个由主导文化、精英文化、通俗文化和民间文化等各种张力所构成的'场域'。"① 面对变化了的现实，我们的确不能再一仍其旧地持有精英统治论的观念了。精英统治论的观念认为"只有从高雅文化或'高深'理论所提供的优势地位，根据源于文化精英和知识精英的美学与'鉴赏力'的原则，才可能恰当地理解和解释通俗文化或大众文化。这是一个难题，因为构成这种立场之基础的原理或价值标准，经常都未经考察，未作过推理"②。显然，这种观念几乎没有办法应对变化了的现实，用精英的立场来俯视世俗和大众的文化，那无疑就会出现我国学者所指出的"异元批评"。所谓"异元批评"，是指"在进行批评的时候各个批评者由于自己的文化背景、文学观念的不同以及所持的批评理论、批评观念、批评标准、批评方法的相异，常常使得在批评同一对象时所持的见解和所得出的结论不仅迥然有别，而且批评的双方根本无法形成对话"③。

---

① 阎嘉：《马赛克主义：后现代文学与文化理论研究》，巴蜀书社，2013，第185页。
② 〔英〕多米尼克·斯特里纳蒂：《通俗文化理论导论》，阎嘉译，商务印书馆，2001，第47页。
③ 刘安海：《阻隔与沟通：异元批评与对话批评——文论建设中的一个问题》，《华中师范大学学报》（人文社会科学版）2002年第1期。刘安海的"异元批评"说是对严家炎的"异元批评"说的"改造"，它使得"异元批评"变得更泛化。严家炎的"异元批评"是指"在不同质、不同'元'的文学作品之间，硬要用某'元'做固定不变的标准去批判，从而否定一批可能相当出色的作品的存在价值"。（严家炎：《走出百慕大三角区——谈二十世纪文艺批评的一点教训》，《文学自由谈》1989年第3期）不知严家炎是否又受到了其他人的影响，比如早在1986年就有学术译著表达过相似见解："从批评对象本身提取标准出来，它不把从作品之外获得的标准强加给作品。它不是根据外在的给予和接受的标准、原则或规范来评价艺术品，它根据的是批评者从艺术品本身认识到或总结出来的标准。"〔美〕M.李普曼编《当代美学》，邓鹏译，光明日报出版社，1986，第486页。

遗憾的是，参与审美文学理论建构的学者，此后却表现出对审美的极力维护。虽然这种维护也展现出了一定的"吐故纳新"的意味，也就是吸收了一些学者对审美论文学理论的反思和批评，① 比如，将文学理论改造为文化诗学范式的文学理论。但即便是文化诗学范式的文学理论，也没有在根本上改变对审美的认知。② 有学者指出："随着社会生活的不断变化，其二元翻转式的逻辑构架、思维模式所铺展的文学地图距离文学现实渐行渐远，原有的冲击力也消歇下来，以至于成为文学理论前行过程中的绊脚石。虽然它力图容纳蜂拥而入的域外新思潮，然而，把有着不同理路的文论强行扭到一起看似兼容并包，其实却缺乏逻辑上的一致性，它们会撑断既有的理论框架，有时候还与其整个理论的出发点与中心闹别扭。"③ 其结果就是审美范式文学理论的公共性终究走向终结甚至消失。

事实上，审美范式文学理论虽然在 20 世纪 80 年代看似很纯粹，但是它其实是有抵抗意味的。这种抵抗代表了进步。它根本没有远离这个公共世界。到了 20 世纪 90 年代，如果还持这种纯粹的审美论立场，对大众文化一味地反对，恐怕就是没有历史理性的表现。当然，我们对待审美范式

① 对审美论文学理论进行反思的学者不少。较早对审美论文学理论进行反思的文献，应该是杜卫的《评新时期文学理论中的"审美论"倾向》《文化研究视野中的文学》等。比如，杜卫说："我们的文学理论不应该一味地给文学画地为牢，使它变成一个固定的、封闭的'对象'，而是应该把审美话语的组织形式及其文化意义作为研究的核心，并引进多学科的研究视野和方法，把文学作为一个研究领域作多学科的批评性探讨。"［杜卫：《文化研究视野中的文学》，《浙江师范大学学报》（社会科学版）1998 年第 5 期］杜卫的相关反思被结集成一部专著《走出审美城——新时期文学审美论的批判性解读》出版（东方出版社，1999）。陶东风的《在社会历史语境中反思中国当代文艺学美学》《80 年代中国文艺学主流话语的反思》等文也是较早对审美论文学理论进行自觉反思的文献。比如，陶东风认为，它"失去了对 90 年代中国社会文化极度复杂化了的新状况的言说能力，以及对于新产生的审美活动与艺术生产、艺术消费方式的阐释能力"（陶东风：《80 年代中国文艺学主流话语的反思》，《学习与探索》1999 年第 2 期）。最有影响力的反思文章，当属陶东风的《大学文艺学的学科反思》（《文学评论》2001 年第 5 期）一文。

② 肖明华：《文化诗学：如何"审美"怎样"大众"——20 世纪 90 年代以来当代文学理论转型问题再讨论》，《学术交流》2016 年第 4 期。晚近，李春青也对文化诗学进行了理性思考，指出了文化诗学和审美诗学的不同："文化诗学与审美诗学是两种完全不同的文学研究方式，是基于两种不同的思想基础的学术研究路向。"李春青：《新传统之创构——中国当代文学理论的学术轨迹与文化逻辑》，北京师范大学出版社，2019，第 352 页。

③ 王伟：《文学理论的重构》，上海三联书店，2017，第 3 页。

的文学理论也应该保持清明的历史理性。无论如何，我们得承认其历史价值，对它的理解也要历史语境化。它是一笔宝贵的学术财富，只要我们有足够的能力对其加以"转换性创造"，相信审美范式的文学理论是会再度焕发出勃勃生机的。那时，文学理论的公共性必定也能得到极大的发挥。这是我们所期待的，也是我们要共同努力的。

第四章
文学理论的转型与大众文化研究的公共批评范式建构

　　20 世纪 90 年代以来的当代文学理论是发生了转型的。①　就研究对象而言，文学理论的转型主要与大众文化有关。一方面，大众文化的兴起推动了文学理论的转型。另一方面，文学理论的转型主要是为了回应大众文化。转型了的文学理论不仅将大众文化作为研究对象，事实上，在这一转型的过程中，大众文化成为一项专门的研究领域，形塑了文学理论的"文化研究范式"。②　毋庸置疑，文学理论的文化研究范式转型对于其自身摆脱知识合法化危机，彰显知识生产的有效性和公共性而言，是功不可没的。因此，我们在讨论文学理论公共性问题时，就有必要专门讨论 20 世纪 90 年代以来文学理论与批评领域的学人是如何处理大众文化的，甚至我们还可以从公共性的角度去再度阐释大众文化的相关问题。

---

①　对于这一转型，已有多部专著予以论证。可参杨珺《90 年代文学理论转型研究》，中国社会科学出版社，2001；杨俊蕾《中国当代文论话语转型研究》，中国人民大学出版社，2003；陈庆祝《九十年代中国文论转型——接受研究的视角》，中央编译出版社，2009；葛卉《话语权力理论与 20 世纪 90 年代后中国文论的转型》，中国社会科学出版社，2010；陈力《20 世纪 90 年代文学理论研究中的转型阐释和话语建构》，中国社会科学出版社，2014；肖明华《20 世纪 90 年代社会文化语境下的文学理论转型》，中国社会科学出版社，2017；李勇《中国当代文艺学的范式转型》，北京大学出版社，2012；李旭《当代中国文论话语：主体建构与身份认同》，中国社会科学出版社，2018；魏建亮《中国当代文学理论的反思与重构》，上海人民出版社，2022。

②　李勇：《中国当代文艺学的范式转型》，北京大学出版社，2012，第 3 页。

一　文学理论的转型与大众文化研究

在大众文化语境下，在文化研究的挑战下，不得不承认，20 世纪 90 年代以来的当代文学理论的确发生了转型。对于这种转型的命名，甚至这种转型本身是否应该得到文学理论界的承认也许还可以再商榷，① 但当代文学理论需要讨论大众文化的问题，大众文化研究已然是当代文学理论学科的知识增长点，这样说应该大体不错。因为，如果当代文学理论研究不涉及大众文化，或者把大众文化视为异己，则有可能让文学理论走进死胡同。② 因此，大多数文学理论学人都不排斥大众文化研究。这一点，我们从文学理论史的书写中就可以看出。不少文学理论史著作都把大众文化研究纳入文学理论史，这在某种意义上就说明了大众文化研究被文学理论学科接纳了。鲁枢元、刘锋杰等学者所著《新时期 40 年文学理论与批评发展史》一书，也专辟一章讨论大众文化研究的历史。这是非常明智的。

回顾起来，文学理论研究涉足大众文化大概始于 20 世纪 80 年代中期，但那时候所理解的大众文化主要还是大众文艺，也就是还没有真正从生产、消费及媒介等角度去理解大众文化。因此，真正对大众文化有较为清

---

① 关于文学理论学科转型问题虽然已经有了不少研究，但是，由于种种原因，对于此问题的研究其实还没有结论性的意见。综观文学理论学科历史，可以发现，有学者不承认这种转型，认为搞文化研究其实是"文化政治学"，而非文学理论研究；也有学者认为当代文学理论不是转型而是断裂，是替代，因此，便不怎么从事文学理论研究了，特别是不怎么考虑文学理论基本问题了，而是一心一意地去从事文化研究、文化批评去了；也有学者认为开始于大众文化研究的文化研究对文学理论学科的确重要，引发了学科转型，但不应该将其命名为文化研究范式的文学理论，而应该命名为文化诗学。相关讨论可参拙著《20 世纪 90 年代社会文化语境下的文学理论转型》，中国社会科学出版社，2017。

② 文学理论不可能不应对大众文化，其实也不可能回避文化研究的挑战及其所导致的文学理论转型。关于这一点，我们可以童庆炳先生为例予以说明。被认为是审美派范式代表学者的童庆炳先生也积极介入大众文化。他在课堂上讲过"当代文化"，分析过当时流行的电视剧《大长今》等。（童庆炳：《美学与当代文化讲演录》，广西师范大学出版社，2007）对于文化研究，他也是在承认挑战的同时又积极应对，并努力寻求文学理论的通变式发展之路。最终，童庆炳先生倡导文学理论走向文化诗学。对于文化诗学是否能够担当起文化研究的挑战姑且不论，但这足以见出文学理论不涉及大众文化，不回应文化研究的挑战，几乎是没有出路的。

晰的认知，应该是 20 世纪 90 年代的事情。从事后来看，文学理论涉足大众文化，其实就是文学理论学科发生转型的开始，但这种转型在刚开始时是不自觉的。也因此，那时候的文学理论学科对大众文化的态度是充满"傲慢与偏见"的。比如，1993 年陶东风发表的《欲望与沉沦》一文，该文对大众文化做了较为精准的界定，但它不是真正地理解和研究大众文化，而是痛恨和批判大众文化！换言之，那时候，文学理论学科还是以经典文学为研究对象，在人们的观念世界里，文学是神圣的事业而不能沦落为一种"文化工业"。

随着大众文化被纳入文化研究的认知框架，大众文化便开始不被那么简单地批判了。相反，倒是越来越受到重视，获得承认。文学理论界越来越多的学者认为，文学理论的发展不能不研究大众文化。这一点，学者张法算是较早意识到了。他说："新的文学理论也将在与大众文学的相互'争吵'、'批判'和'对话'中显出自己的新貌。"① 事实也的确如此，随着人们对大众文化越来越认同，同时，又因为文化研究被逐渐引入我国，文学理论研究越来越受到挑战，文学理论也渐渐转型。

2000 年前后，文化研究的代表人物陶东风曾经撰写过一篇文章，标题直接就是"文化研究对于文学理论的挑战"②。这种挑战主要以文学泛化、文学终结、日常生活审美化、文艺学学科的边界等话题出现。围绕着这些话题所展开的"挑战性"研究，实际上就是对文学理论学科进行反思，同时也是为文化研究的合法化进行辩护。其结果则导致了文学理论的转型，即从审美范式文学理论转型为文化研究范式文学理论。陶东风主编的《文学理论基本问题》、南帆主编的《文学理论读本》等教材，就是文化研究范式文学理论的部分"代表作"。当然，对于这些"代表作"还可再商榷，但文学理论的"文化研究范式"转型是发生甚至完成了的，这已然得到了不少学者的指认。比如，李勇就曾经直接说道："20 世纪 90 年代初至新世纪最初十年，中国当代文艺学从审美范式转型为文化研究范式。"③

---

① 张法：《中国文论转型的几个维度》，《思想战线》1994 年第 4 期。
② 陶东风：《文化研究对于文学理论的挑战》，《文学前沿》2000 年第 1 期。
③ 李勇：《中国当代文艺学的范式转型》，北京大学出版社，2012，第 3 页。

　　那么，文学理论的转型为什么和大众文化研究有关呢？这是因为文学理论的转型，其目的之一就是要彰显文学理论学科的公共性，而文学理论学科的公共性，则需要以介入大众文化的研究为条件。个中缘由，一方面，大众文化乃当今主导的文化公共产品。我们不得不承认，随着全球化程度的日益加深、现代大众社会的逐渐兴起和大众传媒的不断普及，大众文化逐渐成为我们当下文化生产与文化消费的主导形态。即使是文学作品，它也有大众文化的属性。比如，它可能是为了影视剧而作。文学作品《芳华》就是为了拍电影而创作的。而那些为影视剧而创作的网络文学作品更是不胜枚举。①

　　另一方面，作为公共产品的大众文化又的确具有公共性的特点，这样就有可能通过研究它，而让文学理论的公共性得到焕发。大众文化的公共性特点可以从以下几个方面得见。

　　其一，从文本形态看，大众文化文本往往不会有意去脱离受众的期待视野，更不会刻意去追求新奇独特，即使为了文化创新，也更多的是遵循"正而不奇"的路径，这就使得大众文化的文本具有程式化的特点。以文体观之，大众文化的文体常使用当下大众喜闻乐见的、与日常生活较为贴近的体裁、语体、风格。但是，如果从公共性的角度看，我们会发现，由于它是一种追求受众参与度的文化，其文本特点可能具有的局限也是可以被理解的。这一点，在当下的中国尤其值得重视。大众文化对公众的参与及因为这种参与而推动社会的开放、开明无疑起到了积极作用。

　　其二，从价值追求看，大众文化文本与那种私人形而上学的价值常常格格不入，也即大众文化文本对纵向的深度价值追问持拒绝态度。它不追求所谓的终极真理、终极自由、终极审美。它要追问的价值往往是那种在一个世界中的、平面的、可以体认得到的、尘世中的公共价值。需要注意的是，这种公共价值并不是在规范的意义层面上而言的。从规范的角度

---

① 学者单小曦还曾批评道："如果一味地追求网络文学的影视改编和'潜影视剧体'写作模式，一味地以影视文学规范框定网络文学创作，必然进一步阉割网络文学在交互式生产方式上的活力和潜能，结果只能使网络文学退归单向播放式传播模式中，这不能不说是在开网络文学历史发展的倒车。"单小曦：《媒介与文学：媒介文艺学引论》，商务印书馆，2015，第 258 页。

看，大众文化追问的公共价值有可能是伪公共性的。所谓伪公共性，就是它可能缺乏对公共世界真正的爱与责任。倒是有可能走向娱乐至死，在尘世浑水摸鱼、犬儒苟且而缺乏对正义、真理的追求，这是需要警惕的。

其三，从传播方式看，大众文化的传播渠道是大众媒介。在今天，不借助大众传媒的复制性生产和广泛性流通，几乎不可想象。无论是通过印刷媒介还是电子媒介传播的大众文化，鲜有非机械复制和不借助媒介技术者。这给公众的平等文化消费带来了极大的可能。

其四，从消费主体看，大众文化要进入市场，遵循商品法则，这就使得大众文化的接受者必定是世俗社会的平民大众。那种将文化接受的对象定位在精英层的大众文化生产者是难以占有市场份额的，因此也难以持久存在。这就意味着大众文化要公众参与，让公众成为主体，而不故意保持文化的稀缺性，避免只有少数人才能参与其中。比如，学院派的专业语言所表达的有关"三国"的研究，就很难说是大众文化。而由易中天通过《百家讲坛》传播的、定位在让中学生能听懂的"品三国"，就是大众文化。

其五，从接受效应/文化功能的角度看，大众文化与大众的关系，或者说大众文化创作者与接受者的关系不是高与低、主与次、主动与被动的关系。毋宁说，他们的关系是一种互选、互适的关系。大众文化可以忽视一部分大众，大众也可以拒绝自己不喜欢的大众文化。大众文化选择大众，大众也选择大众文化，在这种平等的交往关系中，几乎不存在高姿态的启蒙价值的流通，不存在虚无缥缈的救赎论调的宣传，存在的往往是世俗而理性的娱乐、挪用、批评，参与感、团结感、共通感等比较明显。

大众文化的上述公共性特点，需要得到文学理论的理解，文学理论研究大众文化，无疑有助于彰显其公共性，因为研究大众文化，就是在积极介入现实社会，就是在寻找文学理论作用于世道人心的途径。不妨再强调两点。第一，大众文化受众多，通过对大众文化进行批评，就可以在某种程度上引导其发展。比如，我们写一些影视剧的评论，虽然不一定有大量读者会阅读，但只要有读者阅读了，就会起到作用。第二，在当前知识分子的"立法者"身份转型为"阐释者"身份的语境下，文学理论只有定位于阐释，生产出有效的知识，才能获得听众。对此，李春青指出："文学理论的言说者必须自觉调整自己的认同模式，即放下'立法者'的架子，承认自己'阐释者'的身份，以一种平等主义姿态面向现实，在阐释过程中暗暗进行价值介入，也就是通过'阐释'来'立法'。"① 或许因此，在20世纪90年代以来的文学理论学科转型过程中，形成了专门的大众文化研究领域。如果我们注意到文学理论转型的一个诉求就是要避免文学理论的危机，要焕发文学理论的公共性，那么我们恐怕就会认为，大众文化研究作为引领文学理论转型的一种研究，其实已经在实践中"争取"文学理论的公共性了。

二　大众文化研究的三种范式

通过阅读相关文献，我们发现，20世纪90年代以来的大众文化研究已然成熟，并形成了几种学术范式。对于这几种大众文化研究范式，已有学者分别指出过其可取性与局限性，并对大众文化研究范式进行过规范性的建构。② 就当代中国而言，若不考虑各种研究范式的具体差异，我们可以把已有的大众文化研究范式分为三类。

其一，精英主义的研究范式。

这种研究范式主要通行于20世纪90年代，备受具有人文精神与终极意义追问习惯的知识分子认同。几乎所有涉足大众文化研究领域的学者都曾持有这种立场，否则便会因自己不持这种立场而备受责备，或深感另类。这种研究范式所倚重的理论资源主要是法兰克福学派，尤其是阿道尔诺、霍克海默的《启蒙的辩证法》所论证的"文化工业"理论。

这种研究范式下的大众文化，往往被认为是道德败坏、趣味低俗、机

---

① 李春青：《在审美与意识形态之间——中国当代文学理论研究反思》，北京大学出版社，2006，第47页。

② 陶东风：《文学理论的公共性——重建政治批评》，福建教育出版社，2008，第165~188页。

械复制、欲望沉沦、虚假欺骗的文化。大众文化的审美价值、道德意义和公共价值几乎为零，大众文化文本的创作和消费、接受，几乎被认为是由资产阶级意识形态完全决定和控制的。为此，精英主义研究范式的理论目的就是揭示大众文化的意识形态运作机制，批判大众文化的道德堕落、审美低俗及终极理想缺失等，进而否定大众文化存在的合法性。[①]

若撇开历史语境，只从学理上来说，这种研究范式的理论价值主要在于，它有一种对生存状况与意义价值问题的积极关怀，同时，对市场可能加之于大众文化的负面影响，如大众文化的完全他律化、去价值化和极度娱乐化现象，也有较为清醒的认识。然而，其局限性也是明显的。比如，它太精英化而不信任大众文化，它把大众文化本质化为一种统治阶级意识形态的场所，它以二元对立的思维方式对大众文化持绝对的否定态度等。

出现上述局限，原因当然复杂，原因之一是其对知识分子的定位有问题。20 世纪 90 年代（尤其是人文精神大讨论时期），人文知识分子尤其是那些主张人文精神论的知识分子，依然试图通过精英式的批判来建构乌托邦，从而改变不理想的文化状况和社会现实。而出现这种定位，又主要是因为在他们的精神世界里，还有一个较为强烈的终极人文向度和纯粹的道

---

① 还有一个有意思的现象是，与对大众文化的审美、宗教救赎式的批判一致，20 世纪 90 年代初，大众文化往往是以"审美文化"的面相示人的，出现了一批审美文化类的学术著作。不过，2000 年以后，则很少有以审美文化为书名的学术著作了，更多地以大众文化、媒介文化、影视文化、广告文化、网络文化、电子文化、视觉文化、流行小说、畅销文学、流行音乐、博客文化、短信文化、大话文化、粉丝文化、亚文化、消费文化、文化产业、大众文艺学、文化研究等字样示人。另外，值得一提的是，国家级规划教材中已经有了《文化研究概论》（陆扬主编，复旦大学出版社 2008 年版）教材；教育部学位管理与研究生教育司推荐教材中，也有了《文化研究导论》（陆扬、王毅著，复旦大学出版社 2006 年版）教材；CSSCI 来源辑刊中，也有了《文化研究》辑刊（陶东风、周宪等主编）；在大学课程中，北京师范大学、首都师范大学、清华大学、武汉大学等高校也有了大众文化研究类课程，并由此有了《大众文化导论》（王一川主编，高等教育出版社 2004 年版，2019 年有第三版了）、《大众文化教程》（陶东风主编，广西师范大学出版社 2008 年版，已有 2012 年版）、《文化研究导论》（陶东风等译，高等教育出版社 2004 年版）《大众文化理论与批评》（周志强主编，高等教育出版社 2009 年版）、《大众文化理论新编》（赵勇主编，北京师范大学出版社 2016 年版）、《文学与大众文化导论》（赵勇主编，北京师范大学出版社 2022 年版）、《文化批评教程》（曾军主编，上海大学出版社 2021 年版）等教材。

德、审美境界。① 同时，也与他们对公共领域没有知识层面和价值意义上的深刻认同有关。

其二，民粹主义的研究范式。

民粹主义研究范式的"民粹"，是一个中性的语词，使用该词主要想使它与精英主义研究范式之精英形成对照。民粹主义的研究范式对民众有信任，对大众文化有认同。持这种研究范式的学者深受康德启蒙思想影响。他们有较为自觉的语境意识，对现实的社会文化发展有较为理性的思考，能够把大众文化置于社会文化的现代转型的整体框架中进行分析。同时，他们较为乐观，对大众、大众社会充满信任，并不认为大众在消费大众文化时就只是被动的消费者，就只能被意识形态蒙蔽。相反，他们认为大众在消费大众文化时，在直接或间接地远离意识形态。如李泽厚先生就说："大众文化不考虑文化批判，唱卡拉 OK 的人根本不去考虑要改变什么东西，但这种态度却反而能改变一些东西，这就是……对正统体制，对政教合一的中心体制的有效的侵蚀和解构。"② 大众文化在这种研究范式下往往被塑造为有积极意义的形象，它能满足人们日常娱乐消遣诉求，能为现代文化社会的祛魅提供合法的经验支撑，并可推动文化的多元化、政治的民主化、社会的世俗化走向。这种范式的大众文化研究主要关注大众文化的现实文化政治功能，至于审美价值、道德意义则不是其兴趣所在。尤其值得注意的是，精英主义理论研究范式所提倡的终极价值，更是它要极力否定的。

从学理上说，持这种研究范式的学者对精英主义理论研究范式的局限性有较为深刻的反思，他们大多实际参与了与精英主义理论研究范式持有者的学术辩论，于是逐渐改变了对大众文化的看法，并建构了大众文化研

---

① 对于精英主义研究范式的反思，学界较早发起者有徐贲、陶东风等人。徐贲先生 1995 年就发表了《评当前大众文化批评的审美主义倾向》（《文艺理论研究》1995 年第 5 期），陶东风先生 1996 年发表了《超越历史主义与道德主义的二元对立：论对待大众文化的第三种立场》（《上海文化》1996 年第 3 期）。不考虑实际的写作时间与发表过程，仅按已有的文献出版时间看，徐贲先生应是最早反思批判理论研究范式的学者。但能够切入中国语境，并引起较大反响的当为陶东风先生。

② 李泽厚、王德胜：《关于文化现状与道德重建的对话》（上），《东方》1994 年第 5 期。

究的民粹主义理论范式。从语境上看，提倡民粹主义理论研究范式的合理性甚于精英主义理论研究范式。随着 20 世纪 90 年代以来的市场化程度逐渐加深，整个中国的社会结构形态也在慢慢发生改变，伴随于此的大众文化逐渐得以发展和成熟。与此一致，人们的心性结构、价值认同和生存理想等各个方面也慢慢地走向了现代。他们越来越具有了主体意识、独立人格和对尘世存在的认同，对那种或真理或道德或审美的形而上学的价值追求慢慢地失去了兴趣。这样，民粹主义理论研究范式才能得到更多的认同。

　　然而，民粹主义理论研究范式也有其局限性。它忽略大众文化所应具有的公共性意义建构，将大众文化理想化，对大众文化所具有的消费享乐主义、去政治化等局限性关注不够。它似乎绝对地反对任何精英式升华与超越。为此，民粹主义理论研究范式有可能沦落为贬义上的民粹主义，比如反智、反专业精神，这是我们要加以警惕的。

　　其三，新意识形态的研究范式。

　　新意识形态研究范式凸显了阶级叙事和实体政治追求，可谓与新近文化研究中兴起的政治经济学范式（以韦伯斯特、加恩海姆为代表）有相似的旨趣。从政治哲学的角度看，他们考虑正义、民主、和平等公共价值要优先于考虑自由。面对自由时，他们对消极自由有自觉的警醒。

　　这种研究范式下的大众文化被看成中产阶级的文化，而不是大众的文化。[①] 对于民粹主义理论所提倡的大众，在他们看来倒是真正的"去大众"。因为，虽然大众有权利去消费这种文化，但受经济能力及生活方式的限制，大众实际上很难消费这种文化，大众文化所表征的自由实际上是强人的自由。因此，他们基本上把大众文化看成一种新意识形态，一种与真实状况不相符的符号表征和观念神话。[②]

　　应该说，这种研究范式具有一定的学理意义和现实作用。从学理上看，它继承了精英主义理论研究范式所具有的学术批判旨趣，对民粹主义

---

① 戴锦华：《隐形书写——90 年代中国文化研究》，江苏人民出版社，1999，第 13 页。
② 王晓明：《半张脸的神话》，广西师范大学出版社，2003，第 17~26 页。

理论研究范式所存在的去政治化问题有一定的反思作用。回到现实看，这种研究范式对现实存在的两极分化现象有较为自觉的关注，对底层大众和弱势群体实际的文化生活现状有较为切实的关怀。

然而，新意识形态研究范式也存在较大的理论局限性。20 世纪 90 年代以来的大众文化虽然的确存在去政治化的嫌疑，然而它也发挥了非常明显的政治功能。大众文化依靠市场的力量，以一副"消极"的政治冷漠的颜面，对那种根深蒂固的意识形态政治具有明显的解构功能，对推进公共领域的进程起到了较好的作用。由于种种原因，它的这一使命并没有完成。新意识形态的研究范式对大众文化的积极价值缺乏同情的理解，并试图彻底否定大众文化的存在合法性。依靠市场、消费而存在的大众文化的确有平等不足的嫌疑。但即便如此，我们也不能忽略大众文化所表征的价值与平等并非天然对立。相反，依靠市场、消费的大众文化本来就有平等的预设，道理很简单，因为没有平等，市场是不能形成的。只是这种预设在经验层面上还未完全实现，离事实上的平等还相差甚远。但即便如此，我们也不能摧毁、否定和完全放弃大众文化。一个更为合理的选择应该是，完善大众文化，增加它的"大众性"。

此外，即使我们注意到大众文化的消费还具有接受美学意义上的能动性与自主性，我们也不能完全忽视大众文化的"大众性"。费斯克曾主张从生产的角度看待大众的文化消费，认为大众在消费时是有"生产性"的，因此他主张"我们必须将问题从人们在解读什么转移到他们如何解读"[1]，这种对大众有较多信任的能动观念，的确不应该被新意识形态大众文化研究范式完全忽视。

从上述三种大众文化研究范式的简要评述中可以看出，这三种研究范式都存在一定的局限性。那么，我们究竟应该建构一种怎样的大众文化研究范式呢？其实在上面关于大众文化的界定，以及对三种研究范式的分析中已然"灌注"了一种分析范式，即公共批评的研究范式。

---

① 〔美〕约翰·费斯克：《理解大众文化》，王晓珏、宋伟杰译，中央编译出版社，2001，第149 页。

三　大众文化研究的公共批评范式建构

在我们有限的学术视野里，大众文化的公共批评范式最早是由陶东风以政治批评的名义提出来的。[①] 只要理解了这种政治批评的政治所指是一种纯粹的政治，或说是公共领域的政治，那么我们就会发现政治批评其实与公共批评的旨趣一致。所谓公共批评的研究范式是一种以后形而上学为思想旨趣，以公共性为价值立场，坚持语境化和学理式的对大众文化现象进行分析的理论和实践。它有以下几个特点。

其一，认同后形而上学思想。

公共批评认同后形而上学的思想，主要出于两个原因。一是从思想史的角度看，后形而上学思想更具当下性。黑格尔之后的西方思想史，主导的基调就是后形而上学。所谓后形而上学不是一个实体的概念，而是一个"思想型"。在这种思想型的装置中，人们不再采取主客二分的认知方式把世界一分为二，继而去寻找那种所谓纯粹的、终极的、永恒的知识与价值。在后形而上学思想看来，根本就没有这样的知识与价值。

这里仅以真理观为例。后形而上学的真理观绵延至今有一个多世纪。在尼采时代就开始认为"真理根本就不存在"[②]，所谓的真理也只是对世界的一种阐释，"一事物的本质不过是关于'此物'的见解而已"[③]。尼采的这种后形而上学的真理观对后世影响深远，一直延续至今。尼采之后，无论是以海德格尔为代表的人本主义哲思，还是以维特根斯坦为代表的科学主义哲思，都没有完全脱离尼采的这种思考路径。兹举海德格尔与维特根斯坦的真理观为例。

海德格尔在《存在与时间》中就已经有了较为成熟的后形而上学真理

---

① 陶东风：《文学理论的公共性——重建政治批评》，福建教育出版社，2008，第 1~22 页。

② 〔德〕恩斯特·贝勒尔：《尼采、海德格尔与德里达》，李朝晖译，社会科学文献出版社，2001，第 89 页。

③ 〔德〕弗里德里希·尼采：《权力意志——重估一切价值的尝试》，张念东、凌素心译，商务印书馆，1991，第 191 页。

观。他之所以要提出"此在""在之中"等一系列范畴，要区分存在与存在者，要将存在与时间相勾连，其中一个重要的原因就是在他看来，此前几千年的哲学思想总是以一种主客二分的思维方式去寻找真理，因此寻找到的都是存在者的真理，而非存在的真理。这种真理被认为是一个实体，甚至是另一个世界的东西。依海德格尔之见，这无疑是一种形而上学的预设。这样的真理观往往导致"存在的遗忘"。所谓存在的遗忘，也就是将"存在"与"存在者"混淆了。而之所以会有这种混淆，海德格尔认为是由苏格拉底以来的"形而上学"所致。形而上学总是"主客二分"的，总是沉迷于"对象性的思维"，总是以"什么是什么"的方式来提问世界，对象化地把世界本质化为"理念"（柏拉图）、"上帝"（中世纪）、"我思"（笛卡尔）、"强力意志"（尼采）等"阿基米德点"。这样前赴后继地追寻"阿基米德点"，使得哲学备受耻辱，不仅寻找不到真理，还导致了"存在的遗忘"！[1] 于是在《存在与时间》的第一篇的最后一节海德格尔便专门探讨了真理问题。在对传统真理观的三个命题——真理的处所是命题（判断），真理的本质在于判断与其对象的符合，既把判断认作真理的原始处所又把真理定义为"符合"——逐一进行了分析之后，海德格尔认为它们共同地表征了一种传统本体论的"符合的真理"，这种真理不具有"原始性"，"原始性"的真理应该是"此在的展开状态"。海德格尔因此痛快而庄严地宣布："唯当此在存在，才'有'真理。唯当此在存在，存在者才是被揭示被展开的。唯当此在存在，牛顿定律、矛盾律才在，无论什么真理才在。此在根本不在之前，任何真理都不曾在，此在根本不在之后，任何真理都将不在。"[2]

此后，海德格尔对后形而上学的真理观有了更为自觉的认识与追求。1949 年，海德格尔在《论真理的本质》的一个注解里，更明确地认为："真理的本质乃是本质的真理。"[3] 这是说真理是存在论的，而不是认识论

---

① 〔德〕海德格尔：《存在与时间》，陈嘉映、王庆节译，生活·读书·新知三联书店，1999，第 3~6 页。

② 〔德〕海德格尔：《存在与时间》，陈嘉映、王庆节译，生活·读书·新知三联书店，第 260 页。

③ 孙周兴选编《海德格尔选集》（上卷），上海三联书店，1996，第 235 页。

的，我们没有办法去认识一个真理，去发现一个真理，因为真理不是可以离开这个世界的"对象物"。

维特根斯坦在早期的《逻辑哲学论》中就提出了"对于不可说的东西我们必须保持沉默"①，其意是要反对追问世界的形而上学真理。同时，维特根斯坦还认为诸如"美是什么"这样的知识/真理问题是无意义的，因为这种对知识/真理的欲求是由于我们忽略了语言的逻辑分析所产生的一种幻象错觉。在后期的《哲学研究》中，维特根斯坦在清理自己前期的思想的基础上更彻底地提出"语言游戏""家族相似"等一些更具后形而上学意味的范畴，"我想不出比'家族相似性'更好的表达式来刻画这种相似关系：因为一个家族的成员之间的各种各样的相似之处：体形、相貌、眼睛的颜色、步姿、性情等等，也可以同样方式互相重叠和交叉。——所以我要说：'游戏'形成一个家族"②。也就是说，世界的本质是不存在的，同样，语言的本质及语言与世界的同构性本质也是不存在的，"一个词的意义就是它在语言中的使用"③。"当哲学家使用一个词——'知识''存在''对象''我''命题''名称'——并试图把握事物的本质时，人们必然经常的问自己：这个词在作为它的老家的语言游戏中真的是以这种方式来使用的吗？"④ 换言之，试图通过研究语言的确定的本质来把握世界的确定本质，这只是一种幻觉。世界没有共同的本质，只有相似处和亲缘关系。语言是一种游戏，一种行动中的存在。

透过以上简要的勾勒与论述我们可以发现，黑格尔之后的思想家的确都在不停地叩问这种后形而上学真理的合法性。这种后形而上学的真理观，符合现代性的世俗性、人文性，它不把人的现实人生与生活世界虚幻化、否弃化，同时也具有后现代性的差异性与多元性。为此，后形而上学的真理观在当下得到了更多认同。与之相应，公共批评研究范式也认同这种后形而上学的思想旨趣，而对精英主义理论研究范式所倡导的所谓终极

①　江怡：《〈逻辑哲学论〉导读》，四川教育出版社，2002，第184页。
②　〔奥〕维特根斯坦：《哲学研究》，李步楼译，陈维杭校，商务印书馆，1996，第67页。
③　〔奥〕维特根斯坦：《哲学研究》，李步楼译，陈维杭校，商务印书馆，1996，第43页。
④　〔奥〕维特根斯坦：《哲学研究》，李步楼译，陈维杭校，商务印书馆，1996，第72页。

的审美、纯粹的道德则保持高度的警觉。尤其值得提及的是，后形而上学的真理观正与阿伦特意义上的政治的真理观有内在的一致性。这一点我们下面还要提及。

原因之二是大众文化本就有对后形而上学的诉求。

从发生学的角度看，大众文化是消费社会的产物。虽然对于消费社会的具体发生时间存在不同理解，但人们大多认为，消费社会的发生是 20 世纪以后的事情。相较而言，中国的情况更为复杂。20 世纪 90 年代以后的中国，随着社会主义市场经济体制的施行，大众文化得以迅速发展。但此时的中国是否进入了消费社会，至今仍聚讼纷纭。然而，大众文化是这个世俗化时代的文化则确定无疑。因此从"思想型"的角度看，大众文化必然是后形而上学的。也即大众文化在价值追求上是去形而上学的，它不会再到另一个世界去追求什么终极的关怀、绝对的价值和抽象的意义。当然这并不是说，大众文化不会有价值追求，而是说，大众文化的价值追求是后形而上学的价值追求。这种后形而上学的价值追求，也就使得公共批评的研究范式应该调整价值立场。

其二，它立足于公共性的价值立场。

大众文化的价值立场是后形而上学的。后形而上学思想不再倡导人们去追问另一个世界的真理，并且认为根本就没有一个绝对的真理，这很契合阿伦特所提倡的"政治的真理观"。所谓"政治的真理观"，有三层含义。

首先，真理只不过是"一种""意见"。每个人都有自己的意见，并且都可以向世界公开。每个人的意见中，都有真理的成分。我们应该尊重每个人的意见，但也要依靠交流理性，尽量使意见达成共识。达成共识，并不是要取消意见，而是要形成阿伦特所论之"意见式的真理"。依阿伦特的看法，只存在那种"意见式的真理"，而没有那种"非意见式的真理"。那种所谓"非意见的真理"，是柏拉图以来的哲学玄想，是对苏格拉底的一个误解。政治的真理，是一种意见，或说政治的真理是"意见式的真理"。① 这种真理观即意见的政治真理观，正是公共批评坚持的真理观。公共批评坚持这种真理观，就使得大众有可能参与到这种学术研究中来，就使得公共批评视野下的大众文化有可能推动文艺公共性的成长，这无疑是值得肯定的事情。

其次，意见是存在论的范畴。意见不是一个认识论范畴，不是一个纯粹的主体行为，不是个人的玄想和任意虚构。意见是对一个有公共性的世俗世界的倾听。人们在世界中各有不同的位置，因此世界向每个人展现出不同的面貌。然而，"那向每个人所展现的是同一个世界，尽管在这个世界中人们以及他们的立场有多么的不同，因而他们的意见也就不同，但是'你我同样都是人'"②，这就是说，虽然世界是差异的，意见是不同的，但我们无须担心，因为不管怎样有差异的意见都是人的意见，这就保证了意见是有可交流性的，是有可能成为"意见式真理"的。

最后，意见需要一个公共空间才能得以呈现。对于意见来说，公共空间至关重要。一方面，意见的表达离不开它。没有一个公共空间，意见就不能呈现出来。另一方面，要寻找意见式真理，也离不开它。只有在公共空间，在一个允许差异、有自由表达保障的领域中，不同的意见才能够依靠友谊，经过努力的说服工作成为意见式的真理。

对于阿伦特所论"政治的真理"而言，最为重要的是要有公共空间。只有有了公共空间，才有可能有意见，才有可能有作为价值论的意见式的真理存在。因此，从价值追寻的角度看，公共批评研究范式要立足于公共性的价值立场。这种公共性的价值立场，具体而言，一是公共批评要坚持公共性，要努力推动公共领域的建设。二是公共批评的价值都是公共性的价值，都是阿伦特意义上的政治价值。简而言之，我们应该在公共性价值中寻找政治自由，在公共性价值中寻找政治审美，在公共性价值中寻找政治神圣，在公共性价值中寻找政治言说。

兹举政治自由为例。所谓政治自由，在阿伦特看来，它有如下三个特

---

① 陶东风：《文学理论的公共性——重建政治批评》，福建教育出版社，2008，第439页。
② 〔美〕阿伦特：《哲学与政治》，载贺照田编《西方现代性的曲折与展开》，吉林人民出版社，2002，第346页。

点。首先，这种自由是公共领域中的自由，具有公共性，也就是有可见性、可表达性，并要求他人在场。同时，它与公共利益相关，有可交流性。其次，这种自由要求人们摆脱生活必然性的束缚。它不能局限在阿伦特说的劳动、工作中，而要去积极从事言行实践，从而获取表演性、艺术性。最后，这种自由具有一定的冒险性和不可预期性，同时也具有创新性、创造性。简言之，公共性的价值，都是世俗社会中的公共价值，而非去另一个世界寻找的所谓的超越价值。

由于公共批评研究范式把大众文化的价值定位成公共性价值，因此在这种理论视域中，大众文化是否有公共性，便成为其思考的一个基本切入点。上述民粹主义理论的研究范式的主要局限性之一，就是把那种没有可见性的私人文化消费当成公共性，把政治冷漠、去公共性价值当成一种积极性价值来提倡。同时，新意识形态研究范式对民粹主义理论研究范式的批评之所以成立，最为关键的一个原因，也是民粹主义理论研究范式没有把政治自由这一重要问题处理好。它有把政治自由等同于内在自由的嫌疑，也就是有提倡消极自由的嫌疑，比如不关心大多数人是否真实地摆脱了生活的必然性，是否根本就没有在大众文化的消费中体验到一种真实的自由等。

当然，公共批评研究范式往往在规范的意义上，将 20 世纪 90 年代以来的大众文化视为公共领域的表征和推动力量。这就多少会关乎政治，但公共批评研究范式中所涉及的政治不是政治经济学意义上的政治，而是一种政治哲学意义上的政治，可称之为学术政治或校园政治。这种政治并非贬义的，相反，它是褒义的，其实际的作用主要是能够让大家关爱这个世俗的世界。当然，我们也要防止一些过于理想、激进和极端的所谓学术政治。

其三，它坚持语境化和学理化的思维方式和研究方法。作为落到实际操作层面的大众文化研究，公共批评研究范式往往把自己的批评实践塑造为语境化和学理化形象。

语境化是指在批评实践中，将研究对象重新置入关系场域，对文本进行仔细解读，具体分析这个文本所表征的场域关系，如它如何发生，为什么这样发生，有哪些力量参与了这种发生等。这不是从理论到理论的逻辑演绎，更不是把大众文化生硬地置入好与坏、积极与消极等二元对立之中，而是如斯道雷一样，把它看成"一个由不同的文化力量构成的相互矛盾的混合体"①，一个有待我们进行语境化分析的混合体。值得一提的是，这种去除二元对立思维方式的大众文化观，与前面提到的公共批评认同后形而上学的思想旨趣是一致的。同时，与互联网这种大众文化生存的新公共空间所具有的复杂性也是一致的。②

公共批评还特别注重学理化分析，并倚重可交流的公共理性，对大众文化现象做合乎学术理路的分析和反思，继而探讨其所表征的文化逻辑。简言之，公共批评对那种纯粹主观的臆想，对那种毫无学术史意识的知识生产，基本上持一种谨慎的态度。它是有学术追求的。如此说来，公共批评与一般的社论标签式、口号标语式的批判是不相容的。这也就是公共批评要研习政治哲学、社会理论的原因，同时也是它要强调自己所涉及的政治是学术政治的根本原因。

总之，公共批评是一种契合后形而上学时代的文化批评形态。如果继续做一些细致的研究，并落实到具体的大众文化研究实践中去，公共批评的大众文化研究就能成为一种理论范式。这是我们还要继续努力的方向。当公共批评的大众文化研究走向成熟，文学理论的转型可能就成功了。文学理论的公共性危机恐怕也就借此缓解甚至消除了。

---

① 〔英〕约翰·斯道雷：《文化理论与通俗文化导论》（第二版），杨竹山等译，南京大学出版社，2001，第16~17页。
② 陶东风：《网络交往与新公共性的建构》，《文艺研究》2009年第1期。

第五章
文化批评的形态与文学理论的公共性

20 世纪 90 年代开始，包括文学理论在内的我国人文社会科学界出现了文化批评的思潮。这样说，应该不会有太大的问题。但我们必须思考的是，在这种思潮下的当代文化批评是不是文化批评；若是，那又是怎样的文化批评，它有没有内部的差异。诸如此类的问题，需要厘清。同时，我们还需要讨论的一个问题就是，文化批评和文学理论的公共性问题是怎样的关系。

一　文化批评的几种形态

通过考察文献，我们可以发现，在文化批评思潮中出现的诸种文化批评，共享了文化批评的基本理念，即都是知识人面向当代社会文化问题的发言，其公共性不言而喻，但知识人的立场、价值观和讨论问题的专业意识等却是有差异的，在研究对象的选择方面也不完全一致。基于此，我们可以主要依据研究对象、研究方法、研究理念的不同，分别将这些有差异的文化批评分为不同的形态。需要说明的是，我们在考察的过程中，有意识地使用了公共性的视角。文化批评本来就有公共性。所谓公共性，指的是这样几层意思。其一，公开性。文化批评的讨论是知识分子在公共空间面向公众发言，目的是依凭自己的专业去生产"知识"和说出"真相"。对此，哈贝马斯认为公共性本身表现为一个独立的领域，即公共领域。其二，差异性。文化批评允许有多种声音，批评、讨论的目的是达成基本的共识，但绝不是消除差异，而是让差异进入更好的状态。阿伦特因此说，"公共领域的实在性依赖于无数视角和方面的同时在场"①。其三，批判性。文化批评往往通过文本的分析来达到对当下社会文化的批判性理解。但批判不是谩骂、否认，毋宁说，是试图用知识来引领社会文化向好发展。"爱这个世界"，才是文化批评的本色。

基于上述认知，我们大体将文化批评分为四种，即作为"大众文艺批评"的文化批评、作为"文化研究"的文化批评、作为"文化讨论"的文化批评和作为"文学批评"的文化批评，而且，在对文化批评做区分和描述的同时，对不同形态文化批评的公共性有自觉的认识。

（一）作为"大众文艺批评"的文化批评

作为"大众文艺批评"的文化批评主要发生在 20 世纪 90 年代初期。这种文化批评之所以可以被称为文化批评，主要是因为它所研究的对象事实上是大众文化，但是研究者尚没有完全意识到它是大众文化，因此在命名上多半还是延续"学术成规"而称之为大众文艺。有的学者虽然不将其称为大众文艺，但恐怕也没有完全的文化研究意识，以至于在批评立场和价值观上往往对这类文艺文化现象予以否定。就此而言，将这种文化批评称为作为"大众文艺批评"的文化批评是比较合适的。

查阅资料发现，1991 年第 1 期的《上海文论》刊登了一组"关于大众文艺的笔谈"的文章，包括毛时安的《大众文艺：世俗的文本与解读——关于当代大众文艺研究的一些想法》、宋炳辉的《大众文艺：传统的与现代的》、方克强的《"批评家"与大众文艺》、花建的《别一种机制》等，这恐怕是我国最早的大众文艺批评专题研究文章。综观这些文献可以发现，大家都感受到了社会文化语境的变迁所导致的文艺现实之变，简而言之，即现实中出现了一种大众文艺，它似乎既是审美的文艺，又具有商业的属性。一如有的论者所指出的，大众文艺"在展开的过程中受到双重机

---

① 〔美〕汉娜·阿伦特：《人的境况》，王寅丽译，上海人民出版社，2009，第 38 页。

制的制约：一种是审美规律的潜在制约，另一种是市场规律的显在制约"①。在基本认清了大众文艺性质的同时，大家对于日常生活中大众所接受的文艺作品不再是原来的精英作品这一点也非常有体会。但是，这些文章的作者几乎都没有表现出对"大众文艺"的"不适应"感，而是很理性地将这一新出现的现象接纳为研究的对象。这可以见诸这样一些文字："面对大众文艺的批评家，就不能照搬原有的那套雅文艺的批判标准。大众文艺作为独立的批评对象，应该拥有符合自身特点的相对独立的标准。"② "作为一种学术研究对象的大众文艺，如果要充分揭示其内涵特征，是不是更应该在其他学科领域揭示其非文艺的特征。从社会学、文化学的角度审视大众文艺也许更能确切把握其本质。"③ 可以看出，大家已经有了对文艺批评的改变诉求了，也许他们最终并没有成功地实现将固有的文学批评转化为文化批评，但是他们对于建构作为大众文艺批评的文化批评的姿态和意图是有的。

为了更好地体会这点，我们不妨以毛时安《大众文艺：世俗的文本与解读——关于当代大众文艺研究的一些想法》为例，来对此做更详尽一点的讨论。毛时安此文被认为是"最早以学术态度探讨大众文化现象的论文之一"④。的确，阅读此文后，我们也体会到此文是作为"大众文艺批评"的文化批评之典型文本。原因有两点。

其一，此文对于大众文艺的存在有相当敏锐的把握，认为大众文艺"从对象而言，主要是指近年在大陆出现的，通过印刷、光电等现代大众传播媒介手段所大量复制，供大众阅读、消闲、欣赏需求的各种文艺制品的总和，如畅销书、通俗小说，通俗性的电视连续剧、放映点和民间流传的录像带、流行歌曲，以及由此构成的文艺和文化现象"⑤。这种对大众文艺的描述达到了当时的阶段性水准。同时，作者也意识到了这类大众文艺

① 花建：《别一种机制》，《上海文论》1991年第1期。
② 方克强：《"批评家"与大众文艺》，《上海文论》1991年第1期。
③ 宋炳辉：《大众文艺：传统的与现代的》，《上海文论》1991年第1期。
④ 陈思和：《中国当代文论选》，上海教育出版社，2010，第161页。
⑤ 毛时安：《大众文艺：世俗的文本与解读——关于当代大众文艺研究的一些想法》，《上海文论》1991年第1期。

的重要性，他写道："一支职业性的大众文艺作者队伍也开始形成。如此出人意料的迅速发展，也许可以称之为一个当代神话。尤其是大众电视作品和流行音乐，以其数量巨大的复制和能产，正在潜移默化地通过感官的直接接受，深刻地塑造着整整一代人的生活方式和价值观念，并在将来用这样的方式和观念去介入社会去判断当代社会发生的一切。换言之，他们的灵魂和人格的塑造过程更多地是由大众文艺而不是由严肃文艺完成的。"①

其二，正是因为意识到了大众文艺对公众精神世界的影响是无可比拟的，因此作者主张积极展开研究，并且认为这是有学术良知有学术担当的学人所需要承认和理性面对的客观现实。作者写道："在学术研究中无视或漠视这样一个巨大的存在不是历史唯物主义的态度。"②

应该说，包括毛时安在内的当时一些从事大众文艺研究的学人，自觉或不自觉地开展了作为"大众文艺批评"的文化批评，这一点，无论怎样高度评价恐怕都是不为过的。但如果回到当下，我们还是可以从学理上说一些关于那个时候的文化批评所存在的历史性局限，这种局限笔者在当时也难以避免，甚至不如他们有历史理性和学术敏感性。因此，这里的言说主要是就学术本身而言的一种反思，目的是让文化批评能够更好地发展，同时也是为了与文化批评相关的文学理论公共性问题能够得到更好的处理。③

不可否认，由于当时还没有文化研究的意识，作为"大众文艺批评"的文化批评恐怕存在以下几个方面的问题。

其一，就文本而言，学者们能够对大众文艺予以肯定，这表现出了开

---

① 毛时安：《大众文艺：世俗的文本与解读——关于当代大众文艺研究的一些想法》，《上海文论》1991 年第 1 期。

② 毛时安：《大众文艺：世俗的文本与解读——关于当代大众文艺研究的一些想法》，《上海文论》1991 年第 1 期。

③ 由于笔者面对的是当代文学理论问题，因此从阐释距离等方面看，可能我们所有的言说，都难免会被误解。为此，这里再次真诚地说明一下，我们是有同情之理解的，即使有不当的批评，也不是故意的，更不是恶意的，而是因为自我反思的能力有限，或者是追求一种理想的学术愿景。非常希望得到诸君理解、谅解和宽恕，也希望得到及时的交流和批评！

放的学术视野和理性的研究立场。而且，从相关学者的论文标题来看，他们意识到了大众文艺是"世俗的文本"，同时有着一定的对这些文本进行现代性解读的自觉。这些都是非常值得肯定的。然而，大家最终还是把事实上的大众文化理解为一种文艺类型，即"大众文艺"。于是，学者们对大众文艺所做的文本研究，比如指出的文本的类型化、故事模式化特点等，其实是将大众文艺和精英文艺相比较得来的。这就意味着，我们对大众文艺的存在并没有同情式理解，因为大众文艺的文本本来就会有大众文艺的特点，我们没必要对文本本身的审美高下过多着墨。我们要做的工作应该是反思这种文本之所以如此这般的生产机制，以及它的消费情况。同时，我们要去积极解决大众文艺在价值观方面可能存在的问题，比如大众文艺可能存在的过于私人化、物质主义和娱乐主义的问题就需要解决。总而言之，作为"大众文艺批评"的文化批评并没有对大众文艺展开必要的"艺术公共性研究"。这就可能导致它还不是自觉的文化批评。

其二，从功能上说，由于大家对大众文艺的性质没有切身的体会，所以也就没有真正意识到这些文本对世俗社会的积极推动作用。对大众文艺，骨子里恐怕还是不放心，还是寄希望于通过精英知识分子的研究，去改造它，去提升它，一如有的论者所直接指出的那样："大众文艺研究的一个重心是如何认真提高大众文艺的审美品位。"[①] 这就是说，我们不是去思考这样一种大众文艺所可能带给这个世俗社会本身的积极意义，从而去推动它的发展，我们的研究目的恐怕最终还是使大众文艺变成精英文艺。

其三，就知识形态论，作为"大众文艺批评"的文化批评对大众文艺的研究总体而言还是文学化的和美学化的，没有真正地对大众文艺做"文化批评"。比如，没有切实采用跨学科的方法。更没有去客观理性地对大众文艺的生产机制和消费状况予以调研描述。虽然有不少论者都主张对大众文艺展开"多学科综合研究"，甚至还写道："大众文艺首先是一个文艺现象，同时又是社会现象、文化现象，而不是单纯的文艺现象。大众文艺

---

① 毛时安：《大众文艺：世俗的文本与解读——关于当代大众文艺研究的一些想法》，《上海文论》1991 年第 1 期。

的这一基本现象性，决定了大众文艺以马克思主义为中心的多学科综合研究的可能性。事实上这种多学科的综合研究不仅是可能的，而且是必要的，唯有多学科的综合研究，才能发掘出大众文化这一研究对象的内在意义。"① 但遗憾的是，作者之后还是说："通过这一研究提高大众文艺的艺术品位。"②

作为"大众文艺批评"的文化批评，还不是成熟的文化批评，对此，有的论者的评论还是十分中肯的，即"较为典型地体现出文学批评界面对大众文化表现出的最初震惊感受和初始判断，是学术界对方兴未艾的中国大众文化的最初思考和批判的见证"③。显然，这样说，主要是就学术本身而言的一种反思，目的是让文化批评能够更好地发展。

（二）作为"文化研究"的文化批评

作为"文化研究"的文化批评，有较为自觉的文化研究意识，也就是对伯明翰学派所开创的文化研究有了基本的认知，于是也自觉地围绕着阶级、种族、性别、代际等公共问题，努力语境化地开展在地的当代文化批评。虽然研究立场各异，但在研究对象的选择上，已经不再把经典文学文本奉为圭臬，而能有意识地将当代大众文化现象和问题作为分析的对象。

20 世纪 90 年代，李陀主编了一套"大众文化批评丛书"④，其中大多数的研究都可以认为是作为"文化研究"的文化批评。其特点至少有三

---

① 毛时安：《大众文艺：世俗的文本与解读——关于当代大众文艺研究的一些想法》，《上海文论》1991 年第 1 期。
② 毛时安：《大众文艺：世俗的文本与解读——关于当代大众文艺研究的一些想法》，《上海文论》1991 年第 1 期。
③ 陈思和：《中国当代文论选》，上海教育出版社，2010，第 162 页。
④ 本丛书由江苏人民出版社 1999 年开始不定期出版，主要包括戴锦华的《隐形书写——90年代中国文化研究》、戴锦华主编的《书写文化英雄——世纪之交的文化研究》、王晓明主编的《在新意识形态的笼罩下——90 年代的文化和文学分析》、南帆的《双重视域——当代电子文化分析》、包亚明等的《上海酒吧——空间、消费与想象》、邵燕君的《倾斜的文学场——当代文学生产机制的市场化转型》、胡大平的《崇高的暧昧——作为现代生活方式的休闲》、陈映芳的《在角色与非角色之间——中国的青年文化》、陈昕的《救赎与消费——当代中国日常生活中的消费主义》、宋伟杰的《从娱乐行为到乌托邦冲动——金庸小说再解读》等。

个。其一，不把文化研究作为"理论"来"说"，而是围绕着具体的文化现象和日常生活中的问题来展开批评，也就是"做"文化研究。其二，有意识地开展本土的文化批评。这套丛书有好几本的论题都限定在了"中国"，比如中国的青年文化、中国的消费文化、中国的广场文化、中国都市的怀旧文化等。虽然这些研究可能存在理论资源、价值立场方面的选择性，但不可否认的是，它们是在对当代文化进行具体的研究，是作为"文化研究"的文化批评。其三，研究颇有新意。作为"文化研究"的文化批评，具有文化研究所带来的新意。以研究对象来说，往往都以当代文化为研究对象，所论问题基本与我们的日常生活息息相关，这是此前所难以遇见的知识生产景观。在研究方法上也体现出了新颖性。比如尽管论题是文学，但也有意识地与传统的文学研究思路和方法区别开来，而把文学作为大众文化现象，并且主要分析文学的生产机制等问题。这在以前的文学研究中恐怕并不多见，因此就容易获得创新效果。

这里再以王晓明的文化批评为例。应该说，王晓明作为文化研究的文化批评工作还是有声有色，非常具有特点的。其一，他把文化研究"机构化"了。组建了上海大学文化研究系，培养了一批文化研究专业的学生，这在国内目前尚不多见。同时，他还主编了"热风书系"多种，以此为阵地，推动了文化批评的工作的开展。其二，他建构了自己的"新左派"大众文化研究范式。用他自己的话也可以将这种研究范式称为"新意识形态"的大众文化研究。

为了更好地理解王晓明作为"文化研究"的大众文化批评，我们应该稍作延伸。① 早在 1993 年前后，王晓明作为主要参与者，组织发起了"人

---

① 在文化研究的文化批评出现之前，其实还出现了不少的人文精神派的大众文化研究。比如，1992 年前后兴起的某些审美文化研究、流行文化研究，这些研究在某种意义上也是这种大众文化研究。这里，我们稍微提及一下高小康的研究。1993 年高小康就出版了《大众的梦——当代趣味与流行文化》（东方出版社 1993 年版）、《世纪晚钟——当代文化与艺术趣味评述》（东方出版社 1995 年版）等大众文化著作。仅以《大众的梦——当代趣味与流行文化》为例，其可被提及者至少有三个方面。其一，对大众文化现象敏感，该书是国内较早以专著形式研究大众文化的著作。该书对明星现象、电视广告、卡拉OK、牛仔裤等一些当代流行文化进行了描述和分析。其二，研究理念和方法也值得肯定。作者虽然对大众文化有价值观念上的不认同，但是作为一种文化事实，作者（转下页注）

文精神大讨论"。人文精神讨论的发生，直接地讲的确是与大众文化息息相关。因为从事后来看，那标志人文精神讨论开始的《旷野上的废墟——文学和人文精神的危机》一文①，实际上有一个重要主题，即对王朔的畅销小说和张艺谋的电影这种 20 世纪 90 年代的大众文化作品进行"批判"，作者主要认为这些大众文化缺乏人文精神。有学人因此称人文精神讨论"是人文学者与初级形态的大众文化的最初接触"。② 这的确相当有道理。只是需要再强调的是，人文精神讨论者未必在一开始就自觉意识到了他们是在对"大众文化"进行"文化批评"。大概因为缺少此自觉意识，人文精神讨论直接借用了法兰克福学派批判理论的资源，在面对大众文化之时表现出了与批判理论相同的精英主义取向。有学者因此指出："把批判理论范式专门指向中国本土的大众文化，是开始于 1993 年的'人文精神'讨论。"③ 这是非常有见地的说法。我们甚至因此也可以把王晓明的文化批评称为批判理论范式的大众文化研究，这种范式的大众文化研究由于特别强调人文精神，表现出对文艺的商品化、通俗化、流行性等特点和趣味的不满。因此也不妨称为人文精神派的文化批评。④ 这种文化批评对于王晓

（接上页）还是尽量地进行了客观的描述，有使用社会科学研究方法的自觉。同时，作者没有仅仅说大众文化的理论，而是具体地做了大众文化的批评。其三，作者有一定的价值判断，只是在历史理性的自觉下，作者没有在对大众文化现象进行分析阐释的过程中一味地完全进行人文批判，而是将自己的人文批判置于论著的标题和结语之中。这样就使得该书相对客观。当然，我们依据作者的观念，还是可以看出该书属于人文精神派的大众文化研究，因为在该书结语中，作者写道："形形色色的流行文化活动可以给人以感觉的刺激，给人以种种梦想，给人以交流的机会，给人以逃遁之处，但很少能给人以真正的人本价值——使人的智慧、理性与人格获得提升。……'流行'文化不是古典人文精神的温床。"高小康：《大众的梦——当代趣味与流行文化》，东方出版社，1993，第193 页。

① 王晓明等：《旷野上的废墟——文学和人文精神的危机》，《上海文学》1993 年第 6 期。
② 张闳：《变迁中的"大众文化"，方法论的"文化理论"，在场的"文化批评"》，《郑州大学学报》（哲学社会科学版）2005 年第 6 期。
③ 陶东风：《文学理论的公共性——重建政治批评》，福建教育出版社，2008，第 168 页。
④ 在人文精神讨论的前后几年，涌现出了不少相关的大众文化研究文献，它们在直接或间接地呼应人文精神讨论，不妨将其称之为人文精神派的文化批评。相关文献如童庆炳《大众文化需要人文引导》，《东方论坛》1994 年第 1 期；童庆炳《隐忧与人文关怀》，《文艺研究》1994 年第 1 期；尹鸿《为人文精神守望：当代大众文化批评导论》，《天津社会科学》1996 年第 2 期。

明此后从事作为"文化研究"的文化批评是有深远影响的。其一，它打开了研究者的视野，对于养成人文知识分子面向现实和介入当下的文化习惯而言，无疑是有帮助的。具体而言，它或许让王晓明能够更为自觉地把包括文学在内的当代文化作为研究对象，并且能够联系社会历史条件来进行批判性的分析。其二，人文精神讨论所初步形成的文化批评，对王晓明此后文化批评的问题意识也有不可忽视的影响。比如，他从此对 20 世纪 90 年代中国社会的性质、存在的问题及可能的发展走向等极为关切。这从《1990 年代与"新意识形态"》这篇他写于 2000 年的"代表作"即可得见。此后王晓明依然主要关注 20 世纪 90 年代以后出现的社会文化问题。其三，如果说对社会文化的关怀既需要历史理性，也需要人文关怀，那么历经人文精神讨论的王晓明更多的是持人文关怀，以至于对 20 世纪 90 年代以来的文化现象持更多的人文批判的态度。

在王晓明看来，面对这般复杂的社会现实，文化研究的意义也就呈现了。这是因为，文化参与现实的塑造。王晓明接着对当代文化研究如何发展的问题，也提出了自己的看法，兹列举几点。其一，打破学科体制，以问题为中心展开研究。为什么要打破学科体制呢？他写道："当代中国的文化研究并不拘泥于现有的学科规范，甚至也不在意是否要创立一个新的学科，它只是想紧紧抓住全球化形势中的中国问题，要对当代的社会现实做出及时有力的回应。"[1] 其二，文化研究要重视描述、分析和剥离，而不是简单地批判、斥责，只有这样才能做到客观有效。其三，文化研究要破除"机械两分"的思维习惯。这就意味着我们不要非此即彼，只有这样才能分析当代文化的复杂性。其四，文化研究的目的和意义在于"发现活生生的、创造性的文化因素，在于激发全社会对真正优异的文化的强烈渴望，在于鼓舞人们去努力创造这样的文化"[2]。要创造这样的文化当然有难度，但这样的文化一旦被创造出来，我们就进入了"大时代"，因此它值得我们每一个人去努力。

---

① 王晓明：《半张脸的神话》，广西师范大学出版社，2003，第 22 页。
② 王晓明：《半张脸的神话》，广西师范大学出版社，2003，第 24 页。

不妨说，仅凭上述我们对王晓明文化研究的简要陈述，就可以发现，他将 20 世纪 90 年代以来的这个社会文化大文本作为研究对象，对其进行了有概括力的分析，很有实践感、公共性，的确是形构了一种可被称为"新意识形态"的文化批评。对此，我们有必要进行简要评述。

其一，文化批评介入了真实的现实，发现了真正的问题。王晓明并没有对这一社会持完全否认的态度，虽然他没有明确地表达，但是他反对非此即彼的思维就已经做了很好的说明。事实上，王晓明的本意也不是要否认真实存在的社会，而是要通过文化批评的方式来更好地理解这一社会，从而积极引导它朝着更合理的方向迈进。

其二，文化批评成为一种有效的知识生产方式。它的有效就在于它能够实现知识的公共使用。王晓明的相关研究文献，即使在二十年后也是非常鲜活非常有穿透力非常有阐释力。虽然这在某种程度上说明我们的社会进程缓慢，但另一方面也说明王晓明那作为"文化研究"的文化批评是有效的。当然，判断其有效并不意味着就一定要有能力把所发现的问题按照所提供的方式解决掉。在某种意义上讲，批判性地指出问题和客观理性地分析问题应是文化研究更能胜任的。

其三，王晓明的"新意识形态"的文化批评当然也存在问题。无论如何，王晓明"新意识形态"的文化批评还是偏重人文的批判，这与其此前的人文精神派文化批评有文脉上的贯通之处，这无疑是值得肯定的。但是，过度的人文批判也可能会存在历史理性不足的问题。这集中地表现为对大众文化有可能推动社会历史走向世俗、现代这一问题有所忽略，同时，对于与现代世俗社会文化相契合的公共性问题的研究，比如大众文化在推动文化的共享，让普通民众获得基本的文化参与机会等方面的问题，"新意识形态"的文化批评恐怕考虑得相对少一些。

对于"新意识形态"文化批评解决文化问题的方式也可以再讨论。虽然王晓明并没有明确提出解决的方案，但是可以看出，他有假借文化解决社会问题的思路，只是他这种思路更多的是诗意的想象，试图通过文化想象一种超越既定意识形态的新文化。这种偏人文的思路当然是可以的。但我们不妨也调整思路，把文化研究适当地转换为文化治理研究。比如，20

世纪 90 年代以来所出现的社会文化问题，如果主要与公共权力没有承担起应有的责任有关，那么我们就应该在现存问题的基础上，去努力借助文化构建一套现代治理方案，并且让这套方案成为一种文化，从而呼唤其实践的主体。实际上，一直有不少学人在推动国家治理能力现代化的建设。我们认为治理能力的现代化，对于应对现代化过程中出现的社会文化问题是有根本效果的，特别是其中蕴含的公共性诉求，甚至可以作为"新意识形态"的重要因素。党的十九届四中全会也明确提出了要推进国家治理能力现代化建设。这当是文化研究有提供文化政策可能的时机。我们特别要警惕过度的人文想象，忽视或试图超越有人性基础支撑的社会基本规律。就知识构成而言，作为文化研究的文化批评需要继续在社会科学、政治哲学方面做适当的努力，从而实现知识结构的必要调整和完善。要做好文化研究，各位同人需要努力调整并下决心完善知识结构。

毫无疑问，还有其他一些学者也在开展作为"文化研究"的文化批评，以陶东风、金元浦为代表的现代化理论范式的大众文化批评，也是这种文化研究意义上的文化批评。晚近，陶东风还在自觉返回大众文化发生现场，继续努力创构本土的大众文化研究范式。[①] 此外，还有不少学者在从事文化研究意义上的文化批评。在有限的视野里，我们发现有孟繁华、南帆、王宁、赵勇等学者的当代文学文化研究，蒋述卓等学者的城市文化批评，周宪等学者的视觉文化批评，赵宪章等学者的图像文学文化研究，欧阳友权、单小曦、周志雄等学者的网络文学文化研究，陆扬和阎嘉等学者从事的空间问题的文化研究，戴锦华等学者的性别文化批评，周志强的寓言论文化批评，汪民安等学者的物质文化研究，王敦等学者的听觉文化研究，赵静蓉等学者的记忆文化研究，以及马中红、曾一果、胡疆锋、孟登迎等学者的新媒介与青年亚文化研究，杨玲、徐艳蕊等学者的粉丝文化研究，黄鸣奋、刘方喜、王峰等学者的后人类文化研究等，这些都可谓这种文化批评。

---

① 陶东风：《回到发生现场与中国大众文化研究的本土化——以邓丽君流行歌曲为个案的研究》，《学术研究》2018 年第 5 期。

不妨简要地以后人类文化研究为例来予以说明。后人类文化研究，它是一个和当前社会文化发展紧密相关的领域。随着人工智能、生物技术的发展，我们已经处身于后人类的社会文化氛围乃至事实之中，这甚至引发了我们对人类自身理解的根本变化。这一境况，需要每一个人都参与思考，毕竟这是牵涉公众利益的普遍性问题，更应该得到知识分子的关注，因为只有通过更专业的分析和阐释，人们才能获得真实有效的信息，所做出的选择才有公共的理性和向善的价值。这就要求有人文社科方面的知识去主动参与和介入，这也会使人们更好地获得理解自我的力量，甚至获得改变人类社会的能力。比如，如何面对人工智能的情商，怎样看待后人类的艺术作品，人工智能会带来怎样的伦理困境，未来是否会有仿生人、电子人的出现，我们又该如何进入"后人类时代"，诸如此类的问题，都可谓后人类文化研究的议题。对这些议题的研究，当然可以也应该调动原来的学科知识，采取一定的思辨研究方法，但鉴于我们对后人类研究缺乏学术史的积累，可行的办法就是从现象入手，多对具体的问题进行分析、反思和理解，从而开展扎实的文化批评。可喜的是，当前有不少学人，如江怡、黄鸣奋、刘方喜、王峰等学者，他们不拘囿于原有的专业领域，而积极以现象为对象，以问题为导向，开展了诸多的后人类文化批评实践。其中，有学人从源头上反思人工智能的性质及它对人类智能的挑战等问题，有学人专门讨论机器人小冰的诗集《阳光失了玻璃窗》，有学人对人工智能科幻叙事的时间想象问题进行了分析。[①] 从某种意义上说，他们正在和各国科研人员一道，对当下的社会文化现象展开有益的探索。这样的后人类文化研究，无疑具有较强的实践感、现场感，的确是担负起了知识分子对社会的公共责任。

总之，无论是李陀等人的"新左派"理论范式的大众文化批评，还是陶东风等人的"现代化理论"范式的大众文化批评，以及其他学者所从事的文化批评，它们都与伯明翰学派的文化研究存在差别。比如，他们的文化批评有些还具有精英主义的立场，有些对大众文化之于中国社会的功能

① 王颖、陈玉梅主编《对话：人工智能与人文社科》，吉林教育出版社，2020。

存在误读，有些还没有真正运用民族志的厚描方法论来对具体的文化问题展开批评。但是，如果我们撇开有关大众文化的知识立场、价值认同和研究方法等方面所存在的差异看，他们都非常重视大众文化的研究，甚至有一改文学批评而从事专门的大众文化批评的志向和行动，这是不可否认的。简而言之，作为"文化研究"的文化批评在 20 世纪 90 年代已然发生，并一直延续到当前。如今，越来越多的学者对作为文化研究的文化批评越来越自觉，假以时日，这种意义的文化批评有可能创构属于自己的文化理论。

近来，有不少对文化研究进行反思的文献，综观之，其反思所要达到的目标就是希望我们多"做"文化研究，把文化研究落实在实践当中，通过文化批评的方式去呈现。① 这当然是有道理的，虽然理论形态的文化研究需要继续开展，但现如今，中国的文化研究相对而言偏重于文化理论也是事实。查阅文化研究的文献，可以发现，有非常多的文化理论著作。我们似乎把文化研究作为学术来研究，从而陷入"说"文化研究，而具体地"做"文化研究却相对不足。事实上，通过"做"文化研究来生产文化理论，走一条文化批评理论化的道路，是可行的。而且，如果要发挥文化研究的公共性，"做"文化研究无疑比"说"文化研究更有效。就此而言，对于这种作为"文化研究"的文化批评还要大力倡导。在当前社会文化已然处于转型的新时代，倡导文化批评，激发知识的公共参与能力，对世道人心的建设来说都是有益的。即使文化批评具有批判性，这种批判性所起到的作用也是积极的，它犹如"教师"，甚至承担起了"医生"的功能，这对社会现代化进程中可能出现的弊病，多少是有"疗效"的。而文化批评理论也可能正是在这种有效的批评实践中逐渐形成的。

---

① 相关文献如下。盛宁：《走出"文化研究"的困境》，《文艺研究》2011 年第 7 期；王伟：《"文化研究"的意义与问题——与盛宁先生〈走出"文化研究"的困境〉一文商榷》，《学术界》2011 年第 10 期；孟登迎：《文化研究的政治自觉和身份反省——兼谈如何看待我国"文化研究"的困境》，《马克思主义与现实》2012 年第 6 期；张喜华：《再论文化研究的困境》，《黑龙江社会科学》2015 年第 1 期；肖明华：《论文化研究的影响、问题与出路》，《兰州学刊》2015 年第 10 期。

（三）作为"文化讨论"的文化批评

作为"文化讨论"的文化批评，有学者说自古以来就有，比如古代的策论，近代的报章，现代的"杂谈"。① 也有学者认为，作为"文化讨论"的"中国式文化批评"始于 20 世纪初，与西方文化批评不同，它面临的主要任务是如何现代化。② 我们说的作为"文化讨论"的文化批评，主要指 20 世纪 90 年代以来在文化研究的意义上的文化批评，这种作为"文化讨论"的文化批评在表现出自身差异的同时，又有文化批评的共性。它无疑也有鲜明的跨学科性，但这并不意味着完全不需要专业知识，同时，它还需要有知识分子的情怀。这种文化批评简而言之就是知识分子以当代社会问题、文化现象和公众话题等为对象所展开的公共批评。它不局限于文学文本。也可以说，一切文化现象和社会问题都是它言说的对象。它最大的作用就是能够实现知识的公共使用。这对于现代社会文化的建构而言，无疑是有积极意义的。在 20 世纪 90 年代前后出现的"人文精神讨论""激进与保守之争""新左派与自由主义之争""社会转型与知识分子问题"等一些公共文化事件，就可归为这种文化批评。

查阅文献，我们发现这种作为"文化讨论"的文化批评比较复杂。就文献类型看，有专业学者撰写的，也有非专业的新媒介人所写的，有发表在各种纸媒刊物的，也有在各个网站流传的，现如今还有些文献在微博微信等自媒体中传播。其中，有些文献还是畅销书，有些专业论文也引发了学人讨论。③ 要把

---

① 曾军：《文化批评的当代转型与文艺学的学科重建》，载钱中文主编《理论创新时代：中国当代文论与审美文化的转型》，知识产权出版社，2009，第 167 页。
② 徐贲：《文化批评往何处去——八十年代末后的中国文化讨论》，吉林出版集团有限责任公司，2011，第 5 页。
③ 这里简要列举几种参与讨论的刊物和选本性的文献。刊物主要有《战略与管理》《东方》《读书》《书屋》《中华读书报》《21 世纪经济报道》《远东经济评论》等。选本性的文献主要有李世涛主编《知识分子立场——民族主义与转型期中国的命运》，时代文艺出版社，1999；林大中、孟繁华主编《九十年代文存》，中国社会科学出版社，2001；傅国涌编《直面转型时代：〈东方〉文选 1993—1996》，经济科学出版社，2013；傅国涌、周仁爱编《回到启蒙：〈方法〉文选 1997—1999》，经济科学出版社，2013；傅国涌编《常识的立场：〈书屋〉文选 1996—2001》，经济科学出版社，2013。

这种文化讨论的文化批评完全理清，无疑需要具备扎实的文献功夫、精深的学术能力和深刻的思想水平等，这远非笔者所能胜任，这以专题研究和专著形式表现才更合适。这里我们拟选择其中有关文化民族主义问题的研究个案来稍加阐发，以期能够借此对这种文化批评有更多的了解。

具体而言，20 世纪八九十年代之交，文化民族主义之所以兴起主要是因为 20 世纪 90 年代的社会历史发生了转型。[①] 这种转型可以有多种解释的视角，这里，我们就以现代性的角度来简要阐述。如果说，20 世纪 80 年代还是"呼唤现代化"的时代，那么由于 20 世纪八九十年代之交一系列社会历史事件的影响，20 世纪 90 年代则进入了"反思现代性"的时期。[②] 在这种现代性反思的文化思潮和认知框架下，我们强化了民族的主体意识和文化的自觉意识。20 世纪 90 年代以后社会主义市场经济体制确立，我们越来越融入世界体系的同时，也产生了种种利益上的冲突，这种冲突作用到文化上，就推动了民族主义的兴起。当然，20 世纪 90 年代国家实力逐渐提升，这也给民族主义的兴起提供了一定的现实条件和心理依靠。同时，我们需要用民族主义来处理 20 世纪 90 年代"历史的终结"之后可能遇见的"文明的冲突"，也就是需要用文化民族主义作为一种意识形态来形塑大家的认同，从而更好地维护国家利益，也更好地为我国的经

[①] 可参肖明华《20 世纪 90 年代社会文化语境下的文学理论转型》，中国社会科学出版社，2017，第 1～9 页。经查阅国家图书馆、北京师范大学图书馆、北京大学图书馆的相关藏书，我们发现 20 世纪 90 年代以来出版的著作中，带有转型字样的达 1000 种以上。涉及经济学、社会学、政治学、法学、历史学、传播学、伦理学、哲学、美学、文学等各个学科，并业已出现转型经济学、转型社会学、转型法律学、转型传播学等专门的研究领域。另外，以中国知网提供的文献为例，1979～1989 年以"社会转型"为题的人文社科论文仅 3 篇，而 1990～2000 年以之为题者则有 1066 篇。其中，1990～1992 年共有 9 篇，1993 年开始逐渐增多，有 12 篇，1994 年则有 44 篇，1995 年有 96 篇，1996 年有 171 篇，1997 年 184 篇，此后"社会转型"成为稳定的关键词，每年都有百余篇论文以此命名。值得注意的是 1992 年李培林发表了一篇《另一只看不见的手：社会结构转型》（《中国社会科学》1992 年第 5 期），1993 年张雄发表了《社会转型范畴的哲学思考》（《学术界》1993 年第 5 期），1993 年 12 月 24 日，《中国社会科学》杂志社、中国社会科学院青年社会科学研究中心在北京召开了"社会转型期的价值观和文化座谈会"，1994 年《甘肃社会科学》与甘肃省社会科学院哲学所联合在兰州召开了"社会转型时期的道德状况与重建"座谈会。可以看出，南方谈话，市场经济体制的确立，让人们普遍感受到了 20 世纪 90 年代社会转型的发生。

[②] 陶东风：《从呼唤现代化到反思现代性》，《二十一世纪》1999 年总第 53 期。

济社会发展提供文化支持。关于这一点，有学者曾经指出，当时有很多人都持这样的理解："在传统的意识形态衰落，社会矛盾和危机加重的情况下，政治的与社会的解体，恐怕是一种比停滞和保守更为严重的危险。正是在这样的背景之下，一些人开始了对民族主义的倡导。"① 另外，也有一些西方左翼理论家，出于对现代性单一的焦虑，而寄希望于他者，于是支持文化民族主义认同。比如，杰姆逊就曾倡导"第三世界文化理论"，并且对民族主义有一定支持。他说："在第三世界里（同时也在第二世界中的主要地区里）某种民族主义是十分重要的，因此我们有理由质问民族主义到底是否真的不妥当。"② 杰姆逊的理论传入我国后，恐怕已然失去了理论生存的语境和意图，倒是径直成为我们张扬文化民族主义的理论资源。③ 总之，不管怎样理解，民族主义文化思潮的兴起是一个事实。

面对这种社会文化思潮，有不少学人参与了讨论，从而把文化民族主义问题化了。围绕着文化民族主义的问题当然非常多。其中，主要的问题有以下几种。

其一，如何处理文化民族主义与现代政治、市场经济的关系问题。对于这一问题，有学人认为我国的民族文化尤其是儒家文化很难生长出现代的政治和经济形态。比如，朱学勤《五四以来的两个精神"病灶"》《从明儒困境看文化民族主义的内在矛盾》等文，把民族主义视为"病灶"，并且认为它难以通往现代政治，④ 这就提供了一种反对文化民族主义的支持。当然，也有学人不以为然，认为倡导文化民族主义不能混淆文化和政

① 李世涛主编《知识分子立场——民族主义与转型期中国的命运》，时代文艺出版社，1999，第 375 页。
② 〔美〕弗雷德里克·杰姆逊、张京媛：《处于跨国资本主义时代中的第三世界文学》，《当代电影》1989 年第 6 期。
③ 弗雷德里克·杰姆逊的第三世界文化理论和此后传入我国的赛义德后殖民批评汇合后，更是为文化民族主义提供了理论氛围。后殖民主义在我国可能被误读，但是这种误读本身其实就是一种文化民族主义现象。对此，早已有学者指出："由于国内学界对于后殖民理论认识上的种种混乱，我们经常可以听到如下说法：赛义德=反西方主义=提倡民族主义……"（刘禾：《互译性：现代思想史写作中的一个语言盲点》，《语际书写——现代思想史写作批判提纲》，上海三联书店，1999，第 5～6 页）
④ 朱学勤：《五四以来的两个精神"病灶"》，《战略与管理》1999 年第 4 期；朱学勤：《从明儒困境看文化民族主义的内在矛盾》，《书屋》2000 年第 8 期。

治的关联。比如，陈明《文化认同与政治认同补议》一文就认为，不能因为政治认同反对文化认同。① 换言之，文化民族主义是可以被倡导的。当然，也有不少学者大概受到韦伯"新教伦理与资本主义精神"的影响和启发，因此认为文化基础和政治建设是有关联的，甚至认为文化认同乃政治认同的前提。有的学者多年来就一直认为我国的民族文化可以生成政治儒学、贤能政治等。②

其二，如何处理文化民族主义特殊与普遍的关系问题。虽然也有不少学人持文化普遍主义的观念，但也有不少学者坚持文化特殊主义的立场。甘阳、张旭东等更多的持文化特殊主义立场。在他们看来，我们要有自己的文化自信、文化自觉。③ 而李慎之、薛涌等人则倡导文化普遍主义，并且要警惕文化民族主义。④ 当然，也有学者认为，虽然审美意义的、日常生活意义的文化没有优劣，但是不能因此否认制度意义的文化是有优劣的。为此，我们应该具体辨认文化民族主义的所指，并反对不加反思的文化民族主义。⑤

其三，如何避免文化民族主义中西二元对立的思维和价值立场问题。盛洪《什么是文明》《经济学怎样挑战历史》等文，主要论证的就是中华文明比西方文明更优。⑥ 这种对 20 世纪 80 年代主流观念颇有冲击力的观点，激起了一些学者的反驳。比如徐友渔的《是经济学挑战历史，还是逻辑代替经验事实——析〈什么是文明〉的方法论错误》、秦晖的《关于"新蛮族征服论"与拯救文明之路——与盛洪先生商榷》等文就进行了直接或间接的回应。综观之，他们主要提出了相反的看法，即认为西方文明

---

① 陈明：《文化认同与政治认同补议》，《博览群书》2002 年第 4 期。
② 参见蒋庆《政治儒学——当代儒学的转向、特质与发展》，福建出版发行集团、福建教育出版社，2014；〔加〕贝淡宁《贤能政治》，吴万伟、宋冰译，中信出版社，2016。
③ 甘阳：《华人大学理念与北大改革》，《21 世纪经济报道》2003 年 7 月 3 日；张旭东：《文化民族主义、"挫折感"与中国学人的精神使命——驳薛涌〈甘阳与文化民族主义〉》，《21 世纪经济报道》2003 年 8 月 14 日。
④ 薛涌：《甘阳与文化民族主义》，《21 世纪经济报道》2003 年 8 月 7 日。
⑤ 李世涛主编《知识分子立场——民族主义与转型期中国的命运》，时代文艺出版社，1999，第 381~388 页。
⑥ 盛洪：《什么是文明?》，《战略与管理》1995 年第 5 期；盛洪：《经济学怎样挑战历史》，《东方》1996 年第 1 期。

更值得倡导。① 但是，无论是认为哪种文明更优或更劣，其实都是二元对立思维方式所致，如果能够超越这种对立思维，恐怕就能够更好地处理这一问题。对此，孙立平就提出了一种"汇入"说，即我们不要搞二元对立，不需要非得在文化优劣之间一争高下，而是要回到事实，理性承认，积极汇入世界的主流文明。他写道："以本民族的独特性作为出发点，排斥作为人类文明在价值、制度安排、运作规则上已经形成的种种的积累，完全是出于一种对立心理地想形成一个所谓的'第三条道路'。但事实表明，这样的'第三条道路'，往往是一种民族主义的乌托邦，其结果与我们在前些年以意识形态为指导的乌托邦没有什么两样。"② 孙立平的说法即使在今天看来都是振聋发聩，值得深思。毋庸讳言，我们要承认不同民族文化的差异，但是承认差异不是拒绝对话，而是要积极对话，去学习和汲取人类文明世界所积累的文明成果，从而把自己民族文化带入新境，并最终提升自己的民族文化软实力。

当然，围绕着文化民族主义所进行的这种讨论，也许最终并没有得出一个答案，也很难得出一个答案。正是没有答案，才值得讨论。讨论却也不是为了获得一个最终的答案。也许这样的答案本来就没有，但讨论得继续。检阅相关文献，我们发现学者金惠敏一直在关注、讨论这一问题。金惠敏还创构了"全球对话主义"理论，其根本的观念是"差异即对话"③。所谓差异即对话，这是一种本体论观念，其意主要是说，世界是差异的，不同民族之间的文化是不同的，但是差异并不意味着互相就没有关联，甚至是敌对的，相反，正因为世界是差异的，我们才需要对话，通过对话，

---

① 徐友渔：《是经济学挑战历史，还是逻辑代替经验事实——析〈什么是文明〉的方法论错误》，《战略与管理》1996 年第 2 期；秦晖：《关于"新蛮族征服论"与拯救文明之路——与盛洪先生商榷》，《战略与管理》1996 年第 4 期。

② 李世涛主编《知识分子立场——民族主义与转型期中国的命运》，时代文艺出版社，1999，第 380 页。

③ 可参金惠敏一系列著作，如《媒介的后果：文学终结点上的批判理论》（人民出版社 2005 年版）、《全球对话主义：21 世纪的文化政治学》（新星出版社 2013 年版）、《消费他者——全球化与资本主义的文化图景》（商务印书馆 2014 年版）、《差异即对话》（中国社会科学出版社 2019 年版）等。另外，可参丛新强主编《全球对话主义与人文科学的未来——金惠敏全球化理论讨论集》，中国社会科学出版社，2016。

才有可能触摸到那个差异的本体世界。对话不是为了消除差异，对话是因为差异而生，对话同时也承认了差异，没有差异，对话也没有必要。没有对话，差异也没有存在的意义。简言之，差异因此即对话，对话因此也即差异。

作为本体论意义的差异即对话，表明差异和对话不是工具和目的的关系，而是互相需要、相互发明的关系。对话的目的不是消灭差异，而是照亮差异，让差异进入更好的差异状态。在这一差异观下，我们要做到两点。第一点是，要去除中西二元对立的思维方式，以"价值星丛"的观念来处理民族差异问题。也就是说，任何民族间的差异都处在一个位置，都是一颗星星，都是作为他者的存在，我们要宽容他者，把他者作为星火照亮自己。基于这一观念，他还具体地写道："中西文化二元对立思维是一种将中华文化仅仅限制在特殊性层次上的思维，而不知道既往的中华文化既是民族的也是世界的，既是历史的也是当代的，即是说，不知道中华文化既是特殊的也是普遍的，是全人类的共同财富。中西文化二元对立思维是自我矮化的思维，不仅妨碍中华文化的世界性作用的发挥，也阻碍我们生活于其中并不断对之加以创新的当代文化对全球文化的建构。"[1] 我们认为，这段话值得每一位有中西二元对立的"后殖民情结"之人深思。我们要做到的第二点是去除民族主义，警惕帝国主义，彰显世界主义。我们不能泯灭民族文化价值，但也不能本质化某一民族文化价值，任何民族间都不是绝对差异，而是有需要对话的差异，通过对话，才能把具有差异的民族文化带入更好的差异状态。在金惠敏看来，相比于文化民族主义，世界主义恐怕是一种能够将每个民族都带入更好差异状态的主义。他写道："没有涵括一切民族价值的超级价值，世界主义只是意味着一种'价值星丛'，在此星丛之中，民族主义价值不是要臣服于一个'最高原则'的宰制，而是进入与其他价值的一种对话性关系。"[2]

---

[1] 金惠敏：《差异即对话》，中国社会科学出版社，2019，第43页。
[2] 金惠敏：《差异即对话》，中国社会科学出版社，2019，第25页。

应该说，金惠敏的全球对话主义对文化民族主义的讨论是有价值的，在某种程度上推进了我们对相关问题的思考，甚至在观念上也可能解决了一些不必要的意识形态迷误。

虽然说 20 世纪 90 年代以来是一个学术凸显而思想家淡出的时代，①但围绕着一些社会文化现象所进行的文化讨论其实还在继续。而且，参与者不乏学术大家，这无疑是难能可贵的，其意义也不可小觑。这里，我们再结合文化民族主义问题的讨论，来简单陈述一二。

其一，这种文化讨论，对公共领域建设有益。面对公共话题发言，按理还是需要有专业背景才能言说得更深更透。但是，公共话题也可以由业余知识分子参与，即使他们言说得不专业，但至少他们表达了自己的关切。这对于形成公共舆论、建设公共领域无疑是必要的。事实上，如果公众想要真正加入讨论的文化场，他们会自觉地通过学习、反思等不同的方式来获得进步，甚至也可能在这种讨论中通过真诚交流，善意交锋，激发思考的热情，从而慢慢地走向专业。退一步说，就算他们的讨论一时间难以实现专业化，不太可能在文化场中谋求到较好的站位，但只要这种讨论是在平等、自由的良好氛围里展开的，那至少也可以培养独立发表见解的能力，或者养成善意倾听别人意见的习性。

比如，参与了文化民族主义问题讨论的人，如果他要发表自己的见解，那他必定会了解到关于此问题已然有多少种观点在场域中争胜，如果自己要在场域中站位向好，就非得要有自己的独立见解，并且要试图去说服别人来承认自己的观点，而不会仅仅就把自己的发言作为情绪发泄方式。如果做不到这一点，他们可能就会被别人的"较佳论证"所说服，从而就有可能暂时认同某一观点。这样的话，也就很有可能避免把自己对文化民族主义问题的"意见"当成"真理"。

---

① 1994 年，在给《二十一世纪》的信中，李泽厚写道："90 年代大陆学术时尚之一是思想家淡出，学问家凸显，王国维、陈寅恪被抬上天，陈独秀、胡适、鲁迅则'退居二线'。这很有意思，显现出某种思想史的意义，提示的或是人生价值、学术价值究竟何在，及两者的复杂关系等等问题。"（李泽厚：《三边互动》，《二十一世纪》1994 年总第 23 期）此后，在大陆探访期间，李泽厚还提及过其所命名的"学问家凸显、思想家淡出"之说，之后，此说渐流行开来，成为关于 90 年代转型的一个颇有影响之说。

其二，专业人士参与这种讨论，可以实现自己的知识分子功能，获得知识服务社会的良好效果，这也是知识分子的职责和使命。同时，这种胸怀天下、有文化情怀的知识分子品格，也可能会对自己的专业研究起到一定的作用。多少运大思者误入迷途，恐怕也与其参与公共讨论不足有关。陶东风就曾指出过一个现象，即"有些学者或专家有精致发达的思辨理性、逻辑理性，但是却没有或缺乏通达的公共理性，他们在议论公共事务时表现出来的见识甚至可能不如一个'引车卖浆者流'。阿伦特的公共理性是出类拔萃的，远远超过她的老师海德格尔，尽管她的思辨理性可能不如海德格尔，她在哲学这个专业领域的成就也不能和海德格尔相比"①。这就说明，专业知识人参与公共讨论，培养公共理性的确非常有必要。

比如，我们的专业学者如果能够参与到当前自媒体领域中的文化民族主义问题的讨论中，无疑会更好地引导大众处理好中西关系，借此所形成的公共舆论，对于提升我国在全球的文化软实力而言，多少有些帮助。同时，如果专业人士对文化民族主义问题有过较好的"公共讨论"，这对改变其可能在专业研究中存在的"后殖民情结"也是有帮助的。有一些知识人，可能正是由于对后殖民批评不很了解，因此总以为越是民族的就越是世界的，殊不知，过度强调民族，可能会不自觉地让自己边缘化。我们其实已经在世界中，我们要把世界中对我们有益的都学来，从而才有可能引领世界，而不是与世界对抗，征服世界。晚近，居然有说人类起源于湖南这样的"专家"之论，这恐怕是很难被人承认的一厢情愿。多多参与作为文化讨论的文化批评，对于专业人士的公共理性乃至常识的养成不无益处。晚近，人们把专家视为"砖家"，多少也反映了专业人士有好好参与"公共讨论"的必要。其实，体制化学科化已然束缚了当代知识生产的活力，积极介入公共讨论来为知识的合法性辩护恐怕是迫在眉睫的。

其三，在我国，积极参与公共问题的讨论，对于改变我们从"乡土中

---

① 陶东风：《论文化批评的公共性》，《文艺理论研究》2012 年第 2 期。

国"可能延续下来的公共性欠发达的文化习性来说，① 也是有帮助的。同时，对于建构更为现代的民族国家而言，也不无益处。诚然，现代民族国家的形态有多种，但无论哪一种现代形态，恐怕都离不开公共性的观念及基于这种观念的实践。参与公共讨论，毫无疑问有助于公共性观念的逐渐养成。有学者在研究了当代的政治文化之后强调，"相当多的社会成员却连合格的公民标准都没有达到"②，他于是呼吁政治文化建设要以培养合格公民为目标。窃以为，参与"公共讨论"的文化批评，应该是一种实现该目标的很好的途径。

基于上述理解，我们认为，作为"文化讨论"的文化批评需要继续开展。当前，在网络自媒体时代，这种文化讨论的文化批评事实上也在持续之中。只要守住底线，我们就应该以鼓励参与为主，并引导它良性发展。对于知识分子来说，这种作为"文化讨论"的文化批评恐怕在当前越来越成为一个问题。回顾当代文化批评史，我们恐怕会发现，晚近十余年的文化批评事件，与之前相较似乎越来越逊色，以至于知识界的文化讨论似乎都沉寂了。虽然如今知识分子的专业水准在整体提高，但知识生产的机制却似乎并没有因此鼓励文化讨论的开展，具有公共性的文化批评倒可能处于压抑状态。同时，在媒介的自主性和大众化程度越来越高的今天，文化批评也似乎没有因此兴盛，遑论彰显其应有的批判性维度。或也因此，有学者发出了"文化批评往何处去"的哀叹，并且指出了知识分子热衷于"有机知识分子"角色的问题。③ 在知识分子越来越专业化、体制化的时代，如何把这种"文化讨论"的文化批评继续下去，窃以为，这是一个值得整个社会来思考的大问题。

---

① 费孝通：《乡土中国》，人民出版社，2015，第 25~42 页。另可参见〔美〕明恩溥《中国人的素质》，文津出版社，2013，第 65~71 页。
② 胡键：《当前中国政治文化分析》，《江西师范大学学报》（哲学社会科学版）2017 年第 6 期。
③ 徐贲：《文化批评往何处去——八十年代末后的中国文化讨论》，吉林出版集团有限责任公司，2011，第 11 页。

（四）作为"文学批评"的文化批评

作为"文学批评"的文化批评，它切实地发生应该是 20 世纪 90 年代以后的事情。它主要以两种方式出现，一种是批评理论的方式，一种是文化研究的形式。前者主要借女性主义批评、后殖民主义批评等批评理论的方式介入文学批评，从而建构了作"文学批评"的文化批评。后者是在有了文化研究尤其是伯明翰文化研究观念的前提下，再自觉地将这种观念落实在具体的文学批评之中，从而建构了作为"文学批评"的文化批评。

需要强调的是，女性主义批评、后殖民批评等批评理论并非就是作为"文学批评"的文化批评，只是它与文学存在较大的关联，比如它们会以文学文本为研究对象，但又具有文化批评的特点，能够起到推动文学批评新变的作用，因此在某种意义上可以算作为"文学批评"的文化批评。文化研究和文学批评的关系也是一样的，文化研究显然要突破文学批评的体制化学科化倾向，但它毕竟脱胎于文学批评，也完全可以反哺文学批评。事实上，当代文学批评也有意愿主动借鉴文化研究的理念和方法，对文学文本展开文化批评，从而推动文学理论与批评的转型。对此，有学者早已如此表达："'文化研究'标志着文学批评的一个新阶段。"① 这里，我们仅以后殖民批评为例，来看看作为"文学批评"的文化批评是怎样发生的，又具有怎样的特点。

依据我们的考察，后殖民批评在我国的发生应该说与杰姆逊、萨义德等人的理论有关。1989 年，杰姆逊的《处于跨国资本主义时代中的第三世界文学》一文译介到我国。② 该文提出了"第三世界文化理论"，认为第三

---

① 南帆：《文学批评与文化研究》，载金元浦主编《文化研究：理论与实践》，河南大学出版社，2004，第 151 页。

② 〔美〕弗雷德里克·杰姆逊、张京媛：《处于跨国资本主义时代中的第三世界文学》，《当代电影》1989 年第 6 期。值得提及的是，1988 年漓江出版社推出了王逢振的访谈录式的著述《今日西方文学批评理论》。该书对杰姆逊的第三世界文化理论有较为精练的介绍。1989 年，程代熙在《西方文论的新信息——读〈今日西方文学批评理论〉》（《文艺理论与批评》1989 年第 2 期）一文中，对杰姆逊的第三世界文化理论进行了评析。程文还被《文艺理论研究》（1989 年第 4 期）以"弗·詹姆逊提出'第三世界文化'的（转下页注）

世界文化/文学是"民族寓言",即"第三世界的本文,甚至那些看起来好像是关于个人和利比多趋力的本文,总是以民族寓言的形式来投射一种政治:关于个人命运的故事包含着第三世界的大众文化和社会受到冲击的寓言"①。简而言之,第三世界文本表征了个体与民族国家之间不是分明的独立关系,遑论紧张的对抗关系了。相反,个体与民族国家总是互为一体,在"政治无意识"中往往具有互相认同的积极性关联。

杰姆逊还以鲁迅等人的文本为例来进行说明。依其之见,第三世界的知识分子是民族的代言人,他们对外部殖民甚为敏感,而内部压迫却难以被"问题化",他们不是作为独立的个人来对国家进行批判,而是作为个人来同国家一道忧心于民族大业。② 因此,第三世界知识分子在"讲述关于一个人和个人经验的故事时最终包含了对整个集体本身的经验的艰难叙述"③。撇开杰姆逊是否对第三世界有误读这一点不谈,④ 我们也可以说,杰姆逊指出了第一世界与第三世界存在"文化斗争"/"文化渗透"的"殖民"

（接上页）新观点"为题进行了观点摘编。不妨说,王逢振的著述恐怕是最早译介杰姆逊第三世界文化理论的了。但不可否认的是,大多数学人还是通过 1989 年《处于跨国资本主义时代中的第三世界文学》的译介来接受第三世界文化理论的。

① 〔美〕弗雷德里克·杰姆逊、张京媛:《处于跨国资本主义时代中的第三世界文学》,《当代电影》1989 年第 6 期。

② "在第三世界本文中个人和社会经验里的力比多和政治因素之间的关系,同西方对这个问题的看法以及形成我们自己存在的西方文化形式截然不同。我可以用下面的几点来概括这个不同或相反的特征:在西方,按照惯例,政治参与是以我刚才谈的那种公私分裂的方式而受到遏制和重新被心理化或主体化的。"〔美〕弗雷德里克·杰姆逊、张京媛:《处于跨国资本主义时代中的第三世界文学》,《当代电影》1989 年第 6 期。

③ 〔美〕弗雷德里克·杰姆逊、张京媛:《处于跨国资本主义时代中的第三世界文学》,《当代电影》1989 年第 6 期。

④ 杰姆逊的说法显然存在某种程度的"误读",就以杰姆逊所举鲁迅的例子来说,鲁迅其实并非没有独立的个体意识,更非缺乏批判精神的民族主义者,这可以鲁迅的名言为证:"用笔和舌,将沦为异族的奴隶之苦告诉大家,自然是不错的,但要十分小心,不可使大家得着这样的结论:'那么,到底还不如我们似的做自己人的奴隶好。'"(鲁迅:《半夏小集》,《鲁迅全集》(第六卷),人民文学出版社,2005,第 617 页)对于这种误读,杰姆逊也曾有过担心,他说:"我下面要谈的仅仅是推测,非常需要中国问题专家们的订正。我仅举一个方法论的例子,而不是提出关于中国文化的'理论'。"(〔美〕弗雷德里克·杰姆逊、张京媛:《处于跨国资本主义时代中的第三世界文学》,《当代电影》1989 年第 6 期)杰姆逊也承认,"对于不习惯接触现实或集体的我们来说,这种寓言视野经常是难以忍受的"(〔美〕弗雷德里克·杰姆逊、张京媛:《处于跨国资本主义时代中的第三世界文学》,《当代电影》1989 年第 6 期)。

状况，这也就用第三世界文化的理论，书写了"形似"于后殖民理论的一些观念。① 第三世界文化理论被视为后殖民理论在中国传播的滥觞。② 有论者甚至认为它超出了那标志后殖民理论发生的"东方主义"的影响。

的确，杰姆逊的第三世界文化理论，影响迅疾，1989 年就开始有了回应。③《文艺争鸣》《读书》《电影艺术》等刊物发表了相关论文多篇。如张颐武的《第三世界文化与中国文学》④、姚晓濛的《中国电影：第三世界文化的一种文本》、张京媛的《第三世界批评：民族·种族·性别》等。1993 年，张颐武还结集出版了以"第三世界文化"的理论为"批评起点"的著述《在边缘处追索——第三世界文化与当代中国文学》，这恐怕是第三世界文化理论研究中最有代表性的文本了。我们有理由据此认为，通过

---

① 需要说明的是，杰姆逊的第三世界文化理论，甚至被有的论者指出，事实上算不上什么西方的后殖民理论。（参赵稀方《后殖民理论》，北京大学出版社，2009，第 262 页）这倒也不难理解。就以哲学观念说，后殖民理论是受后结构主义的影响所产生的，反对任何的本质主义，而第三世界文化理论具有本质主义的嫌疑，其本质主义从其支持"民族主义"这一点上就可以见出端倪，似乎第三世界要保持某种本质的族性，才能区分于第一世界。其实，即使"民族寓言"说能够成立，也无法表明它就是第三世界的本质，而只能被视为在某一特定历史语境下，出于特定的需要所建构出来的一种性质。至于第三世界的本质究竟是什么，对于后殖民理论而言，这样的提问方式本身就有本质主义的嫌疑。顺便一提的是，杰姆逊的《处于跨国资本主义时代中的第三世界文学》一文，曾被阿赫默德进行过严厉的批评。罗钢、刘象愚主编《后殖民主义文化理论》，中国社会科学出版社，1999，第 333~355 页。

② 赵稀方：《中国后殖民批评的歧途》，《文艺争鸣》2000 年第 5 期。

③ 需要说明的是以下几点。其一，这里关于回应的举证是以明显使用了第三世界文化理论的文献为主。但还有一些文献，其实也是深受了第三世界文化理论影响的。这突出地表现在一些影评类的批评实践中。比如张颐武等人的一些影评论文。其二，对第三世界文化理论的回应，并非仅受杰姆逊那一篇《处于跨国资本主义时代中的第三世界文学》文献的影响。研究者也恐怕受了"第三世界"理论的影响。比如张颐武的论文《后新时期中国电影：分裂的挑战》（《当代电影》1994 年第 5 期），其参考文献就涉及其他一些第三世界理论，如李琮的《第三世界论》（世界知识出版社 1993 年版）等，只是杰姆逊是较早将主要以研究政治经济为主的第三世界论移用到了文化领域，这是需要说明的。其三，对第三世界文化理论的回应，在 1993 年以后还与东方主义一道汇合在了后殖民批评之中，这从此后一些有影响的文献，如张颐武的《全球性后殖民语境中的张艺谋》（《当代电影》1993 年第 3 期）、陈晓明的《"后东方"视点：穿越表象与错觉》（《文艺争鸣》1994 年第 2 期）往往兼用詹姆逊的第三世界文化理论和萨义德的东方主义理论，来进行后殖民批评的书写这一点上就可以看出。

④ 此文的发表，使张颐武被视为"当前中国学界最早一位试图从后殖民主义的视角来阐释和建构中国当代文学的学者"（丰林：《后殖民主义及其在中国的反响》，《外国文学》1998 年第 1 期）。

杰姆逊的第三世界文化理论，后殖民批评在中国确已发生。①

显然，第三世界文化理论虽然不是传统的文学理论与批评，但是它对现当代文学文本的研究，显示出了不同的理念和方法。再来看萨义德与后殖民批评的发生。

萨义德的"东方主义"理论，② 传入中国也是在20世纪八九十年代之交。③ 1990年，《文学评论》刊发了《彼与此——评介爱德华·赛义德的〈东方主义〉》一文，④ 它对与后殖民理论息息相关的"东方主义"进行了提纲挈领的解读，可谓学界专门引介后殖民理论的一篇较早的文献了。1993年，《读书》杂志刊发了张宽的《欧美人眼中的"非我族类"》、钱俊的《谈萨伊德谈文化》、潘少梅的《一种新的批评倾向》和李长莉的《学术的倾向：世界性》等文，这些文章总体看来有两个特点。

一是大都涉及后殖民理论，对萨义德的著作《东方学》（《东方主义》）、《文化与帝国主义》进行了有意识的评介，⑤ 对其"东方主义"和文化霸权的理论学说多有认同。比如认为借用萨义德的东方主义理论乃一种有冲击力的"新的理论架构"⑥，认为"萨伊德是当今众多西方文化批评

---

① 第三世界文化理论/批评兴起之后引发过学术讨论。其突出的原因恐怕在于，第三世界批评在中国更多的是被"挪用"，而未曾被批判性地阐释和语境化地"化用"，因此出现了"变形"。有论者曾以阿赫默德对杰姆逊的批评为例说："同样是第三世界知识分子，为什么我们就不能提出像阿赫默德那样义正辞严的诘问，相反却对之趋之若鹜呢？"（罗钢、刘象愚主编《后殖民主义文化理论·前言》，中国社会科学出版社，1999，第6页）关于第三世界文化理论的学术讨论可参见相关文献，这里仅列出《二十一世纪》中的两篇重要文献。赵毅衡：《"后学"与中国新保守主义》，《二十一世纪》1995年2月号；徐贲；《"第三世界批评"在当今中国的处境》，《二十一世纪》1995年2月号。

② 需要说明的是，使用东方学，还是东方主义来命名萨义德的理论，这是一个有争议的问题。在一般情况下，我们不做区分。（参见罗厚立《"东方主义"与"东方学"》，《读书》2000年第4期）

③ 1988年漓江出版社出版的王逢振的访谈录著述《今日西方文学批评理论》，包含有对萨义德的访谈。

④ 张京媛：《彼与此——评介爱德华·赛义德的〈东方主义〉》，《文学评论》1990年第1期。

⑤ 张宽的《欧美人眼中的"非我族类"》、钱俊的《谈萨伊德谈文化》两文，前文的本意是要对萨义德的《东方主义》进行评介，后文的本意则是要对萨义德的《文化与帝国主义》进行评介。

⑥ 潘少梅：《一种新的批评倾向》，《读书》1993年第9期。

理论家中最可读者之一"①。

二是将后殖民理论自觉地运用到批评实践中来，对中国现当代社会文化问题进行了较为有冲击力的批评。其主导性的观念就是，无论是就固有的历史叙述，还是现代以来的文化观念，乃至当下的文化发展状况来说，我们都陷入了西方中心主义，被"后殖民化"了。

《读书》的这组文章，一经刊发就引来了讨论，获得了"强烈的反响"②，这往往被视为后殖民批评在中国学术界开始引起广泛关注的一个标志。③我们不妨认为，《读书》的这组文章，虽然本意在于介绍西方后殖民理论，尤其是萨义德的学说，但它也可以被视为后殖民批评在中国的发生之作，因为它在介绍后殖民理论的同时，还将其运用到了批评实践当中，并基本"规定"了此后后殖民批评的话语实践，甚至此后深入研讨的每一个具体话题，都难免"影响的焦虑"。

应该说，以后殖民批评为代表的文化批评的出现，一改20世纪90年代以来文学批评的"知识型"特点。它表现出了与此前文学批评的诸多不同，在批评对象、批评目的、批评方法等方面都不同程度地发生了变化。对此，我们有必要继续以后殖民批评为例来做一番具体的考察。

先看研究对象。从上述后殖民批评的发生就能够发现，后殖民批评主要有三种文本类型被建构成其研究对象。

一是将整个的社会政治文化问题进行文本化，将此作为其研究的对象，可谓一种社会文化文本。在后殖民批评实践中所发生的"中华性"问题的讨论，就是此类型文本的代表。

二是把与人们当下日常生活息息相关的文化/文学现象和问题纳入研究，此乃大众文化/文学文本。对张艺谋电影的后殖民解读，就是这类研究。

三是对已然经典化了的文学文本进行再解读，这是后殖民批评将经典文学文本作为其研究对象。比如关于鲁迅国民性问题的"再解读"，即可

① 钱俊：《谈萨伊德谈文化》，《读书》1993年第9期。
② 陈厚诚：《后殖民主义理论在中国的传播》，《社会科学研究》1999年第6期。
③ 陶东风、徐艳蕊：《当代中国的文化批评》，北京大学出版社，2006，第132页。

归于此研究范围。

上述三种后殖民批评三种研究对象，无疑表明了它不再局限于以文学文本、文学现象和文学问题为其批评的对象，它甚至可以以整个的社会历史文化问题为其批评和言说的对象。但是，无论如何，它也会以文学文本为研究对象，这就使得它有可能形构作为"文学批评"的文化批评。

再看研究目的。后殖民批评，还改变了文学批评的目的，它不以审美为文学批评的价值取向，甚至不以对文学作价值的高低评价为直接的研究目的。有论者就曾指出，后殖民批评"省略、排斥了文化的其他维度，比如美感体验"。① 虽然对于这种省略、排斥可以有不同的理解，但是就后殖民批评所展开的实际工作来看，它的目的确实不在于对某一文本进行审美价值判断，不在于比较某一文学作品的品质。不妨说，它是要借学术研究来表达某种文化政治立场，其最终的目的或许是要建设一个平等、民主的公共文化环境。

如果说，后殖民批评的研究目的的转型，在那种以社会文化文本为研究对象者身上较容易得见，那么在以大众文化/文学为研究对象的后殖民批评身上难道就不是如此吗？答案是肯定的。以张艺谋电影为例。在后殖民批评视域中，它看到的不是张艺谋电影的艺术性有多高，有怎样的审美价值值得挖掘，等等。综观文献可以得知，它主要是将问题意识设置为追问张艺谋电影作为一个"神话"，是怎样生产出来的，在这种生产过程和运作机制中又裹挟了怎样的权力关系，在这种权力关系之下，民族文化认同受到了怎样的伤害等。比如，张宽就认为，张艺谋电影只有放在东方主义的框架下才可以理解，并且认为它是受到了西方中心主义的文化殖民之后的产物。② 这样的观念在当时甚为流行，这从当年某媒体采访文章以"中国电影：不要按西方人的口味制作东方"为标题这一点，恐怕就可看出一二。③ 指出这一点，我们并不是要论其是非，而仅是要说明，后殖民批评的文化批评，其研究目的的确不是审美，甚至也不是要挖掘某一文本

---

① 钱俊：《谈萨伊德谈文化》，《读书》1993 年第 9 期。
② 张宽：《欧美人眼中的"非我族类"》，《读书》1993 年第 9 期。
③ 黄会林：《中国电影：不要按西方人的口味制作东方》，《中国文化报》1996 年 4 月 26 日。

的人文属性来陶冶性情，来建设和完善心性品质。

由此，我们恐怕就可以下一结论：无论是就研究对象来看，还是从研究目的来看，以后殖民批评为表征的文学批评都已然发生了转型，即走向了文化批评。① 需要辨认的是，这种文化批评是否可以被称为作为"文学批评"的文化批评？它会不会一不留神就变成了作为"公共讨论"的文化批评？或者属于作为"文化研究"的文化批评呢？这无疑是一个问题。这里，提出几点意见，来使作为"文学批评"的文化批评有区隔度。

其一，一种文化批评，如果不以文学文本为研究对象，那么它就恐怕不能算是作为"文学批评"的文化批评了，倒是有可能是作为"文化研究"的文化批评，或者是作为"文化讨论"的文化批评，甚至也可能是作为"大众文艺"的文化批评。因此以文学文本为研究对象，是保证作为"文学批评"的文化批评的最为重要的因素。当然，以文学文本为批评对象不一定要以经典文学文本或当下流行的文学文本为批评对象。

其二，作为"文学批评"的文化批评，它不仅仅要以文学文本为批评对象，同时它还需要对文学文本展开细读，也就是在专业的文学知识观照下从事批评活动。而且，这种细读往往是审美鉴赏式的，也就是非常关心文学文本的审美特征。

其三，作为"文学批评"的文化批评不能以文学本身的研究为目的，而应该不止步于做"文学"的批评。虽然这种研究的对象是文学，有审美属性，但并不能因此认为只要对研究对象进行"文学"的批评就够了。作为"文学批评"的文化批评，要在文学的批评之后继续延伸批评的维度，

---

① 以后殖民批评为表征的 20 世纪 90 年代文学批评走向了文化批评之后，其研究方法也发生了改变，这从其提问方式中可以得见。不妨说，它不以那种规范性的研究，不以回答某一文本应该怎样作为其旨趣，而将重心放置在具体分析一种文本之所以成为一种文本的生产机制的研究中，继而勾连起文学/文化文本与整个社会文化问题及具体历史语境的关联，这样就将学术研究伸张到了社会结构之中，有助于参与对社会公共事务的理解、批评和建设。比如考察某一时期的"经典"文学作品与某一时期的民族国家内部的文化领导权建构之间有着怎样的关联，它建构了一种怎样的"参照结构"，使用了一种怎样的文化价值标准，又取得了怎样的效果等。通过诸如此类的追问，来挖掘"文化殖民"是否存在及它的运作逻辑又是怎样的等，这可谓以后殖民批评为代表的文化批评所使用的一种研究方法。

即在文本细读和审美鉴赏之后，还要有意识地突破文学文本的限制，去具体地分析文学文本如此的社会历史乃至经济政治的原因。借此，来实现文学文本的文化之维。这样，它就可以被称为文化批评了。对此，学界有不少专家已予以解释。比如周志强曾经就文化批评之所以叫文化批评进行了一番中肯的解释："'批评'最终还要关注你所批评的作品与它之所以发生的社会生活、历史现实的关联。这就是要在'批评'前面加上'文化'这两个字的根本原因。简单说，传统的批评不能满足今日条件下艺术和文化研究的新命题：即今天的艺术文化不仅是因为趣味的表达和情感的感染而发生，而是一种文化政治美学系统工程的结果。或者说，今天的文化艺术已经不再是简单的美学意义上的文化艺术，而是带有政治无意识的社会文化工程。"①

总之，后殖民批评等一些批评理论的发生，在推动文化批评发展的过程中，也建构和推动了作为"文学批评"的文化批评的发生。或者说，它本身就蕴含了作为"文学批评"的文化批评的种子。只要我们在以文化批评的理念和方法展开研究时，能够始终以文学文本为研究对象，或者偏向于研究与文学有紧密关联的具有审美特质的一些电影电视文本，并且对文本进行细读和鉴赏，而后再去反思文本的生产、流通和消费机制，那么，就可以说，我们在从事的是作为"文学批评"的文化批评。有学者说，"文学研究者在从事文化批评时应该强化而不是削弱美和诗意的力量"②。这应该是非常有道理的，也是有可行性的。

现如今，就知识合法性而言，文化批评早已经成为一种文学批评的形态，得到了文学研究界的较多认同。其中，最为典型的事件，恐怕就是文化批评已然被写进了童庆炳主编的《文学理论教程》一书。在该教程中，文化批评被视为一种和心理学批评、语言学批评相平等的文学批评模式。③作为一本在学界颇有影响的文学理论教材，它能够把文化批评吸纳，无疑

---

① 周志强：《我这样理解"文化批评"》，《艺术广角》2017年第1期。
② 曾军：《文化批评的当代转型与文艺学的学科重建》，钱中文主编《理论创新时代：中国当代文论与审美文化的转型》，知识产权出版社，2009，第174页。
③ 童庆炳主编《文学理论教程》，高等教育出版社，2008，第363页。

充分地证明了作为"文学批评"的文化批评具有知识的合法性。但是，我们并不能因此失去了其作为文化批评的公共性，这一点是要始终保持自觉的。

（五）文化批评的差异和紧迫

最后，我们需要简要区分上述作为"大众文艺"的文化批评、作为"文化研究"的文化批评、作为"文化讨论"的文化批评和作为"文学批评"的文化批评等几种文化批评形态。不妨从作为"文学批评"的文化批评开始比较。

其一，作为"文学批评"的文化批评，需要以文学文本为批评对象。而且，它具有作为"文化研究"的文化批评之特性。它和作为"大众文艺批评"的文化批评的区别就在于，后者没有自觉的文化批评意识，因此它不是成熟的文化批评，而且它的研究对象有可能超出文学，比如研究电影、音乐、网络文化等。而即使不超出文学，它对文学的要求也往往限定在大众文学，这就与作为"文学批评"的文化批评不同。作为"文学批评"的文化批评，也可以研究那些非当下的大众文学。比如，它可以研究"《红岩》是怎样炼成的"。① 它和作为"文化研究"的文化批评的区别也主要是后者可能不以文学文本为研究对象。作为"文化讨论"的文化批评，往往也不以文学文本为研究对象，而且即使以文学文本为对象，一般也不做文本细读，没有专业文学批评的意识。

其二，作为"大众文艺批评"的文化批评，它和作为"文化研究"的文化批评的区别就是其文化研究不自觉，骨子里还是对大众文化做文学批评。它和作为"文化讨论"的文化批评的区别在于，后者一般不关注大众文艺，骨子里也不是文学批评，而更多的是知识分子面向社会所做的时评。作为"文化讨论"的文化批评具有强烈的知识分子意识，其跨学科特性最为明显。

其三，作为"文化研究"的文化批评和作为"文化讨论"的文化批评

---

① 钱振文：《〈红岩〉是怎样炼成的——国家文学的生产和消费》，北京大学出版社，2011。

的区别，主要在于前者主要是对大众文化现象进行研究，后者则主要是对与公众利益关联密切的社会文化现象和问题进行公开讨论。二者的根本区分因此不在于研究主体的知识分子身份区隔，也不在于研究视野的跨学科，而主要在于其研究对象是不是大众文化，还有就是前者的文化讨论更多的是涉及文化政治，而后者有可能超越文化政治的界限。

这几种文化批评的共性也是不可忽略的，大体而言也可简述为以下几点。其一，都重视文化，甚至有文化唯物主义的自觉，同时也就有文化政治的诉求。其二，对 20 世纪 90 年代以来的现代化及其所带来的后果大都有自觉的反思和批评。它因此表达的是一种可贵的公共关怀，承担了知识分子的责任，表达了人们对美好生活的期望。我们非常认同陶东风之言，"无论怎么界定，也无论范围多么变化不定，被称之为'文化批评'的书写，还是有自己的'家族相似性'。我以为这个'家族相似性'就是公共性。公共性是文化批评之所以不同于其他学术话语与书写形式的基本规定性"①。其三，关注当下，对那些关乎人们日常生活的社会文化现象和问题有言说的欲望和认知的兴趣。即使不直接关注当下的文本，其问题意识也是偏于当下的。其四，都有跨学科的自觉。不再严格遵循故有的知识生产体制，而主要以问题为导向来展开研讨。即使研究对象是某一学科，研究的理论资源和方法也不再拘泥于学术的成规。

文化批评所具有的这些特点，使得它具有较大的理论价值和实际意义。这里也不妨简述一二。

其一，文化批评可以缓解现代知识生产越来越学科化和体制化所可能带来的弊端。仅以文学理论学科来说。20 世纪 90 年代以来，文学理论学科出现了知识的合法化危机，它局限于对文学甚至是具有审美特性的文学进行研究，而对变化了的社会文化现实，对文学自身形态的分化等实情有着较低的敏感度，一仍其旧地以思辨的方式和审美的眼光，对文学作本体论、作品论、创作论和接受论等几种视角的"知识求索"。虽然这也渊源有自，而且难能可贵，但毕竟还是没有摆脱故有知识生产机器的束缚，以

---

① 陶东风：《论文化批评的公共性》，《文艺理论研究》2012 年第 2 期。

至于对人文知识的处境缺乏社会学的反思，对当下社会科学的兴起和重要性也体认不足，以至于文学理论的知识生产不能有效地回应文学的存在，遑论获得有效的承认。在这种情况下，文学理论的文化转向，以及基于此的文化批评方兴未艾就是可以理解的。也正是在这种语境下，文化批评得到了学人的认同。如果要说原因，简而言之，就是它避免了文学理论学科的弊端，应对了文学理论学科的危机，为文学理论学科的合法性进行了有力的辩护。

其二，文化批评可以在某种意义上落实好知识的公共使用，这无疑有助于提升民众的文化生活水平。对于民众的文化心性人格朝着健康的方向发展，也有一定的意义。不得不承认，20世纪90年代以来，包括流行音乐、网络小说、电影电视和手机自媒体等在内的大众文化成为民众的日常生活方式，它的确是普通人的文化，普通人也积极参与了这些文化的消费甚至生产，因此它对各个年龄阶段的人尤其对年轻人的影响不可谓不巨大。如果说得极端点，我们的价值观念，我们的想象空间，我们的文化人格，几乎就是由这些文化再生产的，有意无意间都受其影响。在这种情况下，开展文化批评，积极引导大众的文化消费和再生产，其意义无论如何都是重要的。这也正是一些学者要积极从事文化批评的缘由。

其三，文化批评如果能够合理借助现代媒介的力量，还有可能形成良性的公共舆论，从而推动现代世俗社会的建构。文化批评按理不是纯粹的书斋学问，它应该积极地介入社会，借助媒介的力量，把知识人的声音变成一种舆论的力量，从而达到应有的社会效果。若如此，文化批评就具有了调节国家和社会的能力，从而也就可以实现其公共性。当然，在我国，文化批评的公共性并不是基于国家和社会的二元对立结构，也就是这种公共性并非敌对性、对抗性的。它可能是在国家和社会相对分离基础上的一种建构，但这种分离不是分裂，二者的根本利益很可能是一致的。换言之，文化批评的公共性在某种意义上讲，其实就是文化批评的人民性。这就意味着，文化批评即使会因其自身的批判性、公开性和差异性而导致它存有某种程度的爆破力量和解构因素，但其目的还是优化文化政策，建设美好社会文化。无论如何它都是推动当下社会现代化的积极力量。

　　总之，文化批评在某种程度上说，它就是现代人对于身处其间的生活世界的一种理解方式，借此，它也往往是实现我们作为一个公共人的重要途径。窃以为，只要我们还有对美好生活的期待，文化批评恐怕就值得包括每一位学人在内的任何人继续思考与实践。在"公共人衰弱"之际，在"娱乐至死"的年代，倡导文化批评尤为紧迫。

二　文化批评与文学理论的公共性问题

　　早有学者指出，"由于文化研究最初脱胎于文学研究和文学批评领域，因此对于文学批评和文学理念构成的冲击最为剧烈。与之类似，文化研究对于中国学界的影响，以文艺学领域的反响最为强烈"①。的确，在我国，20 世纪 90 年代兴起的各种形态的文化批评，几乎都与文学研究尤其是文学理论与批评有相当的关联。比如，1991 年第 1 期《上海文论》一组以"关于大众文艺的笔谈"为名的文章，包括毛时安的《大众文艺：世俗的文本与解读——关于当代大众文艺研究的一些想法》、宋炳辉的《大众文艺：传统的与现代的》、方克强的《批评家与大众文艺》、蔡翔的《大传统、小传统及其它》和花建的《别一种机制》等文，就是文学理论与批评界较早探讨大众文艺的文化批评类文献。这些文献所建构的文化批评可以名之为作为"文艺批评"的文化批评。我们之所以这样命名它，就是因为它本质上还是文艺批评。他们的研究共识大体就是，包括文学在内的文艺越来越和大众、商业及媒介有关，因此我们的文学研究要积极应对这一新情况。虽然这一类型的文化批评关注了新文艺现象，但是它基本上还是对新文艺现象做文学批评，用审美的眼光来看待大众文化。简而言之，这一

---

　　① 罗钢、孟登迎：《文化研究与反学科的知识实践》，《文艺研究》2002 年第 2 期。

类型的文化批评与文学是有关联的。①

再看与文学关联性似乎不大的"文化讨论"。它作为一种文化批评，与文学文本的关联似乎不那么紧密，但是细究起来，20 世纪 90 年代主要的几次"文化讨论"，还大都与文学有关。诸如人文精神讨论、民族主义问题的讨论、知识分子问题的讨论、新自由主义与新左派之争等，② 其中有些话题就涉及文学。比如人文精神讨论就和王朔的作品有关，民族主义问题的讨论就和鲁迅等作家有关。而且，积极参与这几场讨论的一些学者，如王晓明、汪晖、徐贲、陶东风、戴锦华、张颐武、王岳川、王一川、张法、南帆、王彬彬、韩毓海、旷新年等人，其实都是文学学科出身，其中有些参与者甚至一直都是文学研究的学者。

鉴于文化批评与文学的紧密关联，我们因此有必要就此话题来做进一步讨论，以深化、细化文化批评与文学研究特别是文学理论的关联。

（一）文化批评与文学理论的关联

毋庸置疑，文化批评和文学理论是有密切关联的。那么，为什么文化

---

① 这一组文献的相关论点如："大众文化巨大的覆盖性，它在现代大众文化生活中的无可替代的重要地位，以及大众文艺作为社会和公众的一种阅读行为，一种群体无意识，它所包含的信息，它所传达的大众的潜在要求和欲望，它必将引起那些有社会良心和科学使命感的学者的关注，并将之摄入自己的研究视野。在学术研究中无视或漠视这样一个巨大的存在不是历史唯物主义的态度。"（毛时安：《大众文艺：世俗的文本与解读——关于当代大众文艺研究的一些想法》，《上海文论》1991 年第 1 期）"面对大众文艺的批评家，就不能照搬原有的那套雅文艺的批判标准。大众文艺作为独立的批评对象，应该拥有符合自身特点的相对独立的标准。"（方克强：《"批评家"与大众文艺》，《上海文论》1991 年第 1 期）"它在展开的过程中受到双重机制的制约：一种是审美规律的潜在制约，另一种是市场规律的显在制约。"（花建：《别一种机制》，《上海文论》1991 年第 1 期）"作为一种学术研究对象的大众文艺，如果要充分揭示其内涵特征，是不是更应该在其他学科领域揭示其非文艺的特征。从社会学、文化学的角度审视大众文艺也许更能确切把握其本质。"宋炳辉：《大众文艺：传统的与现代的》，《上海文论》1991 年第 1 期。

② 人文精神讨论，既可以视为一种人文派的文化批评，也可以看成作为"文化讨论"的文化批评。作为人文派的文化批评，它对王朔作品、张艺谋电影等大众文化表现出了极大的不满。依其之见，大众文化没有审美的品位、不讲深刻的思想、不追问生活的意义等。也就是缺乏人文精神。它之所以也算是作为"文化讨论"的文化批评，乃是因为围绕着人文精神问题，有不少知识分子参与了讨论。在 20 世纪 90 年代，这是一件重要的公共文化事件。

批评和文学理论会有较为密切的关联呢?

　　包括文学理论研究者在内的学者们,不仅具有人文的关怀,也有参与公共言说的冲动。可以说,"知识分子"的认同恐怕是其内在的需求和本色。而文化批评则正好可以作为他们表达自己知识分子身份意识的一种不错的方式。在20世纪80年代这个文学轰动的时代,文学知识分子发挥了急先锋的作用,有精英、明星的感觉。而一到20世纪90年代,特别是1993年前后,他们却失落了,甚至得了"失语症"。一如有的学者所言:"对于知识分子来说,一九九三年是一个致命的年头。他们曾经拥有的知识在这一时刻已经全盘崩溃和失效,这因此导致了所谓'失语症'。"①这个时候,借助公共言说,就有可能继续维持其存在感。王晓明就曾经指出,人文精神讨论"是中国知识分子在那样一个社会剧烈变动、迷茫、痛苦、困惑的阶段之后,开始慢慢地恢复活力,发出声音的开始"②。可以说,没有知识分子的认同,可能就没有这一文化讨论。包括文学理论研究者在内的学者,此后转型从事当代文化研究恐怕也与他们的这一知识分子的身份认同有关。

　　文学理论的学人所从事的学科专业研究,在面对社会转型的过程中,也有转型为文化批评的必要,否则,文学理论就可能遭遇知识的合法性危机。这种转型的诉求又主要表现在两个方面。

　　其一,研究对象发生了改变。20世纪90年代以来,文学分化了,出现了大众、精英、主流和民间等几种文学形态的共存现象。③而且,大众文学甚至一家独大,它越来越具有大众文化的习性,对社会结构和心性建

---

①　旷新年:《作为文化想象的"大众"》,《读书》1997年第2期。
②　王晓明、羊昕:《"人文精神大讨论":迷茫中发出的第一声——羊昕采访王晓明》,https://www.douban.com/group/topic/4641121/,访问时间:2021年6月7日。
③　需要说明的是,这里是就整体的文学分化而言,就此可谓形成了一般而言的主流文学、精英文学、大众文学和民间文学的分化格局。但若要具体考察各种文学形态,又可能会有其他的理解。比如,精英文学已然走向个人化书写,正如有的当代文学研究的学人所指出的:"90年代以来,中国文学确实发生了某些深刻的变化,其显著的特征之一就是过去那种深厚的历史感,那种崇高的价值观消失了。取而代之的是个人化的写作。"(陈晓明:《批评的旷野》,花城出版社,2006,第179页)这种个人化书写现象,也从一个角度说明了文学研究对象的变故和转型,因此它也就是一个牵涉文学研究的身份认同乃至精神价值取向的转型问题。

构的影响几乎是其他形态的文学所无法比拟的。同时，即使是精英文学、主流文学，也难免受大众文化语境的影响，甚至还需要与大众文学互动才有可能获得存在感。简言之，文学理论的对象改变了，它们越来越和大众、和文化有关联了，这就给文学理论提出了文化批评的变革诉求。

其二，言说身份也有调整的诉求。大众文化语境中的文学，它的存在越来越不为文学理论研究者的言说所左右，哪怕是这种言说如何的切中肯綮。其原因恐怕是文学的生产、消费、接受的机制已然改变，它越来越与市场、大众和国家相勾连。在这个时候，研究者如果不积极调整自己的言说身份，就很有可能一腔热情付诸东流，遑论发挥研究者的公共参与角色的功能。那么，怎么调整呢？这无疑是一个复杂的问题。这里简要提及两点。一是积极改变自己的知识结构。有不少学者都提及自己主动调整知识结构的心路历程。比如王光明曾回忆说："在 90 年代初，我预感到中国在变化，学问的方式也需要调整，同时比较自觉地读了一些书，自觉进行从批评到学术的转移。"① 二是自觉将"文人"身份调整为"学人"身份。对此，也早已有学者指出，"80 年代文化与 90 年代文化的一个最明显的差异便是，知识分子的批判、启蒙、思想等存在方式转变为操作资料、论据的学者化生存方式"②。这两点调整，表明文学理论研究者在言说大众文化语境中的文学时，要尽量以学者的身份去理性分析，进行学理阐释与科学反思，而不能一味地以精英知识分子的身份去批判、解构，更不能站在道德与审美的高地去苛求甚至审判文学。唯有如此，才有可能实现文学理论对文学的有效言说。

---

① 王光明等：《学科开放与文艺理论建设》，《山花》1999 年第 6 期。陶东风也曾自述其 1993 年前后的知识调整问题（参陶东风《文化与美学的视野交融——陶东风学术自选集》，福建教育出版社，2000，第 263 页）。蔡翔则认为，20 世纪八九十年代的问题差异导致了文学研究的知识资源诉求的转型，20 世纪 80 年代围绕着哲学、美学、心理学周围，20 世纪 90 年代则凸显了以社会学、经济学、政治学为代表的社会科学对文学研究的重要性。王晓明、蔡翔：《美和诗意如何产生——有关一个栏目的设想和对话》，《当代作家评论》2003 年第 4 期。

② 冯黎明：《走向全球化：论西方现代文论在当代中国文学理论界的传播与影响》，中国社会科学出版社，2009，第 94 页。此种说法几乎成为一种共识。不妨再举一例："80 年代是李泽厚的时代，是思想启蒙和思想解放的时代。90 年代则是'学人'的时代，是学术规范的时代。"旷新年：《无居随笔》，云南人民出版社，2001，第 148 页。

　　事实上，一迈进 20 世纪 90 年代，文学理论学科也的确在积极回应这种转型的诉求。虽然对这种转型的最终走向即使到今天恐怕都难以说清楚，但文学理论需要解决其知识的公共运用问题则是一个基本的共识。文学理论的批评化、西方文论的中国化、马克思主义文论的中国化及文化诗学、文化研究/文化批评的兴起，都可谓文学理论转型的方案。综观这些方案，可以发现，它们都是试图要对本土的当下的文学文化展开有效的阐释。而文化研究/文化批评，在某种意义上说，恐怕是其中最为有效的一种方式，它最为直接地回应了文学理论的转型诉求，它特别能够满足这种转型诉求所表现在研究对象、研究身份方面的新变。因此可以说，文化批评之所以和文学理论关联密切的一个原因，就是文学理论需要借助文化批评来转型以彰显公共性，以避免知识的合法性危机。对此，也早有学人指出"文艺学要借鉴文化研究反学科的实践经验，重构自己的研究范式，重新焕发对社会的影响力"①。

　　不过，文化批评和文学理论关联密切也可以从文化批评自身寻找缘由。如果我们换个角度看问题，则会发现，文化批评其实也需要借助文学理论学科来实现自身的合法化。而且，从实际的情况看，也是文化批评主动"挑战"文学理论的。在文化批评发生初期，有不少学人都警惕甚至抵制文化批评。他们认为文化批评和文学无关，是外部批评。比如，阎晶明就曾认为，20 世纪 90 年代，"文学批评就这样被文化批评取代，成为无足轻重的叨陪末客，对作家作品的具体阐释成为不入潮流和缺少思想锋芒的可怜行径"②。基于这一判断，他接着认为文学批评应当回到"自身"，回到"文本阐释"。吴义勤更是直截了当地说："文化批评说到底仍是一种外在研究，从批评思维上说，它与先前的社会学批评并无本质差别，因此它仍然存在着强加给文学太多'意义'、'象征'，从而使文学非文学化的危险。"③ 对此，李陀、陶东风等人是深有感触的。陶东

---

① 罗钢、孟登迎：《文化研究与反学科的知识实践》，《文艺研究》2002 年第 4 期。
② 阎晶明：《我的批评观》，中国书籍出版社，2021，第 153 页。
③ 吴义勤：《关于今日批评的答问》，《南方文坛》1999 年第 4 期。

风还专门予以了回应。① 李陀也曾为此写道："以大学体制为象征的现代知识体系，根本上拒绝大众文化有必要成为现代人认识当今社会和历史的一个重要的知识对象，更不必说把大众文化研究看作是现代知识体系的一个必不可少的领域。"② 李陀所言的确符合当时的实际情形，即使在今天都还偶有类似情状。这或许也是文化批评要主动发起挑战的原因。

查阅文献可以看到，文化批评挑战文学理论，主要是以学科反思的名义进行的。杜卫、③ 陶东风、④ 李春青、⑤ 陈晓明、⑥ 等不少学者都曾撰文参加文学理论的学科反思。⑦ 这里简要地以陶东风为例。20 世纪 90 年代后期开始，陶东风就写过一系列的相关论文。比如，《在社会历史语境中反思中国当代文艺学美学》、《80 年代中国文艺学主流话语的反思》、《文化研究对于文学理论的挑战》、《大学文艺学的学科反思》、《日常生活的审美化与文化研究的兴起——兼论文艺学的学科反思》等。这些文献尤其是《大学文艺学的学科反思》《日常生活的审美化与文化研究的兴起——兼论文艺学的学科反思》这两篇文章，更是引起了文艺学界的诸多关注。同

---

① 陶东风、徐艳蕊：《当代中国的文化批评》，北京大学出版社，2006，第 25~59 页。

② 李陀：《我们为什么要搞文化研究？》，《电影艺术》2000 年第 1 期。

③ 查阅文献，我们发现杜卫其实也是较早有文化研究观念的学者，而且他还联系文学理论来进行反思。可参考其论文，兹举例如下。杜卫：《评新时期文学理论中的"审美论"倾向》，《学术月刊》1996 年第 9 期；杜卫：《文化研究视野中的文学》，《浙江师范大学学报》1998 年第 5 期。另可参其相关专著。杜卫：《走出审美城——新时期文学审美论的批判性解读》，东方出版社，1999。

④ 在文艺学学科反思中，陶东风可谓影响最大。查阅文献，他最早的相关文献是《在社会历史语境中反思中国当代文艺学美学》（《哲学动态》1998 年第 9 期），而影响最大的恐怕是《大学文艺学的学科反思》（《文学评论》2001 年第 5 期）、《日常生活的审美化与文化研究的兴起——兼论文艺学的学科反思》（《浙江社会科学》2002 年第 1 期）

⑤ 李春青：《对文学理论学科性的反思》，《文艺争鸣》2001 年第 3 期；李春青：《在审美与意识形态之间——中国当代文学理论研究反思》，北京大学出版社，2006。

⑥ 陈晓明：《历史断裂与接轨之后：对当代文艺学的反思》，《文艺研究》2004 年第 1 期。

⑦ 需要说明的是，20 世纪 90 年代以来，对文艺学学科进行反思的学者和文献众多。只是有些学者不是在文化研究的视野下进行反思的。有些学者即使在文化研究语境下反思，但也不主张文学理论直接就接纳文化研究。可参拙著《作为学科的文学理论——当代文艺学学科反思问题研究》，北京师范大学出版社，2019。

时，陶东风还参与发起了"日常生活审美化""文艺学的越界扩容""文艺学本质主义与反本质主义之争""文学批评与文化批评之争"等一些当年的文艺学前沿热门话题。这些反思性、挑战性的学术论文和话题，无疑都共享了反思文学理论的合法性与建构文化研究的合法性这一问题意识。有学者曾将 2004 年视为文学理论与文化研究之间的"战争"年份。① 通过这一"战争"，文化批评的合法性逐渐得到了确立，尽管至今可能也没有彻底完成。②

　　无论是文学理论积极寻找文化批评来实现自身的转型发展，还是文化批评努力地为自身的合法性辩护，文化批评和文学理论的关系算是建立起来了，而且还是一种积极又共赢的关系。就文学理论而言，文化研究的确带给了它新的发展。这从童庆炳 2001 年的中肯评论中可以得见："文化研究由于其跨学科的开阔视野，和关怀现实的品格，也可以扩大文学理论研究的领域，和密切与社会现实的关系，使文学理论焕发出又一届青春，这难道不是一个发展自己的绝好的机遇吗？"③ 答案无疑是肯定的。童庆炳先生为此建构了与文化研究有关的文化诗学。对此，童庆炳先生坦陈："文化诗学是吸收了'文化研究'特性的具有当代性的文学理论。"④ 在某种意义上说，文化诗学受文化研究的影响大，倒是受格林布拉特的文化诗学的影响小。⑤

　　如今，我们有必要继续推进文化研究与文学理论的积极双赢关系。基于此种考虑，我们试图论证的是，文化研究，它其实可以被改造为一种作为"文学批评"的文化批评，并进而成为实现文学理论公共性的重要

---

① 张弢：《文学理论与文化研究之争——对 2004 年一种学术现象的中国症候学研究》，《天津社会科学》2005 年第 3 期。

② 肖明华：《论文化研究的影响、问题与出路》，《兰州学刊》2015 年第 10 期。

③ 童庆炳、马新国：《文化诗学刍议》，《北京师范大学学报》（人文社会科学版）2001 年第 3 期。

④ 童庆炳：《植根于现实土壤的"文化诗学"》，《文学评论》2001 年第 6 期。

⑤ 童庆炳强调说："'文化诗学'这个词最早是美国的'新历史主义'提出来的，但是我在读'新历史主义'的著作时并没有很注意他们的'文化诗学'这个提法，我说的'文化诗学'更多是和'文化研究'有关。"童庆炳：《植根于现实土壤的"文化诗学"》，《文学评论》2001 年第 6 期。

方式。

(二) 文化批评作为文学理论公共性的实现方式

文化批评为何可以作为文学理论公共性的重要实现方式？对于这一点，我们其实已经在前面的叙述中略有涉及。这里我们再以作为"文学批评"的文化批评为中心，来讨论这一问题。

在讨论之前，我们需要明确一点，即为什么我们不以作为"大众文艺批评"的文化批评、作为"文化研究"的文化批评和作为"文化讨论"的文化批评来分析文化批评与文学理论的关联呢？理由大致有两点。

其一，作为"文化研究"的文化批评，如果它的研究对象不是文学文本，那么它就和文学批评有距离。即使我们承认语言学转向，把世界作为文本，把一切表意实践都视为文化符号，但回到现实，我们毕竟还是有一个文学与文本的区分，这种区分尽管说不清楚但实际存在。因此，较好的做法应该是吸收语言学转向之后的观念、方法去研究文学，但我们还是要承认文学文本的存在，还是主张要以文学文本为研究对象。当然，我们不能再简单地区分经典文学文本和非经典文学文本。正是基于我们对文学文本的承认，作为"大众文艺批评"的文化批评、作为"文化讨论"的文化批评才都有可能不是作为"文学批评"的文化批评。比如，以电影、音乐等为文本的文化批评，就不能算是作为"文学批评"的文化批评。

其二，作为"文学批评"的文化批评，因其是文化批评，所以它能自觉而充分地吸收其他几种文化批评的理念、方法，尤其是对文化研究这一具有颠覆学科体制意味的知识领域有真正的认同，并且还能具体地实现其对文学理论学科的积极影响。比如，以问题为导向来展开研究，而不以学科为研究的界限。换言之，它选择文学文本，但是目的不仅仅是对文学文本进行审美鉴赏，而是在鉴赏的基础上思考社会文化问题，也就是通过文化批评关联起社会文化问题。借此，文学理论知识生产就可以介入我们身处的社会生活，文学理论学科的公共性弱化问题也将逐渐得到解决。

总之，作为"文学批评"的文化批评，因为它是文学批评，同时又具有文化研究的特性，因此它是一种和文学理论关联密切的文化批评，一如有的学者所言，"'文化研究'标志着文学批评的一个新阶段"①。它之所谓新，体现在方方面面，但最关键的恐怕还是它能够作为文学理论公共性实现的一种好方式。借此，文学理论的知识合法性危机就有望缓解。对此，我们不妨再重申几点理由。

其一，从研究对象看，它以文学为研究对象。这就保证了文化批评与文学理论的关联。但是，以文学为研究对象的文化批评，为什么可以实现文学理论的公共性？答案恐怕是文化批评会主动参与其研究对象的建构。这就是说，文化批评的研究对象并不是我们所看到的经验意义上的、客观存在的某个文学文本，而是在文化批评问题意识下所建构的文学文本。毫不夸张地说，在文化批评的视野下，任何文学都可以被接纳为对象。只要被认为是文学文本，它就来者不拒。虽然它也承认在特定时期里文学有高下之别，但是，文化批评的目的就是要分析这种高下之别是如何建构的，并且还寄希望于通过这种高下之别的存在来看整个社会趣味的区隔等。如此，它怎会不把事实的文学文本接纳为对象，而后再去建构它的文化研究的对象呢？

当然，文化批评还能够自觉地以大众文化语境下的文学或者作为大众文化的文学作为研究对象，这是因为，文化批评要借此理解当下的日常生活，同时，通过研究，还努力介入或者重构与文学关联密切的文化社会关系。不妨说，文化研究对其研究对象的文学所做的选择和处理，对于实现知识的公共运用是有帮助的。比如，媒介文学现象就是文化批评的对象。如果文化批评能够对某一媒介文学做出及时的分析和有效的理解，就很可能会影响一部分有批评需要的文学读者。从某种意义上说，这就是在发挥知识的服务功能。这一功能，正是如今文学理论依然缺乏的公共性。

其二，文化批评的方法对于它作为文学理论公共性的重要实现方式来说，是至关重要的。这里有必要说明得更详尽一点。

文化批评的方法当然也有美学的、文本细读的和哲学思辨的等，但同

---

① 南帆：《文学批评与文化研究》，载金元浦主编《文化研究：理论与实践》，河南大学出版社，2004，第151页。

时，文化批评也借鉴其他社会学、人类学、政治学、传播学的方法。对于文化批评而言，任何的方法都是可资借鉴的，这正是文化批评跨学科、反学科的特性使然。文化批评主张以问题为导向，只要一种方法能够有助于分析问题，便可拿来一用。当然，方法背后的理论也要一并拿来，因为没有离开理论的方法。

需要强调的是，文化批评对方法并非来者不拒，而要考虑方法的适用性，而且无论有多少种方法被借鉴，它都主张不能丢掉美学的、文本细读的方法。作为"文学批评"的文化批评，它实际上也强调文学的自主性，如果没有这一前提，文化批评就会落空，就会变成无效的知识甚至有害的研究。因此，我们完全认同这样的说法，即"各种批评作为阐释作品（进入迷宫）之一途都有自己的长处和存在理由，是在它们必须都是文学批评的前提下说的。然而眼下许多批评家在批评时恰恰忘记了这点。他们的'感受'也罢、'印象'也好，都没有起码的语言分析作基础，他们在从社会文化的背景解释作品时，不是先对作品的基本结构通过形式分析方法加以把握，而是直接将自己从作品中所得的'感受'或抽象出的'主题'与社会文化背景直接对应，结果是作品成了说明作者（批评家）的社会观、哲学观的资料"[1]。作为"文学批评"的文化批评，它与其他文化批评的重要区别之一就是它不仅以文学为研究对象，并且会在基于对文学的"文学处理"之后，再行文化批评之事。简言之，"文化批评虽然不是以揭示文本的'文学性'为目的，但却不是脱离文本的'离弦说像'"[2]。从方法上说，就是在已完成文本细读、美学分析的前提下，再借鉴各种方法来讨论与文学文本相关的社会文化问题。

在众多的方法中，文化批评更钟爱人类学的"民族志"方法、社会学的"反思社会学"方法等，因为它要借助这些方法来对文学文本为何"是其所是"这个问题进行深度分析。那么，为什么民族志、反思社会学的方法能够有助于实现这个目标呢？

---

[1] 陶东风：《批评应当如何"玩"》，《文学自由谈》1990 年第 1 期。
[2] 陶东风、徐艳蕊：《当代中国的文化批评》，北京大学出版社，2006，第 35 页。

　　先看民族志方法。民族志方法本是人类学的研究方法。著名的文化人类学家吉尔兹把民族志方法推荐给人类学者，其目的是达到深度描述，从而区别于基于偶然、非连续的观察的一些阐释和研究。① 换言之，也就是通过田野调查的方式，沉入到研究对象中去，从而获得研究所需的情感结构，继而真实、直观、有感受地理解和描述某一表意实践和生活方式。用这种方法去研究文学，就需要我们走进文学。有学者指出，"运用民族志方法所做的研究，便会带来一种其他研究方法所不具备的'现场感'"②。这是很有道理的。我们在对文学进行研究的时候，不能只是生搬硬套几种理论及基于这些理论的方法。我们还应该到文学生产、流通、接受和消费的现场去。比如，要去田野调查读者是怎样接受文学的，读者在接受中有哪些困难，又发生了哪些二度创作现象，我们的文学理论和批评的专业知识又能够提供给读者怎样的启发并起到怎样实际的作用，诸如此类的文学研究可以生产出有效的知识，同时，也可以发挥文学理论和批评的公共服务价值。

　　再看反思社会学方法。这种方法主要是布迪厄的理论方法。布迪厄运用场域、资本、习性等概念去反思知识生产的运作逻辑，在他看来，"所有知识，不管是凡俗的还是学究的，都预含了某种建构工作的观念"③。这就是说，所有的知识都是被建构出来的，无论是知识的对象、范围，还是知识的性质、特点，都概莫能外地非自然存在，因此都需要予以科学反思，通过反思去发现知识背后的利益博弈、符号暴力。在布迪厄看来，"社会科学必然是一种'知识的知识'"④。布迪厄的这种观念方法与后形而上学是相契合的。黑格尔之后的西方哲学大多认为知识不是永恒的、实体的、纯粹的、天然正当的，因此我们的研究任务就并非去发现这种意义

---

① 〔美〕吉尔兹：《地方性知识——阐释人类学论文集》，王海龙、张家瑄译，中央编译出版社，2004，第8~12页。
② 赵勇主编《大众文化理论新编》，北京师范大学出版社，2011，第120页。
③ 〔法〕布迪厄、〔美〕华康德：《实践与反思——反思社会学导引》，李猛、李康译，中央编译出版社，1998，第165页。
④ 〔法〕布迪厄、〔美〕华康德：《实践与反思——反思社会学导引》，李猛、李康译，中央编译出版社，1998，第172页。

上的知识，这种知识也是发现不了的。因此，我们的文化批评就应该是去追问一种文学为什么会如此呈现？其运作逻辑是怎样的，在其背后是否存在一种权力、资本、利益的较量与博弈？基于这种方法和理念，文化批评就沟通了这个公共世界。

事实上，早有文化批评的学者运用民族志、反思社会学的理念和方法对当代文学进行研究。具体而言，她选择了从文学的生产机制来切入，并且指出，"从文学生产机制的角度切入，是一种直接的切入方式。从这一角度分析政治、经济、社会结构与文学的关系问题，就不是传统文学研究方法理解的前者是后者的背景、环境，而是将各种政治、经济力量和社会的权力关系作为文学生产机制的重要组成部分。……这样，文学创作、出版的过程，就是文学生产的过程；创作文学作品的个人就不再是作家，而是'文学生产者'；对文学的研究就不能局限于对作家、作品的分析，而是要把作品生成的物质条件和生产关系纳入研究视野，关注文学'生产'、'传播'和'消费'的模式"①。为什么生产机制是一个好的切入口呢？恐怕是因为这样就能够对文学进行厚描，就能够对文本的建构过程有深入的反思，借此，就可以因文学而理解社会文化逻辑乃至图绘政治经济关系图景。简言之，当文化批评通过对文学的批评能够接合整个社会文化的时候，文化批评的公共性就有了保证。

其三，从研究旨趣看。文化批评的旨趣不是仅仅为了鉴别文本的审美高下，它还与政治有关。有学者因此认为，文化批评说到底其实是"政治批评"②。这是很有道理的。只是我们不能误会这一政治批评是为历史上曾经有过的"政治标准第一、艺术标准第二"的理念政治辩护。

为了说明这一点，我们有必要再把当代文学批评的时间置于1942年这个年份点。1942年以后，明确规定了文学批评是政治标准第一、艺术标准第二。这事实上就意味着文学批评被纳入国家结构。这一方面说明国家和

---

① 邵燕君：《倾斜的文学场——当代文学生产机制的市场化转型》，江苏人民出版社，2003，第1页。

② 可参陶东风的《文学理论的公共性——重建政治批评》（福建教育出版社2008年版）、《文学理论与公共言说》（中国社会科学出版社2012年版）、《文化研究与政治批评的重建》（中国社会科学出版社2014年版）等著作。

社会不是对立的。顺便说一下，这其实也符合特定时期的政党政治实践的需要，与我国的文化传统在某种意义上还相吻合。但在一体化的文化体制中存在的文学批评，如果没有基本的文化空间让渡，它的文化现代性可能就会被挤压，其公共性或因此完全丧失。因为国家和社会没有任何的分离，文学批评就可能成为政策的代言人，而不可能成为相对独立的文化讨论者。那个时候的文学批评恐怕就是我们今天还在担忧的"政治批评"。有学者在对这段当代文学批评史进行了研究之后，也不无忧虑地指出"一旦政治形势突变，'阶级话语'被提上日程，文学批评的审美成规被组织化成规所代替，极易转化为政治批判机制，对被批判者形成难以挣脱的桎梏。五十年代前半期的三大文艺批判运动就典型地呈现了这种'转换'的逻辑和效用"①。相信任何对当代文学批评有基本了解的人，都会对这种意义上的文学批评保持警惕。

与此不同，我们这里讨论的文化批评，是有文化现代性作为基础的，是在国家与社会有适当分离的前提下倡导的政治批评。这一文化批评意义的政治批评，恰恰是要促进文化现代性的，是要促进国家和社会适当分离的，同时也可以说，这一政治批评的存在，其实也是文化现代性的表征，还是国家和社会适当分离的结果。正因此，我们说文化批评有可能成为文学理论实现公共性的方式。② 试想，如果我们任何的文学批评都只能依据国家政策来直接完成，不允许有任何关于文学文化的言说，那么，这还有必要讨论文学理论的公共性吗？事实上，如果那样的话，作为大众文化的文学恐怕也没有了，遑论文化批评的公共性。在现代化的进程中，我国的社会文化事业已然融入世界，文化批评的政治不可能也不应该是这样的政治了，它应该是有公共性的政治。这种政治的存在，才能提供文化批评的条件，借此，文学理论的公共性才有需要与可能。

这里需要特别强调的是，和文化批评相关联的政治，并不只有一种公共性政治的理解。它至少有这样几个层面的意思。首先，文化批评的政治

---

① 曹霞：《中国当代文学批评研究（1949~1976）》，南开大学出版社，2015，第289页。
② 肖明华：《论有中国特色的文艺公共性——文艺公共性的概念、历史和走向》，《文学评论》2020年第6期。

不是政党政治，但文化批评需要有政党政治的支持。这种支持直接而言就是制度性地让渡一定的空间。只有这样，文化批评才有可能存在。其次，文化批评需要有公共性的政治。这里我们依据阿伦特的观念，认为公共性的政治就是指一种存在于公共领域里的，以言行为主要方式来展示自我，并确证人之为人的一种文化活动。① 同时，文化批评的存在能起到扩展公共性政治空间的作用，当然，它也是公共性政治的表征。应该说，现代社会文化存在的背景下，这种意义的政治是有正当性和合法性的。如果一个国家严重地缺乏这种政治，必定很难实现现代化，更难以在现代世界历史中掌握"文化引领权"②。需要强调的是，这种意义的政治也不是本质主义的，毕竟每个社会的现代性即使大方向一致，其现代性的后果也会不一样，因此其国家与社会的分离方式、程度等也恐怕不完全相同。最后，文化批评的政治还和身份政治有关。文化批评的公共言说，必定会涉及性别、年龄、城乡阶层等一些问题，并且它难免成为一种话语斗争的方式。

我们说文学理论的公共性，其实也涉及上述几个方面的政治。首先，文学理论要从政党政治中摆脱出来，与之保持一定的距离。历史已经证明，我们不能直接要求文学为政治服务。这也是我国目前的文艺政策。历史还证明了，如果文学理论不摆脱政党政治，它就不可能有公共性。有学者有学理地指出："极'左'时期文艺学知识生产的灾难不能泛泛地归结为'政治'化，而恰恰是它在'政治'化外表下的非政治化，在于它缺乏真正的政治实践所需要的公共性。"③ 其次，文学理论要有公共性的政治作

---

① 〔美〕汉娜·阿伦特：《人的境况》，王寅丽译，上海人民出版社，2009。这里，我们也参照了蔡英文的研究成果。蔡英文指出，阿伦特意义上的政治是"人的言谈与行动的实践、施为，以及行动主体随这言行之施为而做的自我的彰显。任何施为、展现必有一展现的领域或空间，或者所谓的'表象的空间'，以及'人间公共事务'的领域。依此分析，政治行动的施为即是在'公共空间'中关联了言谈与行动。政治行动一旦丧失了它在'公共空间'中跟言谈，以及跟其他行动者之言行的相关性，它就变成另外的活动模式，如'制造事物'与'劳动生产'的活动模式"（蔡英文：《政治实践与公共空间：阿伦特的政治思想》，新星出版社，2006，第60页）。

② 周宪：《文化引领权：从地方性到全球性——关于中国话语的世界建构》，《南国学术》2020年第1期。

③ 陶东风、和磊：《当代中国文艺学研究（1949—2009）》，中国社会科学出版社，2011，第18页。

为前提，它才能生产现代性的文学理论知识。同时，文学理论又要积极去争取、伸张和推动公共性的成长。比如借助文学批评的文化批评方式，介入公共领域从而用知识文化的力量来为公共性的生长服务。如唤醒一个有自觉意识的文学阅读者，用公共性价值观分析一种文学的私人化现象等都可谓这种服务。最后，文学理论的公共性也可能是一种文化政治。文学理论在介入批评之时，也可能会对文本中的性别、年龄等问题予以讨论，这种讨论难免成为一种权力斗争。当然，这种所谓的权力斗争不是你死我活的，不是阴谋诡计的，而是观念的较量，目的是推动社会文化历史的进步！

总之，文化批评具有不可否认的公共性。而只要文化批评不与文学脱钩，还能够对文学保持基本的尊重，那么，它就可以作为文学理论公共性的实现方式之一。我们甚至有必要承认，没有文化维度的文学理论，不进行批评实践的文学理论，是很难有公共性的。

（三）理论地言说文化批评与实现文学理论公共性的条件

诚然，文化批评有知识的公共使用诉求，但是，这种公共使用是否具有公共性，则无疑需要有良好的公共领域评价机制来予以监督和保障。没有良好的公共领域评价机制，文化批评的公共性将出现弱化、异化乃至丧失等诸多可能。

按照布迪厄的说法，"文化生产场每时每刻都是等级化的两条原则之间斗争的场所，两条原则分别是不能自主的原则和自主的原则"①。文化批评其实也离不开文化生产场，它也有可能遵循不自主的原则。对文化批评自身展开反思，也是布迪厄反思社会学的本意。用布迪厄的话来说就是，"认识反思性根本不鼓励自恋症和唯我主义，相反，它邀请或导引知识分子去认识某些支配了他们那些深入骨髓的思想的特定的决定机制，而且它也敦促知识分子有所作为，以使这些决定机制丧失效力；同时，他对认识反思性的关注也力图推广一些研究技艺的观念，这种观念旨在强化那些支

---

① 〔法〕布迪厄：《艺术的法则》，刘晖译，中央编译出版社，2001，第 265 页。

撑新的研究技艺的认识论基础"①。反思社会学的方法的文化批评，为了让自己避免独断、自恋，② 就需要有一个充满了差异多元的关系存在，以使自己的差异得到修正、完善，从而进入差异的新境。

其实，从文化批评追求科学这一点来看，文化批评也是需要有公共领域的评价机制的，有这样一个评价机制，对于文化批评找到一个和政治有关的"乌托邦现实主义的模式"而言，③ 也是有益的。布迪厄曾强调："社会科学的政治任务在于既反对不切实际、不负责任的唯意志论，也反对听天由命的唯科学主义，通过了解有充分依据、可能实现的各种情况，运用相关的知识，使可能性成为现实，从而有助于确定一种理性的乌托邦思想。"④ 按照布迪厄的看法，文化批评当然也是持这样的理性的乌托邦，只有这样，文化批评才不会落入极端，而保持稳健的发展。文化批评要保持这样的政治任务，那就有必要进入到公共评价之中去。在公共评价中，它才有可能持有这样的政治立场、观念和任务。

基于上述理解，要评价好作为"文学批评"的文化批评，恐怕需要有一个文学公共领域。文学公共领域的规范性理解应该是这样的。其一，它是文学公众就某些文学文化乃至社会问题展开公开和理性讨论的自主空间。所谓自主空间，就说这样一个空间有其自身的游戏规则，参与讨论的主体是自由的、独立的、理性的，互相之间是平等的。其二，它是多元和差异的空间，是一个可以包容文学观念和立场差异性和复数性存在的空间，参与文学文化和社会讨论的主体可以各抒己见、各持其论。其三，文学公共领域的交往和沟通以理性的方式进行。它以"较佳论证"为评价和

① 〔法〕布迪厄、〔美〕华康德：《实践与反思——反思社会学导引》，李猛、李康译，中央编译出版社，1998，第 49 页。

② 布迪厄所说："社会世界的结构已被她内在化了，这样她在这社会世界里就会有'如鱼得水'的自在感觉。"（〔法〕布迪厄、〔美〕华康德：《实践与反思——反思社会学导引》，李猛、李康译，中央编译出版社，1998，第 360 页。）从阐释学观念看，我们都有自己的前理解，"在理解按照各种不同的实践的兴趣或理论的兴趣被区分之前，理解就是此在的存在方式，因为理解就是能存在和'可能性'"（〔法〕布迪厄、〔美〕华康德：《实践与反思——反思社会学导引》，李猛、李康译，中央编译出版社，1998，第 360 页）。

③ 〔英〕安东尼·吉登斯：《现代性的后果》，田禾译，译林出版社，2000，第 135 页。

④ 〔法〕布迪厄、〔美〕华康德：《实践与反思——反思社会学导引》，李猛、李康译，中央编译出版社，1998，第 258 页。

认同某一观念的基本标准，同时，文学公共领域参与者往往都具有达成共识的真诚愿望，只是这种共识的达成不通过暴力（包括语言暴力）的方式，而是通过理性的方式。其四，在公共领域中因为太没有说服力而遭遇淘汰的文化批评可以退出公共领域。但不妨将其作为一种批评的声音置于私人领域。它不能获得更多的承认，有可能是因为它自身没有可交流性，是个体的幻象式的理解，但也可能并非它自身的原因。基于可能存在无法判断的多种情况，对于这种不被公共领域承认的理解我们没有必要过多干涉，只要它暂时不进入公共领域即可。①

我们相信，有这样一个作为评价机制的文学公共领域，文化批评的自主性就更容易得到维护，同时也可能因为公共领域评价机制对公共性的伸张，而使得文化批评自身的公共性也能够得到更好的发展。

然而，当代文学理论的公共性问题是否因文化批评的存在而获得解决了呢？问题的回答并不简单。

我们承认，文化批评能够缓解文学理论的公共性弱化问题，但是文化批评的落实还有具体的条件。这里就提出其中的一个条件，即文化批评的生产机制这个条件。诚然，我们都知道文化批评具有反体制反学科的特性。就其本意而言，它不应该体制化、学科化。对于这一点，有不少学人予以了指认。早在文化研究刚进入我国不久时，陶东风、罗钢、孟登迎、周宪、南帆、汪民安等一批学者都自觉地强调了文化研究的反体制反学科特性。② 晚近，还有学人重申："文化研究坚决反对把自身囿于纯粹的学术目的和求真意志，其跨学科、超学科和反学科取向的目标和动机不仅是学术，而且是政治。直言之，是学术的政治。文化研究不是纸上空谈的抽象学术，而是注重探讨各种切身的社会现实问题尤其是社会新问题。"③

但是，历经十余年的实践之后，我们发现文化批评其实有较重的体制化和学科化倾向，也就是说文化批评也拘囿于学科之内展开知识生产。为

---

① 陶东风、和磊：《当代中国文艺学研究（1949—2009）》，中国社会科学出版社，2011，第3~7页。
② 可参金元浦主编《文化研究：理论与实践》，河南大学出版社，2004。
③ 陶水平：《文化研究的学术谱系与理论建构》，社会科学文献出版社，2019，第33页。

此，有学人曾经对文化研究发出了质疑，认为我国近二十年来的文化研究实践中存在一种"文化研究的困境"①。这种"文化研究的困境"，简单地说就是把本应该在具体实践中存在的文化研究即文化批评，体制化为一门学科，一门"说"的知识。应该说，这种关于文化研究的反思是有其道理的。作为"文学批评"的文化批评，如果不去展开具体的批评实践，而只停留于理论层面的言说，的确有可能使得文化批评的公共性大为减弱，并最终导致文学理论的公共性危机难以缓解。就此而言，作为"文学批评"的文化批评要继续保持文化研究的特性，持续地进行具体的文化研究。

然而，回到实际看，理论地言说文化批评，其实也可以在一定程度上缓解文学理论的公共性危机。通过言说文学理论学科的问题，理论地介入现实。特别是我们倡导文学理论走向文化批评，建构作为"文学批评"的文化批评时，这便是一种学科意义的文学理论。虽然我们在"说"文化批评的时候并没有真正地开展文化批评实践，但是这样"说"的时候，就已经表达了要把当代文学文化现象作为研究对象，也表明了要采用民族志、反思社会学的方法研究文学，还认为作为"文学批评"的文化批评不能把文本的审美属性鉴别作为研究目标，而要反思由这种审美属性所生成的文化机制等。凡此种种，不都是在为文学理论的公共性谋划吗？而且，它在讨论文学理论学科发展的时候，还可能会涉及什么是好的文学理论，也会关乎文学理论所存在的社会文化体制问题。这样的讨论不也是在发挥知识的介入作用吗？这恐怕就是为什么有"理论批评"的说法的一个原因。②质言之，理论本身就是批评，就是在实践，就是在介入。

顺便说一下，在将文化批评纳入作为学科的文学理论之中予以言说，也就是在把文化批评体制化、学科化，如果我们继续这样讨论文化批评，涉及的问题或许都是文化批评的特点、文化批评的方法、文化批评的旨趣、文化批评的功能等，那么这其实就是在自觉地建构"文化批评学"。这种文化批评学对于它自身而言，可能意义不大，但是当它被纳入文学理

---

① 盛宁：《走出"文化研究"的困境》，《文艺研究》2011 年第 7 期。
② 陆扬：《论理论批评》，《学术月刊》2020 年第 11 期。

论学科之后，会推动文学理论学科的变化，甚至会导致知识学意义的文学理论的范式转型，从而为文学理论在某种意义上突破体制化学科化藩篱提供帮助，若如此，当然也就为文学理论学科的公共性做出了一定的贡献。简言之，纳入文学理论学科下的文化批评学是有助于文学理论公共性生长的。

我们也没有必要对文化批评被纳入文学理论学科而大为惋惜、愤愤不平。其实，作为"文学批评"的文化批评虽然没有完全脱离文学理论学科的框架，但无疑还是发挥了文化批评的实践功能，释放了文化研究本就有的活力。同时，我们要承认，有作为学科的文学理论，也有作为批评的文学理论。所谓作为学科的文学理论，就是以文学理论自身为研究对象的文学理论，比如研究文学理论是什么、文学理论有什么用、文学理论要如何建设等。所谓作为批评的文学理论，就是强调文学理论要在实际的文学批评实践中发挥理论的作用，文学理论就应该落实在具体的文学批评实践中。

我们不能把文学理论完全视为具体的实践型的文学批评，好像文学理论就是为文学服务的，而不能允许有作为学科的文学理论学的存在。其实，作为批评的文学理论并不能完全替代作为学科的文学理论。作为学科的文学理论也有存在的合法性。这里不妨再强调一下其合法性。其一，它把文学理论本身作为研究对象，但在言说文学理论的时候，也会涉及社会文化问题，其公共性也会呈现出来。其二，作为学科的文学理论还有助于文学理论的自觉。它可以对文学理论进行知识学的分析，从而有可能解决文学理论在发展过程中所存在的问题。其三，作为学科的文学理论，一旦研究深入，获得了关于文学理论的知识，这些知识也可能被运用于文学批评，从而推动文学批评的观念转变，增强批评效果，提升文学理论的公共性。

因此，作为批评的文学理论和作为学科的文学理论都要努力去展开。这两种意义的文学理论都是需要有的。有学者就说得非常好："文学理论固然要以文学为对象，文学理论是基于文学的理论，但是，文学理论一经形成，就绝不仅仅关乎文学，还可以逸出文学的牵扯，以独立的方式表达对于社会、人生的理解。文学理论是以知识的形式展开的关于文学的道理。"① 回到现实看，我们既缺乏作为批评的文学理论，作为学科的文学理论也需要发展。如果我们同意这一点，那么，作为学科的文学理论寄希望于言说文化批评来谋求自身变化，与作为批评的文学理论倡导具体实践的文化批评一样，其实都是在谋求文学理论的公共性发展。两种形态的文学理论都有探寻文学公共性的内在诉求，都发挥了文化批评的效用。因此，都是值得肯定的。不妨让它们各自继续为文学理论的公共性做出应有的贡献。当然，在作为学科的文学理论过于发达之时，也就是当我们过于形而上地讨论文学文化问题时，我们或许应该多加强调作为"文学批评"的文化批评对文学理论公共性的实际作用。

然而，文学理论公共性要健康成长，还特别需要改变文学理论与文学批评的关系。文学理论不宜完全置于理论思辨的高地，文学批评也不能完全脱离理论的自觉。事实上，文学理论和文学批评本就可以互相发明，理论在批评中生发与存在，批评也因理论而升华而精致！好的文学理论一定是具有批评实践能力的理论，专业的文学批评也必定是有理论底蕴的批评。这也是文学理论公共性的实现不排斥文学批评的原因。作为"文学批评"的文化批评特别关注当代文学文化实践，又有理论视野和方法论的自觉，因此，只要它具有足够的文学性，就可以作为文学理论公共性的实现之途。

---

① 邢建昌等：《20 世纪 80 年代以来文学理论的知识生产及其相关问题》，人民出版社，2019，第 14 页。

第六章
文化研究的反思与文化研究的公共性再论

文化研究进入中国以来，引发了文学理论学科的反思，而其自身也因此遭遇了文学理论学科对它的责难。此后，文化研究内部也出现了反思，诸如文化研究困惑说、文化研究的困境论、大众文化研究范式的调整与争论、文化研究的价值立场反思等都可谓共享了反思的"知识型"。通过考察会发现，文化研究的反思又可以分为几种形态，即文艺理论视野中的文化研究反思、文化研究"他者"视野中的中国文化研究反思、历史书写中的文化研究反思等。而隐藏在其背后的则是"理论的旅行"到"理论的再生产"的转型焦虑与诉求，同时，这也是文化研究在中国发生、发展过程中所形构的文化逻辑。考察文化研究的反思与转型问题，既有助于厘清文化研究的历史，又可以促进文化研究的自觉，对于文化研究的当代化和中国化都是大有益处的。但说到底，其实文化研究的反思与转型，要解决的还是一个和公共性有关的问题。文化研究之所以能够在文学界被接受，其缘由之一就是要强化文学理论的公共性。文化研究自身的反思与转型也是希望文化研究能够在当代文学文化的研究中真正起到知识的公共使用之效。

一　当代文化研究的三种反思方式

文化研究（Cultural Studies），作为与现代学科体制相区隔的知识生产，它在中国主要发生于 20 世纪 90 年代。起初，它是作为现代学科知识生产既定秩序的反思者形象被引入的，但吊诡的是，经过二十余年的发展之后，文化研究在晚近也遭遇了反思。这似乎也是它在中国走向自觉的表现。

综观文化研究的知识历史，我们发现，反思其实是它在中国发生、发展过程中的一个关键词，只是其中有主动与被动之分，所依据的理论和针对的问题也各不相同。有鉴于此，我们不妨将文化研究的反思分为几种类型予以述评，以期从反思的角度厘清文化研究的历史，发现它所经历的从"理论的旅行"到"理论的再生产"的文化逻辑，以此推动文化研究在中国的新发展。[①]

（一）文艺理论视野中的"文化研究合法性"反思

第一种类型的文化研究反思可以叫文艺理论视野中的"文化研究合法性"反思。此意义上的文化研究反思在 20 世纪 90 年代文化研究发生之时就已然出现，甚至在很长时期内，文化研究都没有摆脱被反思的境况。当然，这类反思事实上首先是由文化研究主动引发的，也可以看成文化研究合法化过程中所必然要遭遇的。鉴于文化研究的发生主要在文艺学学科反思的过程中展开，我们因此可以将此类反思命名为文艺理论视野中的"文化研究合法性"反思。

具体而言，此反思所发生的时间在 2004 年前后。它主要是以文艺学的"日常生活审美化"之争、文艺学边界之争、本质主义与反本质主义之争等一些学术争鸣的形式来呈现的。争鸣的一方是钱中文、童庆炳、王元骧、鲁枢元、赵勇、姜文振、陈太胜等一些知名学者所代表的"文学理论派"，另一方则主要以陶东风、金元浦、王德胜等为代表的"文化研究派"。两派之间的争鸣开展得如火如荼，甚至引发了学术场域的激荡与调

---

① 需要说明的是，本书选取的文化研究反思类的文献，由于篇幅所限，难免有所忽略，但并不意味着这些被忽略的及未加详述的文献就不重要。笔者拟在以后书写文化研究反思史的时候予以详述。

整，以至于有学者曾将 2004 年视为文学理论与文化研究之间的"战争"年。[1] 文学理论学派指认了文化研究的诸多"不是"，比如不是文学研究，不是内部研究，甚至还认为文化研究有中产阶级趣味而被赋予政治不正确的说辞等。综观之，针对文化研究所展开的反思批评，其直接目的是希望对于文化研究要谨慎引入，当然也有学者是出于坚决反对文化研究"干预"文艺学领域知识生产的根本目的。然而，从实际情况看，这种反思所获得的效果却是让文化研究被广为接受，同时它对文化研究的学术独立也起到了重要作用，甚至在一定程度上使得文化研究在现有学科体制框架内得以另行建制。比如陶东风当年所在的首都师范大学成立的文化研究系、文化研究院便是明证。同时，中国人民大学、首都师范大学、上海大学、中国传媒大学等诸多高校的文化产业专业乃至文化产业院系的单独设立，在某种意义上都是"反思"的结果。换言之，文化研究没有完全被文艺学等现有的其他学科收编而成为其中某一学科的支派。虽然受文化研究影响的文化诗学、文化批评在文艺学学科领域是一种主流话语，但倡导文化诗学、文化批评的学者却希望文化研究另立门户。于是就演变成这样的结果，即不但没有阻挡反而助长了文化研究的独自生长。

顺便提及的是，文艺理论视野中的文化研究反思问题在 2015 年的中外文论年会上还被作为一个研讨主题，这恐怕表明了文化研究并没有因为文艺理论的反思所导致的独立而完全淡出文艺理论的视野，文艺理论与文化研究之间的关系恐怕并不是敌对的关系。此类反思在可见的未来恐怕还会持续下去。[2] 理由至少有两点。

其一，文艺理论需要处理的一个问题还是文艺的内外关系问题。文化研究并非外部批评，但不可否认的是，文化研究的确在外部批评方面有可取之处。比如，它注重变化了的社会文化事实，能够扩大自身的研究文本，而且还能联系具体的文化语境来理解文本，继而在文本内外游刃有

---

① 张法：《文学理论与文化研究之争——对 2004 年一种学术现象的中国症候学研究》，《天津社会科学》2005 年第 3 期。

② 2016 年，朱立元先生还撰写了《反思西方泛文化理论的影响》（《中国社会科学报》2016 年 8 月 4 日）一文。

余。这在一定意义上对文学理论有启示。以童庆炳等学者所倡导的文化诗学为例。文化诗学是作为基础理论的文学理论所操持的主流话语。但文化诗学要处理，而且还没有处理好的问题，说到底还是文艺的内外关系的问题。文化诗学曾经吸收了文化研究的优长而伸张外部维度。但是，文化诗学尚不能很好地处理大众文化，不能彻底解决审美的公共性问题。那么，文学理论是否还需要借鉴文化研究的理论旨趣和经验呢？这是需要文学理论继续思考的问题。

其二，作为与文化研究有关联的文化批评，它无疑是文艺批评的形态之一。文化批评作为文化研究的实践，它与文化研究本身的关联应该说是相当亲密的。但是，文艺理论大概只将那种以文学文本为批评对象的文化研究，以及那种视文学研究为旨归的文化研究认同为文化批评。换言之，文化研究衍生出了一种文学批评形态，即文化批评。这种文化批评对于文学批评应对变化了的文学文化现实是有积极意义的，同时对于推动文学理论的建设发展也大有裨益。这样，文学理论与文化研究就不可能完全脱离干系。①

鉴于这两点，文化研究与文艺理论之间的关联是不可能消失的。文化研究之于中国当代文学理论的挑战与机遇是并存的。② 这就需要我们继续去积极应对。为此，文艺理论视野中的文化研究反思还得进行下去。

（二）文化研究"他者"视域中的中国文化研究"难题""困境"反思

第二种意义的文化研究反思，可以称为文化研究"他者"视域中的中国文化研究"难题""困境"反思。这类反思主要以规范化的文化研究为"他者"，然后来反观实际中运行的中国文化研究。它主要由戴锦华、赵勇、王晓明、盛宁等人发起。这里择取一些重要文献予以简要评述。

---

① 肖明华：《分化、危机与重建——1990 年代以来文学理论知识生产状况的一个考察》，《江西师范大学学报》（哲学社会科学版）2012 年第 1 期。
② 颜桂堤：《文化研究对中国当代文论话语体系的挑战与重构》，《文学评论》2019 年第 3 期。

2003 年时候，戴锦华就在上海大学做了《文化研究的困惑和可能》的演讲，她以切身的体会讨论了文化研究面临的体制化、文本化等问题，其中对文化研究关联密切的知识分子问题的反思最为有价值。戴锦华指出，"这些选择了文化研究的学者都在一定程度上从可能成为有机知识分子或者公共知识分子的空间当中大踏步地撤离"①。按理，文化研究应该是由知识分子来从事的工作。可是，今天的知识分子却越发稀缺，那文化研究如何成为可能呢？不妨说，一直到今天，戴锦华的反思都是有效的。

2005 年，赵勇在《中国社会科学》刊发了一篇《关于文化研究的历史考察及其反思》的高级别论文，算是较早对文化研究进行自觉反思的学者。他指出，"如何意识到文化研究自身的缺陷并积极寻求应对措施，从而避免陷入西方文化研究已经陷入的困境之中，很可能是摆在文化研究者面前的一个长期课题"②。如果考察文化研究反思史，可以发现，赵勇的判断是很准确的。他对文化研究的反思，主要通过考察西方文化研究的演进逻辑，然后再对中国的文化研究可能遭遇的体制化问题、研究对象问题、研究方法问题及价值立场问题展开细致的讨论。基于此，他还提出了自己对文化研究出路的思考，即文化研究要游离于现在的体制，要努力避免学科化；在研究大众文化时要具体而语境化地进行；在研究方法上则要多采用民族志的实践方法等③。赵勇的反思抓取了文化研究的核心问题，虽然他的一些观点也许还可以讨论，但他对文化研究的反思是值得肯定的，其目的或许还是希望文化研究要"文化研究化"，也就是不要把文化研究当成理论来研究，而要多去做中国的文化研究。依其之见，介入老百姓的生活，对公共问题发言，才是真正地做中国的文化研究，才能摆脱文化研究发展过程中的体制化、专业化等 些困境。顺便说一下，赵勇的敏锐反思，也得到了后续的回应，尽管这种回应可能不是很直接。比如，下面要提及的盛宁对文化研究的反思就与赵勇的反思有文脉贯通之处。

①　戴锦华：《文化研究的困惑和可能》，载孙晓忠编《方法与个案——文化研究演讲集》，上海书店出版社，2009，第 155 页。
②　赵勇：《关于文化研究的历史考察及其反思》，《中国社会科学》2005 年第 2 期。
③　赵勇：《关于文化研究的历史考察及其反思》，《中国社会科学》2005 年第 2 期。

　　刘康、周宪也曾在《文艺研究》同期发文，对文化研究的问题展开反思。刘康从美国的区域研究出发，指出美国的中国研究其实未必能很好地阐释转型中的中国的复杂状况，他们所采用的基本上是"消费理论"而没有"生产理论"。此时，中国的文化研究就有两个互相关联的问题值得反思。其一，中国学者自己如何有意识地把"消费理论"转变成"生产理论"。这就要求中国学者在引用西方理论之时，要对其进行反思，并且去除纯理论的"神话"。其二，如何对西方的区域研究进行"议程重构"和"理论创新"，以实现区域研究与文化研究的本土化。① 周宪则主要反思了文化研究的体制化困境和批判性丧失的问题。在他看来，这是文化研究的潜在危机。同时，他对于文化研究的本土化问题也提出了自己的思考，认为"有必要提倡一种运用外来理论的'水土不服'。正是这种'水土不服'的产生，才会造成库恩所说的理论'反常'。这时，反思性的批判最容易出现，创造性的契机才会出现。于是，作为研究主体的学者们，便会自觉地把外来理论的简单套用有效地转化为移植、改造或创造"②。刘康、周宪两位学者虽然没有在反思中使用难题、困境之类的语词，但是其反思明显涉及文化研究的相关难题和困境。他们对文化研究的反思表明了其对中国有真正的文化研究的关切与期望。

　　2010 年，则有王晓明发表的《文化研究的三道难题》一文。该文主要以上海大学文化研究系的理论与实践为例，陈述了文化研究在体制化、介入社会、本土性方面所面临的"难题"。应该说，王晓明极其自觉地对文化研究的对象、动力和"中土特质"进行了反思与建构。其特别之处在于，他并没有只针对文化研究的"难题"进行学理反思，而是在反思的同时对问题展开有效的解决，并最终落实到了文化研究的课程与教学层面。换言之，我们也可以认为，王晓明对文化研究的反思重心是如何在实践层面解决文化研究的难题。比如，通过理论反思就很容易意识到，文化研究与中国乡村的关系问题应该是非常重要的，毕竟城乡问题是一个真实的社

---

① 刘康：《从区域研究到文化研究：人文社科学术范式转换》，《文艺研究》2007 年第 6 期。
② 周宪：《文化研究：为何并如何？》，《文艺研究》2007 年第 6 期。

会问题。但如何以文化研究的方式介入乡村问题呢？王晓明在教学中尝试了一些解决办法，比如组织学生去乡村支教，做文化和社会调查。不过，对于文化研究的课堂究竟怎样才能更好地讨论乡村文化问题这一难题却并没有因此解决好。用王晓明的话来说："单靠将学生送去乡村短期访问，能否有效地开展文化研究教学的乡村面向？"① 解决这个问题实在不容易，因为这是一个牵涉文化研究动力的问题。文化研究要推动城乡问题的有效解决，光靠文化研究课堂有用吗？这实在是一个难题。

与王晓明的反思相关但侧重点不同的文献有盛宁的《走出"文化研究"的困境》一文。该文指出文化研究在中国陷入了困境，其表现主要是我们几乎整个地都在把文化研究本身作为理论来研究，而没有把它作为一个"实践问题"来展开具体个案的分析研究。② 应该说，盛宁的反思是有一定道理的。因为无论如何，文化研究的使命之一就是要区隔于现有的学科，它更多的是跨学科、反学科或后学科的智识领域，因此，如果我们仅将其作为一个理论问题来探讨，则恐怕难免陷入知识主义的窠臼而不能发挥文化研究的自性价值。盛宁文章甫一发出，便引发了一些学者的反驳。其中王伟所撰写的《"文化研究"的意义与问题——与盛宁先生〈走出"文化研究"的困境〉一文商榷》一文最为引人注目，该文认为盛宁先生所言"不是"也"不实"。所谓"不是"，是说文化研究理论探讨是必要的，因此盛宁先生的所谓困境说是"不正确"的；所谓不实，是说文化研究在中国有批评个案和实践分析的诸多成果，因此盛宁所指责的文化研究不做个案和实践分析在事实上是不成立的。③ 王伟所论当然也是在理。但是，无论如何得承认，我们恐怕很少结合自身的社会结构展开切实的文化研究，还没有很好地突破体制化、知识化、学科化的藩篱，更没有形成有中国特色的文化研究。就此说来，盛宁一文触及了文化研究的困境。或因此，有不少学者回应了文化研究的困境问题并做出了各自的反思，其中，

---

① 王晓明：《文化研究的三道难题——以上海大学文化研究系为例》，《上海大学学报》（社会科学版）2010 年第 1 期。
② 盛宁：《走出"文化研究"的困境》，《文艺研究》2011 年第 7 期。
③ 王伟：《"文化研究"的意义与问题——与盛宁先生〈走出"文化研究"的困境〉一文商榷》，《学术界》2011 年第 10 期。

孟登迎、段吉方、张喜华、陶东风、金元浦、和磊等一些文化研究知名学人的相关文献值得关注。①

在文化研究传播到中国近三十年之后，我们的确要更为有意识地让文化研究"文化研究化"，也就是不要把文化研究仅仅当成一种知识，以至于只是把文化研究介绍给中国。这其实是停留在言说文化研究的层面，而没有把文化研究当成一种方法论，更没有去切实地践行文化研究，去做文化研究。应该说，在我们对文化研究已然有了一定的理解之时，要告别"说"文化研究，而重视"做"文化研究。恐怕也只有如此方可保持文化研究的"实践性品格、政治学旨趣、批判性取向、开放性特点"②。换言之，文化研究合法性的建构，如今要通过行动的方式来实现了。我们再也不能将文化研究的工作进程停留在发生时期的知识介绍和理论言说上，相反，我们要语境化地理解文化研究，落实好文化研究的理念、方法，"把对文化研究的理论兴趣转向具体的个案分析"③，比如采取民族志的方法展开切实的文化研究，比如借文化研究的个案实践方式参与当今公共领域的建构。④ 如果文化研究依然压抑其实践的潜能，并且长期地不说"中土"话，那么文化研究就依旧处于难题与困境的泥淖。若如此，这种"他者"视域中的文化研究反思恐怕将会不定期地继续"爆发"。

（三）历史书写中的文化研究反思

第三种文化研究反思不妨叫历史书写中的文化研究反思。由于文化研

---

① 可参孟登迎《文化研究的政治自觉和身份反省——兼谈如何看待我国"文化研究"的困境》，《马克思主义与现实》2012 年第 6 期；段吉方《反思批判与价值重构——文化研究语境下的中国当代文学理论及其范式构成》，《华南师范大学学报》（社会科学版）2012 年第 3 期；张喜华《再论文化研究的困境》，《黑龙江社会科学》2015 年第 1 期；陶东风、邹赞《文化研究的问题意识与本土实践——陶东风教授访谈》，《吉首大学学报》（社会科学版）2014 年第 4 期；金元浦《文化研究有未来吗》，《探索与争鸣》2014 年第 7 期；和磊《关于文化研究学科化建制问题的反思》，《山东师范大学学报》（人文社会科学版）2015 年第 1 期。
② 陶东风：《文化研究：西方话语与中国语境》，《文艺研究》1998 年第 3 期。
③ 盛宁：《走出"文化研究"的困境》，《文艺研究》2011 年第 7 期。
④ 这是笔者 2015 年时刊发的一篇有反思意味的文化研究论文的观点。参拙作《文化研究的发生、问题与出路》，《学术交流》2015 年第 3 期。

究往往不被作为一种学科知识来看待，对当代中国文化研究进行历史书写的文献并不多见。就文献看，陶东风等学者合著的《当代中国的文化研究（1949—2009）》可以算得上是这类反思文献的代表作。该著对文化研究在中国的发生语境、理论资源、学术议题、研究范式等进行了较为详尽的梳理，并且对文化研究的学科化和体制化、知识立场与学术范式等问题进行了有见地的反思，并且在反思的基础上，还有较为自觉的建构。之所以能够如此，一方面缘于著作撰写者本身就是中国文化研究的相关学者，说他们深谙文化研究的知识生产状况是一点也不为过的，其中陶东风还是中国文化研究的代表性学者；另一方面，因为该著能够自觉地结合中国在地语境来展开研究反思，其立论因此切入中国社会文化结构。不妨简要提及几点。

其一，对于文化研究的体制化和学科化问题进行了讨论。该著认为，"体制化和学科化仍然是有区别的，文化研究的非学科、反学科，并不意味着非体制化，更不意味着脱离大学。在今天这个学术研究体制化的时代，完全脱离大学而从事文化研究，特别是机构化的文化研究，基本上是不可能的"[1]。应该说，这样的观点立足于中国社会结构，因此显得非常实在。更为难能可贵的是，陶东风还看到了文化研究与体制不是简单的二元对立关系，他指出，当下的大学体制也不是铁板一块，政府和大学也在积极地鼓励跨学科、公共议题，也就是让渡出了一些文化研究的空间。这倒不一定意味着文化研究就一定要如托尼·本内特所主张的那样走向文化政策研究。毋宁说，即便文化研究依然保持其批判性地介入社会文化现实的自性，它也一定还有可争取使用的一定研究空间。就此而言，目前的文化研究如果过于体制化，其实某种程度上的确应该由文化研究从业者自己负责。比如，一些文化研究学者在具备了一定条件的情况下，也不能活席放弃体制所提供的那种较为容易获取的好处，根本没有甘居边缘下定决心去

---

① 陶东风、和磊：《当代中国的文化研究（1949—2009）》，中国社会科学出版社，2016，第 292 页。

做一些文化研究本身召唤我们以民族志的方法去从事的文化研究。①

其二，就文化研究的知识立场发表了自己的看法。在该书前言部分，陶东风指出，虽然西方的文化研究都基本是"左"派，但中国的文化研究却不应该有和西方一样的立场，因为我们的情况和西方不同，如果仅仅简单地批判资本主义和大众文化，则有可能找错了对象。相反，我们应该对中国特有的社会结构、文化结构及有关文化与政治之间关系的问题，做更为深入的思考，而后来确定这个社会的结构性问题和压迫性机制，继而确立自己应有的立场。只有这样才能为文化研究找到真问题，继而建构形成有别于西方文化理论的中国文化研究。陶东风的反思值得我们深思。诚然，在我国，20世纪90年代以来的"新左派"所从事的文化研究，虽然有可圈可点之处，但是它致命的弱点就是没有具体化地对大众文化的生产体制展开有效的分析，因此找不到真实的批判对象。其解决社会文化问题的观念与路径也显得可疑。②

其三，该著涉及大众文化研究的历史及范式问题。该著梳理了三种研究范式，同时对每一种范式都展开了分析，并最终提出了自己的文化研究范式。不妨简述陶东风的文化研究范式。早在1993年前后，陶东风主要套用法兰克福学派的批判理论范式，把大众文化理解成了单一的资本主义的堕落文化，并且从中看到了集权主义的影子。此后由于参与市民社会的讨论，陶东风意识到大众文化在中国其实是一种处于夹缝中的市民文化，具有解放的潜能。新旧世纪之交，他又发现大众文化有后集权社会的特点，从而引入阿伦特的一些政治理论来审视大众文化。由此可见，陶东风的文化研究范式经历了一个建构的过程，在这个过程中，他一直在反思如何恰当而有效地从事文化研究，其中不变的是他一直注重把文化置于社会结构中去语境化地理解，并且试图挖掘其政治潜能。也因此，我们不妨按其自己曾经

① 比如有些文化研究学者，相对而言，并没有职称和生活等压力，但也天天在书斋做理论的文化研究，享受学术生产体制更容易提供的快捷式回报。如果说，我们的文化研究做不到差强人意，其中难道没有学者个人的原因？岂可一股脑儿地怪罪体制？这无疑是一个值得讨论的问题。

② 肖明华：《大众文化研究的"新左派"范式再考察》，《中国文学研究》2014年第2期。

给出的命名将其大众文化研究范式称为"政治批评"。这种政治批评主张批评，也就是特别强调文化研究的实践功能。同时，它又强调政治，也即始终不忘文化研究要介入公共领域，并推动社会文化的良性变革。用他自己的话说，即"是否具有抵抗全权主义、推进民主化的政治功能是我评价大众文化与消费主义的最主要的尺度。这个立场与尺度迄今未变"①。晚近，在书写文化研究历史之际，陶东风也坦言，自己最近在"致力于构建一种极权主义和后极权主义的文化研究范式"②。诚然，要在现有的文化研究生产条件下建构好这种"政治批评"的范式并不容易，恐怕也会遭遇困境。

陶东风等人的合著对于我们了解文化研究在中国的状况、问题有不可替代的作用。该著作借历史书写的方式对文化研究展开了反思，基于此，它已然阶段性地完成了文化研究的中国化书写。不妨再强调一下，文化研究虽然要突破既定的知识学视野，但它不可能完全摆脱知识，更不可能否认它自身的发展过程与历史。事实上，文化研究在中国已经有一段历史了，出现了不少的知识类文献。作为历史事件的文化研究知识，其实非常需要予以观照，因为只有这样，我们才能够很好地理解文化研究，才能够推动文化研究的知识生产。比如，文化研究教材问题就非常值得讨论。文化研究需要教材吗？现有的文化研究的教材是怎样书写的？为什么文化研究的教材是当前的面貌？文化研究教材应该怎样书写？要回答好诸如此类问题，无疑需要在文化研究教材历史的书写中去回应。就此而言，历史书写中的文化研究反思还可以进行下去。

事实确实如此。文化研究的后起之秀周志强就指出，反思30年的文化研究历史非常有必要。在其发表于《文艺理论研究》的一篇长文中，他选择从学术政治的角度对近30年的文化研究进行反思，并追问文化研究究竟承载了怎样的社会理想与文化愿望。依其之见，大陆文化研究之所以被如此重视，原因在于文化研究是"批判性地理解文化艺术和现实问题的有效

---

① 陶东风：《大众消费文化研究的三种范式及其西方资源兼答鲁枢元先生》，《文艺争鸣》2004年第5期。
② 陶东风、和磊：《当代中国的文化研究（1949—2009）》，中国社会科学出版社，2016，第8页。

途径"①。难能可贵的是，周志强对文化研究的历史进行了阶段性的划分，提出了近30年文化研究关涉的十六大基本问题。这就使得周志强的反思既有历史感，也有问题意识。而他最大的问题意识是，捕捉到了文化研究的"紧迫性幻觉"问题，即"它用一套急迫性的知识叙述，正在把当前发生的事件变成一种政策性、制度性和体制性的事件，即通过取消当代资本主义社会的结构性困境——'危机'，制造可以'避免事情再坏下去'的幻觉"②。其意是说，文化研究看似要去解决社会的问题，但文化研究其实并没有真实地去解决社会的问题，至多只是指出了问题，而指出问题本身就是一个要解决的问题。换言之，文化研究不自觉地就成为它自身的敌对者。文化研究因此陷入了困境之中。如何解决这种困境？周志强提出了寓言论批评的构想，"将我们的生活变成历史处境的寓言，并召唤危机意识以抵制物化意识，重新确立马克思主义的批判议题，应该就是我所说的寓言论批评的核心"③。这就是说，文化研究可以起到发觉和建构社会历史问题的功能，但是它自身没有办法解决问题。解决问题还得回到马克思主义，大概因为只有马克思才对历史之谜有过自己的解答！周志强对文化研究危机、困境的反思应该说切中了要害。文化研究的政治毕竟是后革命氛围中的文化政治，而文化政治相较于政治经济学的政治而言，的确有"花拳绣腿"之嫌。这是值得我们警惕的。

二 "理论的再生产"与文化研究的
中国化及公共性问题

综上所述，文化研究自发生以来，的确与反思关联甚密。综观文化研

---

① 周志强：《紧迫性幻觉与文化研究的未来——近30年中国大陆之文化研究与文化批评》，《文艺理论研究》2017年第5期。
② 周志强：《紧迫性幻觉与文化研究的未来——近30年中国大陆之文化研究与文化批评》，《文艺理论研究》2017年第5期。
③ 周志强：《紧迫性幻觉与文化研究的未来——近30年中国大陆之文化研究与文化批评》，《文艺理论研究》2017年第5期。

究的反思史，我们可以发现文化研究反思及文化研究在中国的历史进程可以分为两个阶段，即自我合法化、自我反思这两个不同阶段。前一个阶段主要是移植西方文化研究理论资源来反思既定的学科，其目的是使文化研究在中国合法化。而后一个阶段，其反思的目的恐怕是发挥文化研究在中国的效用，以使这门实践性很强的知识生产活动能够帮助知识分子找到理解、介入乃至建构现实的方式。因此，可以认为这一阶段的文化研究反思有让文化研究中国化的根本冲动。

如果这种描述与判断能够成立，则文化研究的反思其实有一个内在的"转型"。换言之，近 30 年的文化研究从发生开始就一直在反思，但其深层次的问题意识其实是转型。这种转型有其具体的表现，如从大众文化研究到文化研究，从法兰克福学派式的文化研究到伯明翰学派式的文化研究，从文学理论学科反思中的文化研究到具有文化理论自性的文化研究，等等。而在这种转型的具体表现下，其实涌动的是从"文化研究在中国"到"文化研究中国化"的深度转型。

（一）"理论的再生产"与文化研究的中国化

那么，文化研究中国化转型如何实现？学者段吉方的研究非常值得肯定。段吉方提出了一个应对文化研究转型的"理论的再生产"说。他写道："横向地阐释分析他们的理论观念与观点其实只是一种简单的复述，能否回到那种'问题式'的语境中，实现理论的再生产，才是中国当代的文化研究需要认真借鉴的。"[①] 这也就是说，文化研究不应该仅仅作为一种理论被移植到中国，而后学者天天解释文化研究理论本身，却从来不联系中国的社会文化语境从事理论思考，不与具体的研究实践相结合来展开研究，也不做具体的文化批评，更不从具体的文化批评与文化研究实践中生发出自己的文化理论，若如此，文化研究被移植到中国之后，即便是"成活"了，到最后也无非就是"文化研究在中国"。我们依然只是"理论消

---

① 段吉方：《理论的再生产》，北京大学出版社，2015，第 180 页。

费国",而非"理论生产国"。① 然而,如何解决文化研究移植之后的再生长、另生长问题,从而成为"理论生产国"呢?段吉方提出的"理论再生产"说,无疑就是针对此问题的有效回答。他曾就此解释道:"就中国当代的文化研究来说,继承作为一种思想资源的文化研究就是要把这种理智性的思考放到批评传统、文化经验的历史语境中去。这不是为了分析其中的具体指向和观点,关键是强调文化经验与理论建构相互作用的过程与形式,从而走出那种'理论化'的文化研究和文化实践的困囿,在微观研究上强化文化研究的实践性,进而释放文化研究的理论重负。这正是中国当代的文化研究应该继承的思想资源。"② 诚哉斯言!不妨说,文化研究要中国化,就需要让文化研究"问题化",也就是把文化研究的理念、方法运用到中国,在中国"做"文化研究,通过具体的实践,既落实文化研究的理论,又"让文化研究文化研究化"。事实上,文化研究本身就是以"做"为旨归,而不是用来在学院内"言""说"的。通过"做"文化研究,才可能生发出中国自己的文化研究。若如此,文化研究在中国就实现了"理论的再生产",最终便有可能产生中国的文化研究。

然而,文化研究的这一转型已经完成了吗?既定的反思需要再讨论吗?关于文化研究的反思还需要进行吗?为了很好地回答这些问题,我们认为,有必要对文化研究的反思本身进行梳理,并且这种梳理应该以文化研究的知识生产历史为基础,继而在自觉的反思社会学的理论视野和研究方法下,深度关联文化研究的学术自性和现实语境来展开。只有这样,才能够很好地把握文化研究反思的历史,并理解与此反思有深层次关联的文化研究的转型。我们的目的是要建构更为合理的在地文化研究形态。这无疑是一项有意义的研究工作,因此值得学界予以关注。

然而,文化研究要中国化,需要具备一些社会文化条件。这里简要提及其中四点。

其一,回到现代性。文化研究要中国化,首先就要考察当下社会的特

---

① 刘康:《从区域研究到文化研究:人文社科学术范式转换》,《文艺研究》2007年第6期。
② 段吉方:《理论的再生产》,北京大学出版社,2015,第181页。

质。毋庸讳言，当前的社会既不是现代的，也不是后现代的，当然也不完全是前现代的，它是王建疆所指认的"别现代"的。所谓别现代，是说中国社会具有自身的独特性，它是纠缠在前现代、现代与后现代之间的一种社会，前现代、现代和后现代的占比各不相同。这样的社会"别具一格"，因此可以称之为"别现代"社会。① 回到现代性，意味着文化研究要意识到其所存在的现代性社会是别现代的。别现代的社会有伪现代。这是文化研究要批判的。文化研究要推动社会文化的现代性发展与成熟，最终形成可欲的别现代性。如此说来，文化研究有必要对现有的别现代理论予以基本的关注。文化研究关注别现代社会，其实就是走进了现实和历史，就是在立足本土提出自己的问题，就是在生产与建构自己的文化理论。

其二，"保卫马克思"。中国的文化研究如果要避免过于学院派，就应该回到社会文化的现场，去具体地践行文化研究。就文化研究本身而言，马克思主义的政治经济学理论与方法、马克思主义的跨学科研究方法、马克思主义对现代社会的科学分析与人文批判都应该是中国文化研究应该吸取的理论资源和具体方法。有多位学者曾经难能可贵地指出，只有在文化研究与马克思主义的政治经济学的桥梁重新结合、重新建成之后，文化研究的事业才能成功推进。② 在文化研究反思过程中，也有多位学人指出了回到马克思主义的必要性。其实，法兰克福学派、伯明翰学派的文化研究本身就有马克思主义的理论印记。在我国，虽然马克思主义在整个的文化领域也占据了主导地位，但是文化研究领域的马克思主义意识并不很强却也是事实。这恐怕大大地削弱了文化研究介入社会公共事务的能力，完全不契合文化研究的意图。如此说来，中国的文化研究应该有"保卫马克思"的诉求。当然，"保卫马克思"并不是教条口号，而是要继承马克思的精神，以助益文化研究的当代化、中国化。

其三，寻找公共领域。文化研究需要公共领域，并且特别需要考察我们的公共领域"结构"。比如，我们要借助马克思主义的话语，来形成作

---

① 王建疆：《别现代：空间遭遇与时代跨越》，中国社会科学出版社，2017。
② 陶东风主编《文化研究读本》，南京大学出版社，2013，第 1~44 页。

为批判性的公共领域。同时，由于知识生产的条件大多存在于体制之内，文化研究因此需要在体制中游走。借助体制的力量来推动公共领域的成长和成熟。这也就意味着我们不应该二元对立地把文化研究作为完全独立和对抗的智识领域，它完全可以与马克思主义的主流话语"接合"起来，推动社会文化的现代化。应该强调的是，我国的文化研究倘若要摆脱学院化的困境，最有效的办法之一就是不把国家与社会二元对立，而是努力争取与主流话语接合。按霍尔的说法，接合并不一定就是零和游戏，即"不同实践之间的接合并不意味着它们会变成完全相同的事物，或者一方会溶化在另一方中。每一方都保留自身独特的规定性和存在条件。然而，一旦接合被构建起来，两种实践就可以一起发挥作用，不是以一种'直接的同一性'……而是以'统一体内部的差异'发挥作用"①。文化研究会因接合而获得宝贵的让渡空间，如此才有可能更好地实现文化研究中国化的抱负。

其四，改变文化研究的知识生产机制。文化研究主要是当代文化研究。这就要求文化研究的生产机制要随之改变。比如其研究对象的选择不以学科成规为导向，而以深入探究问题为旨归。同时，文化研究共同体要重视自身的感觉结构在研究中的意义，而不以"阐释时间"的远近为研究对象的取舍标准，并且要尽量避免"理论的拜物教"，并警惕"强制阐释"，② 而要去生产能与当下中国社会文化互证互释的具体"文化理论"。文化研究不应该与其他学术工作一样习惯既定的学科化、体制化成规，对此，我们要汲取詹（杰）姆逊的经典之语："文化研究代表了一种愿望，探讨这种愿望也许最好从政治和社会角度入手，把它看作是一项促成'历史大联合'的事业，而不是理论化地将它视为某种新学科的规划图。"③ 这就是在文化研究反思过程中大家都一再强调的，文化研究要有反学科诉求，也应该在某种程度上超越体制。否则，文化研究就很难改变理论探讨比个案分析多，也就是"说"得比"做"得多的情状。同时，文化研究的

① 黄卓越、〔英〕戴维莫利主编《斯图亚特·霍尔文集》，中国社会科学出版社，2022，第202页。
② 张江：《强制阐释论》，《文学评论》2014年第6期。
③ 〔美〕弗雷德里克·詹姆逊：《快感：文化与政治》，王逢振等译，中国社会科学出版社，1998，第399页。

确需要打破体制的束缚。不为体制所累的研究者可以尝试做一些突破，比如成为独立的学者，在体制让渡的有限思想市场中实现知识的公共运用。当然，大多数文化研究学者可能还只能游走于体制内外，在体制内做一些双赢式的突破。

诚然，文化研究的反思不是目的，目的是通过反思实现文化研究的当代化、中国化转型。这也是不少学人所意识到的，而且已然在努力践行的。比如，陶东风曾写道："我尝试从当代中国的具体文化案例入手，去创造一种属于自己的、新的、并且有别于形形色色西方文化理论的大众文化研究模式。"① 这样的模式当然不是一蹴而就的。但是，当文化研究已然被自觉反思，当上述一些社会文化条件已然具备时，我们就有充分的理由相信，文化研究来到中国将不仅仅是一场"纯粹的理论旅行"，② 毋宁说，它一定会在中国实现创造性转化，并生根、发芽，成长为当代化、中国化的文化研究。

（二）文化研究的公共性问题

文化研究的中国化与文化研究的公共性问题关联密切，这固然是因为公共领域本来就是文化研究中国化过程中的一个条件，但更为重要的原因乃是文化研究自身本就有的公共性越来越成为一个需要反思的问题。

毫不夸张地说，文化研究的公共性在弱化。其表现主要有以下几点。

其一，文化研究作为一种超学科、后学科的知识生产，如今也陷入了体制化的困境。对此，早已有学人指出："当今高度体制化的学术研究，已经在相当程度上改变了文化研究原有的反叛性和颠覆性，使它归顺为某种符合现行学术体制和规范的'驯顺的知识'。它在课堂上被讲授，作为教材翻印出版，作为学科加以建设，作为学术论文发表在专业杂志上，作为职称晋升的筹码而转化为文化资本。文化研究的'反学科性'正在被'学科性'加以规训。也许未来的学科目录中会有文化研究的学科，它成

---

① 陶东风、和磊、贺玉高：《当代中国的文化研究（约 1990—2010）》，中国社会科学出版社，2016，第 9 页。

② 高建平等：《当代中国文论热点研究》，中国社会科学出版社，2016，第 429 页。

为学位点或学科点，进而被规范在特定学科的知识系统框架里，沦为只有少数专家学者进行交流的密语。一方面，我们要问，文化研究会不会成为书斋案头的摆设，失去了与现实社会和文化的密切关联？另一方面的担心是，文化研究如何防止蜕变为它曾几何时所痛恨的玄奥学理，只限于操演专业术语和命题概念的专家小圈子？在现有的学科体制和规范中，文化研究的确有变成它努力要颠覆的权力/知识共谋牺牲品的可能性，文化研究也许会在改变自己品格的同时反过来强化了权力/知识共谋关系。"① 如果文化研究不能实现它当初的抱负，越来越失去实践感，那么文化研究的公共性如何获得保障？

其二，文化研究的批判性在逐渐弱化。这一点，周宪也早已指出："导致文化研究危机的另一个潜在原因是文化拜物教，文化研究知识生产与文化产业化之间的某种共谋关系。假如说文化研究落入权力/知识共生关系之窠臼具有某种知识政治学意义的话，那么，文化研究演变为文化产业的赞美者和吹鼓手，则揭橥了它蜕变为知识经济之附庸的可能性。今天，文化产业以其难以抵抗的力量在征服许多此前与之无关的领域，从艺术到学术，不一而足。我们知道，文化研究的内在动力来自对当代社会现实和文化的强烈批判性，来自对消费社会商品拜物教及其意识形态的去魅分析。但是，文化产业，尤其是媒体文化在现代社会的强势地位，常常逼迫文化研究就范，转变为文化产业及其商品化和拜物主义的阐发者，沦为文化产业强势霸权和商业战略的推手。今天，在文化研究名目下展开的许多研究课题，特别是那些得到了文化产业恩惠资助的项目，日益呈现出与媒体和文化产业共谋的特点。它们在阐发文化商业化和产业化合理性的同时，为文化产业进一步的征服推波助澜。在这种状态下，文化研究一方面失去了本来所具有的批判性和对抗性；另一方面，它逐渐蜕变为知识/商品共生关系的产物，成为推销商品和牟取利润的'思想库'。确保文化研究的批判性是恪守文化研究而非文化经济研究的关键所在。当文化产业及其

---

① 周宪：《文化研究：为何并如何？》，《文艺研究》2007 年第 6 期。

商品拜物教吞噬批判性的复调时，文化研究将不再有文化！"① 这段较长的文字，的确道出了文化研究存在的问题。本来是为了反对学科化、体制化的文化研究，却越来越成为学科化、体制化的助力，即使有一点参与社会文化空间的能力，也没有积极行动起来，根本就遗忘了文化研究兴起之时的承诺。其批判性几乎消失了，与此同时，其知识的公共性也逐渐地趋于烟消云散。

其三，文化研究演变成了"文化研究学"。所谓"文化研究学"，其实就是把文化研究自身作为研究对象。它要探讨的都是一些文化研究的理论问题，诸如什么是文化研究，文化研究的特点、方法有哪些，文化研究兴起的原因是什么，文化研究和文学研究的关系是怎样的，文化研究的学派有哪些，文化研究的范式有哪几种，文化研究的未来在哪，当然也包括中国化文化研究如何建设发展等一些相关问题。自文化研究作为一种理论传入我国以后，文化研究学无疑就开始了建构。这种建构显然和我们曾经想象性地把文化研究视为一种反体制反学科的知识生产实践不同，因为后者着意要解决的是知识生产过度体制化学科化的问题，并且它还有强烈的介入现实社会文化的冲动，而文化研究学似乎让我们看不到这种想象的景观。有学人曾经对文化研究发出了质疑，认为我国近 20 年来的文化研究实践中存在一种"文化研究的困境"。② 这里不拟再述，而仅指出：人们质疑文化研究，认为文化研究陷入了困境，恐怕主要是因为文化研究在其发展过程中出现了与其关联密切的"文化研究学"，并且有不少学人从事的文化研究其实就是文化研究学。

凡此种种，都是文化研究公共性在消失的症候。那么，如何看待文化研究公共性的消失这一问题？这里，我们仅选择文化研究演变成文化研究学这一点来讨论一番。

文化研究是如何走向文化研究学的？文化研究学是文化研究吗？文化研究学的合法性究竟在哪？对于诸如此类的问题，无疑需要加以清晰辨

---

① 周宪：《文化研究：为何并如何？》，《文艺研究》2007 年第 6 期。
② 盛宁：《走出"文化研究"的困境》，《文艺研究》2011 年第 7 期。

认。借此，才会多一些对文化研究的宽容，少一些对文化研究的误解。

文化研究与文化研究学无疑是有差异的，在研究对象、研究方法与研究旨趣等方面都表现出了极大的不同。也正是这种不同，使文化研究不等于文化研究学。具体而言，二者之间的不同至少可以从三个方面予以辨析。

其一，研究对象方面的差异。文化研究和文化研究学的研究对象有"第一文本"与"第二文本"的区别。

文化研究的对象应该是第一文本，其中最为主要的是那些具体而鲜活的大众文化文本，当然也可以是当代社会现象这一文本。文化研究学则往往以文化研究本身为研究对象，相对于文化研究的研究对象，文化研究学的研究对象可以说是"第二文本"。文化研究学主要探讨文化研究自身的一些基本问题，一如上述所谓什么叫文化研究、文化研究的方法、文化研究的效用、文化研究与文学理论的关系等，这是文化研究被学科化了的重要表现，同时也是学科化之后所必然出现的结果。

其二，研究方法的区别。对于文化研究而言，无疑有诸多方法，但其中最为关键的恐怕就是民族志的方法，它在一定意义上决定了文化研究是否会演变为文化研究学。

所谓民族志的方法，本是人类学的研究方法。简单说也就是通过田野调查的方式，沉入到研究对象中去，从而获得研究所需的情感结构，既而真实、直观、有感受地理解和描述某一表意实践和生活方式。这样的研究，在中外大众文化研究史上都是有过的。比如霍加特的《识字的用途》就是这样的经典著作。比如一些中国的粉丝文化、性别文化研究者就在有意识地从事这种研究。拜读杨玲的《转型时代的娱乐狂欢——超女粉丝与大众文化消费》[1]、徐艳蕊的《媒介与性别：女性魅力、男子气概及媒介性别表达》[2] 等著作，就可以感受到她们的研究是采取了一定的民族志研究

---

① 杨玲：《转型时代的娱乐狂欢——超女粉丝与大众文化消费》，中国社会科学出版社，2012。
② 徐艳蕊：《媒介与性别：女性魅力、男子气概及媒介性别表达》，浙江大学出版社，2014。

方法的。① 我们一般会认为这种研究是真正的文化研究。这是为什么呢？因为其使用的文化研究方法更为地道。有学者指出，"运用民族志方法所做的研究，便会带来一种其他研究方法所不具备的'现场感'"②。可以说，具有现场感，就是文化研究的一个基本标志。而文化研究学的方法往往是文献考据的方法、哲学思辨的方法。这种方法虽然也可能入乎其内，但它更多的是提纯了的"思维体操运动"，是立场、观念、学理的演绎式研究，加上其研究对象是"第二文本"，已然跨过第一文本，那么其进行的是一种学科化的对象性研究，或者学术性的反思性研究。简而言之，这种偏文献考据和哲学思辨的文化研究方法主要用来对文化研究做理论研究，此即所谓的文化研究学。

其三，知识生产的机制是一个根本的区分因素。

按理，文化研究要"始终面向鲜活的社会现实和文化现象，不拘一格地挪用各种理论尤其是新理论、新观点和新方法，并对其加以重构，使之适合具体的文化批评实践"③。然而，即使有这种观念也很难"做"文化研究，倒是有可能"说"文化研究学。文化研究，之所以会从"做"的文化研究变成"说"的文化研究学，恐怕与意识形态依然是支撑我们知识合法性的元叙事有关。我们似乎不需要通过文化研究去获得关于世界的知识，而更需要借助文化研究的言说表达立场、态度，也即获得意识形态的承认。

文化研究走向文化研究学，与学术成果的生产、流通和消费无疑也是有关的。文化研究的生产都是学院派的生产，这种生产往往不需要考虑消费。很少有人生产的文化研究成果与普通公众有关。文化研究的流通因此也不面向公众，它一般都在文化研究者内部流通。换言之，文化研究的发表也体制化了。大多数的文化研究成果都是在专业的学术刊物中发表，而很少在大众媒体中传播。这或许也是因为文化研究在生产之时就根本没有考虑到流通与消费的问题。这一切都有体制兜底。当然，这种知识生产与

---

① Chris Barker, *Cultural Studies*：*Theory and Practice*（London, Thousand and New Delhi：Sage Publications, 2000），pp. 26-27.
② 赵勇主编《大众文化理论新编》，北京师范大学出版社，2011，第 120 页。
③ 陶水平：《文化研究的学术谱系与理论建构》，社会科学文献出版社，2019，第 22 页。

消费的体制恐怕也没有多少空间留给文化研究恣意挥洒。在某种程度上，这也是合谋的产物。需要说明的是，我们并非认为这就完全不好。套用陶东风先生的一个说法，"在这个意义上，我们甚至可以说，目前国内体制对文化研究的态度比文化研究当初在英国伯明翰大学的境遇甚至还好些"①。诚哉斯言！

如果要大多数学人都积极从事文化研究，则恐怕需要在知识生产机制上做较大的改变，比如考评和评价机制就要改变。要提供切实的条件鼓励知识生产者到社会文化现场去调研，并且不要急切地发表成果。毕竟有些复杂的民族志研究需要长时间的付出。同时，要让渡较大的言说空间给文化研究者，以便他们可以诚恳而专业地呈现社会的结构性问题。凡此各种条件具备了，我们才有可能在现有体制下去尽量真实地"做"文化研究，而非理论地"说"文化研究学。

然而，文化研究学又该如何看待？它有其合法性吗？诚然，文化研究按其初衷恐怕不应该作为一门学科，因为文化研究的发生就是为了反对体制反对学科，就是为了打破体制和学科所可能具有的知识权力及其带来的压抑。但这并不意味着文化研究就完全不能体制化、学科化。对此，已有不少学人曾予以讨论。比如，周宪认为"文化研究是对体制化和学院化的权利/知识共谋构架的颠覆与反叛，意在恣肆纵横不受拘束地切入社会文化现实问题"②。显然，周宪是从文化研究的出发点来讨论的，这无疑是非常正确的。陶东风则表达过更为切实的意见，他指出，现实条件、研究者身份等原因导致了文化研究不可能不在大学里遵循一定的建制规则，从而难逃一定程度上的体制化、学科化的命运。但是，陶东风更加有经验体会地指出，"在大学内建立机构并不一定意味着全方位的体制化，特别是并不意味着彻底的学科化或完全丧失其相对独立的立场与运作空间，包括其批判性和公共性"③。这也就是说，体制化不一定就是学科化。虽然在大学

① 陶东风、和磊、贺玉高：《当代中国的文化研究（约1990—2010）》，中国社会科学出版社，2016，第304页。
② 周宪：《文化研究：为何并如何？》《文艺研究》2007年第6期。
③ 陶东风、和磊、贺玉高：《当代中国的文化研究（约1990—2010）》，中国社会科学出版社，2016，第292页。

里参与文化研究的建制，但是可以不完全按照学科成规展开实际的研究。毫无疑问，这种区分是非常有道理的，并且也是有一定的事实支撑的。不过，体制化虽然不完全意味着学科化，但其中的不完全就已然透露了一点意味，即体制化也就意味着文化研究难免会在某种程度上因体制的原因而走向学科化，从而导致文化研究演变成文化研究学。我们认为，这也是有数据可察的实际情况。只要翻阅一下相关论文、著作就应该会承认这一点。那么，对于文化研究的这一学科化问题，究竟怎样看待？上面我们其实已经提及了一点看法，即它并非完全就一无是处。下面，我们再表达几点相关的粗浅意见。

其一，要区分文化研究合法化时期的学科化研究与文化研究合法化以后的学科化研究。在 20 世纪 90 年代，文化研究尚没有获得承认，此时就很有必要把文化研究作为一门学科来开展理论研究，否则文化研究都没有办法实际存在。彼时，也的确出现了一批相关著述，比如陶东风的《文化研究：西方与中国》就是其中的代表作之一。比如罗钢、刘象愚主编的《文化研究读本》，其理论译介也非常有必要。再比如陆扬等主编的《文化研究教程》也是有意义的。总之，在文化研究和文学理论因合法性之争而发生战争的时候，① 理论地探讨文化研究是非常有必要的。它对于文化研究的广泛流通、影响的扩大，以及其学术再生产都是功不可没的。同时，对于文化研究自身的成熟、自觉而言，也是有一定价值的。

在文化研究合法化之后，对文化研究进行理论研究也不能说完全无意义。比如，把文化研究作为学科，而后对其展开研究，其实有助于文化研究介入相关学科的研究之中，这就很有意义。至少，它一方面可以让文化研究再度合法化，另一方面也可以让相关学科相对免于学科化之弊，从而获得更好发展。

其二，要适度地理解对文化研究所进行的理论探讨。文化研究其实也有理论的诉求，并非所有的文化研究就一定要本质化其反学科特性。如果

---

① 张法：《文学理论与文化研究之争——对 2004 年一种学术现象的中国症候学研究》，《天津社会科学》2005 年第 3 期。

我们承认文化研究的要义是文化政治，文化研究某种程度上就可能是文化政治学。作为文化政治学，它也需要有政治哲学，就此而言，文化研究也应该有学术的一支。无论如何，通过理论的反思，建构更有阐释力的知识，这是完全有必要的。这种意义上的文化研究学是值得肯定的。中外文化研究史上都有大量的这种研究。

其三，作为学科的文化研究学在把文化研究作为研究对象的时候，也表达了学术关切，是能够起到与文化研究一致作用的。比如，在探讨文化研究立场的时候，虽然看起来是对"第二文本"进行思辨，但是这"第二文本"与作为"第一文本"的社会文化大文本有内在关联，因为讨论立场就是在对社会文化发言。在讨论时就难免涉及什么是好的社会文化，哪些问题是文化体制所涉及的问题等，这样的讨论其实也是在发挥文化研究的介入作用。难怪有"理论批评"的说法，即理论本身就是批评，就是在实践，就是在介入，就是在发挥知识的公共效用。

任何知识生产都是有条件的，在目前的知识生产机制下，文化研究学的存在是可以理解的。事实上，真正的"文化研究学"的问题恐怕是我们缺乏文化理论。没有文化理论的文化研究，与没有文化研究的"文化研究学"一样都值得肯定又值得警惕。因此，做文化研究是必要的，但是只强调做文化研究，恐怕做出来的文化研究无非是一些理论的例证。这样的理论例证，即使没有套用的缺陷，也可能是某一理论的又一重复例证而已。很显然，做这样的文化研究也是没有多大价值的。如果要摆脱做文化研究可能出现的问题，那么如何生产自己的理论则是一件急迫之事。依我们有限的视野，我们认为"全球对话主义"①、"新天下主义"②、"别现代"理

---

① 金惠敏晚近构建了全球对话主义，这表现在其一系列著作中，如《媒介的后果——文学终结点上的批判理论》（人民出版社 2005 年版）、《全球对话主义：21 世纪的文化政治学》（新星出版社 2013 年版）、《消费他者——全球化与资本主义的文化图景》（商务印书馆 2014 年版）、《差异即对话》（中国社会科学出版社 2019 年版）等之中。另外，可参丛新强主编《全球对话主义与人文科学的未来——金惠敏全球化理论讨论集》，中国社会科学出版社，2016。

② 参赵汀阳《天下体系——世界制度哲学导论》，中国人民大学出版，2011；许纪霖、刘擎主编《新天下主义》，世纪出版集团、上海人民出版社，2015。

论①，等等，都可以算是一些文化理论。这样的文化理论如果被认为是作为学科的文化研究也即文化研究学，那么这样的文化研究学难道不是有益的文化研究吗？答案无疑是肯定的。就此而言，"作为学科的文化研究"恐怕也是有其自身合法性的！但最后，我们还是要强调两点。一点是，文化理论不一定就完全需要本土化，或者说不能追求本土的所谓自己的正宗的理论。作为具有社会科学性的异域文化理论也可能具有一定的适切性，我们不能简单地将之拒于门外。②另一点是，无论如何，文化研究学不应该忘记文化研究的本义，更不能对其过度倡导，以至于形成对文化研究的压抑。否则，也就可能会失去文化研究学本身的意义。毕竟，文化研究学尽管是作为一种学科化的文化研究，但它归根结底还是一种文化研究！作为文化研究，始终不能遗忘其公共性。这是我们要牢记的！

---

① 王建疆：《别现代：空间遭遇与时代跨越》，中国社会科学出版社，2017；王建疆等：《别现代：话语创新与国际学术对话》，中国社会科学出版社，2018；王建疆：《别现代主义审美学》，中国社会科学出版社，2023。

② 任剑涛：《重思中国社会科学的本土化理想》，《广州大学学报》（社会科学版）2020 年第3 期。

第七章

文学意义确定性问题的
公共性理解

文学意义的确定性问题是一个文学理论的基本问题。如果说基本问题往往是没有标准答案的问题，那么文学意义的确定性问题就是一个典型的基本问题。当代文学理论公共性问题的讨论有必要涉及文学意义的确定性问题。这不仅仅因为它是一个基本问题，更因为引入公共性的理论观念和视角对于推进文学意义确定性问题的讨论有重要的意义。

一　文学意义论的三种形态

什么叫文学意义的确定性问题？简单地说，就是文学意义能否确定、如何确定的问题。它牵涉诸多相关的子问题。比如，文学意义的确定由哪些因素参与？如果按照文学活动要素论来理解，则可以如此提问：哪些要素与文学意义的确定有关？我们对某一文学文本的理解是只有一种还是有几种甚至无数种？如果有几种，或者无数种，那么有没有最对的一种或者最好的一种？换言之，对某一文学文本的理解有没有是非好坏的差别？如果有是非好坏的差别，那又如何去判定这个差别？诸如此类的问题都可称为文学意义的确定性问题。这一问题是文学理论学科中的一个"难题"。①

---

① 这个难题，不仅仅是文学理论研究领域的，它其实也出现在各个人文社科学术研究领域。比如它是一个哲学阐释学的难题，也是语文教育学学科的难题，当然还是法（转下页注）

对此，卡勒曾经写道："是什么决定意义呢？有时我们说一段言语的意义就是某人通过它所要表达的意思，似乎是说话人的意图决定意义。有时我们又说意义在文本之中——也许你本意要说 x，可你说出的言语却表示 y，这样一来，似乎意义成了语言自身的产物。有时我们又说语境决定意义，也就是说，要想知道某段言语的具体意义，你必须要了解它出现在什么情况下，或什么样的历史语境之中。还有些批评家认为读者的经验就是一个文本的意义……意图、文本、语境、读者——究竟哪一个决定意义呢？"①卡勒此处虽然还没有追问意义的是非好坏，但已看出这一问题的复杂性了。对于这么复杂的问题，恐怕很难有一个一劳永逸的答案。或也因此，

（接上页）律阐释学、历史诠释学、神学阐释学、翻译阐释学等研究领域的难题。相关汉语学界的部分研究著作如下。金元浦：《文学解释学》，东北师范大学出版社，1997；汪正龙：《文学意义研究》，南京大学出版社，2002；王峰：《意义诠释与未来时间维度——探索一种意义诠释学》，上海人民出版社，2007；徐朝友：《阐释学译学研究：反思与建构》，南京大学出版社，2013；彭启福：《理解、解释与文化——诠释学方法论及其应用研究》，人民文学出版社，2017；张隆溪：《阐释学与跨文化研究》，生活·读书·新知三联书店，2014；李建盛：《理解事件与文本意义——文学诠释学》，上海译文出版社，2002；洪汉鼎：《当代西方哲学两大思潮》（上、下），商务印书馆，2010；洪汉鼎编著《〈真理与方法〉解读》，商务印书馆，2018；韩震、孟鸣歧：《历史·理解·意义——历史诠释学》，上海译文出版社，2002；谢晖、陈金钊《法律：诠释与应用——法律诠释学》，上海译文出版社，2002；杨慧林：《圣言·人言——神学诠释学》，上海译文出版社，2002；黄小寒：《"自然之书"读解——科学诠释学》，上海译文出版社，2002；刘耘华：《诠释学与先秦儒家之意义生成——〈论语〉、〈孟子〉、〈荀子〉对古代传统的解释》，上海译文出版社，2002；潘德荣：《诠释学导论》，广西师范大学出版社，2015；潘德荣：《西方阐释学史》，北京大学出版社，2016；潘德荣：《文字·诠释·传统：中国诠释传统的现代转化》，上海译文出版社，2003；章启群：《意义的本体论——哲学诠释学》，上海译文出版社，2002；赖贤宗：《儒家阐释学》，北京大学出版社，2010；赖贤宗：《道家阐释学》，北京大学出版社，2010；康宇：《儒家诠释学研究》，黑龙江大学出版社，2015；张江主编《阐释的张力——强制阐释论的"对话"》，中国社会科学出版社，2017；张江主编《当代西方文论批判研究》，中国社会科学出版社，2017；张江：《作者能不能死：当代西方文论考辨》，中国社会科学出版社，2017；周裕锴《中国古代阐释学十讲》，复旦大学出版社，2020；〔美〕顾明栋：《诠释学与开放诗学——中国阅读与书写理论》，陈永国、顾明栋译，商务印书馆，2021；李建盛：《文学诠释学》，北京大学出版社，2022；傅永军等主编《诠释学的突破：从经典诠释学到德行诠释学》，华东师范大学出版社，2022；中国社会科学院大学阐释学高等研究院编《阐释的有限与无限》，中国社会科学出版社，2022；沈迪飞：《论阅读和诠释学》，世界图书出版公司，2024；陈开举等：《认知翻译阐释学探索》，科学出版社，2025；李春青等：《中国阐释传统叙论》，山东教育出版社，2025。

① 〔美〕乔纳森·卡勒：《文学理论入门》，李平译，译林出版社，2008，第69页。

在文学意义确定性问题的研究史上，至少形成了三种关于这一问题的回答路径。①

第一种可以称之为稳固信仰型的回答。这种回答往往相信文学文本的意义是确定的，而且毋庸置疑。要问文学文本的意义是由谁生产的，其回答往往有两种，一种就是认为是作者生产的，所以要知人论世，去迎合作者的意图。一种认为是文本生产的，所以要细读文本，去找到文本的内在形式结构。我们上小学时的文学文本阐释基本就是沿着这一路径，老师常常对我们说，本文通过什么表达了作者什么什么，大家要记住这个"答案"！而这种答案简单地说，就是文学意义只有一个，刚开始认为是作者决定的，后来认为是文本决定的。这两种答案因为不在一个时代流行，所以也就不矛盾。

第二种是对话开放型的回答。它认为文学文本的意义是稳定的，但是这种稳定是有限的稳定。也就是它不是一劳永逸的，而是历史的稳定，不同时代会有不同时代的意义答案。不过要注意的是这些不同的答案本身不是随意的，而是视域融合的真理，也就是借助文本、世界、读者、作者多方的对话融合来达成一种确定性。此外各个答案之间也并不是矛盾的，相反，它们是可并存、对话的，都是有效的，共同组成了关于一个文本的效果史，一如伽达默尔所说的："理解按其本性乃是一种效果历史事件。"②

第三种是自我独语型的回答。它认为文学文本的意义是由读者生产出来的，读者生产的意义是不需要考虑确定性的，甚至极端地认为，本来就没有确定性。也许我们会问，每个读者生产出来的意义如果不同，那怎么办呢？是否需要对话沟通，需要一个价值的判定呢？回答是否定的。因为

---

① 如果按照阐释学来区分文学意义确定性的路径，则大体可以称之为传统阐释学的路径、现代阐释学的路径和后现代阐释学的路径。（可参拙作《走向反思型文学阐释学》，《文艺理论研究》2009 年第 4 期）我们还可以借鉴阎嘉对理论形态的划分，将文学意义确定性的路径，大致分为封闭型的理论观与意义生产路径、开放性的理论观与意义生产路径、有限性的理论观与意义生产路径、游牧式的理论观与意义路径和反对理论的理论观与意义生产路径。（阎嘉：《马赛克主义：后现代文学与文化理论研究》，巴蜀书社，2013，第 43~46 页）

② 〔德〕汉斯-格奥尔格·加达默尔：《真理与方法——哲学诠释学的基本特征》（上卷），洪汉鼎译，上海译文出版社，2004，第 305 页。

任何沟通和共识的达成都可能要借助权力，所以没有必要也不可能。著名的德里达在与伽达默尔交流阐释学相关问题时，有意保持一种行动意义上的沉默，以示任何交流都是权力之争，因此交流是无意义的，是难以沟通的。①

上述三种类型的回答，如果面对"一千个读者有一千个哈姆莱特"的问题，第一种回答会认为哈姆莱特只有一个（同时又可分为不同的两个，一种认为这一个是作者的，一种认为这一个是文本的）；第二种回答会认为哈姆莱特有无数个；第三种回答也会认为哈姆莱特有无数个。第二种与第三种的区别在于前者的无数个的每一个是对话的共识性结果，后者的无数个的每一个仅仅是读者的自我建构。

面对这三种回答，我们该如何对待呢？窃以为，应该这样来看。总体而言，每一种回答都是一个时代的生产方式、世界观、思维方式、价值追求与生活状况的表征，不能求全责备、吹毛求疵。因此，如果语境化地理解，应该承认每种回答都是有其道理的。虽然它们都有各自的局限。比如在一个上帝有效存在与皇帝威权稳定的世界，必然会偏于选择第一种回答。这种回答也有其优点，如确定性高、权威性高。然而，回到今天，更具开放性、平等性、个体性甚至平民化等"意义生产市场化"优点的第二与第三种回答更为可取。从现实考虑看，它们更符合时代的现代性需求；从学理上看，它们更契合当下人文学科的后形而上学语境。

不妨对后形而上学的学理语境做点解释。毋庸置疑，进入现代以来，我们的人文学科就有了后形而上学的不断追求了。黑格尔以后，就已经有了这种较为自觉的后形而上学意识了。以马克思为例。我们知道马克思有一个对黑格尔的重要继承与改造，那就是辩证思维。关于这种思维，詹（杰）姆逊阐发得较为出色。詹（杰）姆逊认为辩证思维是"思维的平方，是正常思维过程的强化，从而使一种更新了的光线照亮这些过程强化的客体（对象）"②。什么意思呢？就是我们的思维方式要能够有反思性，

---

① 孙周兴、孙善春编译《德法之争——伽达默尔与德里达的对话》，同济大学出版社，2004，第41~45页。

② 〔美〕弗雷德里克·詹姆逊：《新马克思主义》，王逢振主编，中国人民大学出版社，2004，第2页。

能够反思到思维本身的局限性。比如任何人的思维都不可避免地有视角选择，已有的知识结构、文化素养、社会语境等，都会影响自己对自己的思维客体或对象的判断，所以我们要"能够觉察到自己的思维与所研究的客体是一种同等的历史行动"①。举例来说，比如我之所以认为林黛玉是封建家族衰亡史的一个符号表征，那是有学理原因的，我认同了马克思主义的社会发展学说，于是林黛玉形象就作为阶级社会的符码了。但林黛玉还可以有许多其他的阐释可能。仅就命运二字，她就可以被阐释成诸如"现代社会转型过程中的爱情、身世、家族、人际关系等悲剧性命运"的符号、"人生永恒的荒诞性命运"的符号、"女性悲剧命运"的符号、"一个反抗命运的崇高性女性"符号等。

可以说，进入现代以来的思维方式已然是以辩证思维为主导了，这就要求我们要有一种反思意识，要有开放性和语境化的自觉。这也是为什么我们说从学理上应该继承第二种与第三种回答的原因。但是，我们也不应全盘接受这两种回答，毕竟这两种回答也存在较大的局限性。比如，如何保证这两种回答不走向知识论的主观主义与相对主义？对话开放型的回答，虽然有对确定性意义的追寻，但是毕竟并不容易追寻到。而自我独语型的回答甚至放弃了对确定性意义的追求。这就有可能导致无论怎样理解都是可以的。这显然是对基于善良意愿之上的意义交往行为的怀疑甚至悲观绝望。若如此，不是很容易导致价值论的虚无主义吗？

二　文学意义论的"第四种"形态与公共领域反思

为了解决已有的三种回答路径所具有的局限性，我们不妨提出第四种回答，可以将其称为科学反思型的回答路径。这种回答路径的文学意义观主要是文学文本的意义是由读者生产出来的，读者是一个组织者、对话者

---

① 〔美〕弗雷德里克·詹姆逊：《马克思主义与形式》，钱佼汝译，百花洲文艺出版社，1995，第 308 页。

意义上的生产者。他要去细读文本，去重建作者所处的历史场域，甄别作者当时的场域位置，从而发现他的利益诉求与文化认同。同时，由于读者会自觉或不自觉地受到其所处场域位置的影响。因此，任何读者所生产的意义都需要经过再反思，而且这种反思需要借助某种公共领域的评价机制来展开场域内的竞争，借此才能得出较有共识性和确定性的文学意义。第四种回答如果能够实现，那就有可能超越上述三种回答，而成为第四种形态的回答。

为了更好地理解科学反思型文学意义论的意思，有必要对它做更为具体的解释。

所谓细读文本，就是要从语言、结构、文体甚至审美等角度对文本进行解读。比如，一首唐诗，它是怎么押韵的，它的平仄关系是什么样的，它的词与词的组合关系怎样，它的语体具有什么样的特点等。如果是小说，那么我们要去分析它的人物关系、情节结构、叙事形态与文体特点等。而且，由于作者不等于文本叙事者，我们对文本更要重视，甚至要以文本为读解的直接对象和可靠的落脚点。此外，还应该具体分析文本是否还受到其他文本的影响，是否与其他文本形成互文关系等。

所谓重建作者的场域位置、发现他的利益诉求，是说要回到历史语境中去，熟读各类相关文献，辨别有哪些力量参与了作者的这种创造活动。比如，是政治场域对文化场域的直接干预，还是媒介的力量在起作用；是经济利益的驱动，还是身世沉浮的领悟，抑或文化资本的区隔作用在参与作者的创造。我们甚至还要去厘定所有这些因素的相互关系。举个例子来说，对于多年前出现的玄幻文学，我们就可以如陶东风那样，在细读文本的基础上，考虑作者的创作语境。把作者语境化到其所处的日常生活场域、政治文化场域中去，从而发现玄幻文学的作者生活在一个游戏机的世界，生活在一个犬儒文化流行的时代，这就必然产生"装神弄鬼""架空"，并具有犬儒主义特点的文学样式。① 可以说，这种阐释就很有说

---

① 陶东风：《文学理论的公共性——重建政治批评》，福建教育出版社，2008，第356～384页。

服力。

至于读者当前所生产的意义也需要得到反思，这是由于读者也自觉或不自觉地受历史语境的限制，因此需要对其选择的视角进行反思。上面我们提到的辩证思维已经表明了这一点。对此，詹（杰）姆逊更是有自觉认同，他因此提出一个"元批评"的概念，认为"最初需要解释的，不是我们如何正确地解释一部作品，而是为什么我们必须这样来解释"①。可以说，对读者自身进行反思是必要的。反思社会学家布迪厄也说："社会世界的结构已被她内在化了，这样她在这社会世界里就会有'如鱼得水'的自在感觉。"② 这也就意味着读者与其所要阐释的社会世界本身就是一种契合关系，所以他应该接受彻底的质疑。只有这样，才有可能生产出科学的知识，而不是信仰的知识。这种反思社会学理论与现代阐释学思想也是相通的，都对知识生产主体或者说是阐释主体的有限性有较为清醒的认识。

再举玄幻文学阐释的例子来说。作为读者的陶东风，他所解读出来的知识，也是他自己的一种自觉的追求，正如他的书名所显示的那样，他是要重建政治批评的。换言之，这是读者陶东风的一种"意见"而已。那么这种"意见"是否就不确定呢？是，但又不是。说是，是因为它不是一个"死"的说法。难道关于玄幻文学的解读就只有这一种吗？答案很显然是否定的。用霍尔的编码—解码理论来说，就是我们要承认读者的解码路向是多样的。③ 说不是，是因为陶东风的这种解释是有科学性的，得到了文学研究场域的较多认同，成为一家之言，所以就稳定了、确定了。

然而，陶东风先生对玄幻文学的意见，与别人的另一种意见孰优孰劣？窃以为，这是一个公共领域的选择与评价问题。什么意思呢？就是说，科学反思型的文学意义生产出来之后，还需要一个公共领域的评价。这个公共领域应该满足这样几个诉求。一是有私人性。它意味着参与公共

---

① 〔美〕弗雷德里克·詹姆逊：《批评理论和叙事阐释》，中国人民大学出版社，2004，第4页。

② 〔法〕布迪厄、〔美〕华康德：《实践与反思——反思社会学导引》，李猛、李康译，邓正来校，中央编译出版社，1998，第360页。

③ 罗钢、刘象愚主编《文化研究读本》，中国社会科学出版社，2000，第345～358页。

领域的主体是个人，是具有独立意志的意义生产者。参与者能对文学意义的生产、消费、评价所具有的独特性等有较为深刻的体认。虽然参与者可以是业余知识分子，但这并不意味着任何人都可以参与。二是具有可见性。也就是它能够保证意义生产者被看见，允许其自由发表意见。这是说，知识生产、消费、评价等各个环节中的主体，在心性结构上是有个体意识和独立人格的，在法律上是自由平等的。当然，进入公共领域的意见必须遵循基本的公共伦理。比如不反人性，不反社会，不危及公共安全等。三是程序公平，也就是意义的传播、消费与评价要做到合法，至少程序上有合法性。

至此，我们对科学反思型的文学意义论做了简要论述。不妨说，作为阐释对象的文学文本，是没有原意的。为不引起误解，不妨把"原意"与"原义"相区分，前者是一个意义的问题，意义是与理解、阐释有关的问题，后者是一个含义的问题，含义是与解释、说明有关的问题。比如《红楼梦》的作者是谁，大致的创作年代，有哪些版本，写了多少个人物，传达了什么信息，这样的问题不是"原意"的问题，而是"原义"的问题，不是理解与阐释的问题，而是解释与说明的问题。至于"原意"的问题，答案是《红楼梦》没有原意。关于《红楼梦》的各种意义都是阐释出来的，都是一种价值阐释，套用一下接受美学的思想就是，"一千个读者有一千个《红楼梦》"。我们更要关心的问题恐怕是，关于《红楼梦》的各种阐释出来的意义我们应该如何理解。

其一，对各种已经阐释出来的意义进行反思，发现其知识的场域逻辑与生成机制。比如对于"《红楼梦》是写封建家族的衰亡史"这种阐释，我们就不应该将它进行"背诵""信仰"，而应该知道这只是一种阐释。而之所以当时会有这种阐释，与当时知识生产场域有关，诸如意识形态话语的主导性、阐释者的场域位置、知识场域的自律性程度、知识传播机制等都可能影响了意义的生产，因此就有必要对其做具体的科学反思。

其二，阐释者完全可以根据自己当下的"前理解"去展开关于《红楼梦》的知识生产，从而丰富现有的理解。只是当我们在提出一种新的理解时，一定要有学理有论证，并且要有自觉的自我反思意识，不自封权威，不胁迫他人去相信。

其三，我们要让《红楼梦》的各种意义在场域之中自由传播与公开存在。当然，在传播中被场域内的专家评审环节淘汰的阐释，也可以让其存在于私人领域，或者存在于私人性的公共媒介中，比如博客等。对于那些经过评审环节而已然公开存在的与公共领域有关的阐释，则应该继续将其引入公共评价机制，展开场域内的争鸣，在争鸣中逐步达成共识，而那些危害公共性或说没有公共性的意义将会逐步被淘汰。

需要说明的是，那些价值阐释相对丰富的经典文本可以通过教育机制被选入教材，但是要注意的是，即使是这种共识的价值阐释也不能让人"信仰"，而要让人参考、反思与选择。这里，我们对陶东风先生的教材理念较为认同。陶先生认为："作为教科书，我们没有必要非得赞成其中的一种而反对另外一种，更不应该把其中的一种提取出来作为'普遍真理'强加于学生。教材的编者不应该是最后的'审判官'，他不应该也没有权利声称哪种文学观念是'真理'。最终的选择权应该交给学生自己。"① 这一点应该是很重要的，因为它牵涉我们这里所说的意义评价机制和意义确定性的问题。我们认为，如果从小学开始，学生就有了这种评价观念，就有了学术参与意识，那无疑对其未来参与其中的学术评价机制的自主性形成，以及读者个人的意义确定性空间的形成等会有所助益。为此余虹曾指出："外国的中小学教育不像我国使用整齐划一的教材，其教材使用比较灵活，既与学生多元状况相适应，又与教师的个性选择有关，其教材的选用更多是通过'公共空间'自由选择的结果，而不像我国往往是自上而下贯彻下来的，因而，它是没有中心、没有权威的，不像我们的教材追求系统的、宏大完整的构架。外国的教材往往是以一些问题带出一些知识、概念，而这些知识、概念是去中心的多个并列存在，没有哪一个是唯一正确的解答，让学生自己去辨析、思考、判断，给学生留下了更多的思维空

---

① 陶东风：《我的文艺学教材理念》，《探索的脚步——"十一五"北京高等教育教材建设论文集》，http://kns-cnki-net-s.vpn.jxnu.edu.cn:8080。

间。"① 我们倒不一定要如外国一样使用教材，但我们要在国家与社会不相分离和断裂的前提下，保持文学意义生产的公共性，这还是非常有必要的。这无疑有助于激发学生参与文学的兴趣和学术创造力。

三　科学反思型文学意义论的科学、反思与公共

作为第四种形态的科学反思型文学意义论，其科学性是怎样获得的？又是如何吸收前面三种文学意义论的优点，并避免其局限性的呢？这无疑主要得益于其反思以及基于这种反思所获得的科学，当然也和它具有公共性的诉求有关。需要说明的是，我们这里所谓科学反思主要是基于布迪厄反思社会学的理解。

布迪厄曾说，反思社会学是"社会学的社会学"②，这就意味着反思社会学更具科学性，基于此的反思型文学意义论也因此能实现对已有文学意义论的超越。然而，这又如何可能？

其一，通过反思来保证知识生产的科学性，从而力图避免文学意义确定过程中的主观主义和相对主义。

布迪厄的反思社会学认为，要保证知识生产的科学性，大概应做到两点反思。一是反思知识对象，并且要努力做到认识论的断裂。布迪厄指出："应当优先处理的，首当其冲、至关重要的问题，就是将社会上预先建构的对象的社会构建过程本身当作研究的对象。这正是真正的科学断裂的关键所在。"③ 这就是说，要自觉意识到研究对象是建构的。它是一个社会事件，是特定场域中的资本展开较量的结果。它不是先验的、实体化的、铁板一块的、毫无利益诉求的。我们不能习以为常地将某一研究对象

---

① 余虹、陆兴忍：《现代性、后现代性与中学语文教学——余虹教授访谈录》，《语文教学与研究》2003 年第 13 期。
② 〔法〕布迪厄、〔美〕华康德：《实践与反思——反思社会学导引》，李猛、李康译，邓正来校，中央编译出版社，1998，第 100 页。
③ 〔法〕布迪厄、〔美〕华康德：《实践与反思——反思社会学导引》，李猛、李康译，邓正来校，中央编译出版社，1998，第 352 页。

视为自然之物，或者不加反思地认为它天然如此。

二是对研究主体自身也要展开反思，去发现其利益逻辑和他在场域中的位置关系，甚至不惜因此做到与学术共同体发生一定的断裂。这种自身反思是很有必要的，因为研究主体不是纯粹的。比如，他如果爱老师胜过爱真理，就可能会让"知识"生产沦为"话语"生产。还有，研究主体与其所要研究的对象可能是耦合关系，以至于遗忘了相互之间可能存在的相互依赖甚至利益纠葛。

科学反思型文学意义论因此认为文学文本并没有一个天然正当的原意。所谓的原意不过是一种阐释，是历史的建构，它难免烙上阐释主体的痕迹。因此，在从事文学阐释活动时，既要立足文本去阐释出与众不同的意义，又要去反思所生产意义的文化逻辑，对自我所处的场域关系也要有清晰的认知，从而才有可能避免陷入文学意义生产的主观主义、相对主义而不自知。所谓主观主义，就是文学意义生产主体对自身缺乏反思，而误以为自己生产的意义就是客观的真理，因而可能陷入独断论。所谓相对主义，就是文学意义生产主体过于自我，并且认为自己所生产的文学意义和其他生产者所生产的文学意义是一样的，所有的意义都不过是一种意义而已。它们之间并不存在是非对错之异与善恶好坏之别，从而不自觉地就陷入了知识学意义上的相对主义泥淖。显然，这是科学反思型文学意义论所要反对的，也是它凭借科学反思就能避免的。

其二，因反思而力图捍卫理想与行动，弱化价值观上的虚无主义和犬儒主义。

反思社会学是讲科学的，但它不唯科学是举，不忽视人文价值关怀。它是有批判性的，有自觉的社会责任担当意识。布迪厄曾言："社会科学的政治任务在于既反对不切实际、不负责任的唯意志论，也反对听天由命的唯科学主义，通过了解有充分依据、可能实现的各种情况，运用相关的知识，使可能性成为现实，从而有助于确定一种理性的乌托邦思想。"[①] 这

---

① 〔法〕布迪厄、〔美〕华康德：《实践与反思——反思社会学导引》，李猛、李康译，邓正来校，中央编译出版社，1998，第258页。

就是说，反思社会学是以一种负责任的方式，科学地参与社会公共事务，并力求切实地解释甚至改变和创造世界。

与此相应，科学反思型文学意义论则认为，文本阐释难免是一种价值阐释，只是它更有自觉的科学意识，它不主张对文学文本做简单的意识形态分析，并反对简单的立场之争，因为这不但会破坏文学研究的自主场域，还很可能会屏蔽真实的社会文化问题，也不利于发挥文学研究的人文学想象力，并且很难实现文学研究的人文价值。科学反思型文学意义论因此主张要既分析文本所处的具体语境，也反思阐释者自身的场域位置，继而生产出更具科学性的文本意义，它相信，如此才有可能捍卫理想和行动，并避免虚无主义、犬儒主义。所谓虚无主义，是说文学意义生产过程中如果积极抵抗，则很可能暂时甚至永远不能见证好的、理想的意义被承认，因而主动放弃努力，并最终陷入虚无。所谓犬儒主义，是指在文学意义确定过程中，不讲是非，不求好坏，也不相信未来，因而混迹于世。

显然，虚无主义、犬儒主义不应该是反思型文学意义生产者所认同的观念，更不应该成为其从事具体阐释活动时的行动指南。我们认为，科学反思型文学意义生产者应该始终乐观理性，并主要从这样两个方面着手。一方面，对任何文学意义都进行科学反思，爆破其之所以如此理解的知识学前提，并对赋予其合法性地位的社会文化语境予以分析，从而打破特定文学意义论所享有的垄断地位，并努力争得文学意义确定过程中所应有的公共性。另一方面，又不否认某种居于支配地位的文学意义，而是理性看待其存在的合法性与正当性，同时，以求异的思维和不服从的精神去寻找新的理解可能，并极力做好说服工作，以获得承认，从而实现以"'增补'的方式改变原有的可感性分配"。①

其三，承认阐释的个体性、有限性，并彰显和守护文学意义生产的公共性。

反思社会学虽然也认同知识生产是一种价值阐释，是一种具有个体性

① 〔法〕朗西埃：《美学异托邦》，蒋洪生译，载汪民安、郭晓彦主编《生产》（第8辑），江苏人民出版社，2013，第203页。

的、选择性的行为，但它并不主张阐释主体可以没有任何一点善良意志，也不主张阐释主体可以对文本做没有一点可交流性的任意阐释。用布迪厄的话来说就是，"认识反思性根本不鼓励自恋症和唯我主义，相反，它邀请或导引知识分子去认识某些支配了他们那些深入骨髓的思想的特定的决定机制（determinsms），而且它也敦促知识分子有所作为，以使这些决定机制丧失效力；同时，他对认识反思性的关注也力图推广一些研究技艺的观念，这种观念旨在强化那些支撑新的研究技艺的认识论基础"①。这就是说，反思社会学不是要扯平一切，更不是要把历史、主体、真理、意义等全部相对化、主观化、犬儒化、虚无化。相反，反思社会学认为文学阐释虽然是研究主体的个体理解行为，但是这种知识生产是不可能离开社会的，它必定会进入社会公共空间，这就要求文学意义生产者有知识人的身份认同，并基于善良意志和共通感，在公共领域展开对话交往，同时，凭借其专业技艺以实现对个体阐释的丰富、弥补和修正，从而获得阐释的科学性和确定性。

科学反思型文学意义论认为，虽然我们要承认，也要反思、追问、分析文本阐释的主体有限性，但这并不意味着我们要去鼓励文本意义生产的个体化、无序化、任意化、狂欢化。诚然，文学意义的问题主要与私人有关，但我们不能因此否认其所具有的公共性。只要我们在文学意义确定过程中不可避免地会产生对话，并且所确定的意义具有凸显和认证人之为人的独特性，那么，文学意义的生产就是人的言行活动，它就具有无可回避的公共性。科学反思型文学意义论主张守护文学公共性。而且，科学反思型文学意义论还认同文学公共领域的监督与评价，也就是认为文学意义生产要大致在以下认知框架下运行。

首先，文学意义生产的过程是自由意志支配下的个体行为，无论是文学意义的生产，还是文学意义的流通、传播和接受，它都是自律自主的。

其次，文学意义的共识是在公开、开放、独立的文学场域中逐渐达成

---

① 〔法〕布迪厄、〔美〕华康德：《实践与反思——反思社会学导引》，李猛、李康译，邓正来校，中央编译出版社，1998，第49页。

的，它依靠较佳论证获得承认，并最终胜出而成为共识。但文学意义的共识不是唯一的、排他的，它可能是"星丛式"的。只要一种阐释具有"融贯性"，它就有存在的理由，并且有可能成为共识性理解。这种"融贯性"主要"体现为两个方面。一是这种阐释自身具有内在的融贯性，不存在严重的或无法克服的自相矛盾；二是当我们用这种阐释反观文本本身的时候，文本本身仍然能呈现为一个融贯的整体，而不是被肢解的碎片。如果一种阐释能够做到这两点，它应该可以被视为一种合理的阐释"① 经由阐释所达成的文学共识和信念是有关的，它往往并非思维和存在符合意义上的真理。与其说它是真理，还不如说它是有说服力的、可信又可爱的"意见式真理"②。

最后，文学意义确定过程中不可避免地会出现被淘汰的或者不被承认的个体文学意义，这样的意义往往不具有合法性，但可能有存在的正当性。这意味着我们一方面要调节那些有害于公共性的理解，但另一方面也要保护有差异的私人理解。

不妨再次强调的是，我们较为赞同知识建构要以规范性程序为基础的观点，而且也承认凭着这种规范性原则达成的共识才可能更具实质正义。③在文本意义生产的过程中做到程序规范，基于此的文学意义生产才可能丰富、多元和有创造力，继而才有必要也才有可能建设好文学意义的公共评价机制，并最终获得某种较好的文学意义阐释与可欲的文学意义确定性效果。

总之，对于文学意义问题来说，我们不能盲信，但也不能不信；我们不需要奉命钦定，但需要对话选择。我们是意义的消费者，同时也是意义的生产者；我们要意识到有关文学的理解是多元性、差异性的，但也要努力借助公共领域及其监督与评价去追寻文学理解的确定性和共识性。这是有公共性的科学反思型文学意义论的理论追求。

---

① 谭安奎：《公共理性与阐释的公共性问题》，《江海学刊》2018 年第 2 期。
② 陶东风：《文学理论的公共性——重建政治批评》，福建教育出版社，2008，第 439 页。
③ 陶东风：《文学理论知识建构中的经验事实和价值规范》，《天津社会科学》2006 年第 5 期。

第八章

文学意义论的当代阐释：从强制阐释到文学公共领域

　　晚近，张江提出的强制阐释论、公共阐释论，与当代文学理论的公共性问题也是有关联的。查阅文献我们就会知道，强制阐释论的讨论持续多年，参与的学者众多。算得上是当代文艺学理论史上的一个重要学术事件。可以毫不夸张地说，只要对 2014 年至今的文艺学学术场有一定的了解，就一定知道"强制阐释"。著名学者姚文放甚至从西方文论研究的角度立论，认为"2014 年几乎成了'张江年'"①。这的确是有道理的，因为那一年张江提出强制阐释论以后，应者云集，文艺理论学界一整年的热点话题之一就是"强制阐释"。这一话题，持续多年，至今还不时被提及。②"强制阐释"因此可以算得上是当代文学理论的一个公共性议题了，有可能被写进未来的学术史。晚近，李春青在反思当下文学理论新问题时，还将"强制阐释论"当成一个亟待突破的问题。③

---

① 姚文放：《"强制阐释论"的方法论元素》，《文艺争鸣》2015 年第 2 期。
② 强制阐释自 2014 年后，持续几年一直是热点、前沿话题。吴子林、陈浩文：《反思·超越·创新——2014 年度文艺学前沿问题研究报告》，《文艺争鸣》2015 年第 4 期；吴子林、陈浩文：《多元·对话·整合——2015 年度文艺学前沿问题研究述要》，《文艺争鸣》2016 年第 4 期；白烨：《"强制阐释论"在文论界引起热议》，《光明日报》2016 年 4 月 11 日，第 13 版；吴子林、李晓波：《深入历史 回归当下——2016 年度文艺学前沿问题研究要略》，《文艺争鸣》2017 年第 5 期；吴子林、李晓波：《反思 重建 创新——2017 年文艺学前沿问题研究述要》，《南方文坛》2018 年第 4 期；吴子林、陈加：《新时代文艺理论的"破"与"立"——2018 年度文艺学前沿问题研究报告》，《南方文坛》2019 年第 4 期。需要说明的是，本章写完后，张江又在《中国社会科学》刊发了《再论强制阐释》一文。这只能留待以后另行讨论了。
③ 李春青：《文学理论亟待突破的三个问题》，《中国文艺评论》2018 年第 5 期。

鉴于强制阐释论在学界的公共"影响"，① 我们有必要在讨论当代文学理论公共性问题之时，自觉地涉及强制阐释论的相关研究。特别值得一提的是，强制阐释论之后，张江提出了"公共阐释论"，这与我们讨论的公共性无疑相关。最为关键的是，强制阐释还涉及了文学意义确定性这一和文学理论公共性有内在关联的问题。凡此种种，都是我们要在当代文学理论公共性问题的讨论中涉及强制阐释与公共阐释的缘由。

一　强制阐释论的提出与讨论

强制阐释论的提出与讨论算得上是一道学术风景。不出意外，它将在当代文学理论历史上留下学术记忆。我们不妨对此做一番详尽梳理，而后再来看其与公共性的关联。

强制阐释论的提出是在 2014 年。那一年，张江在《中国社会科学报》做了一期访谈，题目是《当代文论重建路径：由"强制阐释"到"本体阐释"》，在访谈中，张江提出了强制阐释论。同时，他又在《文学评论》《文艺争鸣》《中国社会科学》《文艺研究》等重要刊物发表了与强制阐释论有关的文章。②

2015 年，张江对强制阐释论做了进一步的阐发，并且以书信的方式与文论界的著名学者，如朱立元、王宁、周宪等，围绕着强制阐释进行对话交流。他们分别就"强制阐释"的概念、场外征用、场外理论的文学化、强制阐释的主观预设、前见与立场、阐释的前置模式、结论与立场、批评的公正性、批评的限度与伦理、阐释的边界等几个问题进行了细致的分析

---

① 蒋述卓：《重视新时期 面向新时代》，《文艺报》2019 年 5 月 22 日，第 3 版。
② 张江：《当代西方文论若干问题辨识：兼及中国文论重建》，《中国社会科学》2014 年第 5 期。另可参张江主编《阐释的张力——强制阐释论的"对话"》，中国社会科学出版社，2017；张江主编《当代西方文论批判研究》，中国社会科学出版社，2017；张江：《作者能不能死——当代西方文论考辨》，中国社会科学出版社，2017。

和充分的交流。①

值得一提的还有，张江还就此问题与国外著名学者，如米勒、阿纳斯塔西娅·巴什卡托娃等人商讨。②

综观强制阐释论的提出过程，我们可以发现其知识生产的公共性特点。

其一，强制阐释论的发表有较为自觉的公开性特点。2014 年，张江在河南大学举办的中外文论会议上宣读论文。这恐怕是他第一次在全国文艺学会议上把强制阐释论公开化。同时，他又借助《中国社会科学报》把有关强制阐释论的想法以访谈的方式予以呈现。另外值得一提的是，张江还借助各方力量，尽力把强制阐释带入学术场域，让它可见。比如，通过分年龄段、分片区地开会，邀请学者讨论公共阐释论。同时，又在《学术研究》《文艺争鸣》《江汉论坛》《社会科学战线》《文艺争鸣》等刊物组稿讨论公共阐释。朱立元、王宁、周宪、蒋述卓、党胜元、李春青、姚文放、赖大仁、赵炎秋、刘锋杰、高楠、宋伟、段吉方、吴子林、王尧等不同学科的诸多知名学者参与了讨论。③ 虽然这些学术事件有人为的因素，也不是每个学人都力所能逮，但是，撇开这些因素看，强制阐释论的提出还是有公共性的。毕竟，这些事件并不是运动，没有太多的强制性。笔者

---

① 具体发文情况如下。张江：《关于"强制阐释"的概念解说——致朱立元、王宁、周宪先生》，《文艺研究》2015 年第 1 期；王宁：《关于"强制阐释"与"过度阐释"答张江先生》，《文艺研究》2015 年第 1 期；周宪：《也说"强制阐释"——一个延伸性的回应，并答张江先生》，《文艺研究》2015 年第 1 期；朱立元：《关于"强制阐释"概念的几点补充意见——答张江先生》，《文艺研究》2015 年第 1 期；张江：《关于场外征用的概念解释——致王宁、周宪、朱立元先生》，《清华大学学报》（哲学社会科学版）2015 年第 2 期；张江：《场外理论的文学化问题》，《探索与争鸣》2015 年第 1 期；张江：《强制阐释的主观预设问题》，《学术研究》2015 年第 4 期；张江：《前见与立场》，《学术月刊》2015 年第 5 期；张江：《阐释模式的统一性问题》，《社会科学战线》2015 年第 6 期；张江：《前置结论与前置立场》，《北京师范大学学报》（社会科学版）2015 年第 4 期；王宁：《关于强制阐释现象的辨析》，《北京师范大学学报》（社会科学版）2015 年第 4 期。

② 张江：《作者能不能死——当代西方文论考辨》，中国社会科学出版社，2017，第 405～500 页。

③ 参王双龙主编《阐释的限度："强制阐释论"的讨论》，中国社会科学出版社，2017。

虽然没有真正介入这些事件，① 但是，作为旁观者，我们还是认为它有可取的地方。事实上，有公共价值的知识生产都需要公共行为的正常推动。

其二，强制阐释论有自觉成为学术公共话题的意识。这主要表现在张江主动就强制阐释问题和学人展开"对话"上。② 关键是，这种对话是平等、自由、真诚而有效的交流，基本符合公共空间的理性交往原则。细读文本会发现，张江、朱立元、王宁、周宪几人，往往是张江为一方，其他三人为一方，双方展开辩论。兹举一例。比如，朱立元《关于"强制阐释"概念的几点补充意见——答张江先生》一文，对于"强制阐释"并没有无条件地认同，而是对强制阐释保持了一定的"警惕"。尤其是对强制阐释可能把阐释学的不可避免的"前理解"也一股脑儿地视为"强制阐释"进行了提醒。他写道："您说：'在文本阐释以前，阐释者已经确定了立场，并以这个立场为准则，考量和衡定文本。在这个立场面前，文本是第二位的，是张扬立场的证词，一切阐释都围绕立场，立场决定阐释。'这段话的后几句我赞同，它揭露出这种主观阐释的强制性。不过，前面两句则容易引起误解。因为，按照现代阐释学理论，任何理解和阐释都不可能没有阐释者先在的立场和前见，这是进入阐释的不可逾越的前提。"③ 朱立元的提醒已然反映了这种交流的正常性，符合交流的理想状态，这种"对话"可谓以学术为本位的公共交流。④ 围绕着强制阐释论的公开交流，可以说是非常充分的。从总体到局部，从宏观到微观，分别讨论了强制阐释的场外征用、场外理论的文学化、强制阐释的主观预设、前见与立场、阐释的前置模式、结论与立场、批评的公正性等十个问题。这些问题的讨论甚至一环扣一环，不乏公共交流中的辩论之美。

---

① 顺便说一下，笔者也曾于 2017 年接到《江汉论坛》发起的邀请，到上海研究院参加了一个小型的强制阐释论青年学者会议。只是由于种种原因，笔者没有发表相关论文。但我当时萌发的一个想法就是要把强制阐释论作为文学意义的确定性问题来思考。

② 张江主编《阐释的张力——强制阐释论的"对话"》，中国社会科学出版社，2017。

③ 张江主编《阐释的张力——强制阐释论的"对话"》，中国社会科学出版社，2017，第12 页。

④ 在张江与周宪、王宁的对话中，也可以看出他们以学术为本位，并且力求真诚、有效的努力。

其三，强制阐释论的讨论总体而言和中国人文社会科学的"中国化转型"相契合，[①] 因此难免带有意识形态的印记，但是参与者都努力依据学理来展开有效对话。这种学理依据并不是一开始就很深入，不过从其后面的发展可以看出，其还是坚持了学术本位意识的。这一点，我们可以从张江与朱立元、王宁、周宪等人有关强制阐释的详细对话中得见。大家还是在试图讲道理，寄希望于用较佳论证来说服对方。为此，这种对话的过程还是表现出了某种公共理性，一定意义上推动了文艺学学术共同体的建设。[②] 毋庸讳言，当代文学理论越来越分化了，在文学理论学科反思之后，几乎没有什么话题能够引发学术共同体的极大热情。[③] 这一点，李春青老师也予以了指认，"研究者们不再有以往那么强烈的'热点情结'了。无论面对来自国内还是国外的多么稀奇古怪的理论与提法，在这个研究领域中差不多都已经是波澜不惊了。大家各有各的兴趣，不会像 10 年、20 年前那样一窝蜂似的追踪时髦话题了。……大家各说各的，完全不搭界。无论是刊物上的学术论文还是学术会议上的发言，都存在着这种'学术代沟'的现象"[④]。虽然李春青认为这是文学理论学科成熟的表现，但也不可否认，这种成熟会带来学术共同体溃散的感觉。是时，强制阐释论的出现，一定意义上可以满足文艺学学人的学术共同体想象。

当然，强制阐释论涉及的中西文论关系问题是一个文学理论的专业话题，其实也是和当前社会文化发展相关的公共议题。只要愿意，都可以参

---

① 王学典：《学术上的巨大转型：人文社会科学 40 年回顾》，《中华读书报》2019 年 1 月 2 日，第 5 版。

② 当然，由于强制阐释论契合当前中国人文社会科学的"中国化转型"，其公共性并非规范意义上的。

③ 对于学人参与的热情，当然可以有很多的解释。比如，在某种意义上，这种范式转型也是一种学术的意识形态，因此它能够召唤学人的主体意识。这种主体意识也并不是虚幻的，事实上它能够得到实际的承认，而且符合学术政治的正确性。这大概也是诸多学人会积极参与的一个原因。又比如，从学术本身讲，参与的原因恐怕也和强制阐释论涉及了文学意义的确定性这一难题有关。毫不夸张地说，这个问题足以让一代又一代的学者永无止境地参与思索，这完全算得上是文学理论的"斯芬克斯之谜"似的问题，可以满足文学理论学科研究者的形而上诉求。或也因此，我们可以说，只要涉及文学意义的确定性这一犹如"学术母题"的问题，就可能促使学人生成关注的"集体无意识"。

④ 李春青：《文学理论亟待突破的三个问题》，《中国文艺评论》2018 年第 5 期。

与讨论。而且，张江和相关学术期刊都积极组织大家参与讨论。就此而言，它的确有公开的特点。一些中青年学人如果积极参与此一话题的讨论还可以缓解学术压力，提升其在学术场域的可见度、知名度，毕竟提出强制阐释论的张江和与其书信交流的学者都在学术场域中站位极佳。

强制阐释是值得继承的知识生产传统，虽然不是每位学者都能创构这样的传统，但是，我们还是要有这样的学术公共意识。有了这种意识，我们的文学理论知识生产才有可能不出现公共性危机。

二　强制阐释论与文学意义确定性问题的讨论

强制阐释论看起来主要是对西方文论进行批判。用张江自己的话来说，就是"'强制阐释'作为一个支点性概念，能够比较集中地概括当代西方文论的主要缺陷和问题，更好地把握其总体特征"①。但细察之，却可以体会到，强制阐释论其实牵涉当代文论建设和发展中的好几个层面的问题。其一，文学意义确定层面的问题。具体而言，它涉及了文学意义有没有确定性，文学意义的确定性由谁参与，文学意义的确定性如何可能等一系列文学阐释学的基本问题。其二，当代文学理论与批评的发展层面的问题。比如如何处理中西关系，如何处理理论与实践的关系，如何建设当代中国文学理论，如何看待文学理论与文化理论的关系问题等。其三，西方文论本身的问题。比如，怎样看待西方文化理论。

然而，我们这里则主要讨论强制阐释所涉及的文学意义的确定性问题。其他相关问题只在必要时涉及。

"强制阐释"是什么意思呢？依张江之见，"强制阐释是指，背离文本话语，消解文学指征，以前在立场和模式，对文本和文学作符合论者主观意图和结论的阐释"②。看得出来，此处所谓的强制阐释，主要是对某种文

---

① 张江主编《阐释的张力——强制阐释论的"对话"》，中国社会科学出版社，2017，第3页。
② 张江：《强制阐释论》，《文学评论》2014年第6期。

本意义的生产表达不满，认为它不符合"双方自愿"的原则，阐释者背离文本，忽略文本，对文本做符合自身意图的理解，甚至套用模式，立场、结论先行，所谓阐释只是走形式。其导致的结果就是没有生产出与文本互证互释的文学意义。

从文本意义确定性问题的角度来切入思考，强制阐释论至少牵涉以下五个基本问题。

第一个问题是强制阐释是由谁造成的。

按理，文本意义的理解有多个要素参与，比如，文本本身、作者、读者及文化语境等，这些都是参与文本意义确定的要素。但强制阐释之所以出现，就是因为文本意义的确定主要就只有一个要素，即读者真正地参与了，其他要素，如文本，即使参与，也被读者这个要素给有意或无意地忽视、消解了。然而，这又是怎么做到的呢？张江对此进行了较为详尽的论证。①

其一，场外征用。

所谓场外征用，意思是说，在文本意义确定的过程中，强制征用场外理论来对文本和文学做非文本和非文学的强制阐释。简单地说，就是不尊重文学文本。这种不尊重文本的具体做法主要有三种。

一是强制。强制有两个方面的意思，一方面是方法层面的强制，就是从其他学科征用理论来阐释文学，导致文学的理论背离了文学。另一方面是文本阐释上的强制，就是用理论强制阐释文本，让文本符合理论，也符合阐释者的意图。

二是解构。解构的意思是说，当文本不适用于理论，和阐释者意图不符合时，就要解构文本，让文本屈就于理论，服从阐释者的意图。

三是重置。重置也就是把文本重新"组织""转换"，让它符合理论和阐释者的意图。

总而言之，因为理论是场外征用来的，文本随着理论跑，以理论为中

---

① 以下有关强制阐释的论证，可参张江主编《阐释的张力——强制阐释论的"对话"》，中国社会科学出版社，2017。直接引用时，我们将标注。间接引用时，我们会在表达方面做出必要的区分，但标注略。

心，这就导致了"文本成为理论的婢女，一切结论都是'被理论'的结果"。① 换言之，文本意义的确定，没有尊重文本本身，没有和文本的生产者对话，这样确定的那个意义，其实是理论这个认知装置的"投影"而已。

不可否认，在文学意义确定的过程中从场外征用理论，这本身是不可避免的。这一点，强制阐释论也是承认的，并且指出，它"扩大了当代文论的视野，开辟了新的理论空间和方向，对打破文学理论自我循环、自我证明的理论怪圈是有意义的"②。强制阐释的"场外征用说"，指的是一种极端情况。

其二，主观预设。

所谓主观预设是指"批评者的主观意向在前，预定明确立场，强制裁定文本的意义和价值"③。这就是说，在文本意义确定的过程中，读者太"主观"了，以至于不尊重文本。其具体表现有三方面。

一是"前置立场"。其意是说，在文本意义确定之前，批评者也就是阐释者已经有了自己的立场，文本只是为了证明自己的立场。

二是"前置模式"。其意是说，在文本意义确定之时，批评者用一个现成的理论模式来套文本，以至于出现强制。

三是"前置结论"。其意是说，文本意义的确定工作几乎是多余的，因为在这工作还没有开始之前，就已经有了结论。看似在进行的文本意义确定工作无非就是为了去证明这个早已存在的结论。

在强制阐释论看来，主观预设和阐释学的前理解不同。主观预设是"主动的、自觉的"，而且是不会被同化的，也就是不允许改变的，因此也就是极端的坏的前理解，是会干扰阐释的前理解。前理解是"潜意识甚至是集体无意识的"，也就是不可避免的一种存在，它不会对阐释起到完全

---

① 张江：《强制阐释论》，《文学评论》2014 年第 6 期。
② 张江主编《阐释的张力——强制阐释论的"对话"》，中国社会科学出版社，2017，第 47 页。
③ 张江主编《阐释的张力——强制阐释论的"对话"》，中国社会科学出版社，2017，第 47 页。

否定的作用。①

主观预设说，其实就是对文本意义生产过程中的读者这个要素进行反思。在文本意义确定的过程中，不可能离开读者这个要素。在某种意义上说，没有读者这个要素，文本意义的确定工作恐怕无法展开。强制阐释论也不反对读者。毋宁说，它反对的是极端的读者中心主义。读者中心主义的表现就是过强的"主观预设"，以至于完全不尊重文本，不与文本形成平等的对话，从而导致强制阐释。

如果说，场外征用说主要是认为在文本意义的确定过程中，读者不尊重文本，那么，主观预设说主要也是认为在文本意义的确定过程中，读者不尊重文本。因此，我们发现强制阐释论其实说的都是这种不尊重文本的极端情况。这种极端情况又主要表现在两个相互关联的方面。一个方面是读者中心论，另一个方面是理论中心论。读者中心论意味着在文本意义确定过程中，文本意义由读者说了算。但是，读者为什么会有能力说了算？这主要是由于读者被他所持的理论所控制，也就是陷入了理论中心论。强制阐释就是因为读者对文学的理解完全受理论的控制，文学只是为了验证理论是有效的，而且验证的目的不是让有效的理论能够再去更好地理解文学。对此，张江曾指出，"以理论为中心，理论成为文学存在的根据。文学的研究与批评从理论出发，研究、阐释文学和文本，再反证理论。问题的关键在于，各种所谓理论，包括形而上学的思辨哲学，都要入侵文学，

---

① 张江和朱立元、周宪等学者在围绕强制阐释进行讨论的时候，他们对于前置立场、前置理论的理解是有差异的。强制阐释论所讲的前置立场、前置理论都是极端意义的，它对文学意义阐释而言完全是否定意义的。但是，朱立元、周宪理解的前置立场、前置理论是正常意义上的。为此，张江说他们"把前见和立场混淆了"（张江主编《阐释的张力——强制阐释论的"对话"》，中国社会科学出版社，2017，第164页。）虽然他们为此交流了，但是，周宪还是认为要明确区分前见和立场并非易事，而且认为，"对一个合格的、训练有素的文学理论工作者来说，秉持某种政治观点或社会观念是很自然的；在任何一个有思想和创见的文学理论家的工作中，其政治观点和社会观念不但在其研究中无法摒除，而且还会因此使研究达到相当深度、思想性和批判性"（张江主编《阐释的张力——强制阐释论的"对话"》，中国社会科学出版社，2017，第171页）。这也即是说，周宪看到的是立场在文学阐释中的正常甚至积极的一面。朱立元也说，"对于文艺理论和批评来说，这种人文立场不但不会导致强制阐释，反而有利于对作品作出有创见的评论"。张江主编《阐释的张力——强制阐释论的"对话"》，中国社会科学出版社，2017，第182页。

以文学为武器，宣扬自己的学说，而这些理论却不是从文学生成或出发的理论，不是文学的直接经验的映照和总结，理论者却硬要以理论为基准阐释和规整文学。这就迫使理论的阐释方式发生根本性变化，所谓强制阐释也就成为必然"①。

强制阐释论反对理论中心主义是值得肯定的。虽然从场外征用理论来对文本进行阐释并非就会导致理论中心主义，但是在文本意义的确定过程中，也的确存在这样的强制阐释现象。② 比如，我们把陶渊明那归隐山水的诗歌理解成现代社会环境危机语境下的"生态诗歌"，就是用生态批评的理论去框范文本的一种强制阐释。陶渊明的诗文的确书写了很多自然景物，对其自身的自然生存状态也多有抒发，但陶渊明更多的是借景抒情，隐微书写现实处境，表达远离乃至否定无奈现实之意和追寻诗意栖居之志。可以肯定的是，其意并非要借文学反思、拯救人与自然的关系，也不是在用文学表征人的精神生态危机，因此从生态批评的角度理解陶渊明的诗文并不适合。陶渊明诗文表达的一定意义上是因反抗一种无奈的世俗生活，而皈依道家的自然之境。这种自然之境与生态文明思想虽有关联，但这种关联是一种需要阐发的联想式关联。因此，我们不认为陶渊明有生态文明思想。③ 生态批评的理论可能和文本有表面的契合，但是，认为陶渊明有生态文明思想恐怕没有考虑作者的意图、文本所处的社会文化语境等。当理论与其他几个文本意义确定中的参与因素发生矛盾的时候，我们要多加考虑作者的意图和文本所处的社会文化语境。总之，场外征用的理论，在被用于确定文本意义的过程中，要认证其适用性，还要有服务文本

① 张江：《作者能不能死——当代西方文论考辨》，中国社会科学出版社，2017，第149页。
② 在强制阐释论的讨论中，提及了不少这类强制阐释的中外现象。比如，对《红楼梦》的阐释就存在强制阐释的现象。张江主编《阐释的张力——强制阐释论的"对话"》，中国社会科学出版社，2017，第185~188页。
③ 肖明华、锺晨晨：《生态文明视域下的〈瓦尔登湖〉选读——兼论梭罗与陶渊明》，载刘松来主编《生态文明与陶渊明研究》，复旦大学出版社，2017，第315~321页。在对于陶渊明的理解上，的确存在强制阐释。非常巧的是，张江也指出过。他说："中国魏晋时代的陶渊明隐逸山水之间，'采菊东篱下，悠然见南山'，我们可以说他是自觉的生态主义者吗？他比梭罗早了很多，我们可以说他是环境保护主义的伟大先行者吗？这显然是荒唐的。"（张江：《作者能不能死——当代西方文论考辨》，中国社会科学出版社，2017，第170页）

185 ●······

的自觉，不能忘记理论的征用是为了更好地理解文本的意义，而不是为了炫耀理论的效用。当理论不适合文本的时候，就要努力改造理论或者放弃理论，这样才不至于发生强制阐释。

反对理论中心主义在一定意义上也是对文学批评理论转型的一种认同，即认为文学批评理论要"碎片化""小理论"，这很符合后现代的理论旨趣。有学者就指出，"处于后现代时代的西方文学批评理论，非常重视对文学文本的解读，非常重视批评家和理论家对作品的文学体验，少有天马行空似的空头'理论'"①。理论的生产和创构不应该是自上而下的逻辑演绎，而应该是自下而上的经验提纯，在文本细读的基础上提出理论，继而实现理论与文本的互证互释。从这个方面来说，反对那种对文学强制阐释的理论，就是值得肯定的。

我们需要强调的是，强制阐释论指的是极端的情况。我们当然不能用极端的情况去否认正常的情况。在正常情况下，读者是要参与意义确定的，读者在参与意义确定时难免有前理解，强制阐释论也并不反对这一点。但问题是，读者的前理解里如果有自己认同的理论，那是不是就是前置模式呢？显然，极端情况下套用理论，才是前置模式。正常情况下运用理论对文学文本进行阐释，阐释者往往会考虑契合度的问题，他们大都希望自己的理论阐释与文本之间能构成互证互释的关系，因为这样的阐释才有说服力，它得出的文学文本的意义才有效、合法。毫无疑问，如果是这种情况下的理论借用，就不算强制阐释。张江曾为此区分了"前见"和"立场"的不同、"理论指导"和"前置立场"的不同。简单说，前者是保证阐释能进行的基本前提，后者则是强制阐释的具体表现。

这种区分无疑是必要的。② 有不少学人也都强调"理论视角"和"理论前置"的区别，其意大概是说，正常的理论使用，也就是非极端地完全

---

① 阎嘉：《马赛克主义：后现代文学与文化理论研究》，巴蜀书社，2013，第4页。

② 不过，这种区分是正常情况和极端情况的区分。大多数情况下，还是正常的。为了论证强制阐释，存在把立场理解为非正常情况的嫌疑。朱立元先生于是说："你赋予'立场'以主动的、自觉的、有意识的预先操控，决定了将阐释的文本的结论那种独特的含义，恐怕在中国语境中面对中国受众时，不容易被广泛接受。"张江主编《阐释的张力——强制阐释论的"对话"》，中国社会科学出版社，2017，第183页。

不尊重文本的存在，那就不是理论前置。比如，李春青就曾指出："对于学术研究来说，一种理论根本上讲就是一种视角，可以帮助研究者发现问题、解决问题。一切有意义的学术研究都是从发现问题开始的，没有问题的所谓研究只能是材料的铺排、知识的罗列，基本上是没有学术价值的。那么问题从哪里来呢？只能是在研究者已有的知识储备、理论观点和研究对象之间互动过程中产生出来。理论的价值正表现在这里。可以说，倘若没有理论的烛照，有意义的学术问题就被各种具体材料所遮蔽，研究者不能发现问题，真正的研究也便无从展开。值得注意的是，这些问题必须符合文学现象本身的内在逻辑，而不是理论强加给它的。否则也必然导致'强制阐释'的结果。"[1] 这是非常有见地的。顺便说一下，正是因为把理论作为视角、观念和方法来阐释文学文本，而且会考虑文学文本意义确定的合法性，才会有作为"文学批评"的文化批评的存在。比如，女性主义文学批评、生态文学批评、后殖民文学批评等都可算作这样的文化批评。

第二个问题是，强制阐释论的阐释观是怎样的。

文本意义的确定性本身就是一个理论问题，对这个问题本身有较为自觉的理解，无疑有助于应对具体的文本意义确定问题。这就要求强制阐释论有对自我的反思。简单地说，就是要自觉自己是持怎样的阐释学观念。比如，要能够对阐释学的基本问题有明确的理解，并且能将这种理解贯通于有关强制阐释现象的判断中。这些基本问题主要包括文本意义是确定的吗，文本的意义是客观实体的存在吗，文本意义本来是由谁确定的，等等。

在强制阐释论看来，文本意义是确定的。文本有本来含义。但是，对文本的理解却不是唯一的，而"可能是多元的"。[2] "对文本的当下理解可以对文本原意有所发挥"[3]。这是否意味着，强制阐释论就认为文本的意义不是完全的实体存在呢？张江说，"作为确定的文学文本，它有没有一个存在于自身、可以为阅读者确切理解的意义？通过库切对策兰这首诗的解读，我们应该明确回答：有。当然，阅读者可以从文本中找到或得出自己

① 李春青：《文学理论亟待突破的三个问题》，《中国文艺评论》2018 年第 5 期。
② 张江：《作者能不能死——当代西方文论考辨》，中国社会科学出版社，2017，第 175 页。
③ 张江：《作者能不能死——当代西方文论考辨》，中国社会科学出版社，2017，第 170 页。

的理解，这些理解可以是多义的。但是，这并不能推翻确定文本的确定含义"①。看得出来，文本的意义是实体的存在。只不过，由于种种原因，我们没有办法完全找到。强制阐释论持的是"合理的本质性认识"，但是对"僵化的本质主义"也心存警惕。② 换言之，可以说这是一种开明的意义实体论。

确定的文本意义存在于文本中，所以"唯一牢靠的办法就是从作品出发，从文本出发"③。但是，强制阐释论认为，文本是由作者生产的，所以文本的意义又是由作者意图决定的。简而言之，当强制阐释论强调要回到文本的时候，其目的是要回到作者意图。在《强制阐释论》一文中，张江写道："公正的文本阐释，应该符合文本尤其是作者的本来意愿。文本中实有的，我们称之为有，文本中没有的我们称之为没有，这符合道德的要求。"④

读者进行文本意义阐释，目的就是去找作者意图了。张江写道："正确地指出文本的本来含义，或者由作者所表述的文本的本来含义。我认为，这是专业批评家的伦理责任"⑤。这便是说，找到作者赋予文本的意图，这是专业阐释的职业伦理要求。强制阐释违背了这一点，因而违反了批评伦理的道德律令。

在阐释学已然现代甚至后现代的语境下，强制阐释论重申作者意图论，这是值得肯定的。它有益于避免阐释的相对主义，让文学意义阐释不至于完全演变成坏的"读者反映批评"，也就是想怎样理解就怎样理解，而不顾及任何的"批评伦理"。强制阐释论也不是持完全本质主义的作者

---

① 张江主编《阐释的张力——强制阐释论的"对话"》，中国社会科学出版社，2017，第285页。

② 张江主编《阐释的张力——强制阐释论的"对话"》，中国社会科学出版社，2017，第209页。

③ 张江主编《阐释的张力——强制阐释论的"对话"》，中国社会科学出版社，2017，第126页。

④ 张江：《强制阐释论》，《文学评论》2014年第6期。

⑤ 张江主编《阐释的张力——强制阐释论的"对话"》，中国社会科学出版社，2017，第290页。

意图论，而是承认"读者的理解不一定非要和作者相同"①。也就是说，强制阐释论是一种开明的作者意图论的意义观。一方面，认为有作者意图，我们要努力去找到作者意图，但另一方面，也承认有可能找不到。而且，强制阐释论是对专业读者提出的要求，认为专业读者的文学批评不是阅读感受，因而需要以找到作者意图为是。这一看法对于文学意义阐释的专业化而言，也是值得肯定的。

现在的问题是，强制阐释论自觉回到传统阐释学，会遇到难以解决的诸多问题。即使对于专业读者而言，如果这些问题不解决，我们也很难认同作者意图论，而基于作者意图论来判断的强制阐释也因此会失去强有力的根据。

其一，把作者的意图作为文本意义确定中的关键要素，这个理想其实很难有操作性。因为作者的意图是否很清晰，甚至是否有都不明确，如果有，如果很清晰，又是否成功地传达到了文本中去也不确定，这是一个前提问题。如果这个前提问题都很难说清楚，那么要寻找作者意图如何可能？就算这个前提问题在理想状态中可能不存在，但也还有一个要考虑的读者问题。作者的意图毕竟还是需要读者去寻找。读者不可能不参与文本意义的确定过程。理想的读者，几乎是没有的。任何读者都有前理解，他们读出的意义即使不会各不相同，但也一般不会只解读出一种意义。那我们怎么知道哪位读者阐释的意义才是作者的意图？作者的意图又是否只有一个呢？我们根本就没有办法"认定"哪位读者的理解就是正确的理解，更不能去"钦定"了。对此，朱立元也直截了当地说："有没有一种衡量检验批评家发掘出的作者原意是否正确、可靠的客观、唯一的标准？我以为是找不到的。"② 如果这样的话，如何在实际的文学阐释中判断哪一种阐释是强制阐释？

其二，如果理想状态是把文本意义的阐释只规定为寻找作者的意图，

---

① 张江主编《阐释的张力——强制阐释论的"对话"》，中国社会科学出版社，2017，第286页。

② 张江主编《阐释的张力——强制阐释论的"对话"》，中国社会科学出版社，2017，第313页。

那么，这样的意图历经艰难险阻后即使被找到了，那文学的意义是否会单一化，甚至虚无？倘真如此，还不如让作者自己这个更为特殊的读者自己去做这一工作，也就是每次作品发表时候，附上自己的意图。实际上，文学史经验告诉我们，作者都不会把自己的意图随作品派发。那么，这是什么原因呢？我们又该如何去理解这个问题？就算作者附上了自己的意图，读者就会承认吗？这样的作品会伟大吗？

其三，现实中，作者的意图都隐藏在文本中，它是通过语言文字呈现的，就算这个表达是理想状态的，也就是不会出现"意图谬误"，那我们依然要反思另一个问题，即这语言文字所表达的意义，难道不会随着社会文化语境的改变而发生一些改变吗？根据社会语言学来看，应该是会改变的。否则，怎么会有研究概念史的必要？实际上，文本意图的存在，也和这一点有莫大的关系。所以，艾柯说："一位敏锐而有责任心的读者并没有去揣测华兹华斯在写这句诗时头脑到底正在想些什么的义务，但他却有责任考虑华兹华斯时代语言系统的基本状况。……承认这一点意味着认同从作品与其社会文化语境相互作用的角度去对作品进行分析的方法。"[1] 这是什么意思呢？无非就是说，有个"本文的意图"[2]。这种文本意图并不等于作者意图。因此，我们试图通过文本去寻找作者意图，在艾柯看来有非常大的难度。当然，要找到文本意图也一样有非常大的难度。文学文本的语言，本来就有蕴藉性，更不要说还有伊瑟尔所谓的"空白点"、召唤结构，还有福柯的话语权力问题等，这些都需要克服。而且，还需要通过读者来克服。艾柯因此说要努力去寻找的是文本意图，要避免的是过度阐释。在避免了过度阐释之后，我们才有可能找到作者意图。因此，如何解决这个文本意图说可能存在的过度阐释问题，比如语言的不透明所导致的文本意图如何确定，无疑也是强制阐释论要考虑和应对的。

其四，作者意图论的文本意义观，又怎么面对实际上根本就没有作者

---

① 〔意〕艾柯等：《在作者与本文之间》，《诠释与过度诠释》，王宇根译，生活·读书·新知三联书店，1997，第83页。

② 本文，text，又译为文本，据学者研究，译为文本更为准确。鉴于艾柯著述的中文本译为本文，这里从之。

的问题？又如何对待作者之死？① 如果说前面这种情况，我们可以特殊处理，把意图转换成文本意图，但后面这种情况，却是实际中会遇见的。我们没必要那么后现代，以至于认为任何的交流都没有办法在理想中进行，一如德里达在与伽达默尔交流时有意保持一种行动意义上的沉默，以示任何交流都是权力之争，因此交流是无意义的难以沟通的。但是我们如果过于理想地设定一个作者意图，从而让大多数读者都没有可能达到这种理想，那这样的理想是否太不切实际？这种不切实际，是否会导致在强制阐释论看来，大多数的阐释都是强制阐释？反过来，大多数的阐释者是否也会因此认为强制阐释论太强制了呢？这都是要面对的问题。因为，强制阐释论的这种道德理想的理性设定，可能导致这样的后果，即为了避免强制阐释，而对大多数读者信任不足，这就会影响读者的存在感。果真如此，其代价究竟有多大？这是否一如强制阐释中的读者不尊重文本一样对大多数读者不尊重，从而陷入另一种意义的强制阐释？且不说这一点。② 关键是，我们为了正确地找到作者意图，因此不信任大多数读者，可结果只不过是把某些读者当成了事实上不可置疑的权威读者。也就是说，看似很理性地反对强制阐释，却非理性地把某一个或者某一类读者当成了卫冕的最正确读者。然而，关于文学意义的正确理解其实是一个公共问题，因为文学意义不是为了满足基本生存需要的，而是为了满足生活意义的。③ 这种文学意义因此需要在意见的交流中生成"意见式真理"（truth of opinion），④ 而这种

① 福柯说，"在这种意义上，作者的作用是表示一个社会中某些话语的存在、传播和运作的特征"（王逢振等编《最新西方文论选》，漓江出版社，1991，第451页）。孙周兴、孙善春编译《德法之争——伽达默尔与德里达的对话》，同济大学出版社，2004，第41～45页。

② 阅读文献，发现朱立元老师已经说了这一点。他说："我觉得'尊重文本，尊重作者'固然重要，但是您没有同时强调尊重广大读者阅读文本的感受和评论，没有同时把尊重读者及其文学阅读也作为'批评伦理的基本规则'，甚至是更加重要的规则。作为一个文学批评家，如果只注重尊重作者，而轻视、忽视甚至漠视、无视读者及其极为丰富多彩的阅读，那在批评伦理方面可能是更大的失误。"（张江主编《阐释的张力——强制阐释论的"对话"》，中国社会科学出版社，2017，第341～342页）从这里，我们也可以看出围绕着强制阐释论的讨论是真诚有效的。

③ 陈伟：《阿伦特与政治的复归》，法律出版社，2008，第114～115页。

④ 陶东风：《文学理论的公共性——重建政治批评》，福建教育出版社，2008，第439页。

"意见式真理"不是通过排他的甚至道德化的自律来确定的。强制阐释论虽然主观意图不是这样的，但是其效果恐怕就是这样的。

总之，把文本意义的阐释主要理解成寻找作者意图，就会使得我们很容易认为读者的理解不是作者的意图，如果那样的话，即使面对的不是极端的阐释现象，也有可能做出强制阐释的判断。这一方面是值得肯定的，因为它有助于我们去求真相。但是另一方面，也要意识到，在现代阐释学语境下，很难再回到传统阐释学意义上的作者意图真相论。①

回到强制阐释论所举策兰的解读例子上。我们不妨这样理解，谁都不能确定地知道策兰的意图究竟是什么，但是我们要尽量去尊重他的意图。我们要想办法知人论世，做传记式批评。这是没有问题的。问题是，我们还是不可避免地会在尊重的基础上，因为自己的前理解或者立场，同时也因为所处的社会文化语境的影响，读出自己的理解。每位读者读出的理解，不能直接就等同于作者的意图。因此，读者要对自己的理解负责。特别是当读出的意义对作者不利时，读者尤其要负责。他要经受其他读者的质疑，其他读者也要明白任何一位读者都只是读出了他自己的理解，我们不能不加反思地就相信别人的理解。如果要相信，则需要经过理性判断。即使相信了，我们也要意识到关于策兰的理解不仅仅就这一种。即使今天就只有这一种，也不能保证以后就没有关于策兰的理解了。如果大家都这样看，即使某位读者读出了对作者不利的强制阐释，其后果也不至于有太大的破坏性。而且，如果有一个关于文本意义交流的文学公共领域，我们相信，那种强制阐释会在经过公共批评之后，在文学场域中因站位不佳，没有多大市场。我们因此认同陶东风将强制阐释与牵强阐释相区分的做法。② 牵强阐释简单说就是没有说服力的阐释，但它可以被质疑。而强制阐释既是牵强阐释，又不允许被质疑，这就会造成不好的后果。简言之，只要可以反思，允许公平批评，就算是强制阐释，也不怎么要紧。

---

① 朱立元先生看了张江先生的这种阐释观后这样写道："您把批评是否符合作者的本来意愿作为批评有没有公正性的主要标准。我觉得这个看法值得商榷。您提出的这个批评公正性标准，在我看来本身有失公正。"张江主编《阐释的张力——强制阐释论的"对话"》，中国社会科学出版社，2017，第310页。

② 陶东风：《从前理解、强制阐释到公共阐释》，《学术研究》2021年第10期。

第三个问题是，避免强制阐释如何可能。

无论持怎样的阐释学观念，其实强制阐释出现的原因主要就是不尊重文本。避免强制阐释，其实就是避免极端地不尊重文本。极端地不尊重文本，其原因往往是读者把自己的"偏见"当成了"前理解"。前理解是不可避免的，但我们可以去优化、反思前理解，从而避免自己的前理解成为偏见。

对于强制阐释，道德教化恐怕无济于事。在有限的视野里，我们认为伽达默尔对这一问题的解决方式值得借鉴。

伽达默尔认为，阐释学的根本任务就是要为"前理解"的合法性进行辩护。这种辩护，不是无条件地认同前理解，更不是要为阐释的主观随意进行辩护，而是想办法优化前理解，从而使得阐释变得更正确、更合法、更有效。我们不要误会了伽达默尔的现代阐释学，以为他是主张阐释的主观、随意，或者过度、强制，实际上，他是在寻找理解发生的条件，一如他所言："诠释学的任务根本不是要发展一种理解的程序，而是要澄清理解得以发生的条件。"[1] 在找到了这个条件后，再去优化它，从而去获得有效的阐释。由于篇幅所限，这里就提及一点，即伽达默尔所论及的要有谈话意识和问答逻辑，借此来说明现代阐释学其实是为了追求理解的有效，因此它对于避免强制阐释也是有价值的。

在伽达默尔看来，理解与提问有关系。依据我们的体会，有两个原因。一个原因是，提问才会对自己的前理解有一定的反思。虽然提问也难免会因前理解的存在而预设某种限制，但提问已然表明了提问者不再仅仅按前理解来理解。这样就有可能把影响理解的前见摆脱掉，从而达到更好的理解。而当提问本身没有达到开放状态，也就是它是一个使回答难以进行、理解无法展开的问题的话，那么这个提问就是错误的。识别了这个错误，提问者就有可能开放自己的前理解。另一个原因是，提问也表明了被理解的对象不是一个实体性的有了固定理解模式的东西（存在）。加达默

---

[1] 〔德〕汉斯-格奥尔格·加达默尔：《真理与方法》，洪汉鼎译，上海译文出版社，2004，第382页。

尔说："提问就是进行开放。被提问东西的开放性在于回答的不固定性。"①
提问与理解的关联，促使伽达默尔继续进行他的探讨。他进而对谈话进行
了探究。伽达默尔说，谈话就必然有问和答的结构。② 有问答结构的谈话，
就是一种检验的艺术，"进行谈话并不要求否证别人，而是相反地要求真
正考虑别人意见的实际力量。因此谈话是一种检验的艺术"③。检验的艺
术，就是有问答的艺术，就是提问的艺术。如此，提问就有助于理解。一
如苏格拉底的谈话辩证法，一如通信的日常经验。因此，伽达默尔说：
"把诠释学任务描述为与本文进行的一种谈话，这不只是一种比喻的说
法。"④ 谈话是阐释学的固有诉求。与谈话一致的是，蕴含于其中的问答逻
辑。"理解一个问题，就是对这问题提出问题。理解一个意见，就是把它
理解为对某个问题的回答。"⑤ 我们要始终有这样的问答逻辑观念。对提问
者的提问，伽达默尔也有两点提醒。第一个是，提问是对文本提问，而不
是对文本的意图提问。他说："诠释学必然要不断地超越单纯的重构。我
们根本不能不去思考那些对于作者来说是毫无疑问的因而作者未曾思考过
的东西，并且把它们带入问题的开放性中。这不是打开任意解释的大门，
而只是揭示一直在发生的事情。"⑥ 第二个提醒是，提问不是一个主体性行
为。伽达默尔说："虽然一个本文并不像一个'你'那样对我的讲话。我
们这些寻求理解的人必须通过我们自身使它讲话。但是我们却发现这样一
种理解上的使本文讲话，并不是一种任意的出于我们自己根源的做法，而
本身就是一个与本文中所期待的回答相关的问题。期待一个回答本身就已

① 〔德〕汉斯-格奥尔格·加达默尔：《真理与方法》，洪汉鼎译，上海译文出版社，2004，
第 471 页。
② 〔德〕汉斯-格奥尔格·加达默尔：《真理与方法》，洪汉鼎译，上海译文出版社，2004，
第 476 页。
③ 〔德〕汉斯-格奥尔格·加达默尔：《真理与方法》，洪汉鼎译，上海译文出版社，2004，
第 477 页。
④ 〔德〕汉斯-格奥尔格·加达默尔：《真理与方法》，洪汉鼎译，上海译文出版社，2004，
第 478 页。
⑤ 〔德〕汉斯-格奥尔格·加达默尔：《真理与方法》，洪汉鼎译，上海译文出版社，2004，
第 487 页。
⑥ 〔德〕汉斯-格奥尔格·加达默尔：《真理与方法》，洪汉鼎译，上海译文出版社，2004，
第 485 页。

经预先假定了，提问题的人从属于传统并接受传统的呼唤。这就是效果历史意识的真理。"①

　　从伽达默尔的上述论证就可以看出，他试图改变阐释者的前理解，来让阐释者的前理解不沦为强制阐释的前置立场等坏意义上的前理解。伽达默尔为此提出了好几个做法。比如，理解者要有开放和对话的观念；② 要有时间距离，时间距离会引起我们对对象的阐释兴趣，并消除前见的虚假性，或者说会优化前见，从而增强前见的正当性；③ 要有自觉的效果历史意识等；④ 要有视域融合的内在诉求；⑤ 要有理解的应用和实践等。⑥ 这些值得创构和认同强制阐释论的学者重视，从而有可能有益于强制阐释论的进

---

① 〔德〕汉斯-格奥尔格·加达默尔：《真理与方法》，洪汉鼎译，上海译文出版社，2004，第 490 页。

② 伽达默尔说："我们也不能盲目地坚持我们自己对于事情的前见解，加入我们想理解他人的见解的话。当然，这并不是说，当我们倾听某人讲话或阅读某个著作时，我们必须忘掉所有关于内容的前见解和所有我们自己的见解。我们只是要求对他人的和本文的见解保持开放的态度。但是，这种开放性总是包含着我们要把他人的见解放入与我们自己整个见解的关系中，或者把我们自己的见解放入他人整个见解的关系中。"（〔德〕汉斯-格奥尔格·加达默尔：《真理与方法》，洪汉鼎译，上海译文出版社，2004，第 347 页）

③ 伽达默尔说："时间距离除了能遏制我们对对象的兴趣这一意义外，显然还有另一种意义。它可以使存在于事情里的真正意义充分地显露出来。但是，对一个本文或一部艺术作品里的真正意义的汲舀（Auschopfung）是永无止境的，它实际上是一种无限的过程。这不仅是指新的错误源泉不断被消除，以致真正的意义从一切混杂的东西被过滤出来，而且也指新的理解源泉不断产生，使得意想不到的意义关系展现出来。促成这种过滤过程的时间距离，本身并没有一种封闭的界限，而是在一种不断运动和扩展的过程中被把握。但是伴随着时间距离造成的过滤过程的这种消极方面，同时也出现它对理解所具有的积极方面。它不仅使那些具有特殊性的前见消失，而且也使那些促成真实理解的前见浮现出来。"（〔德〕汉斯-格奥尔格·加达默尔：《真理与方法》，洪汉鼎译，上海译文出版社，2004，第 385~386 页）

④ 伽达默尔说："我们应当学会更好地理解我们自己，并且应当承认，在一切理解中，不管我们是否明确意识到，这种效果历史的影响总是在起作用。凡是在效果历史被天真的方法论信仰所否认的地方，其结果就只能是一种事实上歪曲变形了的认识。"（〔德〕汉斯-格奥尔格·加达默尔：《真理与方法》，洪汉鼎译，上海译文出版社，2004，第 389 页）

⑤ 伽达默尔说："获得一个视域，这总是意味着，我们学会了超出近在咫尺的东西去观看，但这不是为了避而不见这种东西，而是为了在一个更大的整体中按照一个更正确的尺度去更好地观看这种东西。"〔德〕汉斯-格奥尔格·加达默尔：《真理与方法》，洪汉鼎译，上海译文出版社，2004，第 394~395 页）

⑥ 伽达默尔说："法学诠释学可能性的本质条件是，法律对于法律共同体的一切成员都具有同样的约束力。凡在不是这种情况的地方，例如在一个专制统治者的意志高于法律的专制主义国家，就不可能存在任何诠释学。"〔德〕汉斯-格奥尔格·加达默尔：《真理与方法》，洪汉鼎译，上海译文出版社，2004，第 427 页。

一步建构。当然，无论持怎样的阐释观，强制阐释论所指认的强制阐释现象还是会存在的，只是对这一现象的理解和解决的办法可能会不一样。

第四个问题，在文学理论与批评的研究中，有没有值得肯定的强制阐释现象？

在强制阐释论的讨论中，朱立元、王宁、周宪等学者都对强制阐释的出现予以了宽容，实际上，强制阐释论的创构者张江也对某些强制阐释报以宽容。应该说，在我们无法完全确定文本意义的时候，任何做出强制阐释的论断都可能没有办法不对一些强制阐释现象予以宽容和理解。这里，我们再根据强制阐释论的讨论情况，对可以宽容和理解的文学理论与批评观予以简要陈述。

其一，从知识学的角度看，文学理论的知识生产是中介性、寄生性的。① 它主要运用其他学科的知识来解释本学科的问题。在对文学文本进

---

① 李春青曾在 2004 年就指出过："任何一种文学理论都必然有所依托——在它背后总有一种可以称为'元理论'的东西存在着，或是政治的，或是宗教伦理的，或是哲学的。这就意味着文学理论根本上乃是一种'中介性'的理论，即某种'元理论'通向文学的必经之路。"[李春青：《文学理论的中介性与合法性》，《汕头大学学报》（人文社会科学版）2004 年第 4 期] 2005 年李春青又撰写了相关论文《谈文学理论在社会文化系统中的位置》（《文艺争鸣》2005 年第 4 期）对此问题进行讨论。查阅文献，我们可以发现有不少学人对文学理论知识的特性进行了揭示。比如余虹于 2007 年撰文指出，"古往今来的文学理论或者是哲学的、或者是神学的、或者是社会学的、或者是伦理学的、或者是政治学的、或者是历史学的、或者是语言学的、或者是心理学的，而从来就没有脱离诸'学'的文学理论"（余虹：《文学理论的学理性与寄生性》，《文学评论》2007 年第 4 期）。李西建也曾指出："从学理的维度看，文学理论的知识形态不只是一个学科自足性的概念，而且是一个既与学科的知识谱系密切相关，又包含和融汇着其他学科的特定的思想、观念、理论与方法的多元知识系统。"（李西建：《文化转向与文艺学知识形态的构建》，《文学评论》2007 年第 5 期）冯黎明也曾指出："文学理论，却从来未曾完全独立过。即使我们把圣伯夫以后的文学批评和文学理论视作文学理论作为学科知识形成的过程，但实际上十九世纪以来的任何一种文学理论，都是靠从其他学科那里借取方法、观念以及术语、概念来建立自己的话语系统。从严格意义上来说，文学理论虽然有自己的考察对象即文学活动，但它对文学活动的阐释视点和阐释方法，却依赖于其他学科的供给。尤其是近代以来在西学东渐中建立起来的中国的文学理论，其理论话语并不具备真正意义上的独立性。像启蒙至当代的西方文学理论一样，时而从属于伦理学，时而从属于哲学，时而从属于社会学，除此之外它的主人还有语言学、心理学、人类学等等。所以近代以来的文学理论是一个不断接受招安的角色。它是在'亲友'的接济下过日子的。"[冯黎明：《明天谁来招安文学理论?》，《三峡大学学报》（人文社会科学版）2006 年第 5 期] 当然，不同的学人在指出此一寄生性特点之后，因其问题意识不同，则会有不同的阐发和研究旨趣。

行阐释的过程中，它也难免于场外征用其他理论。征用其他学科知识来阐释文学文本，难免带有其他学科知识的痕迹，也就是可能出现强制阐释。古今中外恐怕都有这种类型的强制阐释，而不仅仅是西方文论有这种强制阐释。比如，孔子的文艺批评，其实是孔子的伦理学思想、政治哲学思想的运用，孔子的第一身份肯定不是文学批评家，也就是说，他对文学进行批评阐释不是仅仅为了文学本身。之所以出现这种情况，是因为现代知识生产分化，出现了现代的学科划分，这导致我们在追溯文学理论历史的时候，把孔子的一些和文学有关的思想塑造为文学批评。就此说来，只要一种理论能够对社会文化进行阐释，它就有可能被运用于文学研究。场外征用因此难免。比如，柏拉图对文艺的理解显然和他的理念论有关，甚至和苏格拉底之死这一生活事件也有关联。对于亚里士多德的《诗学》，如果我们要理解它，肯定要联系他的哲学乃至政治思想，否则对于他对悲剧的阐释，我们理解起来就会不得要领。同样的道理，文学理论知识的这一特点，加上文学理论的文化论转型，就更加使得 20 世纪的文学理论的"场外征用"现象表现突出。对此，王宁写道："文学理论的多学科走向和非文学来源已经成为一个大趋势，这一方面说明文学批评自身的理论匮乏，它无法像以往那样从自身的创作和批评实践中提炼抽象出理论，因而不得不借助于非文学的教义来武装批评家和研究者。另一方面则说明，非文学的理论话语的力量如此强大以至于它受到文学批评家和研究者的热情拥抱和创造性运用。"[1] 可以说，只要我们不自我封闭对文学的理解，只要我们在生产文学知识的时候还需要引用其他学科的知识，就会有这种强制阐释的可能。对于这种强制阐释，我们究竟应该怎么看待？这无疑是一个不容易回答好的问题。但只要这种场外征用的理论在进行文学阐释时不是完全没有底线地不尊重文本，那就无疑要充分肯定它是一种文学阐释。这样的文学阐释，还有可能推动我们对文学理解的专业化。否则，有可能就文学谈文学，谈的都是经验和感受。

---

[1] 张江主编《阐释的张力——强制阐释论的"对话"》，中国社会科学出版社，2017，第 121 页。

　　其二，没有纯粹的文学，也就没有纯粹的文学理论，强制阐释论有可能是因为把文学和文学理论本质主义化后而产生的焦虑。文学本来就是文化的一种，虽然文学是审美的，但是审美也不可能完全和社会政治经济无关。就此而言，作为对文学进行理解的文学理论，又怎么可能那么纯粹？我们曾经也试图把文学仅仅作为语言看待，并且试图对它进行科学的理解，但是事实证明，这只是一种幻象。把文学放置在更大的参照系去看待，也就是不仅仅在文学文本之内讨论文学，这样的文学研究可以被称为文化研究。文化研究对文学的研究不仅仅是审美研究，不满足于对文学文本意义做审美阐释，它可能还会在此基础上去联系社会文化语境来讨论文学文本的文化意义，并且对这种文学文本的意义进行反思分析，这样的意义无疑也是一种文学意义。而且，这种文学阐释的方式是有助于沟通文学和社会的，对于推动文学理论知识生产介入社会，从而获得文学知识的公共性而言，也是有益的。

　　其三，文学理论并非文学科学，也并非文学作品解读学。

　　文学理论具有科学性，但是文学理论的科学性不是自然科学意义的。我们很难说某一种文学理论是最正确的，是唯一科学的。任何文学理论，只要它能够具有一定的阐释力，就具有存在的合法性。如果以这种观念来看文学理论与批评中的文学阐释，我们可能就会少一点强制阐释的指认。我们知道，文学意义的确定中有文本、语境、读者、作者等几个因素参与，而且这几个因素还是变量，我们因此无法得出唯一科学的阐释。即便是不考虑文本、语境和作者等因素，任何一个读者也还是无法保证自己就是纯粹公正的阐释者。他根本没有可能自封其为文学文本意义的唯一代言人。因此，如果说强制阐释是一种极端情况下出现的现象，那我们其实也可以极端地说，一切阐释都有强制阐释的嫌疑。就此而言，我们不能轻易判断谁是强制阐释。当然，这是就极端境遇而言才存在的状况。

　　文学理论也不仅仅是文学作品解读学。也就是说，文学理论不是只能依附于文学文本，好像它的存在就是为了对文学文本进行解释的，而且，这种解释还只能直接对文学文本本身展开。实际上，文学理论并非文学作品的理论。文学理论的研究对象是文学活动，而文学活动要素除了文学作品外，还有语境、作者、读者甚至媒介。文学理论也不是就只能依附在文学文本上，在语言学转向后，一切都是文本，文学理论可以研究包括文学文本在内的一切具有文学性的文本，而且，文学理论一旦成熟，它就有自身的运作规律，它甚至可以研究自身，形成所谓文学理论学。这种文学理论学对于文学理论走向自觉也是有价值的。我们不能否认这种意义上的文学理论。退一步说，即使世界上只有研究文学文本的文学理论被承认，研究文学文本的文学理论也可以对文学文本进行间接的阐释。比如，它可以反思一种文学文本的意义为何是如此的，是怎样的意义生产机制生成了这一意义，这种对文学文本意义的间接阐释，无疑也有助于对文学文本的理解。

　　其四，文学理论的生产如果从认识论来说，其来源恐怕只有文学实践和经验。为此，我们的确可以说，"依据文学的实践和经验，离开文学的实践和经验，就没有文学的理论"①。但是，文学实践和经验只是文学理论的直接来源，文学、文学理论还有共同的社会生活这个根源。而且，文学、文学理论也还有间接来源，比如文化理论对于文学、文学理论的生产而言都是有益的。当我们改变对文学理论来源问题的看法时，我们对强制阐释可能就不会那么焦虑。比如，我们可能就不会特别反对文学文本阐释中对理论的使用，也不会特别反对文学理论在对文学文本进行阐释的时候，关联社会文化来进行文化批评。另外，文学理论的生产不仅仅是认识论的，它还有可能是超认识论的，比如价值论的，甚至是本体论的。同理，文学理论在阐释文学文本的时候不仅仅是一种认识关系，它还有超越认识论的审美关系、价值关系等。② 一般来说，认识论的可能很理性，很实用，而非认识论的则可能不那么理性，但很有价值观方面的冲击力，引人深思。比如，我们可以说托尔斯泰是俄国革命的一面镜子，但很显然也

---

① 张江主编《阐释的张力——强制阐释论的"对话"》，中国社会科学出版社，2017，第166页。

② 关于文学理论的特性问题，有不少学者予以了指认。相关文献可参陶东风《走向自觉反思的文学理论》，《文艺争鸣》2010年第1期；王元骧《对于文学理论的性质和功能的思考》，《文学评论》2012年第3期。笔者也曾对此问题有一定的回应和思考。参拙著《作为学科的文学理论》，北京师范大学出版社，2019。

可以把托尔斯泰理解成在历史理性和人文关怀之间徘徊的人。我们不能因为前一种理解很能帮助我们理性理解现实生活，就否认后一种理解，并且把它视为强制阐释。如果这样说有点道理的话，那这就意味着我们不能完全用认识论的眼光去看待文学意义的生产，更不能凭此去判断一种阐释是否为强制阐释。有些阐释可能不符合认识论，但是却是极有价值的反思性的批判性的阐释。王宁曾指出，"从晚近中国当代文学理论的知识建构状况来看，所缺乏的就是具有深刻思想性和批判性的文学研究，那些偏重技术性的、分析性的和文献性的研究则大行其道"①。为此，我们不能轻易就说它是强制阐释。

其五，在语言学转向后，我们越来越认同了文化理论，甚至把文化理论作为一种有益于拓展文学意义理解的视野、方法和观念的知识形态。比如，我们可以对文学文本进行对象性的理解，也可以对文学文本做反思性的阐释。这种反思性的阐释，主要就是由文化理论所带给我们的新观念。当我们在评价这类文化理论意义的文学理解时，如果不抱同情之理解，而用纯粹的文学理论的观念去看待它，那就难免会说它是强制阐释。特别是当这种理论做派又发端于西方的时候，我们恐怕还会因立场的原因而更加认为它是强制阐释。然而，一旦改变了观念，或者意识到这样的评价可能是"异元批评"，② 我们就可能不会认为它是强制阐释了。有学者甚至说：

---

① 张江主编《阐释的张力——强制阐释论的"对话"》，中国社会科学出版社，2017，第275页。

② "异元批评"是借鉴刘安海先生的一个说法，其意"是指在进行批评的时候各个批评者由于自己的文化背景、文学观念的不同以及所持的批评理论、批评观念、批评标准、批评方法的相异，常常使得在批评同一对象时所持的见解和所得出的结论不仅迥然有别，而且批评的双方根本无法形成对话"〔刘安海：《阻隔与沟通：异元批评与对话批评——文论建设中的一个问题》，《华中师范大学学报》（人文社会科学版）2002年第1期〕。刘安海的"异元批评"说是对严家炎的"异元批评"说的一个"改造"，它使得"异元批评"变得更为泛化了一些。严家炎的"异元批评"是指"在不同质、不同'元'的文学作品之间，硬要用某'元'做固定不变的标准去批判，从而否定一批可能相当出色的作品的存在价值"（严家炎：《走出百慕大三角区——谈二十世纪文艺批评的一点教训》，《文学自由谈》1989年第3期）。不知严家炎是否又受到了其他人的影响，比如早在1986年就有学术译著表达过相似见解："从批评对象本身提取标准出来，它不把从作品之外获得的标准强加给作品。它不是根据外在的给予和接受的标准、原则或规范来评价艺术品，它根据的是批评者从艺术品本身认识到或总结出来的标准。"〔美〕M.李普曼编《当代美学》，邓鹏译，光明日报出版社，1986，第486页。

"尽管其他学科的学者对文学问题也颇感兴趣，也会对各种文学文本发表种种看法，但是他们的出发点和归宿点都不是文学，而是其他学科。这类研究有强制阐释的特性，但人家在自己的园子里玩儿也无可厚非。"① 换言之，我们没有必要用文学阐释学去判断文学之外的阐释学为强制阐释。

退一步说，就算我们还会说它是强制阐释，但是，这种强制阐释也不无积极意义。对于我们而言，它牺牲的是文学，但是换来的却可能是一个和文学有关更和人有关的美好文化环境。这难道不是值得肯定的吗？比如，一些女性主义批评家，可能会对文学做文化理论的阐释，从而有强制阐释的嫌疑，但是，当我们理解它是一种文化理论时，恐怕就不会因不对文学文本做审美阐释而耿耿于怀，倒可能会为其文化担当而对其钦佩不已。当然，我们也可以抵制这类所谓的文学理论，不承认其文学意义生产是合法的。不过，我们至少因此不把强制阐释完全看成一个贬义词。

需要提及的是，王宁曾不无道理地指出，反对理论中心主义还要区分不同的理论中心主义。当有理论创造性的学者，在生产新理论之时，用文本来印证其理论的有效性的情况下所出现的理论中心主义，则是可以理解的。他写道："马克思和弗洛伊德本人并不是文学理论家，但可以算作是文学批评家，他们确实很热爱文学，并且阅读了欧洲文学史上众多的文学作品，写下了大量的批评性文字，对于后来的理论家建构欧洲文学经典起到了极大的作用。他们用自己的先在理论去强行阐释一部文学作品也有他们的道理，因为他们需要通过对文学作品的阐释来证明自己理论的重要性。因此，我们对这些原创性理论家的强制性阐释深表理解，但是对那些滥用他们的理论去强制阐释作品的批评家或学者的做法不敢苟同，因为那样的阐释既无益于理论创新，也会破坏作品内在的肌理，使其支离破碎，不成为一个有机的整体和独特的世界。"② 这样的强制阐释虽然有强制的意味，但这种强制是在创造性地生产理论的过程中所出现的强制。当然，这

---

① 张江主编《阐释的张力——强制阐释论的"对话"》，中国社会科学出版社，2017，第152 页。

② 王宁：《关于"强制阐释"与"过度阐释"——答张江先生》，《文艺研究》2015 年第1 期。

样的强制阐释也不能脱离"学术"阐释的范畴，不能突破学术的公共伦理，也就是不可借阐释来实现学术之外的不当目的等。如果没有这些问题的存在，这样的理论创新，至少是增加了知识。它可能无法有效解释文学文本，但它有可能对其他非文学文本的理解产生意义。就此而言，我们也不要把所有的强制阐释都视为贬义词。

第五个问题，强制阐释论本身有哪些值得肯定的地方。

强制阐释论可肯定之处我们其实已经涉及，这里再补充几点如下。

其一，强制阐释论对文学意义的确定性问题具有提醒作用。它提醒我们在文学意义的确定过程中，不要出现极端的情况。不能完全不尊重文本。事实上，在文学意义确定过程中，至少有语境、作者、文本、读者这几个因素参与。无论持怎样的阐释观，都需要对这几个因素予以基本的尊重，这是底线。一旦不尊重，就会陷入强制阐释的泥淖。回到古今中外的文学阐释历史中，可以发现强制阐释现象时有发生。西方文论有，中国文学批评也有。有学者因此说，强制阐释论"有覆盖中西的普遍阐释力，因而对于纠正当代中国文论批评中存在的某些不足和缺点，建设更加健康、丰富的文艺理论，也有着直接而重要的理论和现实意义"[1]。

文学意义的确定问题本来就是一个文学理论的千古难题，难就难在它没有办法真正确定文学的意义。比如，没有谁能宣布一部文学作品的意义阐释可以彻底完成。面对一部文学作品，也没有哪位读者敢说他阐释的文学意义就最正确。一方面，这让文学的意义世界充满了风险，但另一方面，这也说明文学的意义世界永远有生机。强制阐释论，无疑和过度阐释论、[2] 反对阐释论一道，[3] 成为文学意义世界中存在风险的控制力量。当然，这种控制力量自身也要足够的清醒，否则，再往前一步可能就成为不好的控制力量。

其二，如果我们去除狭隘的民族主义，而保持一种"全球对话主义"

---

[1]　张江主编《阐释的张力——强制阐释论的"对话"》，中国社会科学出版社，2017，第187页。

[2]　〔美〕艾柯等：《诠释与过度诠释》，王宇根译，生活·读书·新知三联书店，1997。

[3]　〔美〕苏珊·桑塔格：《反对阐释》，程巍译，上海译文出版社，2011。

的观念，① 那么我们当然不应该不加反思就反对西方理论。因此，我们对待强制阐释论的时候，也要警惕它对西方文论的反思是否有民族主义的嫌疑，要去辨识其可能存在的"后殖民情结"。然而，也不可否认，它于我们不加反思地就接受西方文论而言，是一种提醒，也值得肯定。比如，源自西方的理论在我国具体运用时，有必要对其进行语境化和本土化的考量，从而实现"理论的旅行"到"理论的再生产"。② 这其实也成为一种常识了。举个例子来说，我们固然可以使用女性主义批评理论来阐释中国的文本，但是在具体运用时，需要考虑其语境及本土特点。女性主义作为一种文化政治，在我国有可能不完全适应。在特定情境下，也许我们的政治经济学意义的政治会比身份政治更紧迫。③ 当有了这样的本土意识后，再将其具体运用于文本意义的阐释时，可能就会得出更恰当的文学意义。这一点恐怕是不可否认的事实。

其三，在文学意义确定过程中，要避免"教条主义"阐释学。所谓教条阐释学，即是说我们在阐释某一文学文本的时候套用现成的理论，从而把文本作为现成理论的例证，阐释者自己几乎没有发挥主观能动性，没有展开真正的研究，他只是结合文本把自己掌握的理论原原本本地解释了一番。其最好的结果就是检验了理论的有效性，其最差的结果就是强行地把理论运用在了对文本的理解中。避免这种"教条主义"阐释学，也是强制

---

① 全球对话主义的观念，大体可以这样理解，即世界是差异的，不同民族之间的文化是不同的，但是差异并不意味着互相就没有关联，甚至是敌对的，相反，正因为世界是差异的，我们才需要对话，通过对话，才有可能触摸到那个差异的本体世界。对话不只为了消除差异，对话是因为差异而生，对话同时也承认了差异，没有差异，对话也没有必要。没有对话，差异也没有存在的意义。简言之，差异因此即对话，对话因此也即差异。（可参金惠敏一系列著作，如《媒介的后果——文学终结点上的批判理论》（人民出版社 2005 年版）、《全球对话主义：21 世纪的文化政治学》（新星出版社 2013 年版）、《消费他者——全球化与资本主义的文化图景》（商务印书馆 2014 年版）、《差异即对话》（中国社会科学出版社 2019 年版）。另外，可参丛新强主编《全球对话主义与人文科学的未来——金惠敏全球化理论讨论集》（中国社会科学出版社 2016 年版）。

② 段吉方曾指出，"横向地阐释分析他们的理论观念与观点其实只是一种简单的复述，能否回到那种'问题式'的语境中，实现理论的再生产，才是中国当代的文化研究需要认真借鉴的"。段吉方：《理论的再生产》，北京大学出版社，2015，第 180 页。

③ 肖明华：《身份政治·后结构性·学科体制化——1990 年代女性主义文学批评的发生及问题》，《山西师大学报》（社会科学版）2013 年第 2 期。

阐释论给我们的提醒。

实际上，我们对文本的阐释，可以有理论指导，甚至难免有"理论指导"，强制阐释论也认同这一点。但是，强制阐释论反对的是，把理论指导当成理论教条，从而变成一种"前在立场"，即"把理论当作公式，用公式剪裁事实，让事实服从理论"①。关于这种教条主义阐释学所蕴含的思想，其实早也有人提醒过。在我有限的视野里，除了恩格斯之外，② 布迪厄也指出过"理论拜物教"的问题，③ 李泽厚也提出过"转换性的创造"的问题，④ 这其实都是反对教条主义阐释学。为此，我们不要套用理论，而应该"理论地再生产"，把理论的精髓、方法运用到具体文学文本的研究中，从而生产出关于某一文学文本的特定理解，当这种特定理解成为有说服力的特定理解时，就可能创构出了新的理论。这才是真正的阐释。比如，我们在对某一文本进行理解的时候，应该这样想，如果孔子在世，根据他的思维方式、价值取向，他会如何理解这一文学文本，而不是把孔子已有的现成的理论拿去硬套当下的文学文本。我们需要的是做当代的"活孔子"，而不是"复活"孔子，让他在当代理解文本。再举个例子来说，我们应该学习巴赫金的陀思妥耶夫斯基诗学解读，巴赫金对陀思妥耶夫斯基的文学文本进行解读后，创构了"复调"的理论。

当然，并不是每一次的阐释都要生产出新理解，都要创构出新理论。

---

① 张江：《作者能不能死——当代西方文论考辨》，中国社会科学出版社，2017，第177页。
② 恩格斯曾指出："如果不把唯物主义方法当作研究历史的指南，而把它当作现成的公式，按照它来剪裁各种历史事实，那它就会转变为自己的对立物。"（《马克思恩格斯选集》第4卷，人民出版社，1995，第688页）
③ 布迪厄说："这种拜物教，来自将'理论'工具——惯习、场域、资本等——看作自在和自为的存在，而不是运用这些工具并使它们发挥作用。"（〔法〕布迪厄、〔美〕华康德：《实践与反思——反思社会学导引》，李猛、李康译，中央编译出版社，1998，第351页）
④ 李泽厚多次提及"转换性的创造"问题，虽然讲的主要是中西体用的大问题，但是我们可以从他的这种思想中体会到一种"非教条主义"的阐释学方法论。即是说，我们阐释传统的时候不是要把传统直接继承下来，也不是要完全否认传统，而是要对它进行改良，在继承中创新，进行"改良性地创造"（参李泽厚《人类学历史本体论》，青岛出版社，2016，第146页）。我们对待理论也应该如是看待。晚近，学界强调的文艺学知识本土化、语境化其实道理也是相通的。虽然这种道理都是常识了，但是，我们却往往容易遗忘。

这是不可能的。但是我们至少要保证在阐释的时候，尽量让理论激活文本，生成和理论互证互释的意义，而避免完全不尊重文本的强制阐释。这是强制阐释论给我们提出的有益提醒。

其四，强制阐释论对文学理论与批评的专业化，同时对文学理论与批评的研究者养成专家化意识也有一定的警醒意义。我们虽然不完全认同强制阐释论对文学阐释征用场外理论的做法，但是它提醒我们要尽量把场外理论和文学研究关联得紧密，也就是要做专业地转化。如此，才算是我们文学理论与批评者做了"理论的再生产"工作，而没有套用理论。这无疑是需要我们继续努力去做得更好的地方。同时，虽然我们不完全认同强制阐释论所主张的作者意图论，但是它强调要回到文学文本，遵循一个专业批评家的基本伦理，这一点对于提醒我们文学理论与批评的研究者要有行业的专家化意识，应该是有必要的。虽然专业化、专家化也可能有其弊端，但是我们从事文学理论与批评的人有能力在文学意义阐释的时候在文本内就见功夫，这的确是一项值得肯定的专业能力。前些年，有学者反思我们的文学理论与批评的研究者，"自己谈一套，也谈得头头是道，但无法面对活生生的文学作品与文学现象"①，这一状况，恐怕还没有得到根本的改变，这是要引起我们足够重视的。我们当然可以借助场外理论，也无关持怎样的文学阐释观，但一定要有对文学进行阐释的专业技能。否则，我们文学理论与批评的研究者在阐释文学意义的时候与一个社会学家、政治理论家谈论的差不多，或者与一个业余的读者谈论的也差不多，那我们就可能会失去专业的身份，也会带来学科的合法性危机。

强制阐释论带来了很多值得我们讨论的问题，也给了我们一些有益的启发。这是需要我们继续去具体分析和思考的。

---

① 刘再复、李泽厚：《审美判断和艺术感觉——与李泽厚谈美学》，《渤海大学学报》（哲学社会科学版）2010 年第 2 期。

三　强制阐释和文学公共领域①

　　强制阐释是极端情况出现的现象，其极端表现为对文学文本的不尊重。但极端地说，任何阐释都是有强制阐释嫌疑的，因为我们任何人都没有能力保证某一种阐释绝对的正确。对于强制阐释的极端现象，我们要借助文学公共领域来调节。这种调节可以让阐释者养成对话意识，同时，公共领域所具有的舆论监督作用，也可以保证即使有强制阐释也不至于出现严重后果。强制阐释论所主张的作者意图论，毕竟要读者去阐释，因此若要保证读者的理解具有公信力，也需要公共领域的交流。为此，我们不妨说几点初步的想法。

　　其一，文学公共领域的存在意味着有交往理性。交往理性的存在，意味着每个人都是一个主体，都是有差异的主体，这种差异的存在，使得我们每个人都有对话的诉求。对话，不是要消灭差异，而是要将差异带入新境。比如，差异可能会成为更深刻的差异，可能会避免坏的差异。强制阐释的问题就在于它有独断论的嫌疑，它不遵循基本的交往规则，把自身的差异绝对化，并且不理会这种绝对化可能造成的对他者的压抑、扭曲甚至致命伤害。落实到强制阐释上来看，有了文学公共领域，在文本意义的确定过程中，就不会完全不理会文本，而是要和文本、语境、作者等对话。通过这种对话，来确定自己的理解。而且，自己的理解确定之后，还要与其他读者对话。通过对话，把可能存在的差异带入新境。换言之，文学公共领域的存在有可能消除极端的强制阐释，而不意味着要因此把正常的差

---

① 需要说明的是，2017 年张江发表了《公共阐释论纲》（《学术研究》2017 年第 6 期）一文，本部分的写作有意回避了此文所开启的有关公共阐释的问题。这主要出于两个考虑。一是因为公共阐释已然和文学意义问题关联越来越远了，它更多的是一种文化理论或者哲学意义上的阐释学。二是因为我们准备对张江的公共阐释论进行专门的论述。这里，我们对文学公共领域的思考，主要还是依据笔者对哈贝马斯等人的公共哲学认知。2009年，笔者刊发于《文艺理论研究》第 4 期的《走向反思性阐释学》已然涉及了文学阐释和公共领域的关系问题，此处的思考也算是一个延伸。

异性理解消除，因而不会把可能有的多种文本解读给完全否认。有学者提醒得好，"人文学科总是充满了'解释的冲突'。也就是说，总是存在着形形色色的'前置立场'和'前置模式'，当然，结论也总是呈现出多样化特征。这是文学理论作为人文学科正常的生态，如果文学理论只有一种立场、模式和结论是合法的，或唯一正确的，那么对于人文学科来说将是悲剧性的。所以，我们在警惕文学理论研究中的强制阐释时，应该注意维护文学理论的多样性生态"①。文学公共领域是一个可以允许差异存在的地方，对话的目的当然是达成共识，但是共识的达成特别是达成唯一的共识只是理想的状态，实际的情况可能是和而不同。如此说来，文学公共领域的存在既可以有效诊治因缺乏差异思想和对话观念所导致的强制阐释，同时又不至于在诊治强制阐释的时候，由于过于强调同一而带来另一种意义的强制。

其二，文学公共领域意味着人们可以在一个相对自主的空间就文学问题展开平等、自由和理性的公开辩论。辩论遵循的是"较佳论证"原则，也就是有说服力的观念才会得到承认。我们相信，通过辩论，强制阐释出来的文本意义可能因为它没有事实感、没有逻辑、没有学理等原因，就会在文学场域中站位不佳，甚至遭遇淘汰。至少，因为有了文学公共领域的存在，这种强制阐释不至于对文学对社会造成坏的影响。在我国文学意义阐释的历史上，就出现过强制阐释带来的灾难。比如，不尊重文学文本的特性，把杜甫的《茅屋为秋风所破歌》的茅屋理解成冬暖夏凉很有讲究的房子，继而说杜甫过着地主阶级的生活云云，这就是一种强制阐释。问题是，对于这种强制阐释的存在却没有办法给予反驳，因为缺乏一个允许差异理解存在的文学公共领域。有学者为此指出，"极'左'时期文艺学知识生产的灾难不能泛泛地归结为'政治'化，而恰恰是它在'政治'化外表下的非政治化，在于它缺乏真正的政治实践所需的公共性——再强调一遍，这种公共性是以差异性、多元性以

---

① 张江主编《阐释的张力——强制阐释论的"对话"》，中国社会科学出版社，2017，第157页。

及自由平等的争鸣为前提的"①。可以说，缺乏文学公共领域的存在，有时候就没法真正地应对好强制阐释，我们因此要高度重视文学公共领域的建设和守护。

其三，文学公共领域作为一种具有自主性的文学场域，适合科学反思的文学阐释学存在。其实，我们有时候很难判断哪一种文学意义是被强制阐释出来的，哪一种意义是非强制阐释的。为此，我们可以换一种思路，即通过反思去分析某一种文学意义的阐释是如何做出的。当我们把某种文学意义所依托的知识学依据及它的论证逻辑分析出来后，大家就会有自己的理性判断和选择了。至少，我们会让任何一种文学意义没法不加反思地就成为真理被接受，这样对于有强制阐释的文学意义观来说，无疑会起到警醒作用，有强制阐释的文学意义观甚至会被解构。当我们有自主的文学公共领域，能够对任何文学意义的阐释活动进行这种反思的时候，强制阐释现象即使有，也并不那么可怕。可怕的倒可能是，有些文学意义一经阐释出来，就不允许被反思，并且还要强加给人接受。这样的"强制"恐怕比"强制阐释"的强制更值得警惕，其危害应该也更甚。

总之，在文学意义确定的过程中，虽然我们不可能杜绝强制阐释的现象，但是可以认清强制阐释的特点和逻辑，提供科学反思的阐释学技术，为文学阐释提供学术辩论的公共空间等。这些学术工作理念和措施落实到位，无疑有助于避免强制阐释的随意发生。如果从阐释学观念看，我们认为，可以持作者意图论，也可以持文本意图论，当然也可以持读者中心论。但是，这些意义观都需要接受文学公共领域的交流、辩论，那些有说服力的文学理解可能会得到更多的认同，那些没有事实感、缺乏逻辑性及过于独断的阐释可能支持者会少一些，甚至鲜有支持者。

---

① 陶东风、和磊：《当代中国文艺学研究（1949—2009）》，中国社会科学出版社，2011，第18页。

第九章

公共阐释论：文学意义的确定
与文学素养论的转型

在一次有关公共阐释的讨论中，张江说，强制阐释论的言说目的其实不是批判，而是建设。① 这也就意味着，对强制阐释现象进行批评的目的是建构一种没有强制阐释的阐释。没有强制阐释的阐释是一种怎样的阐释？依张江之意，公共阐释就是一种试图避免强制阐释的阐释。当然，提出公共阐释还不是最终的理论目的，建立中国阐释学才是他要达到的理论效果。这一点，张江在提出公共阐释论时就有了相应的说明。他写道："'公共阐释'是一个新的概念，是在反思和批判强制阐释过程中提炼和标识的。提出这一命题，旨在为建构当代中国阐释学基本框架确立一个核心范畴。"②

基于公共阐释论的理论意图，通过细读公共阐释论的相关文献，我们认为它依然和文学意义确定性问题有一定的相关性，但它可能更是一个和阐释学甚至文化理论建设相关的问题。不管是怎样的问题关切，公共阐释的公共二字就已经表明了它和我们讨论的文学理论公共性问题有较大关联。其一，公共阐释论和强制阐释论有关，我们可以通过对它的考察，看看文学意义确定性的问题在公共阐释论这里是被如何思考的。其二，公共阐释作为一种和文本意义相关的阐释，本来就会涉及包括文学意义的阐释在内的阐释学问题。其三，公共阐释其实也和文学理论的文化转向有关，

---

① 张江等：《阐释的世界视野："公共阐释论"的对谈》，《社会科学战线》2018 年第 6 期。
② 张江：《公共阐释论纲》，《学术研究》2017 年第 6 期。

公共阐释所蕴含的文化问题，也是文化研究的议题。如果我们把文本泛化的话，公共阐释其实就是一种和整个人文学科相关的文化理论。特别是和当今文化建设理念有诸多关联。这也是我们当代文学理论公共性研究应该关心的话题。事实上，公共阐释论，当然也包括强制阐释论，其实已然是一种作为学科的文学理论。它通过讨论文学理论的意义确定性问题，介入对当前社会文化问题的思考。凡此种种，都是我们要对公共阐释论予以关注的缘由。

一　公共阐释论与文学意义观

2017 年，张江先后发表了《公共阐释论纲》《"阐""诠"辨——阐释的公共性讨论之一》《关于公共阐释若干问题的再讨论》等论文。同时，张江还与国外著名学者讨论公共阐释论问题，先后发表了《作为一种公共行为的阐释——张江与迈克·费瑟斯通的对话》《关于公共阐释的对话》等。

公共阐释论被提出后，也引发了国内学者的积极回应。这些回应基本是有学理的真诚交流，有学者甚至提出了非常尖锐的批评意见。不妨说，这是当下关于阐释问题的又一次公共讨论。这一点，我们下面还要涉及。①

细读公共阐释论的相关文本，可以发现，张江已然从批判强制阐释转型到了建构公共阐释论。

什么叫公共阐释？张江对此有清晰的界定，他说："公共阐释的内涵是，阐释者以普遍的历史前提为基点，以文本为意义对象，以公共理性生产有边界约束，且可公度的有效阐释。"② 这一界定的内涵是较丰富的，要把握它的意思，大体要理解这样几点。其一，它承认了阐释者有普遍的历

---

① 不妨顺便强调一下，我们可以有关于当代作家的批评，其实也应该有关于当代学术的批评，只是这种批评要真诚、理性、平等，并且要有学术本位意识，不能沦为吹捧或者攻击等。我们认为，正常的学术生态，既然有学术共同体的研究，就应该有正常的学术批评。这是值得肯定和鼓励的。

② 张江：《公共阐释论纲》，《学术研究》2017 年第 6 期。

史前提，也就是有传统有前见，有开展阐释的能力。但是，这并不意味着
阐释就可以完全按照自己的传统和前见来进行。其二，阐释是对文本的阐
释，阐释者的理解要以文本为依托，不能离弦说象。其三，最关键的是，
阐释是有公共理性的阐释。阐释不是非理性的、私人感觉的，更不是可以
随意发挥的。其四，公共阐释是要获得有共识的、确定的意义。即使共
识、确定不是唯一的，但也只能是"有限的多元"。

　　基于上述对公共阐释的界定，张江还指出了公共阐释的六个特点，即
理性阐释、澄明性阐释、公度性阐释、建构性阐释、超越性阐释、反思性
阐释。所谓理性阐释，即阐释要遵循基本的认知逻辑，要去寻找真理。所
谓澄明性阐释，意思是阐释是要让文本"澄明"，也就是让晦暗不明的文
本变得清晰。所谓公度性阐释，主要是说阐释是可以生产出互相理解的公
共意义的。所谓建构性阐释，是说阐释要建构公共理解，发挥教化和实践
功能。所谓超越性阐释，主要是说阐释要超越个体阐释变成公共阐释。所
谓反思性阐释，主要指阐释者要有对自我的反思意识，从而去生产出有效
的公共意义。①

　　看得出来，公共阐释不是直接面向文学意义确定性问题的讨论，但它
以文本为阐释对象，这个文本当然也包括文学文本。为此，我们可以回到
文学文本的意义确定性问题来看，继续考察它和强制阐释论在文学文本意
义确定性问题的思考方面有怎样的不同。我们不妨从以下几个方面来具
体看。

　　其一，意义是不是确定的？和强制阐释论一样，公共阐释论也是主张
意义是基本确定的。为什么意义是基本确定的呢？强制阐释论没有进行讨
论，从这一点可以看出公共阐释论有超越强制阐释论之处。在公共阐释论
看来，文本的意义之所以是确定的，乃是因为意义是阐释出来的，而阐释
本身就是公共行为。作为一种公共行为的阐释，它其实是以公共理性为依
据来具体展开的。公共理性是"人类共同的理性规范及基本逻辑程序"②，

---

　　①　张江：《公共阐释论纲》，《学术研究》2017 年第 6 期。
　　②　张江：《公共阐释论纲》，《学术研究》2017 年第 6 期。

这样的话，阐释就可能获得有广泛共识的公共理解，这种共识的获得也就是意义确定性的完成。张江写道："在理性的主导下，主体间的理解与对话成为可能，阐释因此而发生作用，承载并实现理解和对话的公共职能。离开公共理性的约束与规范，全部理解和阐释都将失去可能。"① 这也就是说，因为有了公共理性的保证，阐释就会有约束和规范。为了论证意义确定是合法的，张江还进行了词源学论证："'阐'就是'开门''闻''问'于他人，'开门'于己来讲是'开放'自己于人，'开门'于'人'来说是实现沟通，结果是在'开门''闻''问'的活动中构建起'人'与'己'的对话，协商彼此的意见，寻求共享共识。"②

其二，意义由谁确定？在强制阐释论阶段，意义主要是通过文本，由作者意图所决定。到公共阐释论阶段，意义还是需要通过文本，但是更突出了"阐释"的"中心和枢纽"地位，即"在理解和交流过程中，理解的主体、被理解的对象，以及阐释者的存在，构成一个相互融合的多方共同体，多元丰富的公共理性活动由此而展开，阐释成为中心和枢纽"③。这就意味着意义是由读者阐释出来的，但是读者在阐释文本意义的时候，不是一个纯粹的私人主体，也不是完全非理性的主体，而是一个对话的主体，一个有公共理性的主体。这个主体的存在，保证了意义确定的可能。张江还从词源学考证的角度来对此进行说明，他写道："'开'字原形已明示，阐释者是从内向外而开。此'开'，乃主动之开，自觉之开，表征阐之本身开放欲求。此动作暗示，阐释者清楚，个体阐释必须求之于公共承认，在争取公共承认之过程中确证自己。"④ 实际上，在张江看来，公共理性的目标就是获得"认知的真理性和阐释的确定性"⑤。据此，我们可以说，文本意义的确定性其实是由公共理性的阐释者来实现的。

其三，意义确定如何可能。

意义确定是需要条件的。具有公共理性的阐释者的存在无疑是一个条

① 张江：《公共阐释论纲》，《学术研究》2017年第6期。
② 张江等：《阐释的世界视野："公共阐释论"的对谈》，《社会科学战线》2018年第6期。
③ 张江：《公共阐释论纲》，《学术研究》2017年第6期。
④ 张江：《"阐""诠"辨——阐释的公共性讨论之一》，《哲学研究》2017年第12期。
⑤ 张江：《公共阐释论纲》，《学术研究》2017年第6期。

件。但问题是，公共理性它是存在于具体的阐释者主体之中的。而阐释者主体虽然有公共理性，但是这并不能完全保证阐释者所阐释出来的意义就一定能够得到承认，并将其确定为公共意义，毕竟阐释者主体无论如何还是有个体性，当这种个体性的阐释没有得到承认，它就依然只是作为私人的个体阐释。对此，张江是意识到了的。他于是承认有私人性的个体阐释。其基本意思是"以直接体验的本己感悟，生成贮留于个体想象之内，且不为他人理解和接受的阐释"[1]。但是，私人性的个体阐释不可能彻底地不被人所理解，只能说有可能有些理解不为人接受，有些则可能会被接受。那种不为他人或者不为更多他人所接受的理解，可能就变成私人理解。那种逐渐被他人接受，而且被更多他人所接受的理解则成为公共理解。这一点，张江也明确地说过："公共阐释是从个体阐释来的。个体阐释无论怎样具有特征、无论怎样怪诞、无论怎样具有创造性，一开始总是'自己'的，一旦把它作为公共行为阐释出来，然后征得公众的理解和同意，就使得此'个人阐释'在公共的范围上不断变大，最终成为为公众'承认'的'公共阐释'。"[2] 这就是说，公共阐释或者说公共意义之所以可能的另一个原因就是有私人性的个体阐释的存在。没有这些个体阐释，公共阐释就不会有形成的可能。张江还把个体阐释的存在当作"原生动力"，即"阐释的公共性本身，隐含了公共场域中各类阐释的多元共存。在公共阐释被承认及流行以前，有创造性意义的个体阐释是公共阐释的原生动力"[3]。当然，依张江之意，这些个体阐释之所以会变成公共阐释，或者说，归根结底，公共阐释的存在及基于公共阐释所生成的确定性意义之所以存在，是因为有人的社会性、人类的共在性、集体经验、语言的公共性、可确定的语境等。从这里，我们可以看出公共阐释论对美好人性与命运共同体是持较佳信念的。如果说，强制阐释论对阐释者不很信任的话，那么公共阐释论对阐释者则寄予了美好信任。有学者因此敏锐地指出，

① 张江：《公共阐释论纲》，《学术研究》2017 年第 6 期。

② 张江等：《阐释的世界视野："公共阐释论"的对谈》，《社会科学战线》2018 年第 6 期。

③ 张江：《公共阐释论纲》，《学术研究》2017 年第 6 期。

"善良愿望"成为公共阐释论的"逻辑起点"。① 这无疑是有道理的。试想，如果大家没有交流的意愿，更没有互相理解的善良意志，那么，阐释就很难有公共性，遑论形成所谓的公共阐释。

关于上述公共阐释问题的讨论，我们可以看出，在强制阐释论阶段，虽然也涉及了文学文本意义的阐释问题，但是，强制阐释论并没有正面去建构阐释学，我们只能从其对强制阐释的批评中领略到其关于文学文本意义的确定性问题的批判性思考。而且，蕴含在强制阐释论中的文学文本意义之思，更多的是读者意图论的文本意义观。到了公共阐释论阶段，则有了自觉建构阐释学的诉求，对阐释者的阐释更有了认同感。在文本意义的确定性上，它主张用阐释者的公共理性来反思、规约阐释行为，从而最大限度地获得有公共性的理解。这种有公共性的理解，也就是获得大多数公众认同的理解才是确定的而且也是"确当"的理解。

公共阐释论作为一种阐释理论的本土化建构，是值得肯定的。它试图追求文本意义的"确当"理解，也符合现代阐释学的旨趣。② 然而，公共

---

① 刘旭光：《公共理性与阐释学的善良愿望》，《求是学刊》2019 年第 1 期。

② 顺便再强调一下，学界有人对现代阐释学是有所误解的。比如，认为海德格尔、伽达默尔等人的阐释学是以非确定性为总目标的理论话语。实际情况可能不是如此。这里以伽达默尔为例，其一，伽达默尔的阐释学不是认识论的，而是存在论的。他要确定的是文本的意义，或者说是艺术真理，而不是认识论的知识，或者说符合论的真理。其二，伽达默尔虽然承认前理解，但不是因此就完全认同前理解的任何阐释合法性，实际上，伽达默尔想了很多办法对前理解可能存在的局限进行干预。比如，理解者要有开放和对话的观念。他说："我们也不能盲目地坚持我们自己对于事情的前见解，加入我们想理解他人的见解的话。当然，这并不是说，当我们倾听某人讲话或阅读某个著作时，我们必须忘掉所有关于内容的前见解和所有我们自己的见解。我们只是要求对他人的和本文的见解保持开放的态度。但是，这种开放性总是包含着我们要把他人的见解放入与我们自己整个见解的关系中，或者把我们自己的见解放入他人整个见解的关系中。"（〔德〕汉斯-格奥尔格·加达默尔：《真理与方法》，洪汉鼎译，上海译文出版社，2004，第 347 页）比如，伽达默尔认为阐释要有时间距离，时间距离会引起我们对对象的阐释兴趣，并消除前见的虚假性，或者说会优化前见，从而增强前见的正当性等。加达默尔说："时间距离除了能遏制我们对对象的兴趣这一意义外，显然还有另一种意义。它可以使存在于事情里的真正意义充分地显露出来。但是，对一个本文或一部艺术作品里的真正意义的汲舀（Auschopfung）是永无止境的，它实际上是一种无限的过程。这不仅是指新的错误源泉不断被消除，以致真正的意义从一切混杂的东西被过滤出来，而且也指新的理解源泉不断产生，使得意想不到的意义关系展现出来。促成这种过滤过程的时间距离，本身并没有一种封闭的界限，而是在一种不断运动和扩展的过程中被把握。但是伴（转下页注）

阐释论的阐释观还是有自己的独特性的。其独特性在于两点。其一，它明确而积极地追寻确定性。其二，它标举公共性和理性。

二　公共阐释论的公共讨论

围绕着公共阐释论也展开了公共讨论，在讨论中，可以看出差异甚至分歧，公共讨论也因之更加真实。在这种真实的公共讨论中，甚至形成了复调的公共阐释论。

依据我们的理解，有关公共阐释论的讨论主要需要解决以下几个方面的问题。

其一，"公共"是"共同"吗？

公共阐释论无疑有借公共理性来获得关于阐释确定性的追求。这种对确定性的追求无疑是值得肯定的。但是，公共阐释其实不应该以追求为是，公共阐释的目的如果是要悬置、压抑甚至消灭差异、私人的理解，从而达成共识性的、普遍性的、同一性的理解，那么，这样的公共阐释可能就会走向它的反面，即公共阐释没有维护公共性。这是为什么呢？原因在于公共和私人的关系不是敌对的非此即彼的关系，也就是不能简单地"大公无私""公而忘私"，也不能纯粹地就只有私而没有公。公共，就意味着有差异，有私人。没有私人，没有差异的公共，就可能走向它的反面。有学人因此指出，"从公共阐释的视野看，保持人与文学艺术作品的共在经验，是保持人在精神领域具有无限创造性与自由可能性的必要条件。因为既然文学艺术作品的丰富性与可能性，也就是人的存在的丰富性与可能性；那么，经由公共阐释所获致的对文学艺术作品多样性真理经验，也就是人在精神领域的无限自由与可能"①。这也就是说，公共阐释不是要去追

（接上页）随着时间距离造成的过滤过程的这种消极方面，同时也出现它对理解所具有的积极方面。它不仅使那些具有特殊性的前见消失，而且也使那些促成真理理解的前见浮现出来。"（〔德〕汉斯–格奥尔格·加达默尔：《真理与方法》，洪汉鼎译，上海译文出版社，2004，第385~386页）

① 谷鹏飞：《"公共阐释"论》，《西北大学学报》（哲学社会科学版）2018年第1期。

寻唯一的公共理解。对于文学文本来说，这样的唯一理解尤其不容易获得。在某种程度上说，也没有必要有唯一的公共理解。我们的确需要通过交流对话来获得共识，但是对于文学意义的理解来说，共识并不意味着只有一种公共理解。公共理解可能有多种，同时，公共理解存在的同时，并不意味着私人理解存在的消失。公共理性最应该做的工作恐怕包括两个方面，一方面是保护有差异的私人理解，另一方面是调节那些有害于公共世界的理解。在做这两方面工作的过程中，较佳的公共理解就会得到彰显。有学者就曾指出，"在实际的诠释交流中，根本不可能完全排除在某个时刻或某个范围内产生权威话语。这个权威话语在某种程度上可以理解为哈贝马斯的共识概念"①。也就是说，我们要担心的并不是没有公共理解，而是要担心有没有好的公共理解。好的公共理解不应该压抑私人个体理解，也不应该危害公共世界。因此，我们要积极去维护公共和私人的良性互动关系。有学者就指出，"公共阐释的'公共'性征隐含着个体阐释与集体回应的互动机制。严格来说，任何一种阐释活动尽管离不开公共空间的孕化与接纳，但这并不能抹杀阐释活动在生成过程中的个体独创因素"②。如果没有个体阐释，就没有真正的公共阐释。公共阐释的生成，不意味着只能有共同理解。实际上，如果只有共同理解，而没有差异的个体理解，那公共理解就不能很好地彰显文本的存在。因此，我们要特别强调共同非公共，公共理解乃是有私人、差异的理解，是和而不同的理解。

其二，是真理，还是意见？

公共阐释论还寄希望于通过公共阐释来获得关于文本意义的真理。这也是无可厚非的。但问题是，既然是公共理性，那就意味着不是"我占有真理"。即使是大多数人认同的"真理"，其实也不是唯一的、排他的。它无非是一种"意见式的真理"（truth of opinion）。③ 这种真理的存在，并不意味着不能有其他理解的存在。也就是说，对文本的理解，不可能被一种

---

① 王峰：《意义诠释与未来时间维度——探索一种意义诠释学》，上海人民出版社，2007，第 268 页。
② 张伟：《公共阐释论的"公共"空间与"理性"维度——兼及视觉阐释的公共表达与现代特征》，《文艺争鸣》2018 年第 1 期。
③ 陶东风：《文学理论的公共性——重建政治批评》，福建教育出版社，2008，第 439 页。

真理所垄断。有学者因此说，"'公共阐释'绝不是要通过理解与解释达成一种科学主义的真理诉求，恰恰相反，它要在自然世界的科学真理观之外，发现存在于人的精神世界的真理性经验"[①]。这也就是说，对于文本的阐释，它不是也不能寻找到唯一的绝对的真理。那些称得上真理的，更多的是因为它的论证更佳而更有说服力。同时，也可能是它符合"融贯论"的真理观，因此被奉为真理。所谓融贯论，意思是说，一种阐释，只要它没有逻辑矛盾，并且符合一组互相支持的信念系统，它就会被接纳为真理。对此，有学者写道："一种阐释是否恰当，若以融贯论的标准来看，它应该体现为两个方面。一是这种阐释自身具有内在的融贯性，不存在严重或无法克服的自相矛盾；二是当我们用这种阐释反观文本本身的时候，文本本身仍然能呈现为一个融贯的整体，而不是被肢解的碎片。如果一种阐释能够做到这两点，它应该可以被视为一种合理的阐释。"[②] 这也就是说，阐释的真理和信念是有关的。它不是那种思维和存在相符合的真理。也因此，与其说它是真理，还不如说它是有说服力的、可信的意见。

有学者在讨论公共阐释的真理观时指出，"公共阐释论的真理观存在两种意义的混淆：一是传统认识论或实在论意义的真理观，强调确定的同一逻辑的客观真理；二是以语言交往为基础的具有社会学意义的共识观。前者指自然科学意义的真理观，后者指社会科学意义的真理观。前者指向确定性、本真性，后者意味着大数定律与公度性"[③]。实际上，依现代阐释学大家海德格尔、伽达默尔之见，我们要相信的文本真理，的确不是认识论意义的符合论的真理，而是伽达默尔所讨论的艺术真理，[④] 也是海德格尔所言及的本质的真理。[⑤] 所谓艺术真理、本质的真理，其意是指，真理是理解的产物，而不是认识的结果；真理是存在的显现，而不是关于存在者的"知识"。有学者为此说："文本的公共阐释，就是阐释者通过阐释活

---

①　谷鹏飞：《"公共阐释"论》，《西北大学学报》（哲学社会科学版）2018 年第 1 期。

②　谭安奎：《公共理性与阐释的公共性问题》，《江海学刊》2018 年第 2 期。

③　傅其林：《公共阐释论的合法性辨析》，《求是学刊》2019 年第 1 期。

④　〔德〕汉斯-格奥尔格·加达默尔：《真理与方法》，洪汉鼎译，上海译文出版社，2004，第 222 页。

⑤　孙周兴选编《海德格尔选集》（上卷），上海三联书店，1996，第 235 页。

动来诱发阐释文本中真理的生成和发生，就是阐释者借此真理的生成和发生来实现阐释者的自我创造和自我保藏。"① 公共阐释如果是为了获得认识论意义的真理，恐怕就会使得文学存在的"意义"被遗忘。

其三，公共阐释的理论依据是公共理性，还是共同感，抑或善良意志？

公共阐释论的最大特点其实是公共理性。这在阐释学历史上讨论得并不多。但是，公共阐释能否完全依据公共理性来进行？这显然是需要考虑的一个问题。当我们从认识论框架中走出来时，就会发现，理性，即使是公共的，也没法应对阐释的公共性。

对于文学文本的意义确定而言，公共理性恐怕尤其很难有合法性。这是因为，文学意义的阐释和确定可能主要不是公共理性在起作用，而是基于共同感、趣味之上的判断力才和文学这种审美的艺术有更为内在的关联。这一点，康德早已有了说明。我们不妨把康德的文字引述如下："在我们由以宣称某物为美的一切判断中，我们不允许任何人有别的意见；然而我们的判断却不是建立在概念上，而只是建立在我们的情感上：所以我们不是把这种情感作为私人情感，而是作为共同的情感而置于基础的位置上。于是，这种共同感为此目的就不能建立于经验之上，因为它要授权我们做出那些包含有一个应当在内的判断：它不是说，每个人将会与我们的判断协和一致，而是说，每个人应当与此协调一致。……共同感就只是一个理想的基准，在它的前提下人们可以正当地使一个与之协调一致的判断及在其中所表达出来的对一个客体的愉悦成为每一个人的规则：因为这原则虽然只是主观的，但却被看作主观普遍的（即一个对每个人都是必然的理念），在涉及不同判断者之间的一致性时是可以像一个客观原则那样来要求普遍赞同的。"② 这也就是说，和文学这种与审美有关的文本打交道，我们靠的是判断力。这种判断力之所以能够有效，乃是因为它依据了共通感。有学者因此说："'阐释'何以是'公共性'的深层哲学依据：'共通

---

① 谷鹏飞：《"公共阐释"论》，《西北大学学报》（哲学社会科学版）2018 年第 1 期。
② 〔德〕康德：《判断力批判》，邓晓芒译，人民出版社，2002，第 76 页。

感'。"① 也就是说，我们之所以能够有阐释的公共性，之所以我们对文本的理解能够做到既是个体的，又是群体的，是因为"知识学的依据"主要是共通感。有差异的人们之所以能够互相理解某一文本的文学意义，甚至有关于某一文学意义的共识，主要并不是因为大家有公共理性，不是公共理性在约束和规范大家的认知，而是共通感让大家的判断力一致，是一种先验的感性形式确保了这种共识。有学者为此说，"将'共通感'理解为公共的判断能力与先验的情感形式，它意味着公民的'共同的意向'"。② 这样来理解公共阐释，显然会导向阐释的现象学，就会把公共阐释的依据归于共同感、趣味，简言之，是依据美学判断力来获得文学意义的共识和普遍性。这应该是更为可靠的，也更符合文学阐释的实际。但是，即便如此，我们也不能认为文本意义的共识和普遍性就是唯一的、排他的。

对于文本意义的阐释而言，它不仅仅是一个美学问题，同时还是一个自由意志的问题。确定的意义如何可能？这并不是有了公共理性就能真正完成的。对此，有学者写道："理性的公共性在康德理论中是先验的，在解释学看来，是在效果历史当中生成的，就现实的经验来看，理性没有办法克服自己的立场，必须让理性建立在一个普遍的立场之上。这个立场只能是善良愿望！"③ 这就是说，康德的理性是先验的，它并不是寻求确定性的文本意义阐释所能立基的所在。伽达默尔虽然也承认了理性，但是光靠理性是不可能达成共识的，理性自身需要建立在善良愿望之上。④

其四，公共阐释是否有可能成为另一种强制阐释？

---

① 谷鹏飞：《"公共阐释"论》，《西北大学学报》（哲学社会科学版）2018 年第 1 期。
② 谷鹏飞：《"公共阐释"论》，《西北大学学报》（哲学社会科学版）2018 年第 1 期。
③ 刘旭光：《公共理性与阐释学的善良愿望》，《求是学刊》2019 年第 1 期。
④ 顺便提及，王峰在评价德里达对伽达默尔的"沉默"事件时，也特别强调善良愿望的重要，而且认为它的存在其实不能被轻易否认。原文为："德里达的最大误区在于，他退出对话的行动并不能在理论上达到对善良愿望的批判，理论的东西只能用理论来批判，而不是行动，而且退出对话并不能回击善良愿望的存在，它只是表明了一种非善良的态度——我不参加对话，因此我反对善良愿望。但善良愿望恰恰有一个界限，它只在对话中存在，它不要求对话之外的权力。"王峰：《西方阐释学美学局限研究》，黑龙江人民出版社，2007，第 53 页。

公共阐释是为了回避强制阐释。强制阐释之所以存在就是因为太不尊重文本，没有对话、平等意识，太自我而缺乏公共理性的制约等。公共阐释由于有公共理性的束缚，就会尊重文本，会尽量生产出可公度的有效理解。公共阐释论在某种程度上说是有助于避免强制阐释的。但是，公共阐释本身是否会演变为一种强制阐释？答案是肯定的。有学人写了一段长文如下："如果在阐释学的理论建构上，我们要提出比传统理性概念更强的认知标准，或者坚持用当代公共理性理念中更为厚重的伦理标准，就会导致一个风险：以认知客观性的名义，或者以公共的可接受性的名义，强行达到某种一致性或确定性。相对于公共阐释论所批判的那种强制阐释，这有可能是导向了另一种形式的强制阐释。如果说前者是阐释者凭借个人的主观任意性，严重偏离或扭曲了文本的含义，而后者则是刻意寻求确定性或唯一真确的（true）阐释；前者意味着完全否弃真理与确定性的目标，后者则意味着强行树立确定性的标准。换言之，强制阐释刚从前门被赶走，它又改头换面从后门进来了。"①

为什么公共阐释有可能走向强制阐释呢？

原因之一是公共阐释要获得确定的理解。虽然它也允许一定程度的阐释，但是终究它是要分出一个是非对错，从而确定一个最确当的理解的，这样就增加了走向强制阐释的可能。这是因为，确当的阐释本就不是实体的存在，而公共阐释却非要努力确定一个这样的存在，那可能就把存在者当成了存在。对此，有学者说："作为目标的'确当阐释'永远在追寻之中，无法把它牢牢把握在手。"② 公共阐释为了获得确当理解，就可能会自觉或不自觉地或者说合法或非法地消除差异，以获得统一的确定的共识。若如此，公共阐释就可能没有依托公共理性，因为公共理性既然是公共的，那么依托于它的阐释就不应该是为了消除差异，而是要把差异带入新境。如果公共阐释的效果就是要获得一种确定性的文学意义，那么这样的公共阐释可能就是同一或统一的阐释。在这种同一或统一中，就难免存在

---

① 谭安奎：《公共理性与阐释的公共性问题》，《江海学刊》2018 年第 2 期。
② 卓今：《"公共阐释论"术语、概念的构成及发展》，《文艺争鸣》2018 年第 9 期。

强制性。有论者甚至认为，公共阐释为了自身的合法性，就抛弃了真实的个体阐释，这就很可能导致强制阐释。① 的确如此，如果我们个体阐释完全放弃交流的善良意愿，恐怕甚至就会认为公共阐释的强制是必然的。我们看看当年伽达默尔和德里达的论争就会明白这一点。②

　　原因之二是公共阐释相信的是认识论意义上的真理。认识论意义上的真理对于自然科学而言，可能是适合的。但是，认识论意义上的真理很难适用于人文社会科学领域。这一点，已经被伽达默尔论证过了。公共阐释论却希望获得关于文本的确当理解，这实际上表征了它的认识论真理诉求。当公共阐释有了这种真理观念后，它就会忽略差异，甚至把多元的理解视为错误，以至于要除之而后快。如果这样，公共阐释就可能陷入强制阐释。

　　原因之三是它依托的公共理性不可靠。公共阐释之所以会导致强制阐释，还与公共阐释建基于公共理性这一点有关。追求"认知的真理性和阐释的确定性"，是公共阐释论所设定的公共理性的目标。在这一目标下，就可能会有阐释的对错好坏之分。公共阐释无疑就是好的、对的，这本来也没有问题。但问题是，公共阐释本身也是一个历史范畴。对此，张江也是有自觉意识的。他对公共阐释可能存在的强制阐释也进行了怀疑。他写道："我们要问，在阐释学意义上被公众所接受的东西，或者说被公共理性所接受的东西，一定就是真理吗？"③ 显然，不一定。张江认为，公共阐释是一个过程，以后的公共阐释可能会否认今天的公共阐释。在他看来，这是一个可以讨论的问题。只不过，他依然对公共理性持有好感，他认为随着公众理性水平的提高这个问题就会逐渐被解决。

　　然而，我们却认为公共理性既然并不可靠，那我们就不能因此认为任何个体阐释都需要接受公共理性的约束。对于文学文本来说，尤其如此。因为，文学阐释就是个体阐释，经由个体而达到普遍、公共，而不是经由概念、理性来达到普遍、公共。如果用公共理性来规约文学的个体阐释，

---

①　杨龄：《"公共阐释"的合法性探析》，《知与行》2019 年第 2 期。
②　肖明华：《走向反思型文学阐释学》，《文艺理论研究》2009 年第 4 期。
③　张江：《关于公共阐释若干问题的再讨论（之一）》，《求是学刊》2019 年第 1 期。

那可能还会使得文学阐释无法有效。退一步说，即使是依托公共理性来阐释，那么在实际中又如何合法化地去确定哪一种阐释才是公共阐释呢？就算我们经过了一套文本意义生产的合法程序，从而确定了某种阐释是合法性的公共阐释，但从正当性的角度论，我们也不能因此保证有了简单否认其他个体阐释的理由。毕竟，只要不造成公共危机，个体阐释的正当性是需要得到认可的。否则，公共阐释就形成了一种强制力量。举个例子来说，关于《红楼梦》这个文本，在特定年代里，"四大家族的衰亡史"这种理解可能会被认作是公共阐释，但是，我们能因此就认为关于《红楼梦》的阐释就已经确定好了，就已经真理在握了吗？甚至我们可以因此排除其他的理解吗？显然是不可以的。否则，关于《红楼梦》的公共理解就可能沦落为一种强制阐释。对此，我们非常认同有的学者所言及的，"这种文学阐释的复杂而矛盾的机制需要进一步清理，需要把公共阐释超越个体阐释的'超越''升华'与'融合'加以具体化与合法化"①。

不妨说，由于公共阐释总是希望获得确定的、真理性的理解，它是一种求真性的文本意义阐释学。对于这种阐释学，我们其实要多加反思。这是为什么呢？有学者说得好："求真性带有一定程度上的形而上学幻想。但具有形而上学幻想并不是一件坏事。我们应该做的不应该是否弃形而上学幻想，而是把它限制在一个不断反思的过程中，求真性在诠释的过程中需要不断调整方向，从实际诠释效果来说，求真性在诠释中往往表现为误读，就是每一次诠释都具有有假性。"②求真性的阐释，不能保证每次的阐释真的达到真理的地步，它甚至还有可能是误读，具有有假性，如果不加以反思，就可能会把这种误读、有假性都当成真理被接受了。若如此，这不是一种事与愿违的强制阐释吗？这是我们需要警惕的。笔者多年前为此还提出要走向反思型文学阐释学的观点。③

① 傅其林：《公共阐释论的合法性辩护》，《求是学刊》2019 年第 1 期。
② 王峰：《意义诠释与未来时间维度——探索一种意义诠释学》，上海人民出版社，2007，第 268 页。
③ 肖明华：《走向反思型文学阐释学》，《文艺理论研究》2009 年第 4 期。

三　公共阐释与文学素养论转型

无疑，公共阐释论的初衷是好的。他希望文本意义的世界能够有基本的确定性，这也符合我们对世界的认知需求。只是，在阐释学已然现代转型甚至后现代的意义观都已经发生之时，我们就得积极面对可能出现的相应的攻讦。在公共阐释论的相关讨论中我们已经对此有了较为自觉的分析。这里，我们再提出一点公共阐释论的未来构想，以便推动公共阐释论朝着某一方向有更好的发展。

我们认为，公共阐释是当前文学意义生产过程中所继续加以推动的一种阐释学的知识型。原因有二。其一，随着现代性的发生，个体主体得到成长。这无疑是值得肯定的。但是，在这个时候，后现代观念的兴起，可能使个体主体成长后，世界渐渐沟通和对话的可能性增强。此语境之下，文学意义的多元理解就可能会走向意义的相对主义和虚无主义。为此，倡导有公共理性的公共阐释就有其合理性。其二，无论是传统阐释学还是现代阐释学，意义的确定性问题一直是一个难题。我国古代的以意逆志也是为了获得确定性意义，现代西方阐释学中伽达默尔对前理解的研究其实也没有放弃对确定性意义的追寻。公共阐释论对确定性意义的追问，也是在试图推进对这一问题的思考。毋庸置疑，只要有阐释的观念，就一定要尊重阐释者。阐释者作为一个个体的存在，是一个事实。但是，作为个体的阐释如何走向公共，如何处理和他者的关系，是一个阐释的公共话题。强制阐释论试图以公共阐释来解决这个确定性问题，其思路和方向无疑是值得肯定的。

在推动公共阐释发展的过程中，我们怎么处理个体和公共的关系，怎样去解决阐释的确定性问题？窃以为，在处理个体和公共的关系问题时，我们可以有文学公共性的思想。这就意味着，任何一种文学意义的阐释，都有其正当性，但若要获得合法性，则需要在文学公共领域里争胜。那种更有说服力的较佳论证，那种更符合美好信念的阐释，就可以作为文学的公共意义。至于那些论证较差，也不坚守美好信念的文学理解，我们也不需要对其过于恐惧，只要守住底线即可。对于任何一种不具有强公共价值的文学意义，只要它不至于造成公共灾难，就可以允许它适度存在。在大众文化语境下，在文学趣味越来越分化的今天，即使是文学意义阐释的专业人士，其实也很难去做"立法者"了。也就是，其很难去判定哪一种文学意义是不合理的。即使判定了，也恐怕得不到公众的"承认"。在这种语境下，不如去做文学意义的阐释者。作为文本意义的阐释者，他在阐释的过程中不是居高临下的启蒙者，更不是管控者，而是服务者。任何一位专业的文学意义阐释者，都需要有意识地使文学知识服务于大众，让他们提高自己的文学素养。有学者甚至提出了"艺术素养论"范式。① 这很契合这样一个教育大众化和信息自媒体化的时代。当民众有了基本的文学素养后，他们甚至会到文学意义生产的现场，和其他阐释者进行积极的对话。在这种对话中，他们可能就学会了自己生产文学意义，或者会根据自己的理性和判断力去选择更好的某种文学意义。如果这样的话，文学意义生产、传播和接受的公共性问题可能就会逐渐解决。这难道不是公共阐释所乐见的吗？实际上，公共阐释也是有对个体、民众的教化诉求的。张江曾经写道："公共阐释是阐释者对公众理解及视域展开修正、统合与引申的阐释。其要义不仅在寻求阐释的最大公度，而且重在于最大公度中提升公共理性，扩大公共视域。公共阐释超越并升华个体理解与视域，申明和构建公共理解，界定和扩大公共视域。这是公共阐释的教化与实践意义。"② 如此说来，我们倡导公共阐释朝着素养论方向转型也是大体符合公共阐释论的初衷的，至少是有一点根据的。

依我们的粗浅理解，文学公共阐释，要以提高民众的文学素养为目标。公共阐释的目的不是让文学公众听话，而是让文学公众能够说话。不但要能够说话，而且要能够说出有差异但又有公共性的话。当然，这些话

---

① 王一川：《艺术公赏力——艺术公共性研究》，北京大学出版社，2016，第23页。
② 张江：《公共阐释论纲》，《学术研究》2017年第6期。

都是有关文学的话。公共阐释不是某一个人的阐释，而是所有有意愿参与文学文本理解者的阐释。作为专业人士的我们，如果参与公共阐释，就要和民众展开平等对话，就要服务民众的文学生活，在这个对话和服务中去引导民众生成素养。当民众有了较高的文学素养后，他的"艺术公赏力"就会得到提高，他就会有文学鉴别力，就会履行基本的公共伦理责任。①这里，我们有意识地借鉴了学者王一川的思路。

王一川晚近一直都有文艺素养论研究的自觉意识。比如，他在进行艺术公共性研究的时候就提出过艺术公赏力的问题。艺术公赏力就是指艺术的可供公众欣赏的公共品质和相应的公众主体素养。②早在十余年前，他就认为文艺理论在发生素养论转向了。依其之见，新时期以来，文学理论发生了三次转型：1978年至1989年的启蒙论转向，1990年至1999年的专业论转向，2000年至今的素养论转向。三次转型对应三种不同的文学理论研究者形象，依次为"文艺变革的思想者""文艺研究的专家""文艺素养的教育者"。③这种转型说，看到了文学理论在发挥社会功能等方面的不同及其所塑造出的主体形象的差异。与我们这里所论及的文学阐释问题更是有紧密的关联。也就是说，自从进入21世纪，有学者就在推动包括文学意义阐释在内的文学理论研究的素养论转型了。

基于此，我们认为公共阐释论也要调整思路，把文学意义的确定性问题的解决寄希望于公众素养的提升。同时，寄希望于文学公共领域的逐渐成长和成熟。如果这样，我们要做的文学阐释工作就可能会不一样了。比如，文学意义的阐释者就要更多地去关心民众的文学公共生活。如果我们能够专业地讲述诸如郁达夫的《沉沦》为什么是现代作品，鲁迅的作品怎样理解，贾平凹的《山木》写得如何又怎样理解，电影《芳华》与小说《芳华》的关联怎样，网络IP剧如何保持文艺性，《阿丽塔》之类的后人类电影叙事是怎样审美的等问题，那恐怕包括其他专业人士在内的民众就

① 王一川：《艺术公赏力——艺术公共性研究》，北京大学出版社，2016，第23页。
② 王一川：《艺术公赏力——艺术公共性研究》，北京大学出版社，2016，第25页。
③ 王一川：《从启蒙思想者到素养教育者——改革开放30年文艺理论的三次转向》，《当代文坛》2008年第3期。

会愿意倾听、交流和对话。在这种交流与对话中，只要保持平等、自由，那种较佳论证和较美好信念的理解就很可能被接受并建构为真理。果真如此，文学理论的公共性也就会越来越强。这是我们所期待的文学阐释和文学理论工作的未来！

最后，我们还是要再强调一下，公共阐释要落实到文学素养论转型，则还需要有相应的条件。其中最为关键的条件，恐怕就是要有文学公共领域，或者说是"公共空间"。这一点，公共阐释论虽然没有重点提及，但也做了回应："公共阐释本身就是公共空间里的阐释。"① 其实，如果没有公共空间，就不能平等、自由地言说，也就没有一个文学公共领域，那么关于文学意义的阐释可能就很难有个体阐释。这是因为，个体阐释要真诚有效，就需要有文学公共领域这一社会条件。如果个体阐释都没有办法实现，那就很难有真实的文学公共阐释。这一点，大概已经被文学史的经验所证明了。有学者就曾指出，"极'左'时期文艺学知识生产的灾难不能泛泛地归结为'政治'化，而恰恰是它在'政治'化外表下的非政治化，在于它缺乏真正的政治实践所需要的公共性——再强调一遍，这种公共性是以差异性、多元性以及自由平等的争鸣为前提的"②。试想一下，如果面对一个文学文本，我们都不能自由而真诚地说出自己的理解，都只能迎合、配合地说一些套话、假话、大话，这样的个体阐释岂不很糟糕？而如果我们还要在这些个体阐释的基础上将其升华成公共阐释，这又如何能算是真正的公共阐释？恐怕很大程度上，这些所谓的公共阐释就是那些先行规定好了的阐释。如果有文学公共领域，那么就算有些个体阐释是不合格的，也会在公共交流中被淘汰。即使不被淘汰，也不至于造成文艺学知识生产的灾难。这是因为，个体阐释要在公共领域占位较佳，一般要有说服力。否则就很难胜出。而一个文学公共领域的存在，就会保证有差异的观点都有机会得到展示，并且会受到基本的尊重，那种因为因某人的文学理解有差异就对他进行人身攻击的现象会更有效地避免，只要这种差异不突

① 张江等：《阐释的世界视野："公共阐释论"的对谈》，《社会科学战线》2018 年第 6 期。
② 陶东风、和磊：《当代中国文艺学研究（1949—2009）》，中国社会科学出版社，2011，第 18 页。

破底线。

我们相信有了这样一个文学公共领域，公众的文学素养就会慢慢提升，同时，有较好文学素养的公众又会促使文学公共领域更好地成长。文学公共领域为什么和公众素养有关呢？原因固然很多。但最为关键的有三点。其一，有了文学公共领域，那些好的文学理解就会占位较佳，成为公共意义。文学公众也就会为这些好的公共意义所滋养，正常情况下，也就会逐渐形成好的文学趣味、文学鉴别力等文学素养。其二，参与文学公共领域的文学公众也会逐渐学会理性、平等和负责任地去言说和交流有关文学的理解。其素养也会得到提升。有学者在研究艺术公共性时提出了一种艺术自由的说法，即在"艺术公共领域中实现的艺术家与公众之间公平对话的相互自由状态"[1]。我们认为，这种艺术自由的状态，也完全适合文学。当公众和文学家能够共享这种艺术自由之时，也无疑是我们为公众文学素养叫好之际，不仅文学家和公众之间，文学公众之间、文学专业人士和文学公众之间也会表现出有文学素养的交往状态。其三，当民众的文学素养得到提升，并且能够理性、负责任地言说，那么，在文学公共领域中的交流就可能达成公共理解。这里特别强调一下文学素养中的趣味问题。我们知道，趣味虽然不是概念的，但是趣味却是团结的重要因素，对于形成共同体也不无益处。趣味，可以说就是我们形成文学共识乃至社会共识的"先验法则"之一。伽达默尔因此这样说："趣味不仅仅是一个新社会所提出的理想，而且首先是以这个'好的趣味'理想的名称形成了人们以后称之为'好的社会'的东西。好的社会之所以能被承认和合法化，不再是由于出身和等级，基本上只是由于它的判断的共同性，或者更恰当地，由于它一般都知道使自己超出兴趣的狭隘性和偏爱的自私性而提出判断的要求。"[2] 如果在文学公共领域中获得了较好文学趣味的公众能够形成公共理解，那么，强调公共阐释时就的确要重视文学公共领域的建设。

---

① 王一川：《艺术公赏力——艺术公共性研究》，北京大学出版社，2016，第32页。
② 〔德〕汉斯-格奥尔格·加达默尔：《真理与方法——哲学诠释学的基本特征》（上卷），洪汉鼎译，上海译文出版社，2004，第46页。

　　总之，我们可以说，公共阐释无论如何强调公共、公度，都是为了获得关于文学文本的真理解、好理解，其最终的目的也是公众的文学素养得到提升。如此，公共阐释就有必要朝着公众文学素养的提升这一思路迈进。我们就有必要倡导公共阐释的文学素养论转型。

第十章

"没有文学的文学理论"：历史、形态与公共性

文学理论，即是文学的理论。出于朴素的认识论，恐怕就会得出这一看法。持这一看法者大抵会认为，文学理论必定是对文学进行认知的理论，离开了文学或不指导文学的文学理论必定是没有合法性的。可是，学者金惠敏却在多年前提出了"没有文学的文学理论"一说。依其之意，文学理论虽然来自文学，但可以不为文学"直接"服务，而依然有其存在的理由。于是乎，他认为，将"文学理论从文学中疏离出来，赋予其哲学的品格绝对是文学理论的大解放。文学理论离开文学，就是驶出小桥流水、向生活的大海破浪远航"①。金惠敏的说法无疑也有道理。毕竟文学理论并非文学的依附者，它一旦发生，就会按照自己的文化逻辑发展，而后可能就独立远行。如此说来，"没有文学的文学理论"也是有一定合法性的。

的确"没有文学的文学理论"是有诸多存在理由的。② 在认知文学理论之时，恐怕不能完全依据朴素的认识论来行事，更不能不加反思地认为"没有文学的文学理论"是不可思议的说法。事实上，"没有文学的文学理论"不仅仅是一个理论思辨的对象，它其实还是真实的历史现象。回到当代文论的历史，可以发现它有不同的存在形态。对此，应该做何理解和处

---

① 金惠敏：《媒介的后果——文学终结点上的批判理论》，人民出版社，2005，第164页。
② 肖明华：《"没有文学的文学理论"也是文学理论么》，《文艺报》2016年7月15日。

理，无疑需要具体分析与区别对待。①

一　文学理论的"当代发生"与"没有文学的文学理论"

作为学科的文学理论，发生于晚清至五四。其影响，恐怕无论如何肯定都不过分。简言之，即它实现了我国传统文论的现代转型。对此，有学者非常精炼地概括为：它使得中国文论由传统的"诗文评"变成了现代的"文艺学"。②这种知识型的改变，是学术史上的一个重要事件。从此以后，

---

① 晚近，有不少知名学者对此问题投以了一定的关注。参张江《理论中心论——从没有文学的"文学理论"说起》，《文学评论》2016年第5期；高建平《资源分层、内外循环、理论何为——中国文论70年三题》，《文学评论》2019年第5期；赖大仁《当代中国文论研究的观念与方法问题》，《文学评论》2020年第3期；朱国华《渐行渐远？——论文学理论与文学实践的离合》，《浙江社会科学》2020年第12期；李春青《反思没有文学的"文学理论"》，《中国社会科学报》2022年8月2日，第1版；李春青《在"文学"面前"理论"何为》，《河北师范大学学报》（哲学社会科学版）2022年第5期；高建平《论文学理论的原创力之源》，《文艺争鸣》2022年第10期；邢建昌《文学需要理论吗？》，《社会科学战线》2022年第5期；罗崇宏《从"文学理论"到"理论"——对"后文化研究"时代文学理论"独立性"的思考》，《内蒙古社会科学》2022年第1期；刘康《"文学"和"理论"的谱系》，《文艺争鸣》2022年第7期；刘旭光《"审美"的普遍本质与反本质主义在美学研究中的失败》，《文艺争鸣》2022年第7期；朱斌《重申基本常识：文学理论必须有文学之用——也谈"没有文学的文学理论"》，《文艺争鸣》2022年第7期；肖明华《"没有文学的文学理论"："文学终结"后的文论新话语》，《文艺争鸣》2022年第7期；李勇、李姣《文学理论何以"去"文学——"没有文学的文学理论"命题的三个立论层次》，《文艺论坛》2023年第5期；陈定家《建构"没有文学的文学理论"如何可能？》，《文艺论坛》2023年第5期；孔令洁《文学性研究的"内"与"外"——"没有文学的文学理论"作为对内外二分模式的整合与超越》，《文艺论坛》2023年第5期；张进、徐滔《当代文论的五个悖论——兼及"没有文学的文学理论"》，《兰州大学学报》2024年第3期；金惠敏《什么是"没有文学的文学理论"？——作为一个苏格拉底式的学术自辩（Apologia）》，《兰州大学学报》2024年第3期；金惠敏《文学性是对生活世界的疏离性介入——关于"没有文学的文学理论"的再阐发》，《中国图书评论》2024年第10期；邢建昌《文学理论知识生成机制的反思》，《中国文学批评》2024年第3期。

② 杜书瀛：《从"诗文评"到"文艺学"——中国三千年诗学文论发展历程的别样解读》，中国社会科学出版社，2013，第269页。

中国文论进入了世界文论历史。①

　　然而，在现代文论的发展进程中，还有一个文论的"当代发生"问题。所谓"当代发生"，其意是说，在现代文论的发展进程中，出现了"当代"转型，并且这种转型深刻地影响了之后的文论形态，我们要理解当下的文论，就有必要返回到当代文论发展的历程中去。对此，已有不少学者予以指认。比如，谢泳先生就曾指出，1949 年前后的文学理论发生了变革，他写道："我认为，1949 年以前，中国的文学教育重心在'文学史'，无论是中国文学史还是西洋文学史。此后这个重心发生了偏移，由重'文学史'偏向了重'文学概论'，它的制度形式是在大学的学科设置中以教授'文学概论'为目的'文艺学'学科的建立和逐步完善，最终形成了职业化体系。它的学术风格是'以论代史'，由于尊重事实的'文学史'传统本身具有怀疑的能力，对于新意识形态的建立有抵抗性，所以在新意识形态的建构中，它自然要受到轻视。文学教育中由'文学史'传统向'文艺学'的转移，使中文系文学教育的专业性受到影响，'文学史'传统的偏移，最后导致了大学中文系与历史系分科的严格边界，文、史分家基本成为事实，最终影响了中国学术的整体水平。"② 这种指认无疑是敏锐的，在某种意义上说，他其实告诉了我们，文论的当代性是不可忽视的存在。如果我们不意识到这一点，就很难真正地理解此后文论的"存在"。

　　文学理论的"当代发生"无疑是一个复杂的问题，对其实际情状的理解也很难做到全面客观。但无论如何应当承认，在文学理论的"当代发生"期，曾经存在过可被命名为"没有文学的文学理论"的文论形态。这一文论形态恐怕还在那个时期的文论地形图中占有主导地位。为什么可以称之为"没有文学的文学理论"？乃是因为这种文学理论看似在讨论文学，在对文学进行理论言说，而实际上它过于把文学当成工具，也就是基本不承认文学的自主性，它对文学的理论言说，其实是对文学"发号施令"。

---

　　① 肖明华：《重回现代性的发生期与建设"别现代性"的中国文论》，《内蒙古社会科学》2020 年第 1 期。

　　② 谢泳：《从"文学史"到"文艺学"——1949 年后文学教育重心的转移及影响》，《文艺研究》2007 年第 9 期。

它太过于希望文学为一时一地的现实需要服务了，其结果就是让文学在失去自我的同时，也让有关文学的理论言说弱化了，甚至基本淹没了其学术的品质。这当然就会导致所谓的"文学理论"变成"没有文学的文学理论"，甚至还可能连理论也称不上，而只是临时的宣传口号或行政策略等。

出现这种"没有文学的文学理论"是可以理解的。在特定时期里，整个社会还没有出现社会学意义的系统分化，而且又有更为紧迫的利益关联存在，这时候，就很可能出现具有正当性的一体化社会结构。此种境况之下，文学也大抵是"一体化"社会机器上的一个"零件"而已。它基本上没有自身的存在价值，也很难被尊崇，遑论由此获得知识学意义上的理解。

时过境迁之后，文学理论的"当代发生"业已成为事件，我们因此可以对它进行一定的反思性理解。

其一，就学术而言，它导致了"没有文学的文学理论"的出现。它关于文学的理论言说并非为了获得有关文学的"知识"，毋宁说是为了获得文化领导权，它因此才借助了意识形态国家机器的力量。对此，有学者写道："对中国当代文艺学学术史来说，由于它的特殊性，即在政治文化的规约中，它并没有在学科的知识层面充分地发展，文艺学并没有被当作一个专门性的知识范畴。在20世纪50~70年代近三十年的漫长岁月里，它直接延续的仍是40年代以来延安的传统，战时的文艺思想和建设一个现代民族国家的总体需求，也成为当代文艺学研究的主导思想。……在近三十年的时间里，文艺学学术专著的匮乏是一个令人吃惊的事实，我们不仅没有对诸如文学语言学、叙事学、修辞学、符号学、接受理论、阐释学、现象学、知识社会学等进行过专门研究，甚至文艺学教科书的编写都成了一个问题。我们不缺乏的则是不间断的争论和批判，而每次争论的背后都潜隐着明晰可辨的意识形态话语。这样，也就形成了我们作为现代化后发国家文艺学发展的特色。"① 这种政治文化对文学理论产生了巨大影响，如果

---

① 杜书瀛、钱竞主编《中国20世纪文艺学学术史》（第三部），中国社会科学出版社，2007，第1页。

从知识型看，则可谓构建了独特的文论范式。对此，有不少学人予以了指认，出现了"政治文论"、①"社会政治范式"的文学理论、②"政治-艺术模式"的文学理论等各种说法。③ 无论哪一种说法，都共同指向了政治。这种强大的政治效果，便表明了文学理论没有真正地为文学服务，而是为政治服务。实际上，文学自身也是在为政治服务。这恐怕也必然会导致"没有文学的文学理论"产生。

在今天，文学理论虽然还要继续争夺文化领导权，但是，我们却有必要改变和文学理论相关的政治文化。作为知识形态的文论，它恐怕需要更具公共性内涵的政治文化。这是因为，现代学科意义的文论，它需要在国家和社会相对分离的基础上出现。它虽然不完全是抵抗的公共领域，但是它一定处于具有相对独立的调节地带。这样，它才能是现代文论。换言之，它的存在需要有公共性。陶东风曾有学理地指出，"依照阿伦特的政治观，极'左'时期文艺学知识生产的灾难不能泛泛地归结为'政治'化，而恰恰是它在'政治'化外表下的非政治化，在于它缺乏真正的政治实践所需要的公共性——再强调一遍，这种公共性是以差异性、多元性以及自由平等的争鸣为前提的"④。当代文论之所以演变成"没有文学的文学理论"，其中一个重要的原因就是其缺乏适当的公共性。这一点，特别值得我们继续思考。

其二，文学理论的"当代发生"所产生的"没有文学的文学理论"现象，对今天还有不可小觑的影响。这里就指出一点，即它导致了文学理论的合法性依据不是"知识学"意义上的，而是"元叙事"意义上的。我们的文学理论往往不以对文学的有效阐释为是，不以生产有学理的知识为追求，而把精力放在回应主流话语上，其结果就是，研究文学理论可以不读

---

① 时胜勋：《试论中国当代政治文论的概念、机制与归宿》，《澳门理工学报》（人文社会科学版）2019年第1期。
② 李勇：《中国当代文艺学的范式转型》，北京大学出版社，2012，第52页。
③ 刘锋杰等：《文学政治学的创构——百年来文学与政治关系论争研究》，复旦大学出版社，2013，第197页。
④ 陶东风、和磊：《当代中国文艺学研究（1949—2009）》，中国社会科学出版社，2011，第18页。

文学作品，不关心文学现象和问题，而只需要政论文式、策论文式地言说文学理论，借此表达意识形态诉求。像文学理论要怎样发展、文学理论的走向如何这样的问题渐被忽略。这样的文学理论不就很容易成为"没有文学的文学理论"吗？

当然，我们不是要完全否认文学理论回应意识形态。毋宁说，我们是要让这种回应更具专业性。在专业性地言说文学理论学科发展的同时，与主流话语形成呼应，从而实现文论知识的公共价值。如果说这是一种"没有文学的文学理论"，那么这样的文学理论无疑是值得肯定的。这是因为，此时所进行的对文学理论学科自身的言说，更多的是一种基础理论研究。当然，无论如何，我们的文学理论要警惕一味地沉迷于对自我的言说之中，避免深陷"没有文学的文学理论"之泥淖，毕竟，这很有可能就是在依托意识形态使自身合法化，而遗忘了有效地"阐释"文学才是文学理论合法化的根本保障这一铁律。①

二　文学理论的"文化转型"与"没有文学的文学理论"

20世纪90年代伊始，由于社会历史文化语境的变迁，文学理论生发了文化转型的内在诉求。② 其结果也可以说导致了"没有文学的文学理论"的出现。这种"没有文学的文学理论"大体表现在以下几个方面。

其一，研究对象突破了文学的成规。它不再以文学为唯一的研究对象，凡有文学性的符号都可以作为其研究对象。这样，就出现了"没有文学"的文学理论。这种文学理论无疑也可被称为"文学性理论"。

其二，研究方法发生了新变。它不再对文学进行审美判断和趣味鉴赏，而是反思文学之为文学的文化机制和社会条件。这样，也就有可能导

---

① 李春青、赵勇：《反思文艺学》，北京师范大学出版社，2009，第128页。
② 肖明华：《20世纪90年代社会文化语境下的文学理论转型》，中国社会科学出版社，2017。

致文学理论不以研究文学为根本目的。

其三，研究旨趣也大变。虽然它会对文学文本进行细读，但研究的落脚点不在文学自身，而在文学之外。把这种文学理论称为文化理论或许更合适。

不妨说，文化转型后的文学理论的确出现了所谓"没有文学的文学理论"的学术景观。① 简而言之，这种文学理论有可能不以文学为研究对象，不对文学进行审美研究。它俨然变成了文化研究。对此，童庆炳先生曾经指出："文化研究并不总是以文学为研究对象，甚至完全不以文学为研究对象。在更多的情况下，文化研究或文化批评往往是一种社会学的，政治学的批评，其对象与文学无关，纯粹在那里讲阶级斗争、性别冲突和种族矛盾；其方法又往往是'反诗意'（这是文化研究论者自己的话）的。如果把这些仅仅出于某个具有文学批评家身份的人的社会学批评、政治学批评著作，硬说是文学研究岂不令人费解吗？"②

对于文学理论的文化转型所导致的"没有文学的文学理论"，我们应该如何看待？窃以为，文学理论的文化转型进程中所出现的文化研究，不能简单地被认为是"没有文学的文学理论"，更不能因此被否认。

不妨说，文化研究可以作为文学理论的"新范式"。对此，早有学者予以了论证。比如，在 2000 年前后的文艺学学科反思中，陶东风从文学理论知识生产的有效性这一角度对文化研究范式的合法性进行了论证。他认为，"文艺学研究如欲有效地回应 90 年代的艺术/审美新状态，除了扩大研究对象以外，更重要的是调整研究方法与学术范型。由于导致文艺/审美活动巨大变化的根本原因是当代中国的社会文化环境而不是艺术本身，所以文艺学研究的当务之急是重建文艺学与现实生活之间的有机的、积极的联系。在这里，自律论文艺学那种局限于文艺内部的所谓'内在研究'方法已经很难担当这个使命。我们应当大量吸收当代西方的社会文化理论，结合中国的实际，创造性地建立中国的文化研究/文化批评范式，这

---

① 张江：《理论中心论——从没有文学的"文学理论"说起》，《文学评论》2016 年第 5 期。
② 童庆炳：《文艺学边界三题》，《文学评论》2004 年第 6 期。

样才能有效地解释当代文艺与文化活动的变化并对其深刻的社会原因作出分析。这是文化研究/文化批评历史性出场的现实要求"①。陶东风的指认无疑是切合实际的。我们的文学理论在面对 20 世纪 90 年代社会文化语境下的文学艺术现象时，的确显得力不从心。如果不调整研究范式，那么我们就很难真正理解此种语境下的文学艺术现象。比如文学艺术的通俗化现象的出现，并非由于作家的审美趣味出了问题，而是文学艺术创作的机制发生了变化，文学创作因此渐渐变成了文学生产。此种境况之下，如果我们还不能适时改变研究观念、研究方法，那么，这样的文学理论研究就可能陷入知识合法性危机。有学人在对当代文论的研究范式问题展开研究时认为："审美范式似乎已无法应对现实中新出现的文学/美学问题了，文化研究范式在面对这些新的文学艺术现象时似乎更有解释的功效。从审美范式到文化研究范式的转型也波澜壮阔地完成了。"② 从文化研究出场的缘由这一点，我们就可以发现，作为文论新范式的文化研究，它是"有文学的"文学理论。它恰恰是要去对新出现的文学艺术现象进行有效的阐释，从而维护文学理论的合法性。只不过，这种文学理论改变了研究文学的方法、理念和旨趣。简单地说，它特别强调文化的维度，甚至把文学视为一种文化，对文学既进行文本细读，又做民族志的研究。这种研究虽然也可能对文学进行审美判断和趣味鉴赏，但并不停留于此，而是在此基础上进一步反思文学的生成机制和传播路径等问题，从而勾连起文学和社会文化语境之间的关联，最终目的是达到更切实地理解文学之效果。这样的研究在某种意义上说，能将文学理论带入新境。童庆炳先生就曾指出："文化研究由于其跨学科的开阔视野，和关怀现实的品格，也可以扩大文学理论研究的领域，和密切与社会现实的关系，使文学理论焕发出又一届青春，这难道不是一个发展自己的绝好的机遇吗？"③ 事实也是如此，童庆炳先生

---

① 陶东风：《日常生活的审美化与文化研究的兴起——兼论文艺学的学科反思》，《浙江社会科学》2002 年第 1 期。
② 李勇：《中国当代文艺学的范式转型》，北京大学出版社，2012，第 212~275 页。
③ 童庆炳、马新国：《文化诗学刍议》，《北京师范大学学报》（人文社会科学版）2001 年第 3 期。

所倡导的文化诗学，就受到了文化研究的影响。① 也因此，我们不能简单地就否认文化研究与文学理论的关联。事实上，它完全可以被当作或者改造为文学理论的文化研究新范式。

回到现实，我们也需要这样的文化研究。这是因为它能有效地应对新变化了的文学现实。20 世纪 90 年代以来的文学场域也发生了激荡与调整，其结果主要是文学分化了，也泛化了，出现了当代大众文化意义上的文学。对于这一新形态的文学，凭借单纯的文本细读或者纯粹审美眼光的打量，抑或试图去对它进行趣味判断，很难真正地理解它，也不能很好地搞清楚为什么这样的新文学会流行。毫无疑问，如果我们的文学理论持续如此这般地工作，那其实就是放弃了对这种新文学的研究，也自然难免身陷知识的合法化危机。

退一步说，即使我们忽略新出现的大众文学现象，而只关注经典文学问题，难道就不需要文化研究了吗？对此，我们认为还是需要。这是因为，即使是经典文学，也可能涉及社会文化现实，它因此也需要伸张文学理论的文化之维。何况，文学理论自身也有社会文化的诉求。如果我们的文学理论不能介入公共世界，在从事文学理论知识生产时，不能关心现实，也不寄寓公共关怀，这样的研究很可能就有使"文艺学知识非公共化的危险"。② 文学理论的文化研究转向，在某种意义上就是要凸显文学理论的公共之维。借助文化研究，文学理论就能在一定程度上避免非公共化的危险。对此，童庆炳先生也说："'文化研究'就是从事文学理论研究的学者参与社会的主要形式之一。"③ 如此说来，文学理论也是需要汲取文化研究营养的。

当然，在文学理论的文化转向过程中也出现了和文学可能没有直接关联的文化研究。它完全不研究文学，而只关注波鞋、广告、索尼随身听、大学校门等一些非文学现象。对此，我们无论如何都不能直接说这是文学理论。如果硬是要说这是文学理论，那么，它就是"没有文学的文学理

---

① 童庆炳：《植根于现实土壤的"文化诗学"》，《文学评论》2001 年第 6 期。
② 陶东风：《文学理论的公共性——重建政治批评》，福建教育出版社，2008，第 18 页。
③ 童庆炳：《植根于现实土壤的"文化诗学"》，《文学评论》2001 年第 6 期。

论"。为什么我们不直截了当地说这是理论或者后理论，而要看似不合乎逻辑地称之为"没有文学的文学理论"呢？这是因为，它和文学理论有一定的关联。这种不直接指涉文学的文学理论，很有可能是"文学性理论"。在语言学转向之后，出现了一切皆是文本、符号的看法。当我们把文学也视为符号之一种时，即使文学这种符号有它的特殊性，也不可能完全否认它与所有符号之间的关系。比如，它们都是表意实践活动，它们的意义可能都是在差异中存在等。若如此，以文学性为研究对象的文化研究，就可能和文学研究有相通之处。的确，一种对整个社会文化历史这一"大文本"进行理解的理论，也可能适合文学，它也很可能是一种文学理论。若如此，对于这种"没有文学的文学理论"，似乎也不必急于否定。

此外，如果我们承认后现代社会文化语境下出现了文学的终结，那么我们可能也会对"没有文学的文学理论"有新的理解。文学的终结，并不是宣告文学的死亡。相反，它可能预示的是文学的新境况。比如，文学借助媒介的改变，和音乐发生耦合，甚至因此获得诺贝尔文学奖。比如，它和影视联姻，有可能借此进入寻常百姓家。凡此种种，它虽然不是现代性意义的文学，但是它却是和文学有内在关联的、具有文学性的符号。对此一新现象的出现，学者余虹早以"文学性蔓延"来予以概括和关注。依其之见，文学性在后现代思想学术、消费社会、媒体信息、公共表演等领域中确立了其统治地位。因此，后现代条件下的文学研究，应该将文学性视为研究对象。[1] 如果我们承认这一点，也可能就会对"没有文学的文学理论"有更为深刻的认同。这种文学理论虽然不是现代性意义上的文学理论，但是，它却可能是后现代语境下的文学理论，这种看似"没有文学的文学理论"，很可能表征了文学理论的终结。当然，这种终结，并非死亡，而是新生，是"当代"或者"当下"甚至未来文学理论的新生。只要保持有度，我们就应该更多地持审慎观察甚至积极认同的态度。

诚然，对于文学理论的转型发展过程中可能出现的"没有文学的文学

---

[1] 余虹：《文学的终结与文学性蔓延——兼谈后现代文学研究的任务》，《文艺研究》2002年第6期。

理论"，我们在理解的同时，无疑也应该警惕。对此，我们不妨从以下两方面去努力践行。

其一，彰显"作为文学理论"的文化研究。所谓"作为文学理论"的文化研究，意思是这种文学理论虽然吸收了文化研究的方法、理念和旨趣，甚至也可以被称为文化研究，但它的知识属性还是文学理论。那么，如何落实这一点呢？窃以为最关键的就是要始终坚持把文学作为研究对象。这种文学当然可以是非精英的、不经典的，但一定是某一时期被认为是文学的东西。同时，对文学的研究，应该有基本的学术自律意识，也就是这种研究必须是知识生产，从事的是可以加以反思的知识活动。若如此，大概就可以保证它是文学理论。而这种文学理论即使因为它的研究特色而表现出了某种"相异性"，甚至难免被视为一种"没有文学的文学理论"，至少也是可以被理解的，可以被承认的。

其二，倡导开放的文化诗学。童庆炳先生所倡导的文化诗学，对于避免"没有文学的文学理论"有积极的意义。这是因为，文化诗学始终坚持以文学为研究对象，同时，对文学的研究始终以审美为旨趣。但文化诗学又吸收了文化研究的长处，它是"吸收了'文化研究'特性的具有当代性的文学理论"。① 如此说来，文化诗学在一定程度上就调和了文化研究和文学理论，践行了文学理论的综合创新发展之路。因此它不太可能导致"没有文学的文学理论"的出现。需要强调的是，文化诗学还需要在研究对象的选择上更为开放一些。比如，当代大众文化形态的文学、非经典的文学等，它们都有获得研究的权利，这就要求文化诗学不能仅以审美，尤其是写出了"历史与人文之间徘徊"的悲剧审美为一种文学是否值得研究的标准。我们认为，举凡一切文学文本、文学现象和文学问题，都可以对其做文化诗学的观照。我们应该倡导更开放的文化诗学。②

---

① 童庆炳：《植根于现实土壤的"文化诗学"》，《文学评论》2001 年第 6 期。
② 肖明华：《文化诗学：如何"审美"，怎么"大众"——20 世纪 90 年代以来当代文学理论转型问题再讨论》，《学术交流》2016 年第 4 期。

三 文学理论的"强制阐释"与"没有文学的文学理论"

近几年，和"没有文学的文学理论"有关的事件是张江提出的强制阐释论。围绕着"强制阐释"论，人们进行了专门而持久的研讨，这应该会在当代文论史留下学术印痕。姚文放教授曾认为，"2014 年几乎成了'张江年'"①。这的确有事实依据，因为那一年张江提出了强制阐释论，之后应者众多，学者云集，文艺理论界整整一年的热点话题之一就是"强制阐释"。而且，这一话题，持续多年，至今还不时被提及并得到延展。

什么是强制阐释呢？张江写道："强制阐释是指，背离文本话语，消解文学指征，以前在立场和模式，对文本和文学作符合论者主观意图和结论的阐释。"②通过这一界定，我们就可以发现，强制阐释虽然是文学阐释，但由于它对文学的阐释恰恰是背离文学的，是不尊重文学的，所以这种对文学的理论言说事实上是"没有文学的文学理论"。具体而言，它主要表现在两个方面。

一是理论中心主义。所谓理论中心主义，即是说，在对文学进行阐释时，理论先行，用理论套用文学，或者文学只是理论的例证，这就导致文学被强制阐释。对此，张江曾指出，"以理论为中心，理论成为文学存在的根据。文学的研究与批评从理论出发，研究、阐释文学和文本，再反证理论。问题的关键在于，各种所谓理论，包括形而上学的思辨哲学，都要入侵文学，以文学为武器，宣扬自己的学说，而这些理论却不是从文学生成或出发的理论，不是文学的直接经验的映照和总结，理论者却硬要以理论为基准阐释和规整文学。这就迫使理论的阐释方式发生根本性变化，所谓强制阐释也就成为必然"③。不妨说，当理论成为中心，文学自然就成为

---

① 姚文放：《"强制阐释论"的方法论元素》，《文艺争鸣》2015 年第 2 期。
② 张江：《强制阐释论》，《文学评论》2014 年第 6 期。
③ 张江：《作者能不能死——当代西方文论考辨》，中国社会科学出版社，2017，第 149 页。

边缘、附庸，甚至消失，这样的"文学理论"也就变成"没有文学的文学理论"了。对此，有学者也曾回顾道，"虽然文学理论在 20 世纪 80、90 年代确曾有过自己的'黄金时代'，但是曾几何时，这个'黄金时代'就已经被认为一去不复返了。人们不禁要问，为什么会出现这种现象呢？其主要原因就在于，理论的作用早先被夸大到了一个不恰当的地步，因而导致的一个后果就是，在文学理论界竟然出现了这样一些怪现象：从事文学理论批评和研究的学者几乎不读文学文本，一味玩弄纯理论的推演"。①

二是读者中心论。所谓读者中心论，主要是指，读者依据自己的前理解对文学进行"单维度"的阐释，这就有可能导致文学强行迁就读者的理解需要。换言之，它不尊重文学，不能通过对话的方式来实现与文学的互证互释。结果导致所有对文学的言说，其实都不是在言说文学。此种境况之下，当然就出现"没有文学的文学理论"。

强制阐释论意义上的"没有文学的文学理论"该如何看待呢？

应该说，强制阐释论对文学理论转型为理论，进而有可能陷入"没有文学的文学理论"之窠臼的指认还是很敏锐的。它在某种意义上也可以说与"理论之后"发生了"视域融合"。毋庸讳言，20 世纪 60 年代以来，随着"法国理论"的兴起，原来基于语言学、结构主义模式的文学理论，转变为了超语言学、后结构主义模式的文学理论。② 这种文学理论，与此前侧重于讨论文学文本自身的特质、结构及审美感受的研究越来越不同。其中最为明显的至少有两点。其一，它从文本入手，却终结于一个理论问题，文本往往成为理论的例证。或者说，它践行了"批评的理论化"。对此，有学人说："今天，在文学学术研究的各个领域的任何地方，都不能避而不谈理论问题了。这对我们眼下有关文学的评说，以及对文学的接受都有深远影响……如果文学家今天的话语似乎深奥难解，那么，我们愿意这样认为：那是因为他们所讲的愈来愈敏锐深刻，超越了直接的诗学反

---

① 王宁：《论"后理论"的三种形态》，《广州大学学报》（社会科学版）2019 年第 2 期。
② 周宪：《从文学规训到文化批判》，译林出版社，2014，第 76~77 页。

应，而接近他们对自己的文化及其产品所提出的哲学问题。"① 其二，它不局限在文学之内谈论文学，而是积极寻求跨学科对话，并且努力将对文学的讨论引入社会文化现实之中，从而将文本与社会历史勾连成一个互证互释的整体。换言之，它追求审美，而止于政治。它相信审美本身就是意识形态话语，一切批评都是政治批评。比如，米勒就曾举例说："德曼或德里达的作品并非全是'内在的'研究，也并非只关注语言本身、完全脱离超语言学的范畴、使语言局限在狭小的范围之中。事实上，他们对文学与历史、心理学、伦理学的关系，已经有了详尽阐述的理论……足以说明趋向政治性、历史性、社会性这种近乎普遍性的转向，构成了当今文学研究的特征。"② 看得出来，这种文学理论，的确很容易变成"没有文学的文学理论"。所谓"没有文学的文学理论"，并不是说，它和文学无关，而是说，它不再是"单纯"的文学研究了。无论是研究理念、研究方法，还是研究旨趣，都不完全是文学的，也不完全是为文学的。正因此，它很容易被指责为"没有文学的文学理论"。需要提请注意的是，这种"没有文学的文学理论"知识状况并非西方所独有，它也是我国文学理论的实际情形。对此，有学者指出，"经过 80 年代和 90 年代两次理论新潮的轮番冲刷激荡，国内文学理论的观念、方法、路径、模式在很大程度上被刷新和重建，呈现出与旧时迥然不同的格局，但也带来了新的问题，那就是文学理论与文学渐行渐远、愈见疏离，最终成为各自为政、各行其是的不同知识领域，文学理论走向了理论"③。

在"理论"大行其道的同时，特别是在 2000 年前后，文论界有一批学者提出了质疑，他们"反对阐释"，④ 把"理论"视为"憎恨学派"，并

---

① 〔美〕克里格：《批评旅途：六十年代之后》，李自修等译，中国社会科学出版社，1998，第 226 页。

② 〔美〕J. 希利斯·米勒：《重申解构主义》，郭英剑等译，中国社会科学出版社，1998，第 220~221 页。

③ 姚文放：《从形式主义到历史主义：晚近文学理论"向外转"的深层机理探究》，北京大学出版社，2017，第 49 页。

④ 〔美〕苏珊·桑塔格：《反对阐释》，程巍译，上海译文出版社，2003。

且寄希望于回到"正典"，回归审美，① 复兴叙事学，② 消除文学理论对文学的"敌意"，③ "回归对文学文本形式主义或传统的读解，或者回归到那些实质上对理论厌烦或淡漠的文学研究中去"④。可以说，一个新的文学研究范式即"后理论"的文学理论诉求越来越凸显。有学者曾描述道："新千年开端的一些著述却奏响了新的调子……一个新的'理论的终结'，或者说得模糊一点，一个'后理论'（after-or-post-Theory）转向的时代开始了。于是，我们读到了民连京·卡汉宁（Valentine Cunningham）的《理论之后的解读》（2002）、让-米歇尔·拉巴尔特（Jean Michel Rabaté）的《理论的未来》（2002）、特里·伊格尔顿的《理论之后》（2003）以及《后理论：批评的新方向》（1999）、《理论还剩了什么?》（2000）、《生活：理论之后》（2003）等文集。且不论我们能不能有意义地进入'后理论'，我们最终发现，这一预告更像是在重定方向，而不像一个戏剧性的启示录。因为大家的共识是理论的时代已经结束，消失的不仅是理论那个权威的大写字头，还有和它紧密联系的一群明星的名字，特别是与结构主义、后结构主义、后现代主义的种种变体联系在一起的以法国知识分子为主体的那些人：巴特尔、阿尔都塞、福柯、拉康、德里达、波德里亚、利奥塔德、克里斯蒂娃、西苏、斯皮瓦克、芭芭和詹姆逊，这些人主宰了20世纪70年代和80年代的思想"。⑤ 虽然"理论之后"并不意味着理论的终结，但无疑是对理论进行反思，无疑是不满于"没有文学的文学理论"。依据我们的体会，它更多的是希望文学理论和文学越发有关联，即使做不到以文学为中心，难以始终以审美判断为旨趣，但至少不能否认"文学在理论

---

① 〔美〕哈罗德·布鲁姆：《西方正典》，江宁康译，译林出版社，2005。
② Culler Jonathan, "*Literary Theory Today*"，《文艺理论研究》2012年第4期。
③ 〔美〕马克·爱德蒙森：《文学对抗哲学——从柏拉图到德里达》，王柏华、马晓东译，中央编译出版社，2000，第10页。
④ 〔美〕拉曼·塞尔登等：《当代文学理论导读》，刘象愚译，北京大学出版社，2006，第333页。
⑤ 〔美〕拉曼·塞尔登等：《当代文学理论导读》，刘象愚译，北京大学出版社，2006，第326~327页。

中的作用"，至少要"把理论拽回到文学这儿来"①。不妨说，在尊重文学、重视文学方面，强制阐释论与"后理论"较契合。它因此切入文学理论的历史中，并且站在了学术的前沿。这是我们要予以肯定的。需要强调的是，后理论观念，也不是西方所独有，当然也并非始自强制阐释论，我国不少学者也早持这一观念，他们积极呼唤"从理论回归文学理论"。比如，童庆炳、钱中文、王元骧等先生对审美的坚守，② 在某种意义上也对表现出了"后理论"旨趣。特别是童庆炳先生对文化诗学的倡导，既接续了理论之优长，又承传了文学研究的传统，实乃后理论在中国的表征。此外，在关于文化批评的争鸣中，也有倡导和坚守文学性的"后理论"之音。③ 学者范永康在研究当代西方文论政治化问题之时也曾提出"诗性政治诗学"的说法，④ 在某种意义上这也是一种"后理论氛围"中的理论建构。

诚然，从学术的"政治正确性"来说，强制阐释所导致的"没有文学的文学理论"是要被否弃的。虽然文学阐释是一个棘手的问题，因为阐释所指涉的观念、技艺和构成要素十分复杂，比如，文学阐释无疑需要有读者这个要素，但是，读者各有其前理解，这种前理解即使经过一套阐释学的程序优化，也很难完全摆脱"阐释学处境"的困扰，伽达默尔因此说，阐释者"不可能事先就把那些使理解得以可能的生产性的前见与那些阻碍理解并导致误解的前见区分开来"⑤。但无论如何，这并不是"强制阐释"所应存在的理由。尊重文学，这是阐释的伦理，也是文学理论要坚守的底线。在言说和思考文学的时候，我们绝不能有意地去制造强制阐释，进而

① 〔美〕乔纳森·卡勒：《理论中的文学》，徐亮等译，华东师范大学出版社，2019，第8页。
② 吴子林：《实践论视界下的"中国审美学派"》，《西南大学学报》（社会科学版）2009年第6期。
③ 可参考相关文献。吴炫：《非文学性的文化批评》，《社会科学战线》2003年第2期；吴炫：《中国当前文化批评的五大问题》，《山花》2003年第6期；曹文轩：《质疑"大文化批评"》，《天涯》2003年第5期；吴义勤：《关于今日批评的答问》，《南方文坛》1999年第4期。
④ 范永康：《文化政治与当代西方文论的政治化》，云南大学出版社，2012，第184页。
⑤ 〔德〕汉斯-格奥尔格·加达默尔：《真理与方法：哲学诠释学的基本特征》（上卷），洪汉鼎译，上海译文出版社，1999，第379页。

导致"无文学"的阐释，并酿成"没有文学的文学理论"。

对强制阐释论意义上的"没有文学的文学理论"也应该加以区分。我们不能把强制阐释论"泛化"。比如，下面两种情况就不能算作强制阐释。

其一，借助"理论"对文学进行的有效的言说，不是强制阐释。这种关于文学的"理论"不能被称为"没有文学的文学理论"。

我们在言说文学的时候，总是需要借助一些理论，这些理论似乎和文学无关。① 比如，我们会借助精神分析学的理论来观照文学。这究竟是什么原因导致的呢？对此，李春青提出了一个说法，即文学理论的知识是中介性的，对文学的理解不可能局限于文学之内，它做不到自主自律。他为此写道："任何一种文学理论都必然有所依托——在它背后总有一种可以称为'元理论'的东西存在着，或是政治的，或是宗教伦理的，或是哲学的。这就意味着文学理论根本上乃是一种'中介性'的理论，即某种'元理论'通向文学的必经之路。"② 这也就是说，文学理论不是元理论，它不生产"元知识"，而且，文学理论自身还需要依托别的学科的知识，借此

---

① 对于借助理论之事，我们恐怕要予以总体的肯定才是。这是因为，我们不是"理论过剩"了，恰恰相反，我们其实缺乏理论，缺乏对理论的"好奇"。比如，我们只要看看大学生在考研究生时的专业选择就会有所体会，由其大学本科论文选题也能看出一二。有学者为此写过一段值得重视的长文："在当代中国，文学理论或理论或文论一直不容易获得其整体高度的自觉。如果不拘泥于专业视野而回归现实生活的基本面，可以发现，大凡在生活中习用经验多取实用者，就容易质疑理论，就容易出现对理论的抵制。这种抵制体现在若干方面。首先是一种基于文学阅读与理论思想之关系的朴素理解。在现代，由于文学阅读很大程度上是基于占统治性地位的印刷文学，这种阅读绝大多数采用纸本的商品流通及文字媒介传播的样式，以及个体私人阅读和情思互动的精神活动方式。所以，这种文学观念突出强调个人性、私人性和感受性，往往坚持私人阅读与社会、集体和理论无涉。不少人坚持：文学阅读明明是个人的感性活动和精神意会，为什么在解释时非得进行理论把握和分析呢？理论本身究竟有何现实性？在日益市场化和体制化的当代中国，这种比较朴素的理解，在世界资本主义全球化大扩展、当代中国经济活动市场化和文学活动体制化的背景下，越发显得强劲。由此而生发的对理论的怀疑、疏远甚至指责，也越发显得底气中充，力道炙人。"（陈雪虎：《由过渡而树立——中国现代文论的发生》，北京师范大学出版社，2019，第330页）
② 李春青：《文学理论的中介性与合法性》，《汕头大学学报》2004年第4期。

才能获得关于文学的理解乃至知识。① 我们因此不能把合理地借用其他学科的理论这一做法视为强制阐释意义上的"场外征用"。

文学理论学科的知识属性规定了它很难不借助其他学科的知识来言说文学。在阐释文学之时，好像总要借助非文学的理论才能大功告成。那种就文学谈论文学的纯粹文学理论，那种专门的文学理论，似乎从来就不多见。学者高建平曾经指出，"如果我们将一部西方文论史，只是局限于系统的关于文艺理论的论著史的话，那么，这样的历史，就会写得很单薄，而且不能如实地反映历史真实"②。事实上，只要一种理论能够和文学构成互证互释的关系，或者只要这种阐释能够有学理，符合基本的学术规则，也就不至于是"坏的"强制阐释。若如此，我们就没有必要将它视为强制阐释论意义上的"没有文学的文学理论"。毋宁说，它就是一种有"上位

---

① 2005 年李春青又撰写了相关论文《谈文学理论在社会文化系统中的位置》（《文艺争鸣》2005 年第 4 期）对此问题进行讨论。查阅文献，我们可以发现有不少学人对文学理论知识的特性进行了揭示。比如余虹于 2007 年撰文指出，"古往今来的文学理论或者是哲学的、或者是神学的、或者是社会学的、或者是伦理学的、或者是政治学的、或者是历史学的、或者是语言学的、或者是心理学的，而从来就没有脱离诸'学'的文学理论"（余虹：《文学理论的学理性与寄生性》，《文学评论》2007 年第 4 期）。李西建也曾指出："从学理的维度看，文学理论的知识形态不只是一个学科自足性的概念，而且是一个既与学科的知识谱系密切相关，又包含和融汇着其他学科的特定的思想、观念、理论与方法的多元知识系统。"（李西建：《文化转向与文艺学知识形态的构建》，《文学评论》2007 年第 5 期）冯黎明也曾指出："文学理论，却从来未曾完全独立过。即使我们把圣伯夫以后的文学批评和文学理论视作文学理论作为学科知识形成的过程，但实际上十九世纪以来的任何一种文学理论，都是靠从其他学科那里借取方法、观念以及术语、概念来建立自己的话语系统。从严格意义上来说，文学理论虽然有自己的考察对象即文学活动，但它对文学活动的阐释视点和阐释方法，却依赖于其他学科的供给。尤其是近代以来在西学东渐中建立起来的中国的文学理论，其理论话语并不具备真正意义上的独立性。像启蒙至当代的西方文学理论一样，时而从属于伦理学，时而从属于哲学，时而从属于社会学，除此之外它的主人还有语言学、心理学、人类学等等。所以近代以来的文学理论是一个不断接受招安的角色。它是在'亲友'的接济下过日子的。"［冯黎明：《明天谁来招安文学理论?》，《三峡大学学报》（人文社会科学版）2006 年第 5 期］
② 高建平主编《当代中国文艺理论研究（1949—2019）》中国社会科学出版社，2019，第5 页。

理论"支撑的文学理论。①

其二，不"认识论"地看待文学理论，并非就是强制阐释，也不一定就是"没有文学的文学理论"。

诚然，认识论的文学理论是有其合法性的。所谓认识论的文学理论，就是把文学理论看成对文学的认识，文学理论研究者的工作就是以主客二分的思维方式去寻找、发现文学的知识甚至真理。持这种文学理论观者，还会认为文学理论来源于对文学的认知，文学理论的功能便是对文学进行指导。认识论的文学理论无疑有诸多值得肯定的地方。比如，它表明了一种求真型的文学理论观念。它总是试图去认识文学，去找到有关文学的知识。这种对知识的追求，无疑是值得肯定的。又比如，有了关于文学的知识，才能形成有关文学的学科。作为学科的文学理论，需要对文学进行认识，需要有认识论的文学理论。

认识论的文学理论，一般不会被认为是强制阐释。这是因为，它总是在认识文学，并且试图寻找到文学的知识。虽然它也承认认识可能就是阐释，但是，它往往会不加反思地认为阐释者即认识者，也就是它不会有影响阐释或者认识的"前见"。基于此，认识论的文学理论一般不会被视为"强制阐释"。

但是，认识论地看待文学理论，很可能会把文学理论视为认识文学的工具。一种文学理论如果不能有助于认识文学，特别是不能对文学文本进行有效的认知，就可能会因此被认为没有价值。同时，根据认识来源于实践的原理，人们还会认为文学理论来自文学实践，是对文学经验的总结和提升，因此，如果没有文学实践的来源，如果没有

---

① 纯粹的文学理论，也即自主的文学理论，是现代意义的文学理论。它主要是基于语言学模型的文学理论。有学者甚至认为没有纯粹的文学理论。比如，伊格尔顿曾经这样写道："事实上并没有什么下述意义上的'文学理论'，亦即，某种仅仅源于文学并仅仅适用于文学的独立理论。本书中所勾勒的任何一种理论，从现象学和符号学到结构主义和精神分析，都并非仅仅与'文学'作品有关。相反，它们皆出现于人文研究的其他领域，并且都具有远远超出文学本身的意义。"（〔英〕特里·伊格尔顿：《二十世纪西方文学理论》，伍晓明译，北京大学出版社，2018，第8页）事实也恐怕的确如此，即使是亚里士多德的《诗学》，也难免不和其哲学、政治学有内在的关联。

文学经验的依托，就几乎不可能会有文学理论。毋庸讳言，认识论的文学理论是有局限性的。对于这种局限性，我们还可能很难克服。有学者曾指出，"认识论的文学理论根深蒂固的思维定式却不大好清理。原因是哲学认识论不仅与哲学史上唯物主义与唯心主义的斗争有关，还与人们思想中的经验思维和直观意识有关，纠正这种观念需要通过建立专门的知识体系来完成，而较难通过一次或几次的学术论证来解决"①。这里，我们不拟去解决认识论的文学理论可能存在的局限。而仅仅指出一点，那就是"非认识论"的文学理论，并非就会导致强制阐释，同时，它也并非就是"没有文学的文学理论"，至少，它可能不是那种我们要否定的文学理论。

所谓"非认识论"的文学理论，意思是说认识论文学理论之外还有文学理论。比如，价值论文学理论、反思性文学理论、存在论文学理论等。随着文学理论学科的自觉，甚至还有"文学理论学"，即把文学理论自身作为研究对象的文学理论。与认识论文学理论不同，这些非认识论的文学理论有可能不具有直接认识文学的功能，也不能直接去指导文学阅读与创作，但我们能说这样的文学理论就是"没有文学的文学理论"吗？

以反思性文学理论为例。这种文学理论不能直接认识文学，但是，它却具有反思文学的能力。它不是来自文学实践的"知识"，而是关于文学知识的"知识"。它会告诉我们某种关于文学的知识是在什么社会条件下基于什么知识学依据才成立的。这样的文学理论，有可能对指导具体的文学创作、文学批评无能为力，但有助于反思某一文学知识之所以如其所是的社会文化条件。对此，有学者还认为这表明了文学理论的自觉，并写道："反思性的文学理论言说方式充分表明文学研究的自觉性。如果没有文学理论，我们的文学研究就是不自觉的，或者狂妄自大，或者妄自菲薄，因为我们不知道作为话语运作的文学言说的机制是什么，其限度和可能性是什么，在这个意义上说，反思意识的强化说明文学理论到了今天已

---

① 邢建昌：《从认识论到知识型——40年文学理论提问方式之转变》，《河北师范大学学报》（哲学社会科学版）2020年第1期。

经进入了一个高度自觉程度的时代。"① 无疑，我们需要这样的文学理论！虽然它看起来是"没有文学的文学理论"，但由于它是关于文学知识的知识，因此也就是和文学有关的一种文学理论。试想，当我们明白了一种文学知识之所以如其所是后，难道不是有助于我们对文学的理解吗？其实，文学理论并不一定需要时时刻刻地来源于文学实践，文学理论也并不仅仅就是对文学的直接认识。简言之，"非认识论"的文学理论也是文学理论，而非"没有文学的文学理论"。

当然，我们指出要避免简单地对文学理论做强制阐释论的理解，并非要为强制阐释论意义上的"没有文学的文学理论"进行辩护。相反，我们认为，无论如何，强制阐释论意义上的"没有文学的文学理论"是不值得倡导的。

那么，如何应对甚至避免强制阐释意义上的"没有文学的文学理论"？

其一，推动文学素养论的转型。

早在十余年前，就有学人提及文学素养论转型之事。比如，王一川就认为，文学理论研究者的形象需要有素养论转型的自觉，也就是要从"文艺变革的思想者""文艺研究的专家"走向"文艺素养的教育者"。② 受其启发，我们认为，要避免强势阐释论意义上的"没有文学的文学理论"，需要倡导文学素养论转型。我们要从原来偏于重视专业阐释者自身能力的状况中做出转变，以努力提升作为阐释者的普通读者的自身素养为目标。

文学素养论转型是非常有必要的。在大众文化语境下，在大众媒介切实来临的今天，有可能人人都是阐释者，这就对专业的文学理论研究者提出了挑战。在应对这种挑战时，需要我们文学理论研究者去调整自我的身份，从"立法者"身份转换为"阐释者"身份。我们与其去担忧文学意义确定过程中的强制阐释会导致"没有文学的文学理论"出现，不如作为一个阐释者，平和理性地和其他阐释者对话，用自己的专业能力，去说服非专业的读者，从而获得承认。通过这种方式，可以逐渐提升阐释者的素

---

① 陶东风：《走向自觉反思的文学理论》，《文艺争鸣》2010年第1期。
② 王一川：《从启蒙思想者到素养教育者——改革开放30年文艺理论的三次转向》，《当代文坛》2008年第3期。

养。当读者有较高的文学素养时，强制阐释的现象就会减少甚至得到规避。为何这样说？这里，我们就指出一点。比如，在从事文学阐释时，有较高文学素养的读者，就会意识到文学意义的确定，是一个离不开诸多要素的活动。作为读者的自己，我们无法否认"前理解"的存在，但我们可以自觉地去反思、调整和优化自己的"前理解"。借此，文学意义确定过程中的强制阐释现象才会越来越少，因此而产生"没有文学的文学理论"的概率也会大大降低。

其二，建设有中国特色的文学公共领域。

在文学阐释中，阐释者不可能离开前理解，前理解是合法的存在。但是前理解的存在，使阐释者即便得到了反思、优化，并且还获得了高超的阐释技艺，恐怕也很难仅靠一己之力来保证阐释的完全有效。换言之，我们很难相信强制阐释可以通过"意识哲学"来完成。鉴于此，我们应该既在观念层面上倡导公共阐释，又在实际层面上充分考虑公共阐释的条件，甚至还要具体地开展适度的阐释实践。

所谓公共阐释，这里主要借助张江的理解予以表述。依其之见，"公共阐释的内涵是，阐释者以普遍的历史前提为基点，以文本为意义对象，以公共理性生产有边界约束，且可公度的有效阐释"[1]。这一界定的内涵是较丰富的，要把握它的意思，大体要理解这样几点。首先，它承认了阐释者有普遍的历史前提，也就是有传统有前见，有开展阐释的能力。但是，这并不意味着阐释就可以完全按照自己的传统和前见来进行。其次，阐释是对文本的阐释，阐释者的理解要以文本为依托，不能离弦说象。再次，最关键的是，阐释是有公共理性的。阐释不是非理性的、私人感觉的，更不是可以随意发挥的。最后，公共阐释要获得有共识的、确定的意义。即使共识、确定不是唯一的，也只能是"有限的多元"。虽然此公共阐释论并非完全针对文学阐释而发，但它无疑也适合文学阐释。在文学阐释中，如果有公共阐释的观念，那么对于避免过度私人化的理解无疑有益，同时，文学阐释虽然不反对阐释者的个体性，但一定

---

① 张江：《公共阐释论纲》，《学术研究》2017 年第 6 期。

希望尊重文本，通过自由而平等的对话，生产出有效的文学理解。而一种有效的文学理解，其生发于强制阐释意义上的"没有文学的文学理论"的可能性估计会大大降低。

然则，公共阐释如何可能？我们不妨提出文学公共领域的看法。所谓文学公共领域，意思是说，有一个符合公共价值的文学空间。在这个空间里，可以进行公开、自由和平等的文学交往。此一文学公共领域大体具有这样一些特点。

首先，它是差异的。文学公共领域一定是充满差异的，也就是有不同的文学理解。这种不同的文学理解，是构成文学公共领域的前提，也是文学公共领域有其存在必要的理由。差异的存在，使得在公共领域中的对话也有了必要。但对话的目的不是消除差异，而是将差异带入新境。有学者不无道理地说："从公共阐释的视野看，通过保持人与文学艺术作品的共在经验，是保持人在精神领域具有无限创造性与自由可能性的必要条件。因为既然文学艺术作品的丰富性与可能性，也就是人的存在的丰富性与可能性；那么，经由公共阐释所获致的对文学艺术作品多样性真理经验，也就是人在精神领域的无限自由与可能。"① 显然，这样的公共阐释观念就是有可贵的公共领域意识的。

其次，它是私人的。文学公共领域在处理公私关系时，不主张大公无私，而是对私人理解要有基本的认同。只要这种私人性不至于对公共利益有危害，就应该让渡给它相应的存在空间。如果没有私人的文学理解，恐怕就很难有真正的公共阐释。有学者说得好："公共阐释的'公共'性征隐含着个体阐释与集体回应的互动机制。严格来说，任何一种阐释活动尽管离不开公共空间的孕化与接纳，但这并不能抹杀阐释活动在生成过程中的个体独创因素。"②

最后，它是批判性的。批判性表明了它反对任何有违公平正义的文学阐释。不妨说，文学公共领域要维护的就是文学阐释的程序正义，并且，

---

① 谷鹏飞：《"公共阐释"论》，《西北大学学报》（哲学社会科学版）2018年第1期。
② 张伟：《公共阐释论的"公共"空间与"理性"维度——兼及视觉阐释的公共表达与现代特征》，《文艺争鸣》2018年第1期。

还要借助善良意志的支持，去尽量地实现阐释的实质正义。

需要强调的是，这里所谓的文学公共领域需要契合我国的文化传统。也就是我们主张有中国特色的文学公共领域。这意味着它不是建立在国家和社会的分裂或敌对基础之上的文学公共领域，而是在国家和社会相对分离的前提下，依托于善良意志而形成的相对自主的文学公共领域。这种文学公共领域可以满足文学阐释所需要的私人性、差异性和批判性的基本诉求。

有了文学公共领域，我们的文学理论即使出现了强制阐释论意义上的不尊重文学或者没有文学的现象，也可以通过文学的公共交往进行调节。这是因为，文学公共领域的存在，遵循的是较佳论证原则和美好信念追求。比如，当我们要用某一理论来阐释《红楼梦》时，我们需要努力去做说服的工作，这种说服工作就要求我们去努力把自己的阐释变成"文学知识"，因为知识才有力量，才有可能获得承认。作为知识的文学阐释，无疑要尽量避免成为强制阐释，否则它就很难成为知识。我们相信，出于知识的承诺，又是在文学公共领域里活动，强制阐释论意义上的"没有文学的文学理论"很快就可以得到有效的克服。

总之，"没有文学的文学理论"，乍一观之，是不符合"话语逻辑"的表达，因为"没有文学"的"文学理论"就不能被称为文学理论，而最多只能是"理论"。同时，其"学术政治"大体也是不正确的，因为"没有文学"的"文学理论"就可能是"假的"文学理论，也就很难是"好的"文学理论。然而，回到文学理论学科历史中去，"没有文学的文学理论"却时有发生。比如，文学理论的"当代发生"期，就出现了"没有文学的文学理论"，也即文学理论研究文学的主要目的不是针对文学。在言说文学时，过度强调文学的功能，以至于文学理论要么脱离文学，要么钳制文学，从而成为"没有文学的文学理论"。此后，在文学理论的"文化转型"时，也出现了"没有文学的文学理论"，即文学理论不完全是文学的理论，而可能是文学性的理论。它打破文学的成规，以文化研究的眼光看待文学，从而形塑了"没有文学的文学理论"。晚近，强制阐释意义上的"没有文学的文学理论"，其意主要是指文学理论不尊重文学文本和作者意图，离弦说象，断章取义，从而演变成"没有文学的文学理论"。对这些不同形态的"没有文学的文学理论"现象，有必要加以具体分析和辨认，借此，才可能对"没有文学的文学理论"有较为合理的理解、判断和选择。

结　语

文学理论公共性问题是一个真实存在的问题。它是文学理论学科的基本问题，关乎文学的性质、功能，与作家创作乃至读者接受也有一定的关联。同时，我们也可以从公共性的角度去理解文学理论的历史。这种理解，恐怕还会和文学理论学科的未来发展建立联系。从公共性的角度出发，甚至还可以建构或者优化文学理论的知识型，当然也可以落实有效的文学批评实践。凡此种种，都是我们已然在正文部分加以研究和讨论的。这里，我们再按文学理论的文学观念、文学理论的学科历史、文学理论的知识形态等顺序，再行总结之事，主要陈述一二粗浅观点于此。

其一，文学理论基本问题方面的观点。

依据哈贝马斯等人对文艺公共性的规范理解，同时结合我国当代社会文化结构的现实，对文艺公共性在当代中国的发生和走向进行学理、语境的探讨。这是一个牵涉如何认知文艺性质、功能的文学理论的基本问题。新时期以来文艺公共性的发生并不是基于国家与社会的分离，因此，文艺公共性虽然也有私人性、批判性和公开性，但这与文艺的人民性并非扞格不入。目前，我们应该对主流文艺的公共性、知识分子文艺的公共性和大众文艺的公共性进行必要的区分，在维护国家与社会相对分离的前提下，做好中国文艺公共性的独特性建构。我们应该在保持其特色的基础上，发挥中国文艺公共性之于国家和社会的积极作用。这对于我国的文艺发展也是有益的。

其二，文学理论学科历史方面的观点。

文学理论知识生产的公共性状况是一个和"历史传统"有关的问题。为此，我们对当代文学理论的学科历史进行了梳理。我们认为，文学理论有"现代发生"，但也有"当代发生"。始自 1942 年的文学理论逐渐生成，建构了"当代发生期"的文学理论，这对文学理论公共性有至关重要的影响。比如，这种作为政策意义的文学理论，虽然对文学非常重视，其间也出现了诸多的文学讨论，但由于特定时期对文学理论学科的历史要求，加上这种作为政策的文学理论乃是社会政治范式的文学理论，几乎所有的文学讨论都迥异于国家和社会对抗性分离意义上的讨论。它所表现的公共性因此也就不同于哈贝马斯所指涉的文学公共领域。它对文学自主性的尊重就可能会被其所需要的公共性所压倒，以至于还可能出现"没有文学的文学理论"。所谓"没有文学的文学理论"，就是说，看起来这种文学理论是在言说文学，但它的理论旨趣却不在文学，其目标也不是为了文学，而是为了政治。

其三，文学理论的知识形态方面的观点。

最近三十年，由于社会文化语境的变迁，文艺学界出现了文化批评。其中有出于对大众文化兴起所产生的认知兴趣而兴发的阐释批评；也有因知识分子身份变迁的焦虑而激发的批评；还有为了突破学科化的规约，或出于知识分子本有的公共诉求等不同原因所引起的文化批评实践。凡此种种，其所建构的文化批评，可以被区分为作为"大众文艺批评"的文化批评、作为"文化研究"的文化批评、作为"文化讨论"的文化批评和作为"文学批评"的文化批评。考察诸种文化批评可以发现它们之间的区别，比如在研究对象的选择上各自的侧重点不同，在公共性的观念上有自觉和不自觉之分。但总体而言，它们都有跨学科的知识视野、面向当下社会文化发言的公共情怀及维护知识生产有效性的自觉等共同的习性。继承文化批评近三十年的传统，对于当前文艺、文化乃至社会的发展都是有价值的。

文化批评的发生和文学理论是有内在关联的。文学理论需要借助文化批评来彰显知识的公共性，文化批评则需要借助文学理论来获取合法性。当前，实现文学理论的公共性还有必要继续倡导文化批评。为了让文化批评区分"文化讨论""文化研究"，应该发展作为"文学批评"的文化批评。同时，为了让作为"文学批评"的文化批评不至于过度他律，则需要建立文学公共领域的评价机制。理论地言说文化批评，对于彰显文学理论的公共性也不无益处，但我们更应该多加强调作为“文学批评”的文化批评对文学理论公共性的实际作用。

其四，文学理论的前沿热点问题层面的观点。

文学意义问题是一个文学理论的问题，也是一个常说常新的哲学阐释学问题。晚近学界对张江提出的强制阐释论进行了公开讨论。它已然是一个前沿热点问题。① 细读相关文献会发现，强制阐释论主要处理的是强制阐释是由谁造成的、强制阐释论的阐释观又是否合理等问题。经由对这些问题的思考，可以发现，解决强制阐释的问题，应该引入文学公共领域的思路。文学公共领域的存在，意味着文学文本的意义生产可以是个体的、差异的，但它要在相对自主而公开的文学场域中展开论辩和反思，其结果就是那种有较佳论证的文学意义将在文学场域中获胜，并成为具有公信力的理解。借此，强制阐释现象也自然可以被较好地抑制。

与强制阐释相关的公共阐释论是张江着意建构的“中国阐释学”。它以公共和理性为知识依托，彰显了我国阐释学的特色。由于阐释牵涉文本意义的确定性问题，它因此和文学理论有不可脱离的干系。公共阐释和文学理论的公共性问题更是有内在的关联。公共阐释总是希望获得确定的、真理性的理解，它因此是一种求真性的文本意义阐释学。这是值得肯定的。但是，公共阐释论也因此会遇到公共还是共同、意见还是真理等理论难题。鉴于公共阐释也是为了获得关于文学文本的真理解、好理解，其最终的目的应该也是使公众的文学素养得到提升。若如此，公共阐释就可以朝着提升公众文学素养这一思路迈进。

---

① 强制阐释自 2014 年由张江提出后，持续几年一直都是热点、前沿话题；吴子林、陈浩文：《反思·超越·创新——2014 年度文艺学前沿问题研究报告》，《文艺争鸣》2015 年第 4 期；吴子林、陈浩文：《多元·对话·整合——2015 年度文艺学前沿问题研究述要》，《文艺争鸣》2016 年第 4 期；白烨：《“强制阐释论”在文论界引起热议》，《光明日报》2016 年 4 月 11 日，第 13 版；吴子林、李晓波：《深入历史 回归当下——2016 年度文艺学前沿问题研究要略》，《文艺争鸣》2017 年第 5 期；吴子林、李晓波：《反思 重建 创新——2017 年文艺学前沿问题研究述要》，《南方文坛》2018 年第 4 期；吴子林、陈加：《新时代文艺理论的“破”与“立”——2018 年度文艺学前沿问题研究报告》，《南方文坛》2019 年第 4 期。

　　然而，在经历了一番研究和讨论之后，对于当代文学理论公共性问题虽然有了一定的基本认知，但这并不意味着我们的研究就大功告成了。也许，有一个更为重要的问题，还需要我们去思考，那就是文学理论的公共性如何可能？这是一个理论问题，更是一个需要我们去具体实践的问题。为此，我们拟提出几点具体构想，以期文学理论公共性问题的研究能够逐步落到实处。

　　其一，关心民众的"文学生活"。

　　倡导"文学的生活性"与"生活的文学性"，让文学回到生活。这恐怕也是文学理论要自觉认同的观念。比如，文学理论从业者可以多组织一些愿意过文学生活的人，在法定的公共空间从事相关的文学活动。大家可以讨论文学作品，可以分析文学现象，可以就文学问题各抒己见等。依据哈贝马斯的研究，文学公共性的形成最为重要的其实就是借助文学活动来展开公共交往。他曾经言及一般的阅读公众主要由学者群以及城市居民和市民阶级构成，他们的阅读范围已超出了为数不多的经典著作，他们的阅读兴趣主要集中在当时的最新出版物上。随着这样一个阅读公众的产生，一个相对密切的公共交往网络从私人领域内部形成了。文学理论只有参与民众的文学生活，能够在他们的生活中发挥一定的专业作用，文学理论的公共性才能逐渐得到实现。文学理论研究者如果能够积极参与民众的文学文化生活，比如通过线上线下讲座的方式，通过微信、QQ 群聊的方式或者通过私人聚会的方式等，就有可能去践行文学理论的公共性。这对于引导民众的文学阅读，增强其文学趣味，助其建构起良好的文学观，乃至助其塑造健康的价值观，以及培养合格的文学知识分子来说，恐怕都有一定的效果。文学理论公共性就应该落实在这些具体的文学实践中。

　　对于文学理论研究者而言，他还应该多做一些批评个案，为民众的"文学生活"提供一些切实的专业服务。这就要求文学理论从业者能够把自己练成"文学理论家"。比如，从事文学理论专业的研究人员，如果能够专业地讲述诸如《沉沦》为什么是好作品；贾平凹最新的长篇小说《暂坐》写得如何；电影《芳华》与小说《芳华》的关联为何，又为何会引发争议；网络 IP 剧如何保持文艺性；《阿丽塔》之类的后人类电影叙事是怎样审美的；如何看待抗疫诗歌现象，又怎样解读其中一些诗歌作品；等等。我们相信，民众还是会有很真实的意愿来倾听、交流和对话的。

关心民众的文艺文化生活，还要求我们要多多地去对一些新的文学文化现象展开批评。然而，多年来我们的文艺学学人在批评方面做得并不是非常好。王一川就曾指出，"学者们往往沉浸在以往中国或外国文学批判史的学术史梳理中，而把对当下文学现象的及时批评置之度外，或者只是偶尔为之地点评一二。这等于主动放弃了文学批评阵地"①。王一川所指出的这种情况，恐怕今天都还没有彻底改变。

然而，是时候改变了！否则我们的文学理论公共性就很难落到实处。这里特别强调一点，在最近三五年里，媒介技术给民众所带来的文艺文化生活的变迁问题需要我们更为自觉地去展开分析、评论并进行理论思考。蒋述卓最近还撰文指出："在新时代，文学艺术所依存的条件与环境都与20世纪有着明显的差别，互联网的升级、媒体新业态、媒体融合乃至人工智能，都将使人们获得更新鲜的体验与感受，视觉文化、听觉文化的发达以及阅读方式的新变化，将给人们带来新的阅读与观看体验，并带来新的审美经验，这将极大地丰富人们的生活方式和审美领域。但是，在这个文化转型加速的时期，新的审美冲突也将不可避免。如何建构新的理论话语去阐释与缓和这种审美冲突，既是理论家的焦虑，也是理论家创新创造的契机。"② 诚哉斯言！可喜的是，也有一批理论家已经在做这方面的工作了。欧阳友权、王峰、周志强、单小曦、禹建湘、周志雄、张邦卫、胡疆锋、王敦、易晓明、邵燕君、杨玲、许苗苗等一批学人及其团队对新媒介文艺的研究卓有成效，在文学理论与民众文学文化生活的"接合"方面所做出的成绩，有目共睹，值得肯定！

有学者指出，"良好有序的公共生活是一个社会文明进步的重要标志，也是推动国家治理体系现代化的现实诉求。如何推进新时代中国社会公共生活建设，坚守社会公共生活中的基本'底线'，引导和培育人们树立契

① 王一川：《批评的理论化——当前学理批评的一种新趋势》，《文艺争鸣》2001 年第 2 期。
② 蒋述卓：《重视新时期 面向新时代》，《文艺报》2019 年 5 月 22 日，第 3 版。

合新时代要求的公共生活思维与方式，在全社会形成一个有尊严的公共生活的良好氛围，是时代赋予理论工作者的一个现实命题"①。对于文学理论学科的理论工作者而言，积极而有效地介入民众的文学生活，无疑是在建设民众的公共生活。值得强调的是，文学理论研究者在给民众提供服务时，必须是"阐释者"，而非"立法者"，否则可能就丧失了"公共性"。这就意味着文学理论专业人士面对公众所做的文学工作，是要去获得"承认"。他要做的是说服的工作，而非垄断有关文学的理解，更不是居高临下地去强制大家接受。

其二，寻找文学公共领域，争取获得更优的文学话语空间。

文学介入现实，成为现实主义文学，激浊扬清，褒扬真善美。这其实就是在建构文学公共领域。当然，文学公共领域的获得不一定是基于国家与社会的完全分离，但是必定需要获得制度性的某种让渡，这实在是有必要的。对此，哈贝马斯曾指出，具有政治功能的公共领域不仅需要法治国家机制的保障，也依赖于文化传统和社会文化模式的合拍，依赖于习惯自由的民众的政治文化。

回到现实，我国国家与社会不是完全分离，国家应该多组建一些文学文化馆等场所。事实上，国家也提供了一些公共场所。分布在大中小城市的图书馆、阅览室、书店、文学馆、文化馆等，就可以大体满足民众的文学阅读需求。非常可惜的是，积极参与的民众其实并不多，一定意义上来说，这是对公共资源的浪费。但倘若文学理论研究人员能够与政府文化服务部门联动，偶尔搞一些文学阅读活动，是可以多吸引一些文学阅读者参与的。作为专业的文学理论研究者，我们有责任参与民众的文学阅读活动，力所能及地去做一些相关的引领工作。文学公共领域的形成，必定是这样的：读者数量急剧上升，与之相应，书籍、杂志和报纸的产量猛增，作家、出版社和书店的数量与日俱增，借书铺、阅览室，尤其是作为新阅读文化之社会枢纽的读书会也建立了起来。当有了文学公共领域，我们才

---

① 胡志平：《推进社会公共生活的现代建设》，《中国社会科学报》2018 年 7 月 26 日，第 7 版。

能逐渐有文学理论的公共性。道理在哪？其实也很简单，因为有了文学公共领域，就会有关于文学的交流，这种交流就是生产文学理论知识的契机！文学理论知识生产也正是在这种交流中，发挥了其公共性。

其三，文学理论引领文学公共性观念的建设。

文学理论公共性建设还要通过对文学基本问题的回答来实现。比如，在文学观念上，我们要改变此前那种把文学界定为个体情绪的记录或审美的超越等观念，更不能从字面意思来理解诸如此类的界定。其实，个体情绪的记录、审美的超越，都应该是有特定语境的，在那种特定语境下，这样一种界定有抵抗意义、批判意义，也就是与时代、与社会、与政治形成了一种张力。如果我们把优秀的文学理解成要自觉远离社会、超越时代、摆脱政治，与文学打交道的人也要因此更洒脱更有境界，那么，这样的理解应该说是不值得肯定的。如果这样的文学理解表明的是文学有纯粹性和自主性，那么这样的纯粹性和自主性，其实是一种逃避的、自造的甚至虚幻的纯粹性和自主性。事实上，文学的纯粹性、自主性、审美性和超越性并不是与公共性二元对立的。文学不应该是个人情绪的单一记录，文学要有自觉的社会历史意识，要有艺术的智慧，传达艺术的情感，而非停留于对生活情感的咀嚼玩味。文学不应该将自己定位在私人的商业获利上，虽然不是完全否认私人性，但私人性要有公共性的参照，否则单一的私人性，就不是好的私人性。同理，公共性也不是要彻底的公共性，否则也不是好的公共性。比如，人们对郭敬明"小时代"系列的文学影视的批评，主要就是因为该系列作品的公共性得不到彰显。为此，我们很认同蒋述卓的一段话："如果说二十世纪八九十年代是文学以及文学理论充满着激情的年代，那么，面对新时代的火热生活，文学以及文学理论更应该体现时代的温度，回应习近平总书记指出的'把握时代脉搏，聆听时代声音，承担记录新时代、书写新时代、讴歌新时代的使命，勇于回答时代课题'。中国的理论理应回答与解决中国自己的问题，围绕中国问题和时代发展的需要而提出的理论更能接地气显特色。不容讳言，有的作家与评论家、理论家对文学与时代关系的阐释总是躲躲闪闪模糊其词的，有的主张对时代要若即若离，似乎文学与理论一旦与时代太贴近就会掉入陷阱。但新时期文学与理论的经验恰恰证明，有时代气息的作品与理论总是那么激荡人心，使读者难以忘怀的。"① 我们要多多强调文学的公共性观念。文学的公共性是私人性、批判性和公开性等特性的集合。无论如何，它表明的是对这个公共世界的爱与责任。

其四，区分几种文学理论，建设多样态的文学理论公共性。

文学理论可以是作为"文学的"文学理论，可以是作为"学术的"文学理论，还可以是作为"学科的"文学理论。我们不能仅仅认为文学理论就是解读文学作品的理论，实际上，这只是文学理论的一种。我们不能否认其他文学理论的存在。比如作为学科的文学理论，这种文学理论把它自身作为研究对象，在研究中把自己对美好生活的向往融入知识生产。这样的文学理论也是有公共性的。

文学理论多种多样就是一种公共性的表现。有学者把西方文学理论和批评的存在样态命名为"马赛克主义"，即"各种理论观点和批评方法杂陈，彼此之间没有多少内在的联系，各自的视角和关注点极为不同，形成了一种看似'众声喧哗'的局面"②。这种"马赛克主义"的状况，虽然有"多元化"和"碎片化"的优缺点，但无论如何，它也是文学理论具有公共性的一个表征。如果只允许一种文学理论合法，那么文学理论的公共性恐怕就要大打折扣甚至消失，就此而言，文学理论的"马赛克主义"是值得肯定的。

要保持文学理论的多种多样，并不意味着它们之间就没有差异了。我们鼓励不同文学理论之间的争论，通过争论，互相发明，形成流派。这也是文学理论公共性的表现。对此，有学人指出，"不同的思想和观点必定要通过相互碰撞、摩擦、论争，才会显出其内在的分量和力度。然而，我们这个时代是一个'思想家退位，学问家凸显'的时代，满足于考证、技巧的圆熟，满足于操作程序的流畅和制作的精致。再加上商业利益、体制化生存方式的需求的驱动，使得当代中国本土的思想文化界和文学理论界

---

① 蒋述卓：《重视新时期 面向新时代》，《文艺报》2019 年 5 月 22 日，第 3 版。
② 阎嘉：《马赛克主义：后现代文学与文化理论研究》，巴蜀书社，2013，第 4 页。

日益沉迷于各种操作与'社会资源交换'的活动，缺乏独立思考和独立的批判精神"①。如果当代文学理论之间不争论，互相之间也不真正地进行学术往来活动，就恐怕没有可能达成基本的共识，当代文学理论要形成真正的复数多元，恐怕会很困难。没有真正复数多元的文学理论，文学理论的生态就是单一的雷同的，也就不可能有文学理论的公共性。

文学理论的公共性自身也可以有不同的样态。有不同形态的文学，比如大众文学、精英文学、主流文学和民间文学等，那么，也就应该有不同形态的文学理论的公共性。比如，可以有主流形态的文学理论公共性、精英形态的文学理论公共性、大众形态的文学理论公共性等。主流形态的文学理论公共性，有可能是一种文学政策层面的理论话语。在正常年代，这种文学理论公共性有助于维护国家和社会的和谐，它既是国家利益的主体，也是人民利益的代表，它所召唤的"人民文艺"等无疑也是有积极意义的。精英形态的文学理论公共性，具有较强的批判性、自主性，这是有助于调节国家和社会平衡的，它所召唤的知识分子书写无疑能够很好地发挥文艺公共性的作用。大众形态的文学理论公共性，虽然有较强的私人性，但是它恰恰能够因此保证文学理论的公共性，这是因为没有私人性就没有公共性，它所召唤的大众文化文学能够推动世俗社会文化的建构，这无疑有助于推动国家和社会的现代化进程。从这简要的分析中，就可以看出多样态的文学理论公共性建设是有必要的。它不仅能够表明文学理论具有公共性，而且能够切实地建构在地的文学理论公共性。

当代文学理论公共性问题固然是文学理论学科的基本问题，但它无疑也是一个公共话题。换言之，它是一个专业的学术问题，同时又是一个开放的研究课题。这里，我们只是在已有研究的基础上进行了一番再阐释，有些想法和观点可能还需要再讨论。期待有更多学界同人的积极参与，以推进当代文学理论公共性问题的研究！

---

① 阎嘉：《马赛克主义：后现代文学与文化理论研究》，巴蜀书社，2013，第4页。

参考文献

陈传才：《当代文艺理论探寻录》，中国广播电视出版社，2008。

陈国战：《走出"迷思"：网络传播公共性研究》，中国社会科学出版社，2017。

陈后亮：《"后理论"背景下的当代西方文论热点研究》，中国社会科学出版社，2024。

陈力：《20世纪90年代文学理论研究中的转型阐释和话语建构》，中国社会科学出版社，2014。

陈庆祝：《九十年代中国文论转型》，中央编译出版社，2009。

陈思和：《中国当代文论选》，上海教育出版社，2010。

陈思和、杨杨编《90年代批评文选》，汉语大词典出版社，2001。

陈太胜主编《20世纪西方文论新编》，北京师范大学出版社，2011。

陈文忠：《为接受史辩护》，安徽师范大学出版社，2014。

陈晓明：《不死的纯文学》，北京大学出版社，2007。

陈雪虎：《由过渡而树立：中国现代文论的发生》，北京师范大学出版社，2019。

程正民、程凯：《中国现代文学理论知识体系的建构：文学理论教材与教学的历史沿革》，北京大学出版社，2005。

戴登云：《遗业与轨则——百年中国学术论衡》，上海古籍出版社，2015。

戴锦华：《隐形书写——90年代中国文化研究》，江苏人民出版社，1999。

《邓小平文选》（三卷本），人民出版社，1994。

邓正来、亚历山大主编《国家与市民社会——一种社会理论的研究路径》（增订本），上海人民出版社，2006。

丁国旗：《马克思主义文艺理论在中国》，中国社会科学出版社，2017。

董学文等：《文学理论学》，北京大学出版社，2004。

董学文、金永兵等：《中国当代文学理论（1978—2008）》，北京大学出版社，2008。

杜吉刚、王建美：《中国现代性文论建设百年回望》，江西人民出版社，2020。

杜书瀛：《从"诗文评"到"文艺学"——中国三千年诗学文论发展历程的别样解读》，中国社会科学出版社，2013。

杜书瀛、钱竞主编《中国 20 世纪文艺学学术史》，上海文艺出版社，2001。

杜卫：《走出审美城——新时期文学审美论的批判性解读》，东方出版社，1999。

段吉方：《理论的再生产》，北京大学出版社，2015。

段吉方：《文化唯物主义与现代美学问题：20 世纪英国马克思主义文学批评理论范式与经验研究》（第二版），中山大学出版社，2023。

范永康：《当代西方文论的政治转向研究》，中国社会科学出版社，2018。

范永康：《文化政治与当代西方文论的政治化》，云南大学出版社，2012。

范玉刚：《消费文化语境下的文艺学美学话语重构》，中国社会科学出版社，2012。

方维规：《概念的历史分量》，北京大学出版社，2019。

方维规主编《文学社会学新编》，北京师范大学出版社，2011。

冯黎明：《学科互涉与文学研究方法论革命》，武汉大学出版社，2014。

冯宪光：《西方文论与中国当代文论建设》，复旦大学出版社，2016。

冯毓云、刘文波：《科学视野中的文艺学》，商务印书馆，2013。

傅其林：《当代文艺学的规范性基础——合法性反思及其批评实践》，中国社会科学出版社，2024。

傅修延：《听觉叙事研究》，北京大学出版社，2021。

傅修延：《文本学：文本主义文论系统研究》，北京大学出版社，2004。

傅莹：《中国现代文学理论发生史》，上海文艺出版社，2008。

盖生：《价值焦虑：新时期以来文学理论热点反思》，上海三联书店，2008。

高建平等：《当代中国文论热点研究》，中国社会科学出版社，2016。

高建平主编《当代中国文艺理论研究（1949—2019）》，中国社会科学出版社，2019。

高楠：《改革开放30年中国文论建构》，文化艺术出版社，2012。

葛红兵主编《20世纪中国文艺学思想史论》，上海大学出版社，2006。

葛卉：《话语权力与20世纪90年代后中国文论转型》，中国社会科学出版社，2010。

顾祖钊：《中国文化诗学的建构》，北京师范大学出版社，2016。

贺桂梅：《人文学的想象力——当代中国思想文化与文学问题》，河南大学出版社，2005。

贺桂梅：《新启蒙知识档案》，北京大学出版社，2010。

亨廷顿：《文明的冲突与世界秩序的重建》，周琪等译，新华出版社，2002。

洪治纲：《多元文学的律动1992—2009》，广东教育出版社，2009。

洪子诚：《问题与方法：中国当代文学史研究讲稿》，生活·读书·新知三联书店，2002。

洪子诚、程光炜：《重返八十年代》，北京大学出版社，2009。

胡继华：《思想的秩序：中国现代文论的多元取向》，北京师范大学出版社，2019。

胡疆锋：《制度的后果：中国现代文论的体制构型》，北京师范大学出版社，2019。

胡经之：《文艺美学及文化美学》，复旦大学出版社，2016。

胡亚敏主编《西方文论关键词与当代中国》，中国社会科学出版社，2015。

胡友峰：《媒介生态与当代文学》，武汉大学出版社，2016。

胡友笋：《在事实和价值之间：文学与政治关系的当代中国言说图景与学理批评》，中国社会科学出版社，2016。

黄发有：《中国当代文学传媒研究》，人民文学出版社，2014。

黄曼君：《黄曼君文集》（五卷本），黄海晴等编，华中师范大学出版社，2015。

江马益：《他性理论与文学他性研究》，社会科学文献出版社，2020。

姜文振：《文学何为：中西传统文学价值观比较研究》，人民出版社，2014。

蒋孔阳：《蒋孔阳全集》（六卷本），上海人民出版社，2014。

蒋述卓：《蒋述卓自选集》，中山大学出版社，2017。

蒋述卓：《文化诗学批评论稿》，花城出版社，2021。

蒋原伦：《90 年代批评》，天津社会科学院出版社，2000。

金观涛、刘青峰：《观念史研究——中国现代重要政治术语的形成》，法律出版社，2009。

金惠敏：《差异即对话》，中国社会科学出版社，2019。

金惠敏：《没有文学的文学理论》（增订版），四川大学出版社，2024。

金惠敏：《媒介的后果——文学终结点上的批判理论》，人民出版社，2005。

金浪：《理论的边际：中国现当代文学与美学探思》，上海人民出版社，2023。

金永兵：《后理论时代的中国文论》，文化艺术出版社，2014。

金永兵：《批判的科学——文学理论本体研究》，中国文联出版社，2021。

金元浦：《文学，走向文化的变革》，河北大学出版社，2013。

金元浦：《文学解释学》，东北师范大学出版社，1997。

孔范今、施战军主编《中国新时期文学思潮研究资料》（上、中、下），山东文艺出版社，2006。

寇鹏程：《十七年文学批评话语研究》，重庆大学出版社，2024。

寇鹏程：《中国审美现代性研究》，上海三联书店，2009。

旷新年：《中国现代文学理论批评概念》，清华大学出版社，2014。

赖大仁：《20世纪中国文学理论批评的现代转型》，中国社会科学出版社，2018。

赖大仁：《当代文学理论观念的嬗变与创新》，中国社会科学出版社，2023。

黎杨全：《数字媒介与文学批评的转型》，上海三联书店，2013。

黎杨全：《重组的文学场：新媒介与文学制度的转型》，中国社会科学出版社，2023。

李春青：《新传统之创构——中国当代文学理论的学术轨迹与文化逻辑》，北京师范大学出版社，2019。

李春青：《在审美与意识形态之间——中国当代文学理论研究反思》，北京大学出版社，2006。

李春青：《中国阐释传统叙论》，山东教育出版社，2025。

李春青、赵勇：《反思文艺学》，北京师范大学出版社，2009。

李凤亮编著《彼岸的现代性：美国华人批评家访谈录》，广西师范大学出版社，2011。

李建盛：《文学诠释学》，北京大学出版社，2022。

李龙：《"文学性"问题研究——以语言学转向为参照》，人民出版社，2011。

李圣传：《中国文化诗学：历史谱系与本土建构》，人民出版社，2021。

李西建等：《守持与创造——文学理论的知识生产与创新》，人民出版社，2018。

李昕揆：《中国现代文学理论学科的兴起》，中国人民大学出版社，2023。

李旭：《当代中国文论话语：主体建构与身份认同》，中国社会科学出版社，2018。

李衍柱：《文学理论：思辨与对话》，复旦大学出版社，2016。

李勇：《出位而思：跨文化视野中的文艺理论》，人民出版社，2023。

李勇：《中国当代文艺学的范式转型》，北京大学出版社，2012。

里奇：《20 世纪 30 年代至 80 年代的美国文学批评》，王顺珠译，北京大学出版社，2013。

刘方喜：《脑工解放时代来临：人工智能生产工艺学批判》，浙江工商大学出版社，2022。

刘锋杰等：《文学政治学的创构——百年来文学与政治关系论争研究》，复旦大学出版社，2013。

刘禾：《跨语际实践》，生活·读书·新知三联书店，2002。

刘小枫：《现代性社会理论绪论——现代性与现代中国》，上海三联书店，1988。

刘阳：《文学理论今解》，华东师范大学出版社，2016。

刘永明：《马克思主义与艺术人民性——一种艺术共同体的想象与建构》，中国文联出版社，2018。

鲁枢元、刘锋杰等：《新时期 40 年文学理论与批评发展史》，浙江文艺出版社，2018。

陆贵山：《文艺理论与文艺思潮》，中国人民大学出版社，2007。

陆扬：《当代西方前沿文论》，山西教育出版社，2022。

陆扬：《日常生活审美化批判》，复旦大学出版社，2012。

陆扬等：《文化研究导论》（修订版），复旦大学出版社，2021。

罗崇宏：《近代以来中国"大众"话语的生成与流变》，社会科学文献出版社，2019。

罗蒂：《后哲学文化》，黄勇编译，上海译文出版社，2004。

罗钢、刘象愚主编《文化研究读本》，中国社会科学出版社，2000。

《马克思恩格斯选集》（四卷本），人民出版社，2012。

马睿：《文学理论的兴起：晚清民初的一份知识档案》，山东文艺出版社，2015。

麦永雄：《当代西方文论范式转向》，中国社会科学出版社，2019。

曼海姆：《意识形态与乌托邦》，黎鸣等翻译，上海三联书店，2011。

毛庆耆、董学文、杨福生：《中国文艺理论百年教程》，广东高等教育出版社，2004。

毛泽东：《毛泽东著作选读》（上下册），人民出版社，1986。

孟繁华：《众神狂欢——世纪之交的中国文化现象》，中国人民大学出版社，2009。

南帆：《双重视域——当代电子文化分析》，江苏人民出版社，2001。

南帆等：《文学理论》，北京大学出版社，2008。

欧阳友权：《当代中国网络文学批评史》，中国社会科学出版社，2019。

潘德荣：《西方阐释学史》，北京大学出版社，2016。

祁志祥：《乐感美学原理体系》，复旦大学出版社，2023。

祁志祥主编《中国当代美学文选（2024）》，上海文化出版社，2024。

钱翰：《二十世纪法国先锋文学理论和批评的"文本"概念研究》，北京大学出版社，2015。

钱振文：《〈红岩〉是怎样炼成的》，北京大学出版社，2011。

钱中文：《文学理论：求索与反思》，中国社会科学出版社，2013。

钱中文：《文学理论：走向交往对话的时代》，北京大学出版社，1999。

邱运华主编《文学批评方法与案例》，北京大学出版社，2006。

单小曦：《媒介与文学：媒介文艺学引论》，商务印书馆，2015。

单小曦：《新媒介文艺生产论》，中国社会科学出版社，2021。

邵燕君：《网络时代的文学引渡》，广西师范大学出版社，2015。

时胜勋：《现代中国文论话语》，光明日报出版社，2018。

宋伟：《后理论时代的来临》，文化艺术出版社，2010。

孙绍振等：《文学文本解释学》，北京大学出版社，2015。

孙晓忠编《巨变时代的思想与文化——文化研究对话录》，上海书店出版社，2011。

谭安奎编《公共性二十讲》，天津人民出版社，2007。

谭好哲主编《新时期基本文学理论观念的演进与论争》，人民出版社，2019。

汤拥华：《理论的踪迹》，华东师范大学出版社，2020。

汤拥华：《文学批评入门》，华东师范大学出版社，2020。

陶东风：《社会转型与当代知识分子》，上海三联书店，1999。

陶东风：《文化研究：西方与中国》，北京师范大学出版社，2002。

陶东风：《文化研究与政治批评的重建》，中国社会科学出版社，2014。

陶东风：《文学理论的公共性——重建政治批评》，福建教育出版社，2008。

陶东风：《文学理论与公共言说》，中国社会科学出版社，2012。

陶东风、和磊：《当代中国文艺学研究（1949—2019）》，中国社会科学出版社，2019。

陶东风、和磊、贺玉高：《当代中国的文化研究（约 1990—2010）》，中国社会科学出版社，2016。

陶东风主编《文学理论基本问题》，北京大学出版社，2007。

陶水平：《文化研究的学术谱系与理论建构》，社会科学文献出版社，2019。

陶水平：《现代性视域中的文艺美学》，江西高校出版社，2008。

童庆炳：《童庆炳文集》（十卷本），北京师范大学出版社，2016。

童庆炳主编《新时期高校文学理论教材编写调查报告》，春风文艺出版社，2006。

童庆炳著，赵勇编《在历史与人文之间：童庆炳文学专题论集》，北京师范大学出版社，2007。

汪晖：《去政治化的政治——短 20 世纪的终结与 90 年代》，生活·读书·新知三联书店，2008。

汪晖：《死火重温》，人民文学出版社，2000。

汪民安等：《“微时代”文化与艺术》，中国社会科学出版社，2015。

汪正龙等编著《文学理论研究导引》，南京大学出版社，2006。

王本朝：《中国当代文学制度研究》，新星出版社，2007。

王德胜：《视像与快感》，安徽教育出版社，2008。

王德胜、杨光主编《媒介技术与技艺：当代文艺批评理论文选》，中国文联出版社，2022。

王峰：《西方阐释学美学局限研究》，黑龙江人民出版社，2007。

王峰：《意义诠释与未来时间维度——探索一种意义诠释学》，上海人民出版社，2007。

王嘉军：《存在、异在与他者：列维纳斯与法国当代文论》，上海社会科学出版社，2019。

王建疆：《别现代：空间遭遇与时代跨越》，中国社会科学出版社，2017。

王建疆：《别现代主义审美学》，中国社会科学出版社，2023。

王杰：《文化与社会：马克思主义与 20 世纪中国文学理论发展研究》，中国社会科学出版社，2016。

王宁：《"后理论时代"的文学与文化研究》，北京大学出版社，2009。

王伟：《文化研究与中国问题》，上海三联书店，2016。

王伟：《文学理论的重构》，上海三联书店，2018。

王先霈主编《新世纪以来文学创作若干情况的调查报告》，春风文艺出版社，2006。

王晓明：《半张脸的神话》，广西师范大学出版社，2003。

王晓群主编《理论的帝国》，中国社会科学出版社，2004。

王一川：《文学理论》，四川人民出版社，2003。

王一川：《艺术公赏力：艺术公共性研究》，北京大学出版社，2016。

王一川：《中国现代文论传统》，北京师范大学出版社，2019。

王颖、陈玉梅主编《对话：人工智能与人文社科》，吉林教育出版社，2020。

王玉玊：《编码新世界：游戏化向度的网络文学》，中国文联出版社，2021。

王元骧：《艺术的本性》，复旦大学出版社，2016。

王岳川：《中国镜像：九十年代文化研究》，中央编译出版社，2001。

韦伯：《学术与政治》，冯克利译，生活·读书·新知三联书店，1999。

吴炫：《何为理论》，中国社会科学出版社，2013。

吴义勤：《中国新时期文学的文化反思》，江苏文艺出版社，2009。

吴子林：《"毕达哥拉斯文体"：述学文体的革新与创造》，浙江工商大学出版社，2022。

吴子林：《文学瞽论》，黄山书社 2019。

吴子林：《文学问题：后理论时代的文学景观》，海峡文艺出版社，2016。

伍世昭：《中国 20 世纪文学理论批评价值取向研究》，人民文学出版社，2009。

《习近平总书记在文艺工作座谈会上的重要讲话学习读本》，学习出版社，2015。

肖翠云：《中国语言学批评：行走在文本与文化之间》，黑龙江人民出版社，2010。

肖伟胜：《视觉文化与当代文化批评》，人民出版社，2015。

邢建昌：《理论是什么——文学理论反思研究》，人民出版社，2011。

邢建昌等：《20 世纪 80 年代以来文学理论的知识生产及其相关问题》，人民出版社，2019。

徐贲：《人以什么理由来记忆》，吉林出版集团有限责任公司，2008。

徐贲：《文化批评往何处去》，香港天地图书有限公司，1998。

徐贲：《知识分子和公共政治》，中央编译出版社，2016。

徐岱：《艺术问题：后人类时代的古典情怀》，浙江大学出版社，2020。

徐亮等：《文论的现代性与文学理性》，浙江大学出版社，2005。

徐艳蕊：《媒介与性别：女性魅力、男子气概及媒介性别》，浙江大学出版社，2014。

许纪霖、罗岗等：《启蒙的自我瓦解——1990 年代以来中国思想文化界重大论争研究》，吉林出版集团有限责任公司，2007。

阎嘉：《马赛克主义：后现代文学与文化理论研究》，巴蜀书社，2013。

阎嘉：《文学理论精粹读本》，中国人民大学出版社，2006。

杨春时：《现代性与中国文学思潮》，生活·读书·新知三联书店，2009。

杨春忠：《二十世纪中国文学理论史论》，齐鲁书社，2007。

杨俊蕾：《中国当代文论话语转型研究》，中国人民大学出版社，2003。

杨玲：《新世纪文学研究的重构》，厦门大学出版社，2019。

杨玲：《转型时代的娱乐狂欢——超女粉丝与大众文化消费》，中国社会科学出版社，2012。

杨宁：《看不见的文学：文学如何"理论"》，中国社会科学出版社，2022。

杨仁忠：《公共领域论》，人民出版社，2009。

杨向荣：《图文关系及其张力的学理研究》，人民出版社，2021。

杨飏：《90 年代文学理论转型研究》，中国社会科学出版社，2001。

姚文放：《从形式主义到历史主义：晚近文学理论"向外转"的深层机理探究》，北京大学出版社，2017。

叶世祥：《20 世纪中国审美主义思想研究》，商务印书馆，2011。

易晓明编《土著与数码冲浪者——米勒中国演讲集》，吉林人民出版社，2004。

尤西林：《人文精神与现代性》，陕西人民出版社，2006。

余虹：《革命·审美·解构——20 世纪中国文学理论的现代性与后现代性》，广西师范大学出版社，2001。

余虹：《文学知识学》，北京大学出版社，2009。

余来明：《"文学"概念史》，人民文学出版社，2016。

曾繁仁主编《中国新时期文艺学史论》，北京大学出版社，2008。

曾军：《中学西话：20 世纪西方文论中的中国》，北京大学出版社，2020 年。

曾军主编《文化批评教程》（第二版），上海大学出版社，2021。

曾永成：《文艺政治学导论》，四川大学出版社，1995。

张邦卫：《媒体化语境下新世纪文学的转型研究》，中国社会科学出版社，2017。

张法等：《世界语境中的中国文学理论》，安徽教育出版社，2010。

张慧瑜：《当代中国的文化想象与社会重构》，中山大学出版社，2014。

张江：《阐释学五辨》，中华书局，2023。

张江：《作者能不能死——当代西方文论考辨》，中国社会科学出版社，2017。

张江主编《阐释的张力——强制阐释论的"对话"》，中国社会科学出版社，2017。

张江主编《当代西方文论批判研究》，中国社会科学出版社，2017。

张进：《物性诗学导论》，人民出版社，2020。

张京媛主编《新历史主义与文学批评》，北京大学出版社，1993。

张景超：《滞重的跋涉：新时期文学批评透视》，黑龙江教育出版社，2002。

张利群：《文学批评核心价值体系研究》，广西师范大学出版社，2015。

张荣翼：《理论之思：文学理论的问题与思考》，中国社会科学出版社，2012。

张旭东：《全球化与文化政治：90年代中国与20世纪的终结》，朱羽等译，北京大学出版社，2014。

张旭东编《晚期资本主义的文化逻辑：詹明信批评理论文选》，陈清侨等译，生活·读书·新知三联书店，1997。

张颐武主编《现代性中国》，河南大学出版社，2005。

张永清：《马克思主义批评理论的当代阐释》，浙江工商大学出版社，2022。

张永清等主编《当代批评理论》，人民出版社，2013。

张玉能：《文艺学的反思与建构》，复旦大学出版社，2016。

张贞：《当代中国文学批评的政治文化生态研究》，中国社会科学出版社，2017。

张志忠：《华丽转身——现代性理论与中国现当代文学研究转型》，首都师范大学出版社，2009。

张中载：《二十世纪西方文论选读》，外语教学研究社，2002。

章启群：《意义的本体论——哲学诠释学》，上海译文出版社，2002。

赵淳：《话语实践与文化立场——西方文论引介研究：1993—2007》，南京大学出版社，2008。

赵慧平：《批评的视界》，中国社会科学出版社，2004。

赵静蓉：《文化记忆与身份认同》，生活·读书·新知三联书店，2015。

赵黎波：《新时期文学批评的启蒙话语研究》，中国社会科学出版社，2008。

赵宪章：《文学图像论》，商务印书馆，2022。

赵炎秋：《艺术视野下文字与图像关系研究》，中国社会科学出版社，2021。

赵炎秋主编《文学批评实践教程》，中南大学出版社，2007。

赵勇：《大众媒介与文化变迁——中国当代媒介文化的散点透视》，北京大学出版社，2010。

赵勇：《法兰克福学派内外：知识分子与大众文化》，北京大学出版社，2016。

赵勇：《接合：大众文化的冲击与1990年代以来的文学生产》，中国社会科学出版社，2025。

赵勇：《走向批判诗学：理论与实践》，浙江工商大学出版社，2022。

赵勇主编《大众文化理论新编》，北京师范大学出版社，2011。

周才庶：《跨越与交互：新媒介文学的审美经验研究》，湖北人民出版社，2024。

周计武：《艺术的祛魅与艺术理论的重构》，北京大学出版社，2019。

周平远：《文艺社会学史纲》，中国大百科全书出版社，2005。

周启超：《开放与恪守：当代文论研究态势之反思》，河北大学出版社，2013。

周宪：《从文学规训到文化批判》，译林出版社，2014。

周宪：《文化表征与文化研究》，北京大学出版社，2007。

周志强：《阐释中国的方式：媒介裂变时代的文化景观》，中国电影出版社，2013。

周志强：《大众文化理论与批评》，高等教育出版社，2009。

周志强：《寓言论批评：当代中国文学与文化研究论纲》，北京大学出版社，2020。

朱国华：《漫长的革命：中国学术原创的未来》，上海文艺出版社，2025。

朱国华：《权力的文化逻辑：布迪厄的社会学诗学》，上海人民出版社，2016。

朱国华：《文学与权力：文学合法性的批判性考察》，北京大学出版社，2014。

朱国华等：《西方前沿文论阐释与批判》，科学出版社，2023。

朱立元：《理论的历险》，河南大学出版社，2013。

朱立元：《走向现代性的新时期文论》，复旦大学出版社，2016。

朱立元主编《新时期以来文学理论和批评发展概况的调查报告》，春风文艺出版社，2006。

朱首献：《当代中国文论八讲》，中国社会科学出版社，2019。

庄锡华：《二十世纪的中国文艺理论》，上海三联书店，2000。

邹赞：《中国新时期文艺学家美学家专题研究》，暨南大学出版社，2016。

〔德〕哈贝马斯：《公共领域的新结构转型》，蓝江译，中信出版社，2025。

〔德〕海德格尔：《存在与时间》（修订译本），陈嘉映、王庆节译，熊伟校，生活·读书·新知三联书店，2006。

〔德〕韩炳哲：《倦怠社会》，王一力译，中信出版社，2019。

〔德〕汉斯-格奥尔格·加达默尔：《真理与方法：哲学诠释学的基本特征》，洪汉鼎译，上海译文出版社，2004。

〔德〕康德：《判断力批判》，邓晓芒译、杨祖陶校，人民出版社，2002。

〔德〕尼采：《查拉图斯特拉如是说》，孙周兴译，上海人民出版社，2018。

〔德〕尼采：《权力意志》，孙周兴译，上海人民出版社，2018。

〔德〕伊瑟尔：《怎样做理论》，朱刚等译，南京大学出版社，2008。

〔俄〕哈利泽夫：《文学学导论》，周启超等译，北京大学出版社，2006。

〔法〕安托万·孔帕尼翁：《理论的幽灵——文学与常识》，南京大学出版社，2011。

〔法〕布迪厄、〔美〕康华德：《实践与反思——反思社会学导引》，李猛、李康译，中央编译出版社，1998。

〔法〕利科：《记忆，历史，遗忘》，李彦岑等译，华东师范大学出版社，2018。

〔法〕路易·阿尔都塞：《论再生产》，吴子枫译，西北大学出版社，2019。

〔法〕米歇尔·福柯：《知识考古学》，谢强等译，生活·读书·新知三联书店，1998。

〔法〕让-弗朗索瓦·利奥塔尔：《后现代状态：关于知识的报告》，车槿山译，生活·读书·新知三联书店，1997。

〔法〕让·贝西埃：《文学理论的原理》，史忠义译，暨南大学出版社，2012。

〔芬兰〕莱恩·考斯基马：《数字文学》，单小曦译，广西师范大学出版社，2011。

〔加〕昂热诺、贝西埃等编《问题与观点——20世纪文学理论综论》，史忠义等译，人民出版社，2010。

〔加〕马歇尔·麦克卢汉：《理解媒介》，何道宽译，译林出版社，2011。

〔美〕阿伦特：《人的境况》，王寅丽译，上海人民出版社，2009。

〔美〕埃尔、冯亚琳主编《文化记忆理论读本》，余传玲等译，北京大学出版社，2012。

〔美〕艾柯等：《诠释与过度诠释》，王宇根译，生活·读书·新知三联书店，1997。

〔美〕爱德华·萨义德：《知识分子论》，单德兴译、陆建德校，生活·读书·新知三联书店，2002。

〔美〕安德森：《想象的共同体：民族主义的起源与散布》，上海人民出版社，2005。

〔美〕保罗·H.弗莱：《耶鲁大学公开课：文学理论》，吕黎译，北京联合出版社，2017。

〔美〕查尔斯·E.布莱斯勒：《文学批评：理论与实践导论》，赵勇等译，中国人民大学出版社，2015。

〔美〕丹尼尔·贝尔：《资本主义文化矛盾》，赵一凡等译，生活·读书·新知三联书店，1989。

〔美〕弗雷德里克·詹姆逊：《政治无意识》，王逢振、陈永国译，中国社会科学出版社，1999。

〔美〕格罗斯伯格：《文化研究的未来》，庄鹏涛等译，金元浦审校，中国人民大学出版社，2017。

〔美〕哈罗德·布鲁姆：《西方正典》，江宁康译，译林出版社，2005。

〔美〕吉尔兹：《地方性知识》，王海龙、张家瑄译，中央编译出版社，2004。

〔美〕杰弗里·J.威廉斯编著《文学制度》，李佳畅、穆雷译，南京大学出版社，2014。

〔美〕杰姆逊讲演《后现代主义与文化理论》，唐小兵译，北京大学出版社，1997。

〔美〕科塞：《理念人：一项社会学的考察》，郭方译，中央编译出版社，2001。

〔美〕克里格：《批评旅途：六十年代之后》，李自修等译，中国社会科学出版社，1998。

〔美〕雷·韦勒克、〔美〕奥·沃伦：《文学理论》，刘象愚等译，生活·读书·新知三联书店，1984。

〔美〕罗伯特·C.艾伦编《重组话语频道·序》，麦永雄等译，中国社会科学出版社，2000。

〔美〕马克·爱德蒙森：《文学对抗哲学——从柏拉图到德里达》，王柏华、马晓东译，中央编译出版社，2000。

〔美〕米尔斯：《社会学的想象力》，陈强等译，生活·读书·新知三联书店，2005。

〔美〕尼尔·波兹曼：《娱乐至死》，章艳译，广西师范大学出版社，2004。

〔美〕乔纳森·卡勒：《理论中的文学》，徐亮等译，华东师范大学出版社，2019。

〔美〕乔纳森·卡勒：《文学理论入门》，凤凰出版集团，李平译，译林出版社，2008。

〔美〕乔治·斯坦纳：《语言与沉默：论语言、文学与非人道》，李小均译，上海人民出版社，2013。

〔美〕苏珊·桑塔格：《反对阐释》，程巍译，上海译文出版社，2011。

〔美〕约翰·费斯克：《理解大众文化》，王晓珏、宋伟杰译，中央编译出版社，2001。

〔日〕沟口雄三：《中国的公与私》，生活·读书·新知三联书店，2011。

〔日〕佐佐木毅、〔韩〕金泰昌：《21世纪公共哲学的展望》，卞崇道等译，人民出版社，2009。

〔日〕佐佐木毅、〔韩〕金泰昌：《公与私的思想史》，刘文柱译，人民出版社，2009。

〔斯洛文尼亚〕斯拉沃热·齐泽克：《事件》，王师译，上海文艺出版社，2016。

〔苏联〕巴赫金：《陀思妥耶夫斯基诗学问题》，白春仁、顾亚铃译，河北教育出版社，1998。

〔英〕安东尼·吉登斯：《现代性的后果》，田禾译，译林出版社，2000。

〔英〕鲍尔德温等：《文化研究导论》，陶东风等译，高等教育出版社，2004。

〔英〕鲍曼：《立法者与阐释者：论现代性、后现代性与知识分子》，洪涛译，上海人民出版社，2000。

〔英〕费瑟斯通：《消费主义与后现代社会》，刘精明译，译林出版社，2000。

〔英〕克里斯·巴克：《文化研究：理论与实践》，孔敏译，北京大学出版社，2013。

〔英〕拉曼·塞尔登编《文学批评理论——从柏拉图到现在》，刘象愚等译，北京大学出版社，2000。

〔英〕拉曼·塞尔登等：《当代文学理论导读》，刘象愚译，北京大学出版社，2006。

〔英〕默克罗比：《后现代主义与大众文化》，田晓菲译，中央编译出版社，2001。

〔英〕尼克·斯蒂文森：《认识媒介文化》，王文斌译，商务印书馆，2001。

〔英〕斯图尔特·霍尔：《表征——文化表征与意指实践》，徐亮、陆兴华译，商务印书馆，2013。

〔英〕特里·伊格尔顿：《二十世纪西方文学理论》（纪念版），伍晓明译，北京大学出版社，2018。

〔英〕特里·伊格尔顿：《理论之后》，商正译，商务印书馆，2009。

〔英〕托尼·本尼特：《文学之外》，强东红等译，人民出版社，2016。

〔英〕约翰·斯道雷：《文化理论和通俗文化导论》，杨竹山等译，南京大学出版社，2001。

Chris Barker, *Cultural Studies：Theory and Practice*（London，Thousand and New Delhi：Sage Publications，2000）.

Culler Jonathan, *Literary Theory Today*，《文艺理论研究》2012 年第 4 期。

Hannah Arendt, *Between Past and Future*（The Viking Press，1968）.

Hannah Arendt, *The Human Condition*（The University of Chicago Press，1958）.

Jurgen Habermas, *The Structural Transformation of the Public Sphere*（Polity Press，1989）.

Plato, *The Republic*，trans. by Tom Griffith（Cambridge University Press，2000）.

Richard A. Posner, *Public Intellectuals：A Study of Deciline*（Harvard UniversityPress，2001）.

Richard Sennett, *The Fall of Public Man*（The University of Cambridge Press，1976）.

后 记

当代文学理论公共性问题是文艺学学科的基本问题之一。对这一问题的研究，关乎当前文学理论学科的合法性重构，也关乎未来文学理论学科的发展走向。同时，文学本体的理解、文学批评实践的开展乃至当代文学理论学科历史的描述与建构等，恐怕都会受其影响。回到现实社会文化语境，从公共性角度审视当代文学理论，既是一个时代的学术问题，也是一个永恒的人文关怀主题。

2014 年，我决定以如此这般重要的文学理论公共性问题为题，申请国家社科基金一般项目。不过，未中。

2015 年，国家课题的事业自然是要继续下去。可我控制不住自己，即使知道课题对自己重要，也依然没有工作的动力。再次打开课题表格时，我只将题目修改了一下，内容部分却不想"二度创造"了。大概是犯了思维偷懒症。或者，我就是这没出息的德性。

的确，我经常"难得工作"，每次非要把时间浪费得不行，以至于有了虚度光阴的负罪感后，才会有工作的心情。这真是麻烦！

这一次，也不例外。我又"非必要"出游了，去外地参加一个我目前都不记得具体内容的"非学术"会议。大概是觉得这有点浪费时间，便带上了课题表，计划在会议空隙根据专家师友的意见，把它修改完善一下。印象中，在会议期间，我还与同事说起这事情。估计说，就表明我在酝酿这事情，只是希望得到力量。好在这时候，一个同事鼓励我好好改，还有一个同事也鼓励我好好改。终于，待会议开到第二、三天，修改课题表格的灵感之神降临，她抓住我的手，让我一气呵成地改完了。自觉效果还算明显。回到南昌后，又反复修改了几次。提交了。

　　时间一晃，到了 2015 年下半年某日，一次会后，在学院办公室溜达，无意中听到同事说谁谁中了课题，遗憾没有说我。于是，我又萌发了换题的冲动。没想到，在我拿起手机准备看微信时，发现有同事已然发微信告知我中了，顿时，觉得幸运之神对我颇为照顾！

　　就这样，2015 年下半年开始，我便"洛阳亲友如相问，就说我在做课题"。但可以想见的是，我这样的人肯定是拖拖拉拉，想写才写，该做不做，实在奈何不了自己。断断续续，一直写到 2020 年，因为疫情禁足在家，速度才加快，最后终于完成。

　　回忆从课题申报到结题的这几年，有过获批的喜悦，有过写不出的愁苦，还有过结题的担忧，其中也难免"晨兴理荒秽"，肯定也有过"带月荷锄归"。幸运的是，终于还是写出了字，并且良好地结题了。幸运的是，所写的这些文字，大部分还在《文学评论》《文艺理论研究》《社会科学战线》《南京社会科学》《贵州社会科学》《内蒙古社会科学》《学术交流》《文化研究》《江西师范大学学报》等报刊上发表过，有些还有幸被《中国社会科学文摘》《人大复印资料文艺理论》《人大复印资料文化研究》《高等学校文科学术文摘》转载摘编了。因此，我要特别感谢诸位师友，向诸位老师及审稿专家表达真挚的谢意！名字就不一一列举了。作为一位搞学术的"小萝卜头"，如果不是遇见了你们的大爱，我所走过的路恐怕会更坎坷更难以坚持，更不值得自己今后停下来欣赏。希望我能够继续努力，不辜负这人间的真情与可爱！

　　本书是在课题结项成果基础上增删而成，我因此要特别感谢全国哲学社会科学规划办公室、江西省社科规划办给我的支持与厚爱，也特别感谢课题申报、结项评审中默默帮助、关爱与提携我的专家、领导与师友！

　　我还要感谢江西师范大学社科处特别是曾振华、黄鹤两位领导的关心和帮助。曾处长每次见到我都给予鼓励、肯定和赞赏，并且提醒我抓紧时间结题。黄鹤兄对我结题工作给予了具体的指导与帮助，每每想起都感觉特别温暖！

　　江西师范大学文学院一如既往地给予我教化、支持和关爱，无疑也是我要致谢的对象！自从 1998 年来到这里之后，我的人生就开启了新变，在某种意义上，我生命的质地和样态就是学院所塑造的。这里特别感谢和本课题有直接关联的三位老师。

本课题申报时候，戴训超老师是学院院长。他曾经鼓励我将课题表发给自己的老师请教。如果不是戴老师鼓励，我可能就不会把课题表给陶东风老师、赵勇老师看，一是自己水平不够，抹不开面子，二是觉得每位老师都忙碌，没有"心情、时间"看这样的玩意。但是，戴院长的鼓励，让我觉得这是"学院任务"，我于是鼓起勇气把课题表发给了对公共性有研究的陶老师和赵老师，请他们指教。这是要感谢戴院长的！

我的硕导陶水平老师，对我关爱有加。记得博士毕业后的2012年，我开始有了报国家课题的资格，于是报了一个与博士论文"相近"的题目，但两年未成，便决定再"远离"一点博士论文的"荫庇"。在换题的过程中，得到了陶老师的指教。记得他说，"你应该选择一个感兴趣的、较新颖的专题来研究。比如，你不是也爱讲公共性吗，那就不妨考虑立足于这个点来报一个题目"。的确，跟随陶东风老师读博后，受陶老师影响，我对公共性问题颇有兴趣。2013年，我还有幸申报过与公共性有关的省级课题。正是有了这个基础，陶水平老师的建议，我便很容易地听进去了。表格填完后，他又给了我有益指教，的确受益匪浅。每每我也对陶老师的专业水准佩服不已。

赖大仁老师虽然不是我学位论文导师，但是赖老师教过我，对我影响可不小。我后来对文学理论感兴趣，与赖老师有很大关系！在申请本课题时，学校社科处请校内专家给我提出了三点意见，我通过字迹推断是赖老师写的。于是我根据意见修改后，再次以个人名义请教了赖老师，记得他给我写了让我很受用的千余字，这一点至今被我珍藏在心。其实，我每次请教赖老师，他都同我耐心交流。

在江西师范大学工作期间，我去了北京师范大学、首都师范大学、上海师范大学等地学习，因此我也要感谢这些学校和教导我的诸位老师。如今，我的那些可爱的老师，不是退休了，就是临近退休了，这让我心生愁绪的同时，也让我突然感到自己也老大不小了。也许，我要更努力一点，做好一位老师，搞好自己的专业。这本书的出版，就权当这种努力的开端吧。这里，我还要特别感谢三位老师。

我的博士生导师陶东风老师，是对我的精神世界有影响的人，也是对我学业影响最大的人。不过，非常惭愧的是，毕业十年，我还没有走出"学徒期"。但愿终将有一天，因为我的坚持，而能够实现我曾经在博士论文后记之所言。也感谢陶老师给我课题的指点，他的确送了我"尚方宝剑"。

王建疆老师是我"西部之光"访学导师。在上海那段时间，王老师给了我莫大的宽容和帮助，他也总是鼓励我，提携我。听说我的课题要结题，他便给了我很多有益的指导，让我受到启发。王老师的确是别有智慧啊！

不记得赵勇老师是否给我上过课，但他的一篇有关公共性研究的论文对本课题研究影响不小。赵老师是我的良师益友。在准备出版这一结项成果时，我琢磨要请一位老师赐序。在我把想法说给赵勇老师后，他慷慨应允，其所作序言再次引发了我对公共性问题的思考，也让我的心性结构变得更完善。想来这也应是值得记忆的一公共性序言事件吧。再次感谢赵老师！

社会科学文献出版社的吴超老师，也是要特别感谢的。我的课题成果变成著作出版，也算是"华丽转身"。顺便要说的是，在出版过程中，由于我控制不住自己的拖拉，以致拖延了好些时日交稿，实在抱歉！

我的家人，对我一直给予宽容、支持。我父母为我操劳家务，妻子承担了大部分的孩子养育事务，我因此才有那么多的时间忙于工作。虽然有时候也会有些惭愧，但这又是我努力的动力。但愿我的成果不辜负他们的付出！

由于能力所限，本书存在诸多不足之处，敬请方家谅解并不吝赐教。我将在以后的学习研究中，继续完善。

最后，我还想说，这般重要而有意义的研究，最终呈现的样子却如此这般，每每想起，便心有不安。有时候我也会在某个夜晚兀自叹息：这学术啊，真不是我等资质平平之辈所能胜任！我为此颇为无奈，很是沮丧，不无虚无之感。的确，自从 2004 年发表论文以来，我在文艺学领域里工作了十八年，迄今尚未取得满意的成绩。每次介绍学术成果的时候，都不知道说什么是我研究出来的。个中缘由不少。不知是否也与文艺学"天生""跨学科"有关。的确，同一个专业的人，可能分为好多部落群。这就使得我的研究难免不专一，总让我没有清晰的学术面孔。这是让我非常焦虑的事情。虽然我也在努力，比如我自觉不自觉地总是围绕着文学理论学科论或者说文学理论知识学展开研究工作，但目前所涉及的文学理论的转型、文学理论的反思、文学理论的公共性问题等几个点的研究，都还没有达到"知识学"的水准，遑论有学术风格。我真的想写出一本有质量的书，发出一篇有范式意义的论文，说出一个颇有阐释力的新概念，做好一个国家级的课题……遗憾的是，我或眼高手低，或好高骛远，或自命不凡，或自寻烦恼……但我仍然还在坚持，没有放弃，如今还在用心用情地边读边思边写！这又让我心生莫名的感动，也许，这就是作为凡人的我所本有的美吧！

期待自我！再次感谢大家！

是为记！

肖明华

2025 年 4 月改定

图书在版编目 (CIP) 数据

当代文学理论公共性问题研究 / 肖明华著. -- 北京：
社会科学文献出版社, 2025. 7. -- ISBN 978-7-5228
-5335-2

Ⅰ. I0

中国国家版本馆 CIP 数据核字第 2025Q0900Q 号

当代文学理论公共性问题研究

著　　者 / 肖明华

出 版 人 / 冀祥德
责任编辑 / 吴　超
文稿编辑 / 田正帅
责任印制 / 岳　阳

出　　版 / 社会科学文献出版社 · 人文分社 （010）59367215
　　　　　　地址：北京市北三环中路甲 29 号院华龙大厦　邮编：100029
　　　　　　网址：www.ssap.com.cn
发　　行 / 社会科学文献出版社 （010）59367028
印　　装 / 三河市龙林印务有限公司

规　　格 / 开本：787mm×1092mm　1/16
　　　　　　印张：18.75　字数：273 千字
版　　次 / 2025 年 7 月第 1 版　2025 年 7 月第 1 次印刷
书　　号 / ISBN 978-7-5228-5335-2
定　　价 / 129.00 元

读者服务电话：4008918866